美女职场
勤磨刀

黄金豆的江湖职场生涯

醉红颜 著

作家出版社

壹　一步到位，娶个美妞当老婆

贰　菜鸟创业

叁　糊涂总裁野蛮妞

肆　双鱼女VS水瓶男的绝世爱情

壹

一步到位，娶个美妞当老婆

1. 在办公室与美妞的奇遇

黄金豆毕业前实习，应聘到一家酒水公司当推销员。这天，她背着一大包酒水的样品和说明书，躲在工厂大门的货车旁，随着进进出出的装卸工混进了办公楼，往行政部办公室走去。

行政部的人正在午休。一个青年叫阿张，坐在电脑前面。他长得高大帅气，吹着一个爹起来的乌鸡头，不说话也闷骚闷骚的样子，很受木讷上司的藐视。

另一个青年叫安列帮，趴在桌上睡觉。他中等身材，梳着寸长的中分头。据传此人长着传说中的蝉翼唇，能言善辩，口若悬河，不让苏秦，不逊张仪。他不但是个话痨，而且在工作中也铁嘴钢牙，凡与之叫板者皆闻风丧胆，很受他的木讷上司的赏识。

他们的木讷上司是位英俊的中年男，寡言、淡定、傲气十足，背地里被俩下属戏称“木讷大叔”。此时他蜷缩在旁边办公室的沙发上，在酣睡中有节奏地磨牙。这样的时候，无论下属们说什么，都不用担心被揪尾巴。事实上即便他听到了什么，也不会去揪尾巴，淡定形象就是这么树起来的。下属们觉得搞他的八卦很没成就感，自然也就不搞了。

阿张一边用QQ聊天，一边抖着腿：“安列帮，别眯着啦，上网随便泡个妹妹解解闷，搞什么假清高，好像全世界女孩子都配不上你。”这家伙常年嬉皮笑脸，一副青年不识愁滋味的欠揍相。

安列帮穿一身灰不溜秋的衣服，像个獐头鼠目的大老鼠，他拧着眉头，冲阿张挥了下手："去去去，别耽误我养精蓄锐。我可不浪费时间到网上胡搞，我要实实在在、一步到位地找个漂亮老婆。"

阿张嘲笑说："嘁，对着镜子照照去，你一个平凡世界里的平凡小人物，还想吃天鹅肉？做春秋大梦去吧。"

"正因为我平凡，才更要找个上得厅堂、下得厨房的漂亮女孩儿，来给我装点门面。哎，你女朋友单位有没有这样的，给我介绍一个？"

阿张撇撇嘴："男财女貌，知道不？你腰包瘪瘪的，要啥没啥，哪个女孩能看上你?"

安列帮是个越挫越勇的主儿，他困意顿消，正要跟阿张好好辩论一番，冷不丁瞅见黄金豆站在玻璃门前，擎着酒水说明书，微笑着冲他飞媚眼。安列帮眼睛顿时就直了，心脏咣当咣当剧烈跳动。这简直就是一个蛋白质女孩啊，身材细细瘦瘦，像一根雨后的青竹，小脸粉嫩，明眸皓齿，长发披肩。安列帮像是血糖过低，头脑发晕，浑身瑟瑟发抖，点头如捣蒜般示意黄金豆进来。

黄金豆笑吟吟走进屋，撂下沉沉的背包，客气地说："你们好，我叫黄金豆，是来推销酒水的。假如你们公司节日分发福利，酒水是最具亲和力的礼物，我们公司有各种各样的酒水，量大优惠。"她弯下腰，到包里取样品。乌黑亮泽的头发和漂亮的绿裙子被窗外的风吹得轻轻飘摆，像《绿野仙踪》中飘出来的女孩。

阿张春心荡漾地盯着黄金豆，油嘴滑舌地说："黄金豆？什么年代了还金子银子的，老不老土……嘿，我是说，这名字配到你身上显得太土气了，你应该叫安妮、晓月、雨竹什么的……"

安列帮打断说："不土气，这名字好，喜庆，招财，能旺夫。我喜欢。"

黄金豆难为情地说："老多人拿我的名字开涮了。没办法，我爸妈宝贝我，拿我当金豆子，碰巧我爸爸又姓黄……"

安列帮忙说："对，你就是块闪闪发光的金子，大中午的还废寝忘食来推销。我佩服你这种不怕苦不怕累的敬业精神，你们老板应该为你这样的员工自豪!"

黄金豆嘻嘻一笑说："我哪有这么高的境界。我早饿了，只是这个工业园区找不到小饭店，等我扫荡完了这一片儿，出去找地方狠狠地吃一顿。”

安列帮点点头说：“对，人是铁饭是钢，一顿不吃心慌慌。这年头，亏待谁也不能亏待自个儿的胃。”

阿张像个骚猴子，抓耳挠腮说：“黄金豆，我抽屉里有泡面，你吃一包吧，让我看看女孩子狼吞虎咽吃饭是什么样子。”

安列帮哪能让阿张捷足先登，抢着说：“离我们公司不远就有个优雅的吃处，走吧黄金豆，我带你去狠狠地吃一顿，别光顾着赚钱，把胃饿坏了。”

黄金豆很高兴，两只眼睛像一对阳光下的金豆子，闪闪发光：“一起吃饭，就证明你是我们公司的意向客户了？走吧，我买单！”

阿张不识时务，抓狂地跺着地板：“安列帮你太没立场了，和我说话你犯困，美女约你，立即就跟着走了！”

安列帮凑到阿张身边，恶狠狠地咬着耳根说：“阿张，别饱汉不知饿汉饥，你自己有女朋友了，就不体恤兄弟多心急！”

阿张见自己占了弱势，料定攻不下这靓妞的芳心，不甘心地说：“你刚吃过工作餐，居然又要出去吃，也不怕把胃撑爆！”

安列帮急得快哭了：“你能不能小点声啊，我梦中的‘一步到位’就是她啊！我要开始恋爱啦，撑爆了胃，正好理直气壮叫她陪护我！”

阿张表情夸张地大叹一声：“可惜你守身如玉二十六载，就被个推销员给破了！快上班了，迟到一分钟扣三十块，可别‘一步到位’丢了饷钱！”

“去去去，少耍舌头，我要是回来晚了，你就对木讷大叔说我去车间找单子了。”

“你找什么单子？那种杂事儿是我的活儿！”阿张一副不甘寂寞，誓死挽留玩伴的表情。

安列帮不接话，心里暗骂：丫的还真不识相，太不体恤同事了！有没有同情过我心里急得猫抓似的，美女当前，我先给你留个面子，回来再算总账。

2. 泡妞的初级战略是果敢

安列帮不理阿张，揣好钱包，带着黄金豆到了公司附近的一家饭店，匆匆点了一荤一素两个菜，吩咐服务员快点上。

饭店的名字叫“不了情”，店面不大，格调明朗，很干净，空气中飘荡着新鲜的水珠味儿，服务员们都穿着格调浪漫的绿色服装。

过了饭点儿，店里的客人都走光了，安列帮和黄金豆包场似的对坐桌前。

等菜的间隙，安列帮夸夸其谈自己对事业的抱负，然后又开始表扬黄金豆。为了不受干扰地与这位美妞相处，他悄悄关了手机。

“黄金豆，我觉得你这种秀外慧中的女孩子真是太厉害了，你那么细的腰，怎么就有勇气背着这么一大包东西出来闯荡江湖呢，像个倚天屠龙的女侠似的。”

“你说对了，我就是想当个倚天屠龙的女侠。”

“啊——为什么呢？你这么纤弱的女孩子，居然想当女侠?!”

“我从小感念养父母的恩情，他们的人格力量影响我，所以我立志当一名女侠!”

“啊——你是被收养的吗?”安列帮张大了眼睛和嘴巴，借机肆无忌惮地，全方位地扫瞄她的脸。

“是呀，我出生第三天，被遗弃在一棵大树下，养父路过时，将我抱回家，成为黄家第三个被收养的孩子。”

“啊——你的养父真有善心，救了你的生命!”

“是啊，否则我早被蚂蚁当饭吃了。”

“你养父真是太好了，比雷锋叔叔还要好，一下收养了仨！不，应该更多吧，你是第三个，在你之后又收养了几个？他们都像你一样优秀吗?”

“我是家里排行最小的。”

“那你上面那俩是姐还是哥？他们对你好吗，像对亲妹妹一样好吗?”

“我上面是俩姐，以前都对我挺好的，后来我大姐在远方读书，在那边安了家，要忙着工作养家，就顾不上我了；我二姐吧，太沉迷儿女私情，只顾着恋爱、结婚、婚外情，满脑子就是爱爱爱，根本就是个不食人间烟火的妖精；我作为小三儿，是我父母唯一的希望，所以我肩负家庭的重任，需要在江湖上济危扶难，把我父亲的风格发扬光大。”

“噢……小三儿……你就是江湖传说中的小三儿呀!”安列帮突然一想，即便自己已婚，也一定要把这美妞纳为小三儿，绝不让其他色狼得手。

“什么传说啊，我是排行三，不是给人做小三儿!”

“嗯，我明白，我也没往歪处领会。我是说，你是传说中浪迹江湖的女侠，你的江湖名字，会叫小三侠吧?”

“不是浪迹江湖，是闯荡江湖，专管不平事，‘路见不平一声吼，该出手时就出手’你会唱吧?我就是要做那样的人!”

“这么坚决?一定要在江湖上露一手?你很有武侠情结吗?闯荡江湖总得会点武功吧，你都会什么?”安列帮质疑地看着这个被风一吹就能倒的弱女子。

“我什么武功都会，初中的时候，我就用意念练功法，把金庸小说中的所有招式练得炉火纯青。”

“意念练功，就是在脑子里想想，就觉得自己会了呀?那我用意念放个原子弹，把帝国主义全给灭了。”

“你在嘲笑我呀?”

“不是，我是觉得你是个神人，女神……武林女神!”

“呵呵，你又开始捧我啦?告诉你啊，我是晓得合理利用每个练武的机会，坐凳子的时候相当于打坐吧?跳绳相当于练轻功吧?广播体操里有练习降龙十八掌、玉女拳、梅花桩的机会吧?睡觉的时候可以意念运气疏通经脉吧?”

“噢——这样啊，意念练功是个好办法，你真是太有才了!我也喜欢武术，可我就是怕累，一直没练成什么功。”

“你这样可不行，做人不能怕这怕那，人生也就几十年，对喜好的事物要勇敢地去占有它。你要向我学习，我不但意念练了那些，还集中要点，练了几个拿手绝招。”黄金豆揸开五指，像个爪子似的在空中挠着，“比如九阴白骨爪吧，我把一块海绵剪成了骷髅形，逮空就用五指插它，到现在，再怎么韧的海绵到了我手上就得稀巴烂，大学这几年，一亮出这姿势同学们没有不怕的。”

“嗯嗯，你说得太对了，黄金豆，你这么爱好武功，怎么不去武术队，反而来当什么推销员呀，太屈才了。”

“我本来想考体校，可我的体质不过关，只好选了历史专业。”

“哦——你是学历史的呀……很好啊，你选的专业可以使你由外而内散发一种高贵的气质！难怪我见到你以后觉得你那么独特呢，好像……好像……没法形容了，就是好像世界第一的感觉!”

“在吹捧我啊？别跑题了，我今天可是来卖酒的。你是办公室的头儿吧？看你说话比那个乌鸡头正经多了。”

“我们头儿是那位躺在里间沙发上勤奋地磨牙的那位，为人木讷得很，我们都叫他木讷大叔，你要是见到他呀，只怕一句话都没说就把你噎跑了。”

黄金豆急得眼睛大了三倍，顿时发现安列帮长着一双小老鼠般狡黠的眼睛，就这形象，也没有官儿相啊。她那颗火热的心就忽地变凉了：“哎呀，你不是头儿，怎么不介绍我跟木讷大叔认识呢，我要卖酒，我要用销售量来见证我征服江湖的能力呀!”

“随意破坏他老人家的磨牙大计，我不是触霉头吗？告诉你啊，我不是头儿，但不代表我不能帮你卖酒!”

“好，痛快点，你说吧，你们单位能买我多少酒?”

安列帮对卖酒没兴趣，只想着跟黄金豆扯长话题，说到天荒地老，就开始打岔：“学历史的……出来卖酒……黄金豆，这使我感觉你搭错车了呀!”

“嗯——进了历史系我就一直在想，研究历史也不能改变江湖啊，反而是推销员有很多机会纵横天下，所以我就趁着实习出来闯闯。”

安列帮一副钦佩状：“你真是太会选了，真有两下子!”

“唉，我多想回报养父母的恩情啊，可惜呀，他们不等我！”

安列帮一副深沉状：“嗯嗯，我深度同情你！深度赞赏你！”

这时，饭菜上桌了。

黄金豆拿出酒水样品，严肃地说：“这是我的第一轮江湖搏杀，希望能有个好成绩，你挨样尝一口，如果可以，让你们公司买一批最贵的，我给你一大笔提成。帮助我的人都会得到回报！”

“我就觉得你人品好，我要帮助你，可没想着回报！”安列帮想在美女面前逞英雄，装作内行的样子，深沉优雅地挨样品尝。

黄金豆把安列帮当成了酒缸，由着他喝，稍一停顿还举起杯灌。

安列帮逐渐喝多了，小眼泡都肿得快睁不开了，也记不清哪个尝过哪个没尝过，就说：“这酒大概是一个配方，只是用了不同包装吧，我已经分不出啥是啥了。”

黄金豆说：“我也发现了，酒的最大缺点是没了瓶子就分不出谁是谁，如果能有一种酒有自己的形象就好了，我真想开个酒厂，生产一种颜色与味道都与众不同的酒。”

“女孩子开酒厂，就会变成酒鬼，成天在醉生梦死中不知所云，人生可就完了。”

“我不喝酒，我只造酒，这样的人生也能完了呀？”

“那多脏多累呀，你肯定不知道，酒糟的味道可难闻了，不如开个公司，干干净净当白领，待人接物也气派。”

“不是我要去当生产酒的工人啦，是我要发明一种酒，用它创业。像我养父一样，回报给社会。”

“嗯嗯，你绝对是个有胸怀，肯吃苦的女孩子，我太崇拜你了！”

眼见太阳西斜，黄金豆到柜台付了账。

安列帮醉眼迷离，嘟囔着说：“抢什么呀，我是男人，应该我掏钱。”

“你还有男尊女卑思想呀？谁说女人就不能掏钱了。”

“也是，女侠掏钱的样子很飒爽。但是男子汉占女孩便宜，会被人笑的，今天我吃了你的饭，明天中午，我就要请你吃饭，这儿的饭菜挺好吧？把这儿当做咱们的吃饭基地吧。”

黄金豆笑了："我请你吃饭，是因为想卖酒，只要你们公司买我们公司的酒水，今天的饭钱就可以报销，你请我吃饭可没有理由找公司报销吧？"

安列帮说："我啊，我请你吃饭，是因为我要追求你，才不管报不报销呢。"

黄金豆红了脸："哎，你这人怎么这样啊，遇到业务员就向人求爱吗？"

"没有！这是我生命中第一次向女孩子表白！"

"哦——没人给你机会。"

"不是我没魅力，给我发短信的老鼻子了。"

"哦——坐失了很多良机。"

"什么良机呀，婚姻不是而戏，我不能因为自己长得平凡，就原谅别人比我长得更平凡！"

"哦，怪不得看起来这么老练。"

"在你之前没练过，我这人心好、实在，不玩虚的，只想一步到位谈个女朋友结婚，绝不害无辜的姑娘们伤心失恋。"

"你是在暗示，我使你打开了初恋的大门？"

"嗯，你说话很直接，心直口快的女孩子都是好孩子！"

"谁信呢，这么大人了，怎么可能没遇到过喜欢的人。"

"嗯嗯，那我说实话吧，在精神上恋过，就像你的意念练功法一样，我用意念恋爱法，熬过了二十六个春秋，把青春都快熬光了。"

"那我算你的罪人，使你破了戒？"

"没关系，你长得实在是太好了，我心甘情愿为你付出青春和热血。"

"我长得好吗？好在哪方面？"

"你吧，再胖一点就是杨玉环，再瘦一点就是赵飞燕，脚再长一点就是西施，耳垂再小一点就是貂蝉，你和这四个人都像，又都不像。"

"你什么意思，绕这么多弯骂我四不像啊？"

"不不不，我是形容你集天下美貌于一身，而且你最终长出了自己独特的美，你是黄金豆式的美，女侠一般绝世而独立的美！"

"你是因为我美，所以决定追求我？告诉你，我最讨厌色鬼了！再见吧，就算你要帮我签价值连城的单子我也不稀罕！”黄金豆收拾了样品瓶就要走。

安列帮急忙说：“哪里呀，你的心灵可比你的形象美多了，我就喜欢你这种满腔正义，济危扶贫的女侠，所以，无论你接不接受我的追求，我是跟定你了！”说着，竟一头醉倒在饭桌上，打起了呼噜。

黄金豆想要离开，又担心安列帮醉在这里出了差错，站到安列帮身边，又是捶又是掐，嘴里念念有词。费了半个钟头，终于把安列帮弄醒。

安列帮揉着自己被掐疼的胳膊，苦着脸说：“刚才是你一直在捣鼓我的身体吧？男女授受不亲的道理你懂不懂？你使我失身了啊……”

黄金豆说：“原来你是装睡呀，你这人怎么这么奸诈！”

安列帮说：“我就是想验证一下，你是否真是扶危济难的女侠，现在我更崇拜你了！我决定从这一刻起，全力帮助你。”

“要帮我卖酒啊？可不能是空话，来点实际行动吧。”

“走，我这就带你把工业园里的企业走个遍，兄弟单位，我跟他们老熟了，可不用你那么费事巴力地往办公楼里混。”

3. 公交车上被打劫了初吻

安列帮的蝉翼唇果然有神奇功效，半个下午就帮黄金豆拿到了三张订单。

黄金豆对安列帮佩服极了，高兴地称呼他安少侠。

安列帮有了无比荣耀的快感，但是收获这快感的代价也太大了。为了泡妞，他临近下班才回办公室，忘记了编辑厂报，领导等着审核，印刷厂等着拿样板。他的木讷大叔像吃了雄性激素，突然化木讷为亢奋，头从到脚把他痛批了一顿，又命他加班把落下的工作补上，而且以后永远不准关手机。

阿张有了幸灾乐祸的机会，心里高兴。赶上女朋友加班，就想蹭公司的网用，装作好心地陪安列帮加班。

安列帮脸上的酒意还没消，心想有了黄金豆，无酒也沉醉。握着鼠标，整个人云里雾里的。

阿张一边聊QQ，一边帮安列帮找资料，忙得不亦乐乎，嘴上还闲不住："安列帮，早知道你要出去泡妞，把厂报交给我来编呀，何苦挨木讷大叔训。"

"你那臭水平，编出来砸我牌子呀？"

"嘿，说不定我编出来一鸣惊人呢。"

"你呀，真自以为是。"

"你呀，真花心，你将来肯定是个花心大萝卜！"

"不要这么武断啊，我可是正儿八经找女朋友呢。"

"等着吧，你这个射手座的大萝卜，看你将来不找十个八个情人，把老婆给气死。"

安列帮心里想着明天中午又能和黄金豆一起吃饭，一点也不和阿张生气，笑眯眯地说："你就胡乱跟星座掐吧，你那双子座怎么说？花舌头，把妹妹们往死里忽悠。"

"花舌头和花心不一样的概念啊。"

"花心不可恶，可恶的是花心还不承认——家里占个女朋友，白天还忙着上网泡妞，你快让网络妹妹们累死了！"

阿张笑了："我承认，我也是花心大萝卜，我从来不在网友面前否认我有色狼一样饥渴的心，在你面前更不否认，凡是漂亮的网友都是我这个大色狼眼里的小绵羊。"

"还有脸说！见个女的就起色心，总得给兄弟留点儿空间吧！"安列帮想起了阿张看黄金豆时的表情，恶狠狠地剜了阿张一眼。

"我是嘴动，身心都不动，哪像你，嘴不动，身心皆动，好像一辈子没见个女的，见一个就破釜沉舟，不惜为之亡命天涯似的。"

"嗯嗯，猜对了，告诉你啊，我对她就是破釜沉舟了，你得努力表现得坏点，把我衬托得更好。"

阿张庄严地拍一下胸脯："嘿——没问题，谁让我是你兄弟呢！"

"乖，兄弟兄弟我爱你，就像老鼠爱大米！"

“别在我身上卖乖了，我没多少机会衬你了，拿完这月薪水，我就回家开店啦。”

“开店？开店干什么？”

“卖服装、内衣啥的，接近大众消费的。”

“你那点家底儿，只能开个鸟笼大的店吧？大学生，开小服装店，你的书都白念了！”

“我不管念过多少书，我的责任是赚很多钱，给我妈，给我老婆，给我孩子，让他们想花多少就花多少，想过什么日子就过什么日子。”

安列帮突然心头一震，觉得危急关头有责任让糊涂兄弟头脑清醒起来，清一下嗓子，义薄云天地说：“连我都不敢出去创业，你瞎折腾什么啊，街上的店铺多得都碰腿，咱们单位效益这么好，你居然要辞职，赔了怎么办？”

阿张往QQ窗口敲了个飞吻，嬉着脸说：“你不敢创业，是因为你胆小。你怎么不问我赚了怎么办啊？辞呈都交了，不考虑退路了。”

安列帮气得说不上话。作为一毕业就凑到一起的兄弟，他有义务指导对方跟着自己的屁股转，可这阿张根本不知道安列帮的本事和潜力，安列帮恨不得揍他一顿。

第二天中午，黄金豆应了安列帮的请，如约来到不了情饭店。只是她一路只顾推销，全然忘记了安列帮要受工时的约束，来得比昨天还晚。

安列帮也豁出去了，宁可木讷大叔再次暴跳如雷，也不肯失去与黄金豆相约的机会。

这一顿午餐，吃得开开心心，聊得淋漓尽致。

回到公司，已经三点，以为木讷大叔会受连锁刺激来个火山喷发，挥舞着雄浑的嗓音亢奋地骂他一顿，那也算把这个错误抵消了。然而对方只是气质高雅地郁闷加怨愤地剜了他一眼，这倒使他很歉疚了，连忙把这场惊世骇俗的一见钟情讲给木讷大叔听，希望他谅解。

英俊的木讷大叔翘起嘴角，苦笑一下，好像想起了自己当年泡妞的曲折经历，一副深表理解的神情。

安列帮心有灵犀，知道以后再迟到都不会被头儿误会了。就肆无忌惮地，为所欲为地短信、电话、饭局，对黄金豆展开了轰炸式追求。

黄金豆一直觉得安列帮像只灰老鼠，特别是那双正邪兼具的小眼睛，与长着这样眼睛的男生交往，虽算不得耻辱，但也绝对称不上荣耀。对他既不表示好感，也不表示恶感，连着半月，都是对他不冷不热，进退有度。

安列帮想借机牵手搞搞小暧昧都逮不到机会。他知道必须拿出有效行动来征服对方的心了，就像个“三好丈夫”，大张旗鼓地帮黄金豆推销酒水，凡是他认识的人，都帮黄金豆介绍遍了。

黄金豆心存感激，像对亲大哥一样敬爱他，尽量让自己忘记他像一只灰老鼠。

安列帮一见这阵势，心里就急了，一旦对方化交情为亲情，这辈子都擒不到她的心了呀，于是他就想出了激化感情的绝招。

这天傍晚，他帮黄金豆到他的朋友单位送货。黄金豆感激地问他累不累，他立即一脸疲惫，垂下眼睑，奋力地说声不累，却一屁股瘫倒在货车旁边。

黄金豆踏上江湖以来第一次逮到扶危济难的机会，立即挺身而出，上演了一场美女救英雄的喜剧。

就这样，安列帮把拥抱和牵手都赚到了，这顿晚饭也吃得心神飘逸。然后，他送黄金豆坐公交车回宿舍。

路灯昏黄，公交车拥挤异常。他俩个头差不多，相对站在车中央。看着这个举世无双的美妞，他不敢再拖延时机了，现在就要搞定。就用他的小老鼠眼死死盯住黄金豆的眼睛。

黄金豆回想安列帮累倒的过程，觉得他是装的，心里就生了气，如今见这双不安分的小老鼠眼盯着自己硬看，她就把目光又冷又横地和他对峙。

几个回合以后，黄金豆败下阵来，垂下眼睑看自己的脚。

这时，司机突然一个急刹车。安列帮随惯性往对面俯冲，黄金豆的脸和他的脸撞到了一块儿。心想上帝真是知我心啊，此时不下口，何时再下口！他果断地张大嘴，用他的蝉翼唇含住黄金豆那双樱花一般漂亮的嘴唇，严格奉行“稳、准、狠”三要素，像吃雪糕一样贪婪地又舔又吮。

司机再一踩油门，又把他俩弹开了。黄金豆甩开了他贪婪的馋嘴。

虽然历时仅仅三秒钟，黄金豆却痛心地发现，安列帮已经当众打劫了她的初吻。

安列帮心里春波荡漾，一边回味强吻的感觉，一边庆幸自己顺利达成了接吻的夙愿。

“这小子太坏了！趁机占我便宜！色鬼！流氓！强盗！无赖！地痞！二流子！娶不着媳妇的老鼠精……”黄金豆捂着狂跳的心脏，暗暗骂了一大串，却不知道该不该骂出口，因为一切都来得太快，如果他把责任推给司机，全车人也会证明他的冤屈，唉，真是哑巴吃黄连了。别过脸去，不再理他。

下车后，安列帮心里忐忑，扳住黄金豆的肩，向她道歉。并且说那开车的司机不称职，下次再这样就告他渎职罪。一边说，一边腻上身子，用呼吸、用雄性的气息引诱她。

黄金豆挣扎几下没能逃出他的魔掌，反而把那些憎恨的念头都弄丢了，换之以害羞，羞得无路可逃，头都不敢抬了。

安列帮抱着一副生米煮熟饭的心态，英勇地施展起雄性的媚术。

有了亲密接触，黄金豆那颗单纯的少女之心便招架不住，诚惶诚恐地坠入了爱情海。

轻展眸，月亮隐在柳梢后。这一刻的吻，如排山倒海般席卷了宇宙，黄金豆的世界地动山摇。

4. 八卦嘴里的蝈蝈牙

女生对打劫了自己初吻的男生都是缺少抵抗力的，黄金豆爱上安列帮了。虽然她并不知道自己爱上这个灰老鼠的啥，却中了邪似的无论他说什么都配合。

半年多以后，黄金豆拿到了大学毕业证，安列帮让她配合走上红毯，在婚礼上做他的新娘，黄金豆立即把闯荡江湖行侠仗义的伟大抱负都抛到脑后，不假思索就答应了。那种急切和激烈，完全是一副害怕嫁不出去抢婚的架势。

安列帮就兴高采烈的租了房子，买这买那地装点新房。

然而，这场黄金豆自以为神圣的婚姻，却潜伏着巨大的暗流。这暗流的源头来自安列帮的妈妈，一位卓尔不群的老太太。

这位卓尔不群的老太太五十六岁，退休前是一所小学的体育教师，个子比较矮，下盘很粗，整个人看上去像个大头梨。由于两条腿的肉多，走起路来总会把大腿内侧磨破，就要两只脚奋力向外扩张，使劲撇成外八字，走得又慢，一迈脚，就是优雅的鸭子步。因为忌讳体育教师四肢发达头脑简单的定义，她老人家刻苦练习汉语表达能力，练就了一张无敌八卦嘴；并努力把报纸贴到眼球三寸以内的位置阅读，终于练就一双正宗的近视眼，戴上了正宗的近视眼镜，从此见人就仰着头，让眼镜先探出去半尺，再加上娴熟的汉语表达能力，一副正宗知识分子的形象就树起来了。

这个退了休的老女人，因为与丈夫的关系长期不和，只得走出家门，寻找新鲜的刺激和宣泄场所，在街头巷尾联合婶婶大娘们制造八卦新闻的过程，使她找到了心灵的寄托和巨大的成就感，从此越制造越入迷，成为闻名街巷的八卦嘴。

安老太太第一眼看到黄金豆的时候，是在她自己的家里。那天是周末，她打开门，见安列帮谄媚着脸，揽着黄金豆的细腰，像侍者对女王，谦卑地汇报着什么。

咋这丫头还没进门就把我儿子训导得这么卑贱，那要是让她坐了大堂还了得！心下相当不爽。坐到沙发中间，脖子一抻，让眼镜探出去半尺，上唇轻启，门牙露出老大一截，像个大牙蛔蛔。然后才笑眯眯地和黄金豆唠家常。

得知黄金豆的亲生父母身份不明，养父母又相继去世，她老人家就有了八卦的资本，趁黄金豆去洗手的当儿，阴狠狠地对安列帮说："真是奇了，这种人偏让你遇上！"

"怎么了妈？"安列帮被母亲的表情吓了一跳。

"她刚出生就把亲生父母克丢了，长大后用不着人了，又联合俩姐把养父母克死，这样恶毒的克星，丢哪儿也没人稀罕，除非遇到人贩子，把她卖给娶不上媳妇的老光棍，才会把她当人待。"

"妈，您这是猜的吧？"

"难怪我嫌弃她，一个女人名儿干吗弄那么刚，又金又银的，一点柔和气儿没有。"

安列帮心里爱得至死不渝，对妈妈的话很反感："妈，她名字是父母给取的，那有什么办法，总不能让她改名叫黄棉花吧。"

"给孩子取这样名字，他父母也是些没素质的货，幸亏早死了，否则就一直祸害社会！我看哪，她就是个三天不打上房揭瓦的货！"

安列帮不高兴了："妈，她是个非常好的女孩子！您怎么对她印象这么差啊？"

安老太太用脚跺一下地板："你是叫她迷着了，还想护着她。告诉你啊，你若娶了她，可得当奴才待，进门就给她个下马威，不能让她太嚣张了，否则有你受的！"

"妈，我怎么觉得娶媳妇像阶级斗争……"

这时，黄金豆回来了。安列帮急忙住了口。

安老太太越发来了气，但是，这位在夫妻大战中习惯了输家身份的老人家，早已练就了喜怒不形于色的本事，只是把软刀子都埋在话里。她翘起上唇，露出大蝈蝈牙，皮笑肉不笑地笑着。"黄金豆，你刚毕业就要和我家小帮结婚呀，是不是父母死了急着找个新家？""黄金豆，我还以为小帮是开玩笑，你的名字咋这么没底蕴。""黄金豆，你连着失去四个父母，你的命可真硬呀。唉，真是个有娘养没娘教的小可怜啊。""黄金豆，学历史吧，有人学会了从大局着眼，有人看到的就是针头线脑儿。你满大街卖酒，是不是历史书上讲古代的卖货郎都这样？"

几番话讲下来，绵里藏针，把黄金豆扎得浑身疼痛还见不着伤见不着血，噎在那里直翻白眼。

安列帮从“下马威”的话里，分析出妈妈并不反对他娶黄金豆，只要他不讨好黄金豆，妈妈就会连皮带肉一起笑。他为了黄金豆少受他妈妈的攻击，就和她保持距离，不敢太亲昵了。

最终，黄金豆这个神志昏聩的漂亮妞跟灰老鼠一般的安列帮携手跳进了婚姻这个万劫不复的深渊。

简单的婚礼过后，两人去北京欢乐谷，度了个活泼的蜜月，回来就逢上安列帮家的房子拆迁，那位有暴力倾向的安老先生就搬到安列帮的姐姐家去了，安老太太住到安列帮租的新房里，省下了一笔拆迁费。俩老人共同生活几十载，唯一的共性是怕钱多了扎手，近几年频发的自然灾害更是给他们不思积蓄找到了绝佳借口，他们就把省下的拆迁费分成两半，一半给儿子，一半给女儿。安列帮姐弟俩都是成家不久，用钱的地儿多得很，拿着钱就乐。

刚开始住到儿子家，安老太太还觉得自己是个外侵者，对黄金豆奴颜媚骨，今儿夸一句黄金豆手巧，明儿夸一句黄金豆心好，说自家女儿也没有媳妇这么好，以后就当亲闺女待了。

黄金豆太喜欢大家庭的感觉了，高兴又有了妈，把婆婆当了宝贝，每日像对亲妈似的孝敬。每天晚上下班，家里就一派亲热的景象。

白天孩子们出去工作，当妈的就觉得寂寞难耐了。可惜这住处离她家的老房子很远，且那儿又拆得七零八碎，婶婶大娘们的八卦团队早就散了，安老太太想在这边寻找志同道合的伙伴，组建一个新的八卦团队。打量了些时日，发现这新建的小区全是年轻人，只觉时日遥遥，心情焦躁，恨不得立即抱上孙子，好有点事儿干。

黄金豆也非常愿意为老安家传宗接代，可是安列帮不同意。他担心黄金豆一旦生产就会身材走形，带出去应酬就不体面了，嘴上又不好明说，只得说，女人生孩子是过鬼门关，坚决不舍得爱妻受罪。黄金豆感念老公的宠爱，扑进安列帮怀里，感动得掉眼泪。

安老太太见儿媳受儿子的宠，心下羡慕得要死，恨不得岁月倒流，睁大眼睛重新选个好丈夫。

羡慕和嫉恨往往只有一墙之隔，时间久了，安老太太坐稳了婆婆的交椅，就觉得黄金豆因为自己娘家没人了，就屁颠儿地装孝顺装善良，像块软柿子，找捏！就处处与她较量，逮机会就在安列帮面前灌输婆贵媳贱、夫贵妻贱的谬论。有时候见小夫妻早早关了门亲热，她就龇出蝈蝈牙，笑眯眯地哼起祖传的短歌："乌鸦尾巴长，娶了媳妇忘了娘。"声音由小渐大，循环往复，直把安列帮唱得满心罪孽，走出卧室，弃妻投母。

安列帮是个大孝子，不管费多少心思，也要把母亲哄乐了，再赶紧回去陪老婆。

安列帮觉得自己活得这个累呀，精神像根弦，快绷断了。心想单身的时候为找女朋友上火，结婚了又要为家庭关系上火，到底是结婚好还是不结婚好呢？

这天是周末，趁妈妈外出，安列帮与黄金豆在沙发上，用纸牌抽乌龟，最后一张牌归了黄金豆。安列帮就拿出黄金豆的围巾，系到她的腰后当乌龟的尾巴，让她在地上爬。黄金豆耍赖，两人闹成一团，最后，安列帮被罚去擦地板。

安老太太迈着优雅的鸭子步，悄声回到家中，将这一幕尽收眼底，不由怒从心头起，恶向胆边生。她抻长脖子，脚掌扎稳地面，从丹田提上一口真气，大声吼道："咱家的事儿，怎么就反常！"

安列帮吓得一哆嗦，拖把掉在地上："怎么了，妈？"

"男人，怕老婆就是蠢才，女人嘛，打出来的才变乖。"

安列帮累得呼哧直喘，难堪地说："妈，这都什么时代了，还兴打老婆呀？"

"我和你爸，不就是明显的例子？如今的女人，都被宠得不知天高地厚，小心把自家男人累死，可美了去当寡妇！"她老人家在长期的夫妻大战中受够了被压迫的滋味，今天逮到雪耻的机会，爽得不得了，发誓要将这一架吵得淋漓尽致、胜利辉煌。

安列帮说："妈，我不累，干点活也省了出去锻炼身体。"

"我养你这么大都没舍得你干家务活，怎么在老婆面前就这么下作！"

黄金豆感觉到婆婆是冲她来的，红着脸说："妈，您是不是心理不平衡，希望我像你当年那样，被丈夫打，做个受气媳妇?”

安老太太脸上忽地一红：“哎哟哟，我还没老呢，就想限制我说话了，亮出一副打公骂婆的架势给谁看啊？小帮，你就是这么调教媳妇的吗？她才进咱家几天就这样了啊!”

黄金豆本来伶牙俐齿，完全有能力把这疯狂的老太太战成闷葫芦，可不知是爱情的力量归零了智商，还是婚后脑残，结婚以来，凡事都对安列帮言听计从。而且只要安列帮几句好话，她就心酥舌软，一点冤屈也说不出口了。如今一心急，就红着脸看安列帮。

安列帮像个十恶不赦的罪犯，根本不敢帮黄金豆。

黄金豆只好自己打圆场：“妈，我也没别的意思，就觉得您说话句句都带刺，好像看我不顺眼似的。”

安老太太把右手高高地举起来，用食指对着黄金豆额头：“黄金豆，你身为人妻，不生育、不勤劳，家务活都让男人干，你太没有妇德了，也不算算自己克死多少人了，还嫁到我们家来害人，好啊，你克吧，把这一家人再克光了，看你再克谁去。”

这下可把黄金豆气坏了，脸色变得乌青，恨不得行侠仗义保卫自己一番。

安列帮见势不妙，急忙把黄金豆拉进卧室，求她让妈妈一步。

黄金豆委屈地说：“我到底做错什么了，她为什么这么挤对我呀，嘴上说得好听，把我当亲闺女，我哪里像她亲闺女，倒像是前世的仇人。”

安列帮很能理解他的老妈，因为作为儿子，他也自母亲身上传承了无敌八卦的品质，只因相爱太深，不忍心用来对付黄金豆罢了。但是哄媳妇的技术还是蛮精湛的，他一边猴上身子去亲昵，一边赔着笑脸说：“退一步海阔天空嘛，咱妈现在又老又弱，和爸吵了一辈子，心理都吵变态了，她才是真正的弱者呢。”

“我一点也没觉得她弱，我倒觉得她凶巴巴地想吃掉我才安心!”

“你忘了你的理想是做一个扶贫济弱的女侠了吗，面对一个伤心绝望的老人，还不该好好扶济她老人家呀?”

“她怎么伤心绝望了？你别偏着你妈说话了，好像我是坏人似的。”

“你这么好，怎么会是坏人呀，你是天下最有正义感、心地最善良的美女了！你呀，把心放宽点，先从自家老人做起，把江湖扶济起来吧。”

5. 花心的早期征兆

渐渐地，安列帮就与黄金豆达成协议，在妈妈面前尽量冷漠，以免老娘心理不平衡。有什么想说的话，午休时间一起到不了情饭店吃着饭说。回到家，两人即便进了卧室，也不高声说话，更不关门。

安老太太见儿子不跟媳妇亲热，心中暗爽，又怕自家孩子憋出病来，就去书店买了两本厚厚的书。一本《红楼梦全集》给安列帮，一本《贤慧媳妇从做菜开始》给黄金豆。

给了书以后，安老太太就更不希望安列帮和黄金豆说话了。安列帮心领神会，经常在书房熬到半夜，对黄金豆敬而远之。

黄金豆忙着推销，要去不了情饭店吃顿午饭也不容易，久之，小两口常找不到时机沟通，逐渐就各怀心事，秘而不宣。

黄金豆看了书，学会了很多拿手菜，厨艺日益精湛。

看《红楼梦》就容易做梦，安列帮的心就没从前那么阳光了。渐渐地，他把自己当成了贾宝玉，幻想着无数张鲜艳欲滴的红唇在等着他去啃胭脂，啧啧，那滋味美得，没法形容了。从红楼梦人物分析，黄金豆就是那位超级无敌笨蛋丫环傻大姐。而他私底下渴望个古灵精怪的老婆，比如晴雯和秋桐，都挺让男人提神儿的。这些心灵的小秘密也逐渐成了他与黄金豆的隔阂，黄金豆在他眼里就不如婚前那么可爱了。

黄金豆自实习以来，一直在同一家酒水公司做销售，老客户都抓得很牢实，一晃四年，逐渐从业务员做到了市级区域经理。本来小城的市场份额就不大，如此倒像是她操控了整个公司的经济命脉，老板没急，老板娘急了，赶紧把娘家的亲表弟安排到黄金豆手下，逐日拿稳了客户关系，就给黄金豆加薪升职，派她去遥远的东北地区任省级区域经理，开表彰大会欢送她赴任。

实际上公司在东北那边前无古人，更无市场，开拓费用也要她先垫资，创利以后照单报销。

黄金豆想了半天，觉得这所谓的东北区域经理，就是针对她的东北大流放，不但要从零开始，还得搭上盘缠。她并不畏怯新市场，但是要远离丈夫和婆婆，一个人到那边独自生活，这是否是必需的选择？她在午饭时，和安列帮相约到了不了情饭店，把升职的来龙去脉讲了一遍。

安列帮端着啤酒杯，“咕咚”喝干：“你还不明白吗，他们是怕你带着客户资源跳槽，提前灭掉你!”

“也太黑了！我把公司都当娘家了，居然还不信我!”

“老板和员工的战略思想不可能在同一条直线。”

“让我走就直说好了，干吗还升职加薪开欢送会。”

“就是逼着你自动辞职，各种福利都可以不给，他们还落个身家清白。”

“坏蛋！一对坏蛋！一群坏蛋!”黄金豆把牙咬得咯嘣响。

“那就以坏对坏呗，你可以请假，无限期地请假，让他们心里揣兔子。”

“我请假干什么呀，欢送会都给我开了，我有什么理由请假?”

“请假生孩子呀，咱们婚后一直未育，在这紧要关头你怀上了孩子，你的夫君我能忍心你一个人背井离乡吗?”他突然真的想要个孩子了，在职场折腾了四年，也没有机会到高级的应酬场合，黄金豆的姿色未派上用场，在他心目中的分量也不如以前，他也不再担心她身材走形了。

“可我还没怀上呢!”

“怎么这么不开窍！你只要愿意说怀上了，就等于怀上了——我可以立即找人给你开证明!”

“吹牛吧，怀孕证明有那么好开?”

“还没告诉你呢，今天上午，我正式升任HR（human resource的缩写，指人力资源管理）经理了，提前听到风声的，都排好了队找我安排工作，我用一个工作岗位换个怀孕证明是件困难事?”

正说着，门外走进一熟悉的身影，是乌鸡头阿张。

安列帮想：“四年，这厮终于露面了。耳风真灵啊，我刚一上任，他就找来了。这傻蛋是不是把店铺干倒了，没活路了，求我给口饭吃？这点小忙我是能帮上的，不过第一步是叫他到车间去吃点苦，尝尝不听兄弟指挥的滋味，以后，他就再不敢穷得瑟了。”

阿张行色匆匆，见了安氏夫妇，惊讶地一笑，听从指挥坐到了安列帮身边。

安列帮给阿张倒了杯酒：“喝！阿张，想喝多少就喝多少，有什么困难跟兄弟提，不用不好意思，现在公司就等于咱自己的。”

阿张说：“我没工夫喝，我得赶紧和老板谈完了好回去监督装修。”

“装修？你家房子要翻新呀？这个我可帮不上你，我不能刚上任就到处插手，会被人揪小辫子的。”

“不是呀，我要在咱们工业园的宿舍区设个分店卖内衣，今天装修队已经过来了，我来‘不了情’订个送餐合同，以后售货员吃饭也由他们送。”

“你……开起了分店?!”安列帮的小鼠眼睁大了，里面蓄满了不肯置信的光芒。

“这是第三个了。”阿张说，他和女朋友共同创业，男主外女主内，生意做得很好，不但自己买了大房子，还给父母买了新房子。

安列帮的心里不太是滋味了！阿张这个不识愁滋味的傻蛋，居然能白手起家，我安列帮岂不成了废物吗！他的小老鼠眼里聚满了泄气的光芒。声称不耽误阿张办事，酒也不喝了，扯上黄金豆就走。

以往神气高贵的办公室，突然变得像个牢笼。“唉，阿张，阿张那种糊涂蛋都发财了，还招很多服务员！这个色狼一定是招了些年轻漂亮的小绵羊！我呢，我这不是被看似华丽的工作贻误了青春，虚度了光阴吗。破公司，破工作，害了我！”羡慕嫉妒恨、自卑狼狈闷。整整一个下午，安列帮怒己不争，气得眼泡都肿了。

安列帮看《红楼梦》的后遗症就重量级地爆发了。本来这造孽的书就使他怀揣少爷梦，如今更是越揣越紧，誓死不撂的架势，渴望立即成为丫环群的领袖。唉，要是有贾宝玉家那么多钱，就可以像他那样生活了，现时代的男人，想有钱就得像阿张那样创业呀！这时候他想起了阿张的话：钱比脸重要。对，钱确实比脸重要，男人有了钱，就等于有了脸，没有钱，再英俊的脸都被人轻看。当初如果跟着阿张一起干，或者娶个富家女，现在房子车子都有了，还愁找不到小蜜吗。

这时已经不能跟阿张干了，一是起步比阿张晚了一步，不知猴年马月能追上，被这糊涂蛋一辈子压在底下，绝对是件耻辱事；二是他和黄金豆刚筹钱买了房子，日子过得捉襟见肘，根本没有能力投资。

还好，他按捺得住。给人打工的唯一好处就是不愁吃不上饭，这个理由使他有十足耐心等待属于他的商机。

作为新上任的HR经理，他有了更多机会参加各地咨询公司（智力密集型的知识服务性产业）举办的培训课，这种风光的活法多少抵消了阿张给他带来的耻辱感。尤其是社交时把HR经理身份亮出来时，他觉得自己太洋气，太帅了。

一次去京城参加培训课，看着热闹的会议场面，安列帮发现开咨询公司是个赚钱的行业。也该着他转运，他应要求提了个问题，培训师周万能先生不但当堂详细解答，课后还就此问题和他延伸探讨，教了他很多解决实际问题的办法。两人真有一见如故，相见恨晚的感觉，遂成为忘年之交，哥们儿相称。周万能也不吝啬，以免费顾问的姿态，给他讲了开办咨询公司的几个要点，并答应以优惠条件与其合作。

“原来开咨询公司比喝白开水还省事！原来赚钱比扫雪花还容易！”他狂喜得快要疯了，他一分钟也不能等，他要立即把公司开起来。

黄金豆在原单位离了职，就遵守职业道德远离酒水业，应聘到一家塑料厂当了业务员。陌生行业陌生市场，一切都要从零学起，她又急着出业绩，恨不得一夜之间掌握业务知识。越急越是上火，只觉心慌意乱，恶火攻心，茶饭不思。

休息日，安列帮陪她到医院一检查，居然是意外怀孕。

想想安列帮的期待、安老太太的冷眼，她决定生下这个小孩。和安列帮拥在一起，对着孕检报告满心欢喜。

兴冲冲牵着手回家，向安老太太报喜。

安老太太见他们如此肆无忌惮地亲热，心里极度不爽，撇撇嘴，捏着嗓子说：“怀上了好，早该履行为人媳妇的本分了，可别学你二姐，连着害两家断后。”

小两口被噎在那里，大瞪着眼睛，好久没缓过气。

黄金豆作为塑料厂的新员工，每天午饭后哇哇狂吐，像个病西施，也不讨老板的好脸色，回家也没有精力展露厨艺，更引起了安老太太极大的不满。

安老太太觉得黄金豆是装的，借着怀孕的机会向老安家表功。老太太绝不让这样的阴谋得逞。老安家的男人这么有出息，总不至于娶不到老婆，她黄金豆不生，总有人来抢着生。

用安老太太的八卦说法，黄金豆肚里的孩子是个势利眼，家里大人刚买了房、升了职，这孩子就抢着来坐胎，就是专门到老安家捡便宜的，说不定一下生就把老安家祸害了。

说来说去，黄金豆就觉得自己怀了个怪胎，一个E-mail发到了她大姐黄江玉那里，把怀胎的来龙去脉做了详细汇报。

黄江玉与黄金豆的身世一样，都是好心的黄氏夫妇收养的弃婴。她比黄小麦年长两岁，比黄金豆年长十岁，在远方的一家外企做HR经理，由于自幼肩负长姐的重任，练得一身震唬妹妹们的本事，一张刀子嘴、一颗豆腐心，使妹妹们对她既亲近又敬畏。如今养父母离世，她更是义不容辞地担起了指导两位妹妹人生正道的职责。见了小妹的E-mail，立即拨来电话。她工作忙，性子又急，说起话来含钢带铁，劈头盖脸地说黄金豆没见识，说安老太太封建迷信，又叫黄金豆把听筒交给安老太太。

黄金豆怕惹是非，赶紧挂了电话，再不敢向大姐诉苦了。

安列帮多了一重父亲的身份，对生活就多了一份责任。他发扬头悬梁锥刺股的精神，三个月考出了咨询师证，自豪地把证递到黄金豆面前，说："看到你老公的本事了吧？我三个月就变身为咨询师，一般人没我这个脑子，有脑子的没有我这胆识，我意识到咨询时代已经来临，我要大展拳脚了！"

"展什么拳脚啊，你就背了点理论就觉得很了不起啦？"

"我还有深厚的实践经验呢，别忘了，我是地道的HR经理！"

"HR经理到处都是，哪个单位没有啊。"

"我是咱们省最厉害的HR经理，北京的资深咨询师都夸我！我要开公司，我要开个咨询公司赚大钱！”

“啊？开咨询公司？”

“对！开咨询公司！赚钱很容易很容易！你想象不到的容易！我要把阿张压下去！你不知道咨询业的利润率多高吧？我只要一单业务，就能把阿张压下去，看他还有什么脸出来得瑟！”

“阿张怎么惹你了，你刚当上HR经理，很多难题还没遇到呢，你有什么经验为别人解答难题啊？”

“我是学企管的，又有这么多年工作经验，周万能都说我是咨询界的天才，在咱们省，我就是行业老大，没有谁能比我更厉害！”

“犯傻，周万能是给你下迷糊药，你凭什么当省级老大？”

“好了，别灭自家丈夫的威风了。”安列帮兴奋地把黄金豆压到身下，“金豆、亲爱的、老婆、孩儿他妈，我比别人早迈一步，就早富十年，你就等着当阔太太吧！”

贰

菜鸟创业

1. 让上司抓狂的N个回合

四年前的木讷大叔，凭借高瞻远瞩的战略眼光和处乱不惊的性格，已在半年前升任公司的总裁。安列帮之所以升任HR经理，皆归功于他在木讷大叔麾下时一夫当关，万夫莫开，舌战群雄，最大限度地保障了部门的工作质量，使木讷大叔像一只被严密保护的温室小花，而木讷大叔则全力以赴修炼业务能力，向更高的管理层进发。所谓付出就有回报，木讷大叔刚上任就提拔了安列帮，让他成为左膀右臂。

安列帮考取咨询师的消息早就传到了木讷大叔耳朵里，他觉得提拔这小伙子是看对了人，决定好好表彰他。

正在这时候，安列帮拿着辞职信来了，说要辞职开咨询公司。

木讷大叔当即就惊呆了："安列帮，你能开咨询公司？"

安列帮没想到木讷大叔能问这么亵渎部下的问题，垂着单薄的小眼睑，义无反顾地说："我能，开咨询公司很容易！"

木讷大叔定定地看着安列帮，久久不说话。

安列帮被看得紧张了："我在京城参加培训的时候，和周万能老师成为了好朋友，他愿意帮助我把咨询公司开起来。"

"莫头脑发热。"木讷大叔把辞职信往旁边一推，稳如磐石地吐出俩字："不批！"起身就走了。

安列帮羞了个大红脸，灰溜溜地回了自己办公室。

这一天的工作，他干得万分郁闷。晚上下班后，留在办公室给周万能打电话："周哥，领导不批我的辞呈，看样子我还需要拿出有力的理由说服他。"

周万能在电话那端很严肃："你告诉我，你创业的决心是否足够坚定？你的目的是独立创业，还是讨好领导？"

"我坚决要创业啊，我想在您的指导下创业！"

"那么你现在要做的事，就是以创业为目标，而不是以讨好领导为目标。"

"嗯嗯，这个我明白，但是领导这么器重我，要辞职的时候闹个不愉快，我心里也内疚。"

"既不得罪领导，又想辞职很容易，你只要听我的，很快就OK。"

"好！您说！"

"明天一早，你去向领导认个错，说你不辞职了，要努力把工作干好。"

"我的目的是辞职，为什么又变成了不辞？"

"天机不可泄露，你只管按我说的去办。"周万能说完就挂断了电话。

也不明白周万能到底葫芦里卖的什么药，但他是咨询界的前辈，自然有他的道理，安列帮只得按法实施。第二天一大早，他赶到木讷大叔的办公室，羞愧着脸，为昨天的事道歉，并发誓一定死心塌地干好本职工作。

木讷大叔英俊的脸上露出了阳光："好好干吧安列帮，你的前途非常远大。"这句话其实是在暗示安列帮，他还有无限升迁的可能。

这一天，安列帮心里忽悠忽悠的，心想这样一来，不等于自己打了自己一耳光吗，这周万能不是在捉弄我吧。

到了晚上，周万能主动打了电话过来："今天领导态度还好吧？"

安列帮失落地说："领导非常高兴，让我好好干，这不等于没辞吗。"

"别着急，明天一早，你再到他办公室，态度坚决地说辞职。"

安列帮一听就急了："今天刚说好了不辞，您又让我去辞，我说的话还算话吗？"

"成大事者，必使小人之举。"周万能又把电话挂了。

安列帮也只好如法炮制。第二天一早，又打印了一份辞职信，递到木讷大叔的面前。

木讷大叔英俊的脸上立即布满了阴霾："辞来辞去，辞着玩呢？好好回去工作！"说完又起身走了。

安列帮只觉心底一片懵懂，分不清自己到底在干什么。按周万能的指示，又辞了几个回合。

木讷大叔的案头已经摞了好几封安列帮的辞职信。

安列帮已经不好意思再进总裁办了，但是为了创业梦想，还是硬着头皮闯。

这天，他蹑手蹑脚地走进总裁办公室，对木讷大叔说："我错了，以后再也不辞职了。"

木讷大叔脸上一红，忽地站起身，愤怒地拍响了桌子："安列帮，你还没玩够？我倒要看看，人力资源部会不会从此瘫痪！"拿起笔，刷刷刷把安列帮所有的辞职信都签上了同意。

2. 菜刀和高跟儿鞋也挡不住创业梦

辞不了职不好受，辞掉职也失落，这工作说没就没了吗？以后再不能指挥部门里这些人了？从此和阿张一样，成为无组织无领导单骑闯江湖的小商人？嘁，谁和阿张一个档次，咨询公司可是尖端行业，卖内衣的凭什么相提并论！

而木讷大叔的愤怒，却真的使安列帮心怀愧疚，觉得对不起大叔的栽培，还好，很快就能赚到大钱，那就立即回访大叔，让他再刮目相看一番。

接下来，就是让黄金豆配合他的创业之举了，为此，他颇费了点心思。

晚上，安列帮回到家，与黄金豆并排坐在沙发上，拿出一摞咨询公司的课程邀请函，兴奋地抚着黄金豆的长头发说："金豆，瞧瞧，这样的课程，一个名额最低收费一千二，一百个名额就十二万，而请讲师的费用，才五千块。”

黄金豆说：“咨询业的利润空间怎么这么大?”

“嗯哼，眼红了吧，这一堂课，就比咱俩的年薪还多!”

“一年要是开十堂课，不成百万富翁了?”

“嘁，小庙的鬼没见过大香火——可以天天开课，一个月要是开三十次课，就是三百万的毛收入，保守一点按三成的利润率来算，一个月收入一百万，十年就是亿万富翁!”

“太玄了吧，这么容易赚钱，全国人民不都开咨询公司去啦。”

“玄什么，这就是眼光和胆略问题，有些人，钱在脚边都不敢弯腰去捡，而你英明神武的夫君，注定在咱们市的咨询行业脱颖而出。”安列帮的蝉翼唇雄壮地翕动起来，滔滔不绝。

“你想干啥?你果真想开咨询公司?”

“当然！我辞职了，就是要下来开个咨询公司，你赶早练好手劲儿，别到时候数钱数到手抽筋!”安列帮握着黄金豆的手，整个身体仰进沙发，像个四脚朝天的大蛤蟆。

黄金豆推开安列帮，一脸正色：“哎，你可是从来没当过老板的!”

“是啊，我这么有才华的青年，要是不当老板，岂不被人笑死。”

“谁不想当老板啊，可你知道老板怎么当吗?”

“不会不要紧，公司一开起来，自然就是老板了。人这一辈子，要是连个老板都当不上一回，那可是真瘪三儿了！金豆，你把咱家房产证土地证明都找出来，明天我去抵押了，咱们大展拳脚干一番。”

黄金豆沉下脸，眼睛瞪得老大：“安列帮，咱们东拼西凑的，好容易买这房子，你居然想抵押出去办公司?要是赔了怎么办?咱们市的咨询公司有几家兴旺的，你调研过吗?”

安列帮虎起脸说：“你怎么这么扫兴！公司还没办起来，你先想到赔，好生意也让你咒砸了！别人干不好的事业，我们抻头去干，那才叫敢抓机遇!”

“你以为是个人都能发财呀?”

“正因为一般人发不了财，所以我这个特殊人物要去发财。”

“你必须要确定这是个可以赚钱的项目才可以开始！”

“我就敢肯定这事百分百赚钱，如果抱着怕赔钱的心态，永远也开不成买卖！”

“那你做过市场调研吗，你的上下线都稳固吗？你的上线只有个萍水相逢的周万能，客户群呢？零！”

“谁的客户群也不是天生就有的，那个得培养。”

“凭咱的资金能培养多少客户？只怕还没培养起来就赔光光了。”

“一点骨气都没有，你怎么这么怕赔！”

“怕赔是为了保证更大利益，我要是不怕赔，还去寻找新技术开酒厂呢。”

安列帮转身进了卧室，愤愤地脱下衬衫，扯着嗓子说：“你怎么就绑定了这个‘赔’字？再说了，凡事都得有个先来后到吧，我打小儿帮我姑妈看过商店，你独立做过什么？”

“我做推销，我了解市场，你成天坐办公室，你知道进入一个陌生的领域有多难吗？”

“我坐办公室，我是运筹帷幄。自己想想，你当年推销酒水的时候，我帮过多少忙！”

“酒水是物品，实用价值比较高，咨询是理念，你能带给客户什么理念？”

“我可以教给别人做生意，我在意念里模拟当老板好多年了，要创业的人都可以来咨询我。”

“就咨询你从书上背那点理论知识？谁都可以买本书回去看！”

“书有什么用，那些笨脑袋，写一万本书，也不如我安列帮说一句话。”

“怎么全是你的理啊，你真是猪头烂了嘴不烂。”黄金豆脱下高跟鞋，把尖尖的鞋跟冲着安列帮的嘴狠狠地扔过去，“嗨——空中飞鞋，我砸掉你的牙，看你还胡搅蛮缠。”

“本事不小啊，还拿鞋打老公了。”安列帮伸手接住飞驰而来的皮鞋，轻蔑地扔在自己脚下。

“真要开了咨询公司，就亏得没路走了，两只鞋全给你!”黄金豆气得猛甩一下腿，把另一只鞋也甩离脚掌，赤着两脚就向楼下冲去。地上的小沙子硌得脚生疼，她一颠一簸地像个瘸子。

安老太太正在楼下和几位大婶编八卦，见黄金豆披头散发，光着脚丫，像逃命似的，以为儿子终于有男子汉气概，英勇地把老婆打了，心下无限庆喜，在外人面前却要表示对媳妇的疼爱，把蝈蝈牙用力一龇，像亲娘一样满脸慈爱，问黄金豆要去哪儿。

黄金豆支支吾吾，说没法过了，要离家出走。

安老太太越发以为她疯了，急忙问她的鞋哪儿去了。

这时，安列帮一手拎一只高跟鞋，从身后赶来，摁着黄金豆穿上，又拽着她的手回了家。

聊天的大婶们像看外星人似的看着这一幕，安老太太觉得丢了面子，用眼神狂剜黄金豆的后背一顿。

第二天早晨，安列帮目送黄金豆上班。从书房抽屉拿了房产证明，到银行办理了抵押贷款。用贷来的钱，租了间一百多平方米的豪华写字间、办营业执照、购置办公用品、招聘员工。

一个月后，公司办妥。安列帮兴冲冲给周万能打电话，问他下一步怎么做。

周万能说，以前已经无偿给他提供很多咨询了，如今他成为企业家了，就要亲兄弟明算账，他所有的答案都要安列帮拿银子来换。

安列帮欣然同意，并对周万能千恩万谢，慷慨地让周万能开价。

周万能说，他出去讲一天课，净收八万，跟安列帮是兄弟，就优惠点，每月八万顾问费就OK。

安列帮想想周万能在网上挂的讲课费是一堂课五千人民币，怎么到了他这里就是八万，这身价涨得也太快了，吓得赶紧挂了电话，再不敢跟万能的周哥搭讪了。

失去周哥这个能人也无所谓，谁也不是从生下来什么都懂的，别人能干的，他安列帮也能干，不都是一个脑袋两只手吗，干脆他独创一套咨询方法，在全国独特一把，到时候让姓周的后悔这次狮子大开口。

那就干脆点，一边学一边干。安列帮当即开业，重金邀请了市里的头面人物剪彩。

晚饭后，黄金豆与安列帮并排坐在客厅沙发上看电视。地方台电视新闻里播放安帮企业管理咨询有限公司开业剪彩的镜头。

黄金豆看一眼电视，再看一眼安列帮。瞪着眼睛，惊声大呼："安列帮，你——当真把公司开起来了，你的妻子却不知道？"

"咨询业是暴利行业，干得越早越好，这叫把握商机！我不是早跟你说了吗？是你不同意，所以我只能先斩后奏。现在咱们有了自己的公司，你就要做妈妈了，也不用那么辛苦地去当什么酒水推销员了。"

黄金豆一记"饿虎扑食"，飞身将她的郎君扑倒，叽里呱啦冲他一顿狂吼。

安列帮施展"驴打滚"，从黄金豆身下溜了，稳稳坐到对面的椅子上，挑衅地看着她。

黄金豆气得说不上话，想起闺密传授的绝招：想要吓住老公，只要拿起菜刀就能让他举手投降。于是飞身到厨房拿来菜刀，高高举在手上，恶狠狠地说："安列帮，你要公司还是要命？"

安列帮沉着脸说："你想谋杀亲夫？胆子不小啊，敢拿菜刀，快放下！"他猛地冲过去，一把握住黄金豆拿刀的手，将菜刀夺下。

这时，安老太太也凑过来，龇着蝈蝈牙，慢条斯理，引经据典，把拿刀吓人的行为归类为疯狂的刁妇。直把黄金豆气得两眼翻白。

安列帮先把妈妈哄走，又把黄金豆拽到卧室，好生哄了一番，风波才算平息。

3. 平稳拿钱的美女堆

黄金豆因为妊娠反应太重，在塑料厂的工作业绩非常不好，心里愧对老板，就打了辞职报告。老板本来也想开除这个不中用的孕妇，这下顺水推舟，双方皆大欢喜。

也许是人逢喜事精神爽，黄金豆刚要到自家公司去做老板娘，妊娠反应就突然消失了。

第一天到自家公司上班，黄金豆一大早起来，精心梳洗了一番，跟随安列帮去当老板娘。

在路上，安列帮说，到了公司，不要暴露老板娘的身份，免得员工们阳奉阴违。

黄金豆点头如捣蒜，觉得是个好主意。

安帮公司的办公室向南，四周全是明亮的窗子，迎门是行政内勤办公桌和访客接待桌，再往里纵向排列着三排办公桌，中间由毛玻璃隔断成十五个办公位。

南面靠窗的五个办公位光秃秃的，虚席以待，中间隔断里的十个办公位已经坐了八位。

安列帮清清嗓子，深沉有力地说道："今天，向大家介绍一位新同事！"

这时，隔断里面齐刷刷站起一群漂亮姑娘，群声问安总好。

黄金豆眼前忽地一晕，这里简直是美女集中营呀。"老公，怎么全是美女啊，我眼花了。"

安列帮说："小点声，眼花是更年期妇女的症状，让她们听见了，会说你是打了肉毒素的老妖精。"

黄金豆说："她们这么敏感啊？你快给我介绍介绍她们都叫啥。"

安列帮意气风发，挺胸挥手，向黄金豆介绍道："南面那排，从东往西数：猎头部长何美妮、生产部长常芙蓉、企划部长梅绯丽、市场部长丰广广。"

"哦哦，各位部长好！"黄金豆鞠躬问候。

安列帮继续介绍："北面这排，从东往西数：财务一部部长李平平、财务二部部长巴稳稳、财务三部部长万娜娜、财务四部部长苏茜茜。"

黄金豆感慨地张大了嘴："财务部好宏大啊！"

安列帮自豪地说："四位财务部长的名字连起来，就是平稳拿钱了。

嗯哼，咱们注定是要赚大钱的，今天的会议，就集中讨论一下入股分成的问题！”

姑娘们咯咯咯，笑得花枝乱颤。

黄金豆惊讶地张大嘴，像看外星人一般看着安列帮。

安列帮又指着黄金豆，对大家说：“这位是黄金豆女士，从今往后，她就是咱们的行政部经理，大家鼓掌欢迎！”

然而，姑娘们并没有响应安列帮的号召，等了很久都没有人鼓掌。

这都怪黄金豆的胎怀得比较隐蔽，四个月了还是小腹平平，站在那里风姿绰约，像个姑娘，引起了姑娘们的妒忌。

美女们都抻着头，看一眼黄金豆的行者打扮，再看看自己华丽的职业装，鄙夷的眼神暗相交流。

黄金豆跟随安列帮，走到屋尽头的老板桌前，坐到安列帮对面的椅子上。屏住呼吸，紧紧盯着安列帮的眼睛：“安列帮，你怎么……”

安列帮快速打断黄金豆的话：“注意级别，在公司，请叫我安总！”

黄金豆苦笑了一下：“好吧，安总，我想问问，我也是经理？公司总共几名员工？”

“不算你和我，目前是八名，这个八就是发的意思，不过未来可能是八十名，或者说八百名，都注定是要发的。”安列帮翕动着蝉翼唇，意气风发。

黄金豆打断安列帮的话，一脸困惑的表情：“咱们公司总共八位员工，怎么财务部就占了四个名额？”

安列帮质疑地看着黄金豆：“你不明白？每位财务人员，都要主管一个部门的财务状况，四个部门，当然需要四位财务人员，还缺一位CFO（财务总监）呢。”

“简直是瞎胡闹！”

“哎，你是学历史的，当然不懂，每个部门，将来都要独立核算，所以，他们每个部门配备一位财务人员，每个月跟踪业务收入状况，这叫标准化管理。”

“把财务部门整成这样，就体现出你会管理？”

“当然，财务工作，是非常重要的一环，轻易不能让别人掌控，所以，CFO的角色，由我来兼——财务部相当于五位工作人员。”

“每位都是当官儿的，没有兵，怎么开展业务?”

安列帮清清嗓子，放大声音，努力让所有员工都听见：“亲力亲为，这是一个充分发挥个人能力的公司，我给大家提供最大的发展空间，自己发展团队，包括你，你也可以招聘一位助手。”

“我？招聘助手干什么?”

“黄经理！咱们公司，刚刚开办，各种人才奇缺，招聘业务量是很大的，现在呢，行政部归你管，因为咱们公司规模比较小，所以HR也由你部门负责，也就是说，招聘这一块儿的事情，你要把它抓起来，不要凡事总靠我，我需要把有限的精力，用到重大的运筹帷幄中去，开业的前期筹备，已经把我累得心力交瘁了。”安列帮说完，像个老板一样倚住椅背，高傲地进入了休息状态。

黄金豆捧读安列帮归纳的招聘须知：1.名字不吉利者，拒聘。2.形象不美好者，拒聘……

黄金豆哂然失笑，悄悄对安列帮说：“看这招聘须知，公司该改名：封建迷信+选美公司。”

安列帮皱起眉头，刚要驳斥，来了一位头发花白的老先生，站在门口，环顾屋宇：“哎，这儿办公条件挺好，窗户都擦得锃亮，地板也干净，跟小年轻儿的一起工作，这心情儿也好。”

安列帮对黄金豆说：“来陌生人了，这是你行政部的管辖范围，去招呼吧。”

黄金豆把老先生让到迎门的招待椅上，递上一杯水：“大爷您好，您是今天的第一位来客，喝杯茶吧。”

老先生倏地变了脸色：“你上来就是一声大爷，把我的心都叫老了。职场可没有这么称呼人的，一看你就是个职场菜鸟。”

“噢，对不起，您的职场称呼是什么?”

“我叫权曙光，亲切一点，叫我曙光老师好了。”

黄金豆做惯了营销，嘴巴自然又勤又甜，急忙喊曙光老师。

其他姑娘们在座位上，交相窃笑。

权曙光见黄金豆态度乖巧，也消了气，摆正胸脯，说："咨询公司应该是前瞻性最强的企业，你的言行，就代表了你们公司的整体风貌，你们老总应该从理论上先把你们培训好，别忽视了细节，不是有句话，叫做细节决定一切吗！"

黄金豆端坐在权曙光对面："是是是，曙光老师，您真是位行家呀。"

"这话还真是说准了！我看哪，你们这种刚成立的小咨询公司，最缺的就是资深的咨询师。我呢，是个实战派，对企业中所有的运作环节，都有丰富的理论知识和实践经验，现在，我决定了，来帮帮你们！"

"啊？您已经决定了，要来我们这儿工作？"黄金豆惊异地张大嘴巴。

"嗯，慢慢你就了解了，我是非常乐于助人的，我在南方的三十多家大型企业任过职，在十几家公司当过CEO（职业经理）。那些个老板，都是把我捧在手心怕掉了，含在嘴里怕化了的，今儿早上，还接到一家矿机公司老总的邀请，给我年薪二十万。可我不差钱哪，犯不着去受那份累不是。"权曙光挥着大手，自豪地笑。

"不差钱？您是来我们公司做义工吗？"

"义工？你是琢磨着天上给你掉馅饼啊？你开公司的，要是指望员工都来给你白干，不如拿个钵子跟和尚去化缘。"

"是您自己说不差钱嘛。"

"我要实现我的价值，懂吗？而且，我也要生活，要吃喝用度嘛。"

"嗯，人老雄心在，可以在家帮阿姨看孩子，发挥余热呀。"

权曙光猛地哆嗦一下手："你看我这身子骨，还能看得了孩子吗？"

"我早发现了，您的身体是不太灵便，不过，您的眼神和思维都还算灵活，可以用目光协助阿姨爱护孩子。"

"这些话太脱离职场了，说点专业的。"

"好吧，您说。"

"咨询公司一般都是跟上层人物打交道，而我偏偏喜欢跟有高度、有深度的人打交道，只要不用我坐班，再给个双休，其余的时间呢，你们有什么高难度的客户，我随叫随到。"

黄金豆摇摇头："关键问题吧，是您的身体一直哆嗦，如果带您去和企业谈判，人家担心被感染成哆嗦症，而拒绝与我们合作，那不是失去商机了吗?"

权曙光忽地拍了一下桌子："你这是瞧不起帕金森症患者！我们帕金森病人应该坐在家里等死吗?"

黄金豆急忙摆手："不不不，不是那个意思，我是说，现在的客户吧，都比较追求新理念，您这么大年纪，思维可能成熟到固化，年轻人与您交流会觉得缺少新意。"

权曙光转了转眼珠，脸上有了笑意："原来是嫌我老呀，我们家有年轻的呀，我孙子去年就大学毕业了，学企管的，你等会儿，我叫他来。"说着，拿出手机给孙子打电话。

两分钟后，进来一位清瘦的小伙子。

权曙光对小伙子说："培进，这位是黄经理，她这里需要新鲜的思维，你太合适了。"

小伙子谦恭地向黄金豆半鞠躬："你好，黄经理，我虽然是刚毕业不久的学生，但是我能很快地学以致用，加上我爷爷对我的指导，我会从最基础的岗位做起，扎扎实实地成长为一名出色的员工。"

黄金豆见对方如此乖巧伶俐，顿生好感，给小伙子让座，倒了杯水："你对管理咨询都有些什么了解？你叫什么名字?"

"我叫权培进，我今年二……"

权培进还没有说完，黄金豆已递过一张纸："填份应聘表吧。"

安列帮远远地冲过来，夺走应聘表，满脸阴霾地说："我们聘请成熟的，可以即刻上岗的人才，你不适合!"

权曙光生气地抖动着双手，说："年纪大点你们嫌老，年纪轻点你们又嫌小，你们横竖就是不聘我们，我怀疑你们招聘的诚意!"

黄金豆见安列帮态度坚决，只好转移策略："权曙光老师，要不这样吧，您发挥一下手里的客户资源，跟您的孙子来个老幼搭档，做这里的兼职业务员，这样，不但你俩有事情做，自由性还很强，而且收入也比在这坐班高多啦，我给你俩很高的提成。"

权曙光全身越发哆嗦了起来："敢情你们这么大公司，是招聘欺诈的方式来找业务啊。我刚才进门一看，就知道你们公司是开着玩的，真正的创业者，员工都得忙着出去找业务，哪有聘一群姑娘回来开茶话会的。还咨询公司呢，先把自己好好咨询咨询吧！"

黄金豆的脸倏地红了："哎，您可真是太小看我们公司了，我们投这么大资本，能一点业务都没有吗，就算您没有能力开发业务，也不用这么埋汰我们吧。"

"埋汰？进门一看阵容，你们公司就挺埋汰的，决策人是个什么人物？简直在恶搞嘛！"权曙光越说声越大，引出同楼层的一大堆人拥到门口围观。

何美妮带头，职员们交头接耳：连个帕金森老头都摆不平，有这样的人当咱们的行政经理，以后可有热闹看了。

安列帮气急败坏，命黄金豆停止对话，让权曙光走人。

权曙光"呜"地哭了："你们冠冕堂皇咨询公司，拿一位老人开心，工作人员就这种素质吗？培进，咱们走，他们就是聘我当总经理，我还不干呢！"

权曙光和权培进走后，安列帮对黄金豆吼道："你怎么到了咨询公司还满嘴的江湖话，一点专业素质都没有！"

"你是希望我用书本语言跟他对话吗？"

"这爷俩存心是来怄人的，一个叫全输光、一个叫全赔尽，你还让他填应聘表，你想让咱们公司刚开业就关门大吉吗？还真是只会推销酒水的料儿，幼稚，妄想他给你带业务，看不出他是来帮孙子找工作的吗？以后，不要把业务员的思维带进行政管理工作当中！"

正说着，权曙光又踅了回来，一脸喜色："原来你们是嫌我孙子的名儿不吉利呀，我给他改名叫权富贵行吧。"

安列帮生气地说："你怎么偷听我们说话呢，我现在富贵得起来吗，我的当务之急是赢利，赢利之后才可以坐享富贵。"

权曙光说："那他叫权英立。"

安列帮气急败坏地说："你以为出来应聘是过家家呀，黄经理，送客！"

4. 应聘者的魅力

何美妮和邻桌的常芙蓉私语："这位黄金豆，简直是自作聪明，要是来应聘的都能揽到业务，所有企业都不用打业务广告，直接发个招聘启事就银子响丁当了。"

常芙蓉在梅绯丽的耳边私语："这黄金豆脑子里好像就只有钱，财迷！"

梅绯丽在丰广广耳边私语："眼里只有钱的人都浅薄。"

丰广广抻着脖子，又和苏茜茜私语："看上去就没什么本事，不知道跟安总什么关系进了咱们公司混饭吃。"

如此左传右，右传左，美女们围成一圈唧唧喳喳都在说黄金豆的坏话，屋里像个麻雀窝。

正说着，"咚咚"敲门，进来一位肌肉发达的壮汉，名叫祝大赚。自称曾经是市内最著名的咨询公司——范世豪咨询公司的业务骨干，因为范世豪什么都不懂，全靠他把公司发展壮大，而后范世豪又没给他加多少工资，一气之下他就领着所有的员工跑了，所有谈下来的项目，都因为没有他这位资深咨询师去做，后来都成了泡影。

黄金豆惊得张大嘴巴，好久没说话。

祝大赚自豪地说："去年，范世豪公司员工集体出走事件，你听说过吧？那就是我搞的。"

黄金豆额头冒汗："您这么能耐，那您完全可以自己开公司啦。"

安列帮像见了神仙，快速凑到招待桌前，听祝大赚讲话。

黄金豆对安列帮说："安总，我是在进行第一轮的选拔工作，请不要干预！"

安列帮悻悻地回到自己的座位。

祝大赚往右边斜着一昂脖，说："我自己是可以开公司，但我要是开了公司，这全市的业务就被我垄断了，还有你们干的吗？再说了，我也没那么大的野心，轻轻松松当个职业经理人就挺知足的。”

黄金豆说：“我们公司刚刚开业，还真聘不起您这么高级的人才，这样吧，您填一下应聘表，如果有需要，我再叫您过来。”

祝大赚笑了笑：“我的水平高，要求却不高，每个月给我几千块钱，让我有个地儿坐班。平时你们出去跑，跑到与总裁交锋的时候，我给你们去撑场子。”

“您只管坐着等我们去拿业务啊？”

“不是讲了吗，我的水平适合与总裁交锋，你就放心吧，准保儿手到擒来，我就敢给您下这样保票。”

“您的才华令我景仰，但是，您能够不顾范世豪公司的业务需求，撂了他的挑子，也就能撂我们的挑子。我们如果聘请了您，就等于聘请了一颗不定时的炸弹，说不定哪天把我们给炸得灰飞烟灭了呀。”

祝大赚愤怒地瞪起眼，“啪”的一拍桌子：“怀疑我的人品吗？离开范世豪公司，是因为他既没有能力领导我，又不肯放权，这样的老板搁哪儿也留不住人才。我手上业务多着呢！不聘我，你会后悔的。”他起身就走。

安列帮静观一切，火速把黄金豆叫到老板桌前，气急败坏地拍着桌子说：“这么好的人才，要不是我在这看见了，还真被你给涮丢了。他撂范世豪的挑子，那是因为范世豪不够资格管理这样的精英，你让他到我手下干活试试，不用一个礼拜，我保准把他脑袋洗得唯我是从，他刚才不是说有很多的客户都是他发掘的，因为他的撤出而没有做吗，那正巧拿过来咱们做啊。”

黄金豆反讽道：“是你不让我把业务员的思维带进行政管理工作中，怎么现在你却变了。”

安列帮皱着眉头：“做事要长脑子！第一位权曙光吧，他没有业务能力，你却诱导他做业务，这祝大赚有业务了吧，你又往外推，这不是存心跟银子死磕吗，别啰唆了，赶紧把他追回来呀。”

黄金豆追到电梯门口，祝大赚梗着脖子，斜眼看着她，傲慢地说：“我看哪，你们这公司，也就安总经理是个知人善用的人才，我上午还有事，这是我电话，可以让他电联我!”祝大赚递过一张写有手机号码的纸片，头也不回地走了。

黄金豆回来把祝大赚的话向安列帮陈述了一遍，并把写有电话号码的小纸条交了上去。

安列帮听完黄金豆的汇报，自鸣得意：“他是做管理的，当然看一眼就明白：我是个重量级的人物！你呀，还是不适合干招聘工作。以后，把招聘工作交给何美妮，你就收拾收拾卫生，打扫打扫地板，擦擦桌子，大家扔的东西拾掇一下。”

黄金豆惊呼：“刚刚上任，就把我降为清洁工了。安列帮，我可是酒水公司的销售精英呀。”

“这里不卖酒水，这里只卖先进的管理理念!”

“我才刚上班半天呀，给我这么大的下马威?”

“行了，这儿没什么事，你早点回家帮妈做饭吧。”

叁

糊涂总裁野蛮妞

1. 奇怪的短信

安列帮受了《红楼梦》的熏陶，把公司当成大观园了，做着绮丽的少爷梦，一群莺声燕语、花枝招展的女人围着他、奉承他，日子滋润极了。

过了几天瘾，安列帮总算端正了点儿态度，打算从头到脚打造自己的老板形象。

首先，他印象中的老板都善于丌会，并且在会议上讲到口喷白沫、眼冒金星，赢得底下叫好声一片才宣布散会；再就是开着车子，带着美女秘书，到处吃喝应酬。所以，他的第一要务是给员工开会，进行洗脑大运动；第二要务是贷款买辆车；第三要务是找个美女秘书。

前两要务都很顺利地实现了。这第三要务，更是最重头计划了。公司里一大群女孩子长得各有千秋，性格也是五花八门，都快把安列帮的花心撑爆了。呵呵——都好！都适合当小秘！资本时代的老板应该讲内涵，拥有两名小秘就算真情男人，再多就要被称做色鬼加流氓了。那就一步一步来，迅速搞定一个，出门应酬时带上，免得欠了排场。

这第三要务在他心中列首要位置，在开业前的招聘过程中，他就利用调查员工家庭成员的机会，对姑娘们的情感状态进行了排查。

排查结果显示，只有李平平是男友空档期，且她有很多优点，一是年龄小，心路比那些年龄大的要单纯；二是身材娇小，却比黄金豆丰满，与黄氏恰巧互补；三是识时务，该说话的时候绝不缄默，不该说话的时候拿钳子也撬不开她的口；四是动静两相宜，静的时候像月下的荷花，动的时候像狂野的豹子。

因此安列帮就像当年追求黄金豆那样，对李平平展开了轰炸式的进攻。每天晚上安排一些应酬，以财务部付账单为由，带上李平平。至晚宴结束，安列帮又像亲大哥似的把李平平护送到员工宿舍，一路上嘘寒问暖，牵手搭肩，顺藤摸瓜，肌肤相亲了无数个回合。

李平平是90后的物质女孩，宁愿坐在宝马车里哭，也不愿坐在自行车上笑，唯利是图，此外她还深谙男女风情。她自幼没了父亲，家境困窘，对有钱的老男人十分向往，面对安列帮无微不至的关怀，感觉这比从前的小男友风光多了，自然就爆发了恋父情结。

不过几日，在安列帮那贷款买来的新车上，李平平主动亲腻，两人干柴烈火，海誓山盟。李平平主动求婚，让安列帮赶紧娶了她。

安列帮目的很明确，他是找情人，不想在婚姻情感上纠缠。于是，他巧舌如簧，说李平平年龄小，还没到法定结婚年龄；再说了，他家有悍妻，常常喊打喊杀，为了琐事都能拿出菜刀和高跟鞋与他拼命，他是绝不敢惹的。

李平平听后义愤填膺，起了保护安列帮的心，发誓为安列帮除害，非要他把老婆叫出来一决高下不可。

安列帮怕惹事端，就在黄金豆到公司之前告诉她，不要在员工面前暴露老板娘的身份。黄金豆不明就里，还以为安列帮让她当卧底，潜伏在公司观察员工动向呢。

黄金豆刚上班半天，对公司事物毫不知晓，被安列帮提前打发下班，就要尽妻子的责任。路上买了菜，要做一锅好饭等待夫君享用。

安列帮的妈妈正在家里阳台上举哑铃锻炼身体，听到黄金豆开锁，急着去沙发上装病，结果哑铃没放好，砸伤了脚，疼得哎哟直叫唤。

黄金豆急忙带她去医院拍X光片、打石膏，又搀回家静养。

安老太太坐到沙发上，蹙着眉头看电视，终于不用装就有了病人相。她这会儿没那么多精气神儿挑黄金豆的不是了，反而直夸黄金豆孝顺。

黄金豆帮安老太太倒了杯茶，就匆忙去厨房做饭。正炒着菜，安列帮来了电话："金豆，有位意向客户，中午我就不回家吃饭了，你和妈把饭吃好啊。”

黄金豆高兴地说：“啊，有钱赚了！是哪家企业？”

安列帮说：“回头再给你细说，客人在饭店等着呢，我先去招呼了。”

“好，你一定不要喝太多酒，集中精力把客户陪好！”

黄金豆回到厨房又一通忙活，突然听到手机的短信声。跑过去一看，是安列帮发的：“平平，房间已开好，在财满街红袖酒店510室，快来啊，老公好想好想！”

“平平？平平是谁？财务一部部长李平平？糟糕！莫非他有了情人，今天中午出去开房，却谎称要去见客户？”黄金豆眼前一晕，好久才缓过气来。她使劲掐一下大腿，再看一眼短信，千真万确来自于丈夫。

她握着手机，跑到客厅，大声对安老太太说：“妈——您看，安列帮他……他不回家吃饭，竟然约公司的女孩子出去开房！”

安老太太“啊哟”喊了一声脚疼，蹙着眉说：“金豆呀，你别胡思乱想，列帮可不是那号人，许是逗你呢。”

“妈……您别偏袒他！看看，这是他错发到我手机上的短信，咱们在家做这么丰盛的午餐等他，他却在外面干这样的事儿！我要追过去，捉他个现形，看他怎么圆谎！”

安老太太眨眨眼，摇着头说：“唉，列帮确实是太优秀了，现在的小姑娘啊，看见个成功的男人就疯追，但愿咱们列帮别着了她们的道儿。”

“妈，菜在锅里炖着，定时就断电了，等我回来再端给您吃。”黄金豆急忙穿上外套，走出家门。

2. 惊心动魄愚人节

午餐时间，安帮企业管理咨询有限公司办公室里姑娘们三三两两围坐桌边，往嘴里扒拉着盒饭，唧唧喳喳说着各种八卦绯闻。

李平平趴在自己的办公桌上，拨通安列帮手机，悄悄说：“老公，你在哪儿呢？”

“我在财满街红袖酒店510房啊，刚才不是发短信了吗。”

“没收到啊。”

“可能是网络延迟吧，你快来呀。”

“好，立即就去!”

安老太太见黄金豆风风火火出了门，怕闹出什么事儿，脸上不光彩，忙拨通儿子的电话：“小帮，你给金豆发了条短信，说在酒店开房了吗?”

安列帮刚冲过淋浴，身上裹着浴巾，听了妈妈的电话，“啊”地大叫一声：“啊呀糟糕，我发错了！怎么办，妈！您千万不要让金豆知道咱俩通过电话，我先挂啦!”

安列帮快速穿上衣服，给李平平打了电话：“平平，别过来了，千万别过来了。我刚才把短信错发到黄金豆的手机上了，她一会儿要过来捉奸成双，我这就下去退房!”

“她是你老婆？你老婆不是很凶吗?”

“谁说不是呢，她就是一傻大姐。”

“那咱们换地儿，行吗?”

“我得回家看看，你在公司待着吧，叫快餐公司送点好饭，不要乱跑了!”

“好，你多保重!”李平平转转眼珠，收起电话，快速打一辆出租车，去了财满街红袖酒店，眼见安列帮急慌慌拦了辆出租车离去。李平平来到前台接待处，开了510房间。迅速进房，拉严窗帘，关了所有的灯。屋子黑咕隆咚，她在黑暗中快速把衣服脱光。

黄金豆下了出租车，飞速乘上电梯就到了五楼。敲开510房的门，她使劲把门开得大一点，好让光线尽量多地投进房间，把偷情的男女曝光。

谁料想，里面的人却忽地把门推上，直接抱住她，把头靠在她肩上，娇柔地喊：“亲爱的，人家等好久了呢……”

安列帮患了声音变异？黄金豆吓得尖声大叫：“你是什么人，快放开我!”

李平平倏地放了手，打开灯，伸展四肢，像鲜花一样，在灯光下绽放自己的身体。

她穿着一件粉色的小抹胸，性感的蕾丝花边内裤，丰满的肉体蓬勃欲出，一碰就要滴水的样子。她高高挺着胸脯，挑衅地说："喂，我与我老公约会，你个女的来添什么乱!"

黄金豆摁着胸脯，理直气壮地说："我是安列帮的妻子，法定的，原配夫人，你——你勾引安列帮干什么，你不觉得这样不道德?"

李平平笑了："噢，原来你是他妻子啊，进了公司，他就没正眼瞧过你，你还好意思提这一层关系!"

黄金豆气极，"啊"地大叫一声，回想这一上午在公司的经过，安列帮确实没有像丈夫一样温情地看过她。

"列帮好命苦！这炼狱般的婚姻早该结束了!"

"什么炼狱婚姻?"

"他工作那么辛苦，你从来不给他一点点安慰，还成天刁难他，向他要钱、要钱、要钱，逼他抵房贷款开公司，你这种女人，就只想着荣华富贵，只想着数钱吗，你怎么不到银行当点钞员，直接嫁给钱?"

"你什么意思，安列帮就是这样在你面前说我的?"

李平平歪头一笑："事到如今，对你明说了吧，列帮决定和你离婚，等我到了法定婚龄就娶我，代替你这个虚荣、贪财、薄情、寡义、残暴的女人。你肚里的孩子，要是敢生出来，可就惨了，你怀上孩子那几天，列帮根本不在你身边，到时候做个亲子鉴定让你丢个大丑!"

"你们……好啊，安列帮，你连自己的孩子都不认了，我得找你讨个说法!"黄金豆气得咬牙切齿，转身就走。

李平平幸灾乐祸地追上一句："不用狡辩了，老实交代吧，你外面的男人到底是哪个，这么不要脸，让列帮替他养孩子。"

"你这个臭男人，不仅仅是偷情!"黄金豆像酥了的果子，浑身哆嗦，一边往回走，一边嘟囔，"安列帮，你背地里竟然这样败坏我，不过了，我和你离婚!"

黄金豆像个游魂似的，恍恍惚惚回到家，只见安列帮坐在客厅看电视，安老太太在自己的卧室午休。

黄金豆扶住门框，只觉两眼冒火，浑身筛糠："真行啊，刚当上老板，就出去偷情，说自己老婆坏话！”

安列帮一脸无辜：“胡说八道什么呢，莫名其妙的疯婆子！”

“你把偷情短信发到我手机上了，我刚才在宾馆被李平平当做你，抱住了喊亲爱的，你还有什么可以抵赖？”

安列帮哈哈大笑：“你也太老土了吧，你呀，都快当妈妈了，还这么不相信老公，你难道看不出来，这是我跟李平平联手送你的愚人节娱乐吗？”

黄金豆一脸愕然：“今天是愚人节？”

“当然，愚人节，今天！”

“那也不对。是你们俩约会被我发现了。”

“什么不对，我要是跟她约会，我怎么会在家里了？”

“是啊，你说你今天有事，不回来吃饭了，怎么又回来了？”

安列帮生气地说：“还有脸问！妈的脚伤成这样，你不在家里照顾，却往外跑，要不是我回来帮她端饭，就要被你饿死了！”

“我看，你是知道发错短信了，不敢在那待了吧？”

“什么乱七八糟！那么小的女孩我打她主意不是招雷劈吗，况且她和男朋友早就同居了，不干不净的，谁稀罕！”

黄金豆突然感觉到肚子疼，捂着肚子，冲着安老太太的屋子喊：“妈，我今天逮到安列帮偷情了——那个李平平，才十九岁，就在公司当了财务部长，还叫他老公！他不承认！”

安老太太坐起身，远远地拉长音调：“金豆啊，列帮不是说了吗，今天是愚人节呀。”

“妈，日子愚蠢，我不愚，他就是在外面偷情，搞婚外恋，花心大萝卜！”

“哎哟金豆，你就犯糊涂，列帮现在是老板了，即便是真的，瞅瞅现在那些电视剧，哪个当老板的不是秘书情人一大堆，咱们列帮至少还天天回家呢，做人妻子，要懂得感恩惜福哟。”

“啊——妈，这算是我不好了吗？您这么纵容他，他会越变越坏的！”

安老太太说：“金豆啊，你现在不是恋爱期，是在过日子，过日子最重要的是学会包容，特别是做一名总经理的夫人，心眼儿太小可不行啊！”

安列帮见妈妈帮自己，立即理直气壮："李平平的事，与我无关，她是为了在公司站住脚，自己送上门来，如果我不是处在这样的地位，你觉得她会爱我吗？"

黄金豆伸出手掌，"啪"地拍响了桌子："噢，果然是真的！既然你明白这个道理，那你为什么还要上当？"

安列帮板着脸，很有老板风范地说："金豆，你不要这么白痴好不好，这叫上当吗，我有什么损失？我是壮大了威望。不是我上当，而是她上当，太拿自己当回事，以为我爱她，会娶她！"

"你既然不爱她，还和她在一起，是要作践自己吗？"

"逢场作戏，玩玩而已，哪个当老板的不是情人小秘一大堆？像我现在的地位，如果出门都没有小秘，还不被人笑死，你以为我当真会爱上别人？我是要做大事业的，可没闲心跟女人绕！"

"要玩为什么不陪我玩呢，我妊娠反应得厉害，好渴望丈夫的温情！"

"你就想着你自己，我辛辛苦苦开公司，还不都是为了这个家，我撑个摊子容易嘛！"

"还有脸说呢，刚当上老板，还没赚到钱，就想着包养情人，你太没有家庭观念了！"

安列帮一副不耐烦的表情："金豆，你还是没了解当老板的基本要素，慢慢适应吧。"

黄金豆愤怒地说："没见过当娘的护着儿子搞外遇，也没见过有老婆的男人这么理直气壮找小秘。这日子真没法过了，我不过了还不行吗？"

安列帮说："让我好好睡个午觉，不闹了行吗？"闭上眼睛，高傲地打起了呼噜。

3. 伤心老板娘

下午两点。安列帮去公司上班。黄金豆没有随他的车子一起出发，而是翻箱倒柜，找出漂亮衣服把自己狠狠打扮了一番。

安列帮给李平平打电话，让她到公司大厦的一楼公共接待处等他。

李平平乐滋滋的，扭着腰就出来了，“咕咚”坐到安列帮对面的沙发上。

安列帮沉着脸说：“平平——你居然曝光咱俩的事，你什么意思？我都退了房，你再去开！”

李平平嘟着腮说：“原来她是你老婆啊，我还以为你老婆多么凶悍难缠哩。如今闹成这样子，我是一点也不怕她了，我就不明白你怕她的哪点儿？”

安列帮皱皱眉：“你小丫头怎么一副掐架的架势？你是你，她是她，不要乱扯。”

李平平重重哼了一声：“我吃醋行不行？你可说过，她没我长得漂亮。”

“当然，在我心中你最美。”

李平平笑了：“那……因为她叫黄金豆，所以你才爱她？”

“是又怎么样，她的名字就是喜庆。”

“好啊，那我叫李金砖，我大她一万倍，遇到我，她就小得看不见了。”

“你起什么哄啊，你又不姓黄，好好当你的李平平，别把‘平稳拿钱’的意给破了！”

“好好好，都听老公的，我就每天为老公祈祷，祝老公平稳拿钱！”

“嗯，记住了，以后要文文静静做乖乖女，不要再给我添乱！”

李平平抿嘴笑道：“今天终于逮到机会，让她明白咱俩的关系，帮你摆脱这苦难的婚姻，难道不是件好事吗？”

安列帮叹息一声，嗔道：“你呀，就像《红楼梦》里那个贾琏的小老婆秋桐，野得紧，但是你别忘了，秋桐再能闹，最终还是败为寇了。”

“这个故事你讲一万遍了，你不是说她轻而易举治死了尤二姐吗，这黄金豆早晚要败在我手上。”

安列帮质疑地翻了翻白眼：“你能斗败黄金豆？”

“当然，你不是说她很傻吗？我看她也缺点心眼儿。”

“她可不是真傻，她要是烈起来，比尤三姐还胜一筹哩。尤三姐你还记得吧，就是那个嫁人不成就拿剑杀自己的人。”

“喊，那又有什么可怕，傻大姐加尤三姐，不就是个傻三儿吗，跟她在娘家的排行还顺上了。”

“显你嘴巧，居然叫她傻三儿，她可是我的正房太太！”

“未来的正房不是早已内定给我了吗？你还是早点跟她离婚吧，我这一中午都在为她上火！”李平平娇憨地嘟起了嘴。

“离婚还不到时候，不是早跟你说了吗，她要生宝宝了。”

“什么破理由呀，她会生宝宝，我就不会生宝宝吗，我看你就是舍不得！”

“还有，她招财呀，算命先生说她天庭饱满，地阁方圆，有旺夫益子之相，名字取得又妙，有她就等于有钱。”

李平平忽地坐到安列帮身边，挽住他胳膊说：“老公，跟那种人一起生活，即便被钱埋起来，这一辈子也白瞎了。改天我去整容，也来个天庭饱满、地阁方圆、旺夫益子之相，来帮你招财，你就放心大胆把她踹了吧！”

安列帮往四周看了一眼，进进出出的人有意无意地往这边观望，急忙把李平平的手掰到一边，严肃地说：“现在的主要任务是把企业做大做强，男欢女爱都是小事，你得跟我学着，做个有胸怀的人，别被儿女情长裹住了脚！”

“好吧好吧，我一切行动都听老公指挥！”

安列帮得意地站起身说：“那现在就上楼去把企业做大做强吧。”

“嗯哼。”李平平心满意足地扭着腰走了。

回到办公室，李平平就把黄金豆的外号传开了。同事们一听傻三儿都笑了，不过大家都是刚到公司不久，还在巩固职位、故作文雅期，不轻易用绰号冒犯别人。

黄金豆一个人郁郁寡欢地去公园散步，脑里是对现状的思考。走累了，抚着肚子，坐在公园的长椅上，拨通了大姐黄江玉的电话：“大姐，安列帮有外遇，跟公司的小姑娘在外面开房，被我逮到了，还说这是当老板的基本要素，你说这是人话吗？”

“当然不是人话！这么简单的问题还用问我，我看你是被他气傻了！”黄江玉刚给员工开过会，在会上耍完威风，嗓子都有点哑了，接了黄金豆的电话，更是气不打一处来，像一头抓狂的狮子。

“更可恶的是，我婆婆还袒护他，好像巴望着他有三宫六院七十二妃直接把我打入冷宫！”

“啊？这是个什么样的糊涂妈呀！”

“大姐，我的心像被刀绞了，感觉安列帮一点都不爱我了，感觉那个家一点温暖都没有了，我觉得我像个无家可归的小孩。”

“你刚为他怀上孩子，他怎么就坏到这程度了呢？金豆，别回去了。我和你二姐的家，随便你住！”

“嗯，那他呢，就由着他乱搞？”

“他爱干啥干啥，你直接拿到证据，跟他离婚就是了，跟在这样的人身边早晚得被气死！”

“大姐，您是让我离婚？孩子怎么办？”

“孩子不生了，立即去打掉！我给你二姐去电话，叫她陪你去医院！”

肆

双鱼女VS水瓶男的绝世爱情

1. 柔美情痴与凶猛诗狂

黄金豆的二姐得了大姐的令，急忙跑到广场，找到黄金豆，向她问询来龙去脉。

二姐名叫黄小麦，三十出头，娇小玲珑。她长发披肩，圆脸蛋，翘鼻子，嘴唇像樱花一样；眼睛像黑葡萄，晶莹透亮。她穿一套鹅黄色的休闲衣，娇嫩得像一只阳光下的雏鸡，只是神情忧郁，好像有无限惆怅。

黄金豆把前后过程一说，黄小麦不由得倒吸几口冷气，脸色变青，牙齿咬得嘎嘣响："小妹，我和大姐一样的看法，这日子没前途的！"

"唉！"黄金豆长叹一声。想想嫁进安家以后的一幕幕，想想安老太太对这胎儿的诅咒，想想安列帮对她的不屑，想想李平平一声声地喊老公，狠狠心咬着牙说，"好吧，我也不想给安家生孩子，不生了！"

"嗯。都四个多月了，不能再拖了，咱们直接去医院！"

黄小麦拽上黄金豆的手，搭上计程车就去了妇产医院。

一番检查过后，黄金豆住进了病房。黄小麦忙前忙后准备手术费和一应用品。

第二天午后，黄金豆就进了手术室。

这期间，她没有开手机，刻意忘记安列帮的存在。过了三天，黄金豆办理了出院手续，苍白着脸，随黄小麦回了家。

黄小麦的家，房子比较旧，两室一厅，家具简陋。门厅的地上一片狼藉，卧室门上一个拳头大的洞。

黄金豆坐到客厅沙发上，神色恐怖："怎么，段永恒又用房门练拳击了?"

黄小麦一边收拾地板，一边说："昨晚，他们报社李总给女儿办喜酒，他喝得不少，回家又喝了两杯，就控制不住了。"她的声音轻柔，像空中飘扬的柳絮，虽有些幽怨，脸上却溢着羞涩的幸福。

黄金豆愤愤地说："这个小男人！真是个自虐狂，居然这么喜欢受伤的感觉!"

"喝了酒，大概是神经麻木吧，他都不喊疼的。"

"我看他是有点神经病!"

"恋爱中的人都是神经病，我也是。"

"唉，二姐，神经病也得神经的有点技术吧，他这是没事找事，若总是这样子，你可怎么熬下去呀。"

黄小麦无奈地说："不然又能怎样呢。"

"我看，你该回美院去当教师，既增加点收入，也不用这么待家里只面对他一个人。"

黄小麦浅浅地笑了："我嘛，一个人在家安静地画画儿也挺好的，我俩对物质都没有过高的追求。如果我出去工作，他是绝不允许我的办公室有男生出入的。没有男生来往的办公室，还真是难找呢。"

黄金豆指着书房那几摞拔地而起的字画："那你就自己开个店，卖自己的作品。在店门口标注：谢绝男生入内。"

"我的画，有人来订过，段永恒一张也不舍得卖，他要留住我的一切。"

"变态小男人！二姐，你嫁了这样的男人，我和大姐都替你担忧，早晚有一天，他不攻击门窗了，转而攻击你可就糟了!"

"那不可能，你们不用这么担心啦。"

"哼！伪诗人，简直是个不可理喻的疯子，和大姐说一声，咱们结伴儿离婚吧!"

"离婚哪有结伴儿的呀，我不会离开他的，我只是遗憾有那一段婚姻，使他有这样的阴影。"

"二姐，别犯糊涂，你的第一桩婚姻，是他亲手破坏的，他没理由把这当做你不贞的借口！”

黄小麦忧伤地垂下眼睑：“是这么回事，但是，我是他唯一的女人，他心里有阴影也是难免的。”

“那他也不应该怪你不是处女呀。”

“他又不是神，有点处女情结很正常呀。”

“二姐，我看你也不正常，还为自己的受虐找借口。”

“我不正常？”黄小麦惊讶地张大了嘴。

“他没理由虐待你，你知道吗！”

“他只是不希望我的心里有别人，这不是爱情的最正常表现吗，有什么错？”

“那，你的心里有别人吗？”

“没有呀，就是对郭思焕有很大的愧疚！”

“二姐，我就担心这变态的小男人说不定哪天对你失去兴趣，又变心呢！”

黄小麦浅浅一笑：“他是水瓶座，是一生只爱一个人的性格。”

黄金豆说：“依靠星座来判断爱情，太荒谬了吧。”

黄小麦走到书房，拿出一摞诗稿：“十年，他对我坚定不移，还把最珍贵的婚礼送给了我！若不是爱我太深，怎会这么在意我的心里都有谁呢？瞧，他为我写了这么多诗歌，这两本诗集是刚出版的。”

黄金豆一看，两本书分序号写着《麦地诗集》Ⅰ&Ⅱ。她轻蔑地说：“麦地？他想当麦农啊？一写还两本哩，没事儿穷酸，直接把笔扔了种麦子去多实在。”

黄小麦急红了脸：“麦地是段永恒的笔名呀，因为我叫小麦，所以他就要当麦地，让我永远生活在他的土壤里。”

黄金豆翻了翻书，认真地说：“二姐，这都是他大脑发神经，为赋新词强说愁的文字，与爱情无关！”

黄小麦板起了脸：“不爱一个人，怎么可能为她写出这么多文字呢？就像我，如果对一个物体没兴趣，是没有激情去画它的。平时他都好好的，就是喝了酒爱翻旧账。”

2. 文武双全的恋姐狂

说到翻旧账，要回溯到段永恒的童年，因为他的父母工作忙，常把他送到对门邻居黄氏夫妇家里，黄小麦比他大八岁，正好有能力带他，自然成为他最好的陪护人和最依赖的玩伴。到了十五岁那年，他已长得高高瘦瘦，虽然像个发育不良的豆芽菜，却是青春萌动，对爱情的憧憬不可抵挡。一次看到黄小麦在夕阳下作画，他的大脑忽然被闪电击了一下，他从没见过哪个女孩子比黄小麦更富艺术气质，那空洞而又浪漫的少年心怀，被全盘震荡。

这时，黄小麦二十三岁，刚从省美院毕业，分配到市美院当老师。青春、美貌、气质，完美糅合于一身，画猫画虎画蝴蝶，人和画都美到极致。

段永恒是个金庸小说迷，他想，一定要做个大英雄，把这身怀绘画绝技的美女娶回家。从此，他拜了名师，勤学苦练李小龙的绝世武功截拳道。脑子里每天都在风花雪月地想着，自己武功练到出神入化时，将在黄小麦遇难的关头，像神一样搭救了她，从此展开英雄与美人的绝世爱情。

可是不久后，他发现黄小麦与别人拍拖了。这可把他气坏了，他像一头愤怒的狮子，狂野地跑去黄小麦家，当着众人的面对她说："你不可以和别人拍拖，将来你要嫁给我！"

黄小麦看着段永恒稚气的眼睛，一时没明白怎么回事，呆愣在那里。

黄小麦的男朋友是她的高中同学，名叫郭思焕，此时正在黄小麦的身边坐着。见这小兄弟如此鲁莽示爱，郭思焕笑了，一边笑一边说："小弟弟，小麦姐姐虽然好，可是等你长大了，会遇到真正适合你的女朋友，回家好好学习吧，不要想些与年龄不符的事情。"

段永恒愤慨地盯着郭思焕的眼睛，说："不要叫我小弟弟，叫我情敌吧，我在练截拳道，我将成为绝代大英雄！"

郭思焕耐心地说："小弟弟，你当不当英雄，与情敌没关系。现时代，光会武，不能文可不行呀，回家好好读书吧。"

"不！只有英雄才配爱美人，你肌肉松弛，看上去什么也不会，该回家的是你！"段永恒握紧拳头，豆芽般细的胳膊上居然隆起一个硬硬的小肉球。

郭思焕哭笑不得，看看自己松弛的肌肉，尴尬地闭了嘴。

"读书也难不倒我！"段永恒坚定地站在黄小麦面前，对她说，"你不要急，等我长大，文武双全来娶你！"

从此，段永恒只要有工夫，就盯住黄家大门，如果郭思焕来看黄小麦，他就去捣乱。后来，郭思焕为了躲避段永恒，就把约会地点定在了自家。

小孩子果然好骗，段永恒看不到郭思焕，以为从此大吉，黄小麦就归了他。他就更专心地学文习武，准备与美人生死与共了。

可惜好景不长，第二年夏天的一个星期日，他发现黄小麦与郭思焕要举行婚礼。他立即像一头暴怒的狮子，冲到黄小麦家。

那时黄小麦正在穿嫁衣，段永恒疯狂地盯着她说："你是个像贼一样的女孩，你一定偷偷跟他约会过，否则今天不可能跟他结婚！"

黄小麦被说得面红耳赤。

这时，郭思焕捧着迎亲的玫瑰花进来了。

段永恒上前拽住郭思焕手腕，疯狂地抖动着，吼道："你来娶，凭什么？你的肌肉呢？"把文弱的郭思焕抖得像筛子。

郭思焕死命地护着花，手掌被玫瑰花刺深深地扎疼了，"啊"地叫一声疼，就把花丢到了地下。

后来，黄小麦的父母叫来了段永恒的父母，才算把段永恒安抚好。

郭思焕和黄小麦双双蜡黄着脸，走上了婚车。

读大学后，段永恒接触了文学，文武双全地示爱黄小麦。到他大学毕业后，开始用法国式的浪漫，不屈不挠地追求黄小麦。

黄小麦是双鱼座，典型的情痴思维，传说双鱼座女生泪腺发达，找对象的目的是为了哭的时候有一双勤奋的大手免费为其揩擦。恰巧她嫁进郭家以后，因为不能生育，在婆家并不讨喜。郭思焕是个程序员，每日坐在电脑前面写程序，工作状态像是呆头鹅，久之为人处世也像呆头鹅，完全不晓得揣度女孩心思。黄小麦这颗敏感细腻的心就完全失去阵地，活得孤独而又绝望，自然就收纳了段永恒的感情，像见了救星一样，敞开心怀，所有委屈都化作眼泪洇湿了段永恒脚下的地板，既释怀，又满足了段永恒的英雄主义。

而郭思焕既没去学武功，也没做文人，在段永恒面前完全没有自信，木讷人的脾气都很倔，想想黄小麦既不能生育，又犯桃花，忍无可忍，就与黄小麦离婚，寻娶产仔器去了。

随后，段永恒又为迎娶大他八岁的黄小麦，与父母抗衡了许久，最终以父母的妥协而获胜利。

3. Bye bye，dear总裁郎

按理这是完满大结局，段永恒应该从此志得意满，过上天仙眷侣的日子，可是段永恒偏偏记性太好，当年黄小麦与郭思焕亲密拍拖的镜像一直在他脑海闪映，而且随着时光的飞逝越映越频繁，他的怨恨也就越积越多。

黄金豆说："二姐，这样的人，你就不能再让他喝酒了。你再让他喝，下次就是砸墙，直接把房子给砸塌了，你就没家了，搬个铺盖卷，跟他露宿街头，像一对小乞丐似的，左手捧个碗，右手拿根打狗棍……"

黄小麦柔柔地笑了："耍贫嘴！你睡一觉吧，我去给你炖个鸡汤。脸像黄蜡似的，还有心思拿姐开心。"

黄金豆在沙发上躺下，闭着眼，虚弱地说："二姐，这种小男人是最不可靠的，你要是不舍得离婚，就带他去看看心理医生吧。"

黄小麦甚觉逆耳，忽地关上厨房门，稀里哗啦洗起碗来。

下午六点，黄小麦的丈夫段永恒下班回家。黄小麦脸色飞红，像个热恋中的少女，忙不迭地去开门。

段永恒一手掩门，一手拥住黄小麦，深深地热吻。黄小麦小心地护住他包着纱布的手，更是吻得忘记了时空。

这段永恒身材高大骨感，齐肩的头发染成浅褐色，烫着焦黄的大卷儿，额前的头发拢到头顶扎一小辫，穿一套浅褐色休闲衣，里面衬一件及膝的黑T恤，像个绝世而独立的武士。

黄金豆看得目瞪口呆。难怪二姐对这家伙爱得死心塌地，原来他不但文武双全，练了十几年截拳道，模样也像李小龙了，如果他也姓李，那要被认作李氏再生了。

黄金豆见两人黏在那里，一副不驱不散的样子，生怕当着她面干出窘事来，大声说："啊，段大记者回来了。"

段永恒一见黄金豆到来，甚是扫兴。因为当年他追求黄小麦时，黄金豆嘲笑他年龄小，阻挠过他，他把这类人都归为敌人，所以他几乎没打招呼。

晚饭后，黄金豆在黄小麦家客厅沙发上，接到安列帮电话："金豆，你可算开机了，这些天去哪了也不打个招呼，可把我急坏了，公司越忙，你越添乱!"

黄金豆说："在我二姐家，我前天去医院做流产手术了，刚出院。"

"孩子流产了？你不要开这种玩笑!"

"不开玩笑，一切当真!"

安列帮立即气急败坏："那些玩具白买了？黄金豆！你简直是瞎胡闹！流产等于杀人，你知道吗？你怎么这么没有爱心，对一个胎儿下此毒手!"

黄金豆握着手机呆了半天，心想，是啊，我这等于把自己的孩子给杀了呀，怎么就只想着打击安列帮，不想着孩子也有生命的权利呢。

两小时后，已是晚上九点，安列帮提着补品，一脸沮丧地来到黄小麦家。

黄小麦和段永恒、黄金豆三人并排坐在客厅沙发上看电视。

黄金豆装没看见安列帮到来，心里却有隐隐的温暖。

安列帮坐到黄金豆身边，被众人盯着，也说不出像样的开场白，就坐在那里叹着气，使劲揪裤子。

黄金豆冷眼瞅着安列帮，打破寂静："我已经决定离婚了，你这刚开公司，还没赚到钱，就找情人，将来要是发财了，还不知道纸醉金迷成什么样子呢。"

安列帮一副无辜的表情："咋还为这点小事恼火呢？哪个老板没有情人？男人出去是要有范儿的，你当真不能理解？"

"你愿意那样，我却不愿意，既然咱们不可调和，那就离婚！"

"什么？你竟然要离婚？你想让朋友们骂我，刚当上总经理，就把老婆踹了？"

"这种过法，不如直接把我踹了呢！"

"这样的结果，无非是你黄金豆博得了朋友们的同情，而你，作为一个离了婚的女人，你以为很容易再找到我这么优秀的男人吗？"

黄金豆虚弱地擦一把额头的汗："即便你是世界上最优秀的男人，我就一定要做你的妻子？"

安列帮站起身子，像个演说家一样挺直了胸脯："现在社会上，像你这个年纪的剩女有多少？哪个不在钓金龟婿？我现在只是为了满足身份需求，在外面玩玩而已，拜托不要闹了好不好？"

"那么我的爱情、我的真诚、我的权益呢，就这样被你轻视、被你践踏吗？"

"什么乱七八糟，我可没有欺骗你的意思，将来老了，还是咱俩相濡以沫。"

黄金豆愤怒地瞪大眼睛："安列帮，你只是把我当做人生终老时的归宿？那我的青春就是为了迎候你的苍老而虚设吗？"

"真正的人生都是平淡的，不可能永远沉浸在恋爱状态，把那些小女孩的幻想都放下，平平淡淡过日子吧！"

"我不同意！我不妥协！我要离开你！你这个赖皮！混子！流氓！色鬼！骗子！坏蛋！癞蛤蟆！！！"

安列帮看看围观的黄小麦和段永恒，满脸尴尬："居然敢当众辱骂老公，胆子越来越大了你！"

“我还打你呢。”黄金豆脱下鞋子就往安列帮身上扔，“嗨，空中飞鞋，我砸烂你个花心的大萝卜。”

安列帮躲开黄金豆的鞋子，就要冲过来教训黄金豆。

黄小麦一着急，拽着段永恒的胳膊说：“他想欺负咱小妹，一起打他啊！”

段永恒说：“不敢打，他这么瘦，一拳就残废了，咋办？”

黄小麦说：“扔鞋，鞋砸不残废，快点！”

段永恒得令，和黄小麦一起脱下鞋子就往安列帮身上扔。

呱嗒呱嗒……六只鞋子全部飞到了安列帮身边。

安列帮见大家怒目相对，明显的势不利己，也不敢往前冲了，一边转身往外走，一边说：“越来越不像话了，率众殴打老公，不过了，我同意离婚！”

黄小麦看着安列帮的背影，心有余悸地说：“永恒，亏你帮忙，否则这安列帮不知要对小妹撒什么野呢。”

段永恒恨恨地看了黄金豆一眼，说：“女孩子家咋就那么凶！我是为了你才帮她，否则我就帮她老公打她了。”

黄金豆装没听见段永恒的话。一手捂着空荡荡的小肚子，一手捶着沙发，仰头看着天花板，疯狂地抓头发。

黄小麦急忙搂住黄金豆肩膀安慰她。

段永恒哼了一声，把黄小麦拉到卧室，为黄小麦大声吟诵原创诗歌：你的眼里/有深情款款的水/它的姿势妩媚/它的速度如飞/像是丘大仙的箭射穿我心扉……

黄金豆听了段永恒的酸诗，越发憋了一股气，远远地打岔：“什么球儿大仙，注意别酸掉我的牙！”

黄小麦远远地说：“小妹，丘大仙是永恒对丘比特的爱称。”

黄金豆说：“做梦啊？他丘比特再寂寞，也不会撂下那么多西洋美女，跑到中国来射你这个小男人的心。”

段永恒探出头来说：“注意公德，不要偷窥别人的爱情！”

黄金豆刚要还嘴，段永恒已关了房门。

黄金豆兴味索然，走到小卧室，无奈地躺下来。越想越觉得今天这事值得掉眼泪，也就捧住枕头，呜呜啊啊，正儿八经地哭了一遭。

4. 我用生命保卫与你爱恋的时光

第二天早上，黄金豆洗漱时，发现自己的眼睛像金鱼的泡泡眼。身上还是软软的，虚弱无力。

早饭后，段永恒兴高采烈地与黄小麦吻别，去上班。

黄小麦像块棉花一样，柔柔地坐在客厅沙发上，握住黄金豆的手："金豆，不要再跟安列帮生气了，姐陪你出去走走，好好散散心，把这事忘了吧。"

黄金豆抬起手，摸摸姐姐柔软的黑卷发，关切地说："二姐，你不用担心我，倒是该为自己想想。段永恒这么霸道，将来如果更换拳击目标，朝你进攻，可就惨了。"

黄小麦不高兴了："别胡说，不可能的！"

黄金豆："二姐，你这么痴迷不悟，你也是个疯子。"

"为了爱，疯一生，我无悔！"

"二姐，还是防患于未然，你也练点武功吧。"

"傻小妹，段永恒自幼练一手好的截拳道，我就是再怎么练，也不可能打败他呀。"

"截拳不是攻击性的吗，咱们练个柔的，跟这小男人玩个以柔克刚。哪天他要是再酒后发飙，你就直接上去撂倒他！"

"呵呵，我与永恒，即便都是武林高手，也不可能向对方下手的。"

"姐，算我求你，练练太极拳吧，要抱着不撂倒他誓不罢休的信念去练，你就一定会成功！

"小妹，不要搞笑了，我还是安心画我的画儿吧。"

"二姐，你一定要相信我，一定练！我们女人，不能总当弱者，一定要为未来做准备！"黄金豆拿出手机，给健身俱乐部的业务经理打电话，

“阿慕，我帮你招了位学员，是大美女耶，太极拳班在开吧？让她到那位鹤发童颜的章散风门下当徒弟，好吗？”

阿慕声音愉悦：“OK！我会把百分之十的提成及时交给你！”

黄金豆撂下电话，对黄小麦说：“二姐，我一个电话，帮你省了百分之十的学费！”

黄金豆不由分说，拽上黄小麦，到了健身俱乐部。

阿慕是黄金豆的老同学，女性，绾一个高髻，穿一身凹凸有致的浅绿色工装，飒爽干练。此时，正在健身俱乐部的大厅里巡逻。见了黄氏姐妹，就让座让茶，热情招待。

阿慕说话也不客套：“金豆，我们俱乐部后天与电视台联合办一个节目，就是在节目现场为大龄男女速配的，活动宣传好久，报名者寥寥，你和小麦姐能否帮个忙，每人到现场坐一个位子，最多不会超过两小时。”

黄金豆说：“助人为乐的精神是要提倡的，二姐，后天咱们去赞助一下慕经理吧！”

黄小麦犹犹豫豫地，一副前怕狼后怕虎的样子。

黄金豆知道二姐是怕段永恒反对，而她偏要跟段永恒拧一下，就装作不知道姐姐的难处，直接定了下来。

阿慕将黄小麦带到拳师章散风那里，就去忙别的了。

章散风蓄一头白色长发，白眉毛，白胡须，目光炯炯，身体刚健，真是鹤发童颜，有如传说中的太极师祖张三丰。

他对黄小麦上下打量一番，说是具备练太极的潜质。黄小麦就正式被收为门徒。

第三天，黄金豆、黄小麦、阿慕、章散风等，十几个男女，汇集到速配节目现场。阿慕对大家说：“为了增加节目的可看性，请大家务必用心对待，尽量保持一定的配对成功率！”又对章散风说，“章老师，把假发全摘了吧，你这装束上电视配对，观众会觉得怪怪的。”

章散风说好吧，就把头发胡子眉毛揪巴揪巴装到兜里，现出了原本的面容，一派青春的武者风范，正气在胸，英气逼人。黄小麦和黄金豆都看呆了。

黄金豆拉起黄小麦的手，对章散风说："这位漂亮的黄小麦女士，是一位非常优秀的画家，又是一位灵魂非常孤独的女性，你这当老师的，不要只顾着动武，而忽视了学生的心灵哟。"

章散风一抿嘴，用眼睛笑了一下。

节目开始，第三位轮到黄小麦，章散风奉阿慕之命，与黄小麦牵手。黄小麦一下子就脸红了，怯怯地缩了一下手。

晚上，电视开播，段永恒在电视上看到节目，大为震惊，像一头受惊的豹子，忽地从沙发上跳下来："黄——小——麦——我要爱到怎样你才肯为我放弃一切?"

黄小麦急忙解释原因，并把黄金豆拽出来作证。黄金豆急忙说："是啊是啊，是我找二姐去帮朋友的忙，段永恒你可别想太多了。"

段永恒越发气不打一处来，也不理黄金豆，就疯狂地伸开双臂，仰天大呼："小麦，拜托你有点自己的主见好不好，别人干什么你就跟风，早晚要被害死的!"说完了，眼圈居然红红的，掉下泪来，一边又咬着牙，愤慨地吟起诗来："如果，爱是伤害/亲爱的，我愿打愿挨/如果，爱是背叛/爱人，请叛投到我的心怀/如果，爱是一切/小麦，我永远都不要与你分开!"

黄小麦羞红着脸，愧疚地低着头，挽住段永恒的胳膊回卧室了。

第二天，下午五点，健身俱乐部的太极拳练功场里。二十几名学员在随章散风的指导练拳。

章散风走到学员中间，看着黄小麦的眼睛，痴痴地不动。他今天没戴假发，俱乐部领导批评了他，他依然不肯戴。

黄小麦站在章散风面前，显得又细又小，她的脸红红的，像被钉住了一样，看得出她的心在剧烈起伏。

昨天的速配搭档，两人心里都有种异样的感觉，如今再次面对，飘飘忽忽，不知所以。

黄金豆坐在远处的休息椅上，心里生出疑惑，他俩不会动了感情了吧。

章散风回过神儿，帮黄小麦矫正一个姿势，与她并排站着，辅导的语气就比前温存了许多。

此时，段永恒像幽灵一样站在远方，默默看到这一幕，疯一般地跑过去，推开章散风说：“她是我的女人，谁都不许碰，谁都不许！”又拉住黄小麦的手说，“你怎么还到这种地方来？走，回家！”

章散风惊愕，骤然不知所措。

黄金豆远远地往这边跑：“段永恒，你把妻子当私有财产了吗？你有什么权力阻挠我二姐接触社会！”

章散风醒过神，阻止段永恒：“先生，请不要干扰我们的正常授课！”

段永恒也不答话，忽地冲过去，举拳就打章散风。

黄金豆喊道：“章散风，小心了，他使的是李小龙的截拳道。”

段永恒愤怒地对黄金豆说：“搬出张三丰吓我？好啊，今天就来个巅峰对决，看看这两大拳法到底谁厉害！”

段永恒抬腿就踢出了“李三脚”，接着就是“地躺拳”。

章散风也不示弱，施出各式太极一一化解对方的凌厉攻势。

二十几名学员早想观摩真人肉搏，心下暗喜，纷纷退后观战，武场变成了段永恒的爱情格斗场。

段永恒心急，使出截拳道的各式绝招，想要瞬间击倒章散风。章散风急忙施展太极拳的各式绝招抵挡。

这一番龙争虎斗，历经两小时，直打得天昏地暗，不分胜负。

夜幕降临，暗淡的灯光像一片血染的黄昏，轻轻撒满场地。章散风仰面跌倒，段永恒无力地趴在地上。围观的人群站得两腿发麻，盯得两眼发花，一派晕血状。

段永恒打破寂静，疯狂喊道：“小麦是我的女人，永远只是我的女人，谁敢爱她，就去死！”

章散风也失声大喊：“我爱上她了，起来啊，来把我打死！”

黄小麦听了章散风的话，吓得一哆嗦，急忙扶起段永恒，和黄金豆一起回了家。

段永恒坐到沙发上，猛扒了几口饭，就大骂黄金豆蛊惑自己的妻子。

黄小麦叹息一声，黯然神伤，忆起与郭思焕相爱时的自由时光，发现如今的自己只是牢笼中的小鸟，有翅也不能飞翔，但这段永恒偏偏是如此狂热地爱着自己，一旦有了变异，不知做出什么过激的事来。

黄金豆义愤填膺地说："你心胸狭窄，为了自己的幸福不顾别人的感受，我二姐连笼子里的鸟儿都不如，早晚被你囚成个神经病。二姐，他如果屡教不改，就跟他离婚！"

段永恒像一头暴怒的狮子："黄金豆，俗语说得好，宁毁十座庙不拆一桩婚，你搞破坏竟然搞到自己姐姐头上了。你简直罪大恶极，你走，再不要让我看见你！"一掌击到桌上，杯盘器具咣当做响。

黄金豆吓了一大跳，心说这一掌要是击在自己身上，可真要五脏俱裂，非太上老君的丹药而不能治。再看看段永恒并没有攻击她的迹象，就哼了一声，对黄小麦说："二姐，趁他还没发疯，咱们一起走，别跟这儿待下去啦！"

黄小麦心疼地看一眼段永恒，再把眼睛转向黄金豆，冷漠而又决绝地说："不要再蛊惑我，我再也不出去乱跑了！"

黄金豆弄得里外不是人，二姐家是待不下去了，只好另觅去处。

伍

一边创业一边调情

1. 大家都要做个有愿景的人

黄金豆走出黄小麦的家，天色已经大晚，只觉腹中饥饿，囊中羞涩。买了个便当，寻了处小旅馆，进了间简陋的小屋，洗漱一番，躺到床上，用手机QQ聊天："绝代老头，我有勇气劝姐姐离婚，怎么就没有勇气去为自己递交离婚诉讼呢，我觉得自己真不争气！"

绝代老头："这证明你潜意识里留恋你的丈夫，不舍得离开他。"

黄金豆："可是我觉得自己受的伤好深，他也没有真正地认错，我永远都不想原谅他！"

绝代老头："事情刚刚发生，你处于激愤状态，慢慢静下来，时间会告诉你一切该怎么办。"

黄金豆："唉，那公司是用我家房子抵押贷款办起来的，照他这样干法，很快就赔光了，我俩又要到处租房了。"

绝代老头："这么多的担心？你的心还为他活着的时候，爱的脚步就无法遏止。看来，你注定是要回到他身边。"

黄金豆："您觉得我真的还爱他？"

绝代老头："旁观者清！认清事实，不要相互折磨，果断回到他身边，劝他好好做人吧。"

黄金豆关掉QQ，拨通安列帮电话，又颤着手挂断。

安列帮将电话拨回："金豆，你刚才打我电话了？要回家吗，我去接你吧。"

黄金豆忽地扯高嗓门："我怎么可能跟你这种骗子、赖皮、花心大萝卜回去，死了这份心吧！"

安列帮生气地说："你不回来了？永远也不回来了？我一点也不值得你留恋？"

"不留恋！不留恋！不留恋！"黄金豆的眼泪哗哗往下流。

安列帮的声音软下来："金豆，我向你认错，回家吧！"

黄金豆歇斯底里地喊："不——我要离婚！要离婚！要离婚！"

安列帮沉下声调："金豆，既然你决定要离婚，就不要出去乱讲，说你老公抛弃了你。"

"虚伪，虚荣，我永远都不想再提起你！"黄金豆陡地挂断电话，整个人蒙进被子里。

第二天上午。黄金豆梳洗一番，到人才中心，填了几张应聘表。其间她接到大姐黄江玉的电话。

黄江玉得知小妹离开了二妹家，非常担心，坚决要求小妹到她家休养。

黄金豆表明要自己拼一把，免得被安列帮瞧扁了。

黄江玉说，那你就拼拼吧，总之你记着，大姐家永远是你的后盾。

黄金豆挂断大姐的电话，又接到二姐黄小麦的电话，黄小麦说，一个女人在外面，处处艰难，还是到她家住着吧。黄金豆回绝了，捂着脸躲到墙角，动情地哭了一番。

这边，安列帮坐在安帮企业管理咨询有限公司办公室的老板椅上，八位美女员工围坐一旁。昨天与黄金豆通话结束以后，安列帮完全对她失去兴趣，立即着手物色潜在的新老板娘，他却发现公司这八位都不够档次做他的夫人。不免兴味索然，怆然拿着钢笔，抽查大家对《企业管理快速入门》的学习情况。

常芙蓉二十四岁，大专学历，之前是电子厂的质检员，没日没夜地劳作逼得她都要发疯了。她换了清闲的工作后，很是珍惜，拼命学习新知识，报答老板的知遇之恩。抽查她得了满分。

安列帮非常高兴，当众表扬常芙蓉是可造之材，能令公司长荣不衰。

大家齐齐鼓掌，会议一派欣荣的景象。

第二位轮到何美妮，她竟然一个也不会答。安列帮觉得她玩忽职守，不但是来混饭吃的，还亵渎了他这位总经理的尊严，命她当众道歉。

何美妮理直气壮地说："理论永远不能取代实践，我在实务中能把握好方向就是了。"

安列帮说："你在实务中都干了什么，都把握了什么方向?"

何美妮说："我想干，也得有机会。"

安列帮反被噎了一下，心情极度不爽，顺势把何美妮训了一番。什么好高骛远，妄自尊大，一概能用上的词全用了，直到何美妮脸红脖子粗，泪腺崩盘。

轮到丰广广，居然和何美妮一样，一句理论也背不上来。

这下安列帮落不下台了，非让丰广广交代，是不是结伙对抗总经理的工作计划。

丰广广的思路比何美妮缜密，说话也柔和："安总，我不会背理论，但是能说出一些道理，因为我从来都觉得刻意地去背概念，不如去理解，所以我融会贯通，以便在将来的工作中，将业务尽可能地做好。"

安列帮听听有道理，也不好再训她。"真是失败！有好的计划，执行不下去，员工的危机意识严重不足！这样下去，猴年马月才能培养起强大的咨询团队?"安列帮的眉头拧出了个大疙瘩。想来想去，觉得自己的亲密情人李平平总不至于让自己下不了台，当即点名提问。

李平平无辜地张大了眼睛，坦言平时没翻过书，因为她觉得财务工作者只要把钱管好就可以了。

财务部其余三位亦是如此。

安列帮想想也是，人家财务部就是管钱的，完全有理由不背题。

好在安列帮保留了最后的撒手锏——压轴镜头留给了企划部长梅绯丽，她绝对能在员工中间起个带头作用吧。

梅绯丽好不容易找到这份工作，背题很努力，同事们每天都能听到她背题的声音。所以安列帮提问到她的时候，大家都羡慕嫉妒恨、自卑狼狈闷，集体冲她翻白眼。

梅绯丽的智商被一群白眼儿给扼杀了，面对安列帮的提问，大脑一片空白，一副懵懵懂懂、晕头晕脑的样子。

安列帮平时观察她用功学习，觉得她资质虽差，却在努力做最好的白领，今天这是怎么了呢？

原来是把题背偏了，又不会贯通，安列帮提到的她一个答不上来。

安列帮不好训她，只能自个儿生闷气。这一场专业知识大抽查就这么狼狈地结束了。

员工们为成绩统一而窃喜，安列帮为员工们不上进而郁闷，会议现场陷入沉寂。

善解人意的李平平忽地站起身，把水杯递到安列帮手边："安总，您润润喉，给我们传授些工作经验吧。"

安列帮喝着水，感觉像蜂蜜一样甜，再一想，大家都很笨的时候，恰恰可以凸显他的才华，此时不展风采，更待何时呢。他强打精神说："大家都要做一个有愿景的人，一个人如果没有愿景，他就不会积极学习别人的长处，他就要永远过着低人一等的生活……"

劈里啪啦……八双美女的手一齐拍起来。

安列帮喜迎喝彩，结合自己在大企业的工作精神，开始洗脑大运动："以我为例吧，对企业的忠诚度，可以表现在很多方面，首先，我把企业当做了自己的家，对我的本职工作尽职尽责。我不但有责任心，我还讲求工作效率，我对领导的指示有着高度的服从与绝对的执行力，所以我迅速得到提升，这么年轻就做了老板。"

劈里啪啦……八双美掌又鼓了起来。

"兵熊熊一个，将熊熊一窝，我就是企管行业的天才，大家只要勤于向我学习，不懂的随时问我，都可以在短时间内变得像我这么优秀，我们的队伍必将成为行业明珠！"安列帮说得唾沫星子乱飞。

李平平负责倒水，何美妮负责拿烟灰缸，其余姑娘都聚精会神听老板讲话，以使老板心情愉悦，少发怒气。

财务二部部长巴稳稳举起白嫩嫩的手，慢悠悠地说："安总，我已经从概念上明白了，绩效就是指工作效率和工作业绩，但是作为我们财务部，又拿什么去衡量这两项呢？”

“当然是让利润来说话了，企业的目的就是盈利。你的问题问得很深刻，希望大家都注意，我们工作的目的，是盈利！”

财务三部部长万娜娜说：“安总，愿景这个词我以往没有听到过，是什么意思啊？”

“愿景啊，从企业角度来讲，就是企业的长期愿望及发展蓝图，简而言之，就是企业的永恒追求。”

万娜娜继续发问：“安总，那咱们公司的愿景是什么？”

“万娜娜，你年纪轻轻，居然问到这么有深度的问题，有前途啊！大家都坐好，今天咱们就好好研究一下，咱们公司的愿景！”安列帮心情高兴，舔了舔干燥的蝉翼唇，把所有相关的理论知识深入浅出地进行讲解，演讲持续三个小时。

2. 总裁的赏识

下午两点，黄金豆在宾馆房间里，接到创世电子公司的面试电话。

黄金豆火速赶到创世公司，了解到对方正在做一份市政扶持的科研项目。这家公司人数不多，正在扩大规模。黄金豆与十几名应聘人员排队，应聘行政内勤。

创世电子公司CEO名叫卫千名，最后一道面试由他负责。他的屋子可以透过玻璃隔断，观察应聘者的情况。

过了两道关，最后只剩下黄金豆一人。

黄金豆走进总裁办公室，做完自我介绍，就遵命坐到卫千名对面的沙发上。

卫千名示意接待人员，为黄金豆送上茶水。接待人员明白，凡是喝到茶水的人，都已被确认聘用，递水态度良好。

黄金豆产后的身体依然虚弱，额头冒着虚汗，身子软得像根面条。捧着水，双手颤抖：“卫总，我对各种办公软件运用得都很流利，各种文件的输入、勤杂活、接待访客都不成问题。”

“嗯，说说你对公司的要求。”卫千名上下打量黄金豆一眼，等待她的下文。

“我……非常需要一个宿舍，公司能安排吗?”

“全体员工目前都没有安排宿舍，因为基础建设正在进行当中，半年后才可以。”

“那我可以借住仓库吗，或者说提前预支一月的薪水?”

“黄小姐，行政内勤的工作，试用期只有八百块钱，即便转正了，也不过一千。”

“紧巴点就紧巴点吧，我实在是太需要一份室内工作了!”

“嗯……你说接待访客都不成问题，我看，你的形象与气质吧，非常适合于高级场合的应酬，我这里公关部正缺一位经理，你来吧，薪水绝对可以满足你需求。”

“高级场合的应酬，都是指哪些?”黄金豆暗喜。

“主要是一些上级领导的接待与餐饮陪同工作。”

“要喝酒吗?”

“那当然，不但要喝，还要很会喝，把对方喝乐了，什么事都好办了。看你履历表上，也在酒水公司推销过，应该对酒不过敏吧?”

黄金豆为难地皱皱眉：“可我向来不喝酒呀，一喝就晕了。”

“酒量都是练出来的呀，我以前就不会喝，而且一沾就醉，现在都千杯不倒了!”

“您是男性，我大概……练不到您这程度吧。”

“那你试试呀，年轻人，要勇于向困难挑战嘛，有句流行话‘人最大的敌人就是自己’，你不能向自己认输呀。”

黄金豆笑道：“我不向自己认输，我是向酒认输呀。”

卫千名悠远地看着窗外，说：“酒可是种使人开心的东西，喝上头儿了，不让你喝你还不算呢。今天晚上呢，咱们公司就有客户，你先跟我去练练，看看自己是否具备这方面的潜质。OK?”

“这就要开练啦?”

“嗯！一旦适应了这份工作，你的收入可是超级可观哟，很快就可以按揭小户型了，哪里还用住职工宿舍呀。”

“噢……那我试试吧。”

卫千名说：“OK，一看你就是好样的，稍等一小时下班，咱们一起走。”

黄金豆快速阅读创世电子公司的企业简介，又与卫千名进行了一些交流，算是把公司概况了解了。随后她到理容间，从头到脚整理了一下。

晚上下班后，黄金豆随卫千名到了附近的咖啡厅。在大厅的中间部位找了座位，卫千名点了红酒，为黄金豆夹上冰块儿，倒上酒，与她边喝边等待客户。

下午，安列帮开了两小时的例会，舔着干燥的嘴唇宣布下班。李平平被留下单独谈话。

安列帮唉声叹气地说：“平平，瞧你这恶作剧闹得，黄金豆跟我闹离婚了。你小姑娘年龄不大，怎么鬼心眼儿这么多，让你害惨了！”

李平平娇媚地瞅一眼安列帮，羞红着脸低下头：“我就觉着吧，她真够二的，根本就不配做您的妻子！”

安列帮说：“她这人确实没啥优点，又缺心眼儿，又没有贤良恭俭让的品质，为这么点儿事值得闹吗？离就离吧，我也没闲心跟她搅和了，男人做事业，哪有精力跟老娘们儿捣腾些没用的啊。”

李平平兴奋地抬起眼：“啊！真的吗？你真的决定走出苦海了？”

安列帮一脸不悦：“我这样的身份，说出来的话能当儿戏？”

李平平紧紧捂着自己的胸口，对着天空喊道：“老公！我要嫁给你了，是吗？我要成为安帮公司的老板娘了，是吗？啊！我太高兴了，我做梦都想当老板娘啊！”

安列帮心里老大不高兴，冷冷地说：“行了，你先回宿舍吃饭吧，我今晚有客户！”

夜幕降临，安列帮与一位老同学并肩走进咖啡厅，一路上自豪地讲着自己公司的概况。

老同学知他是出来炫耀，连连点头，满足他的虚荣。

远远地，安列帮望见一对男女在娓娓交谈，女人背影风姿绰约，看上去既熟悉又陌生。他不禁心驰神往，难道有缘千里来相会？他走过去想打量一下这女人的容貌，定睛观瞧大吃一惊，竟是他的糟糠之妻黄金豆。

黄金豆穿一件高雅的旗袍，头发高高束在脑后，露出圆润光洁的额，高耸的胸脯、纤细的腰肢、丰美的臀，像公主一样优雅地坐在沙发上。这万恶的糟糠妻，原来只是懒得为他安列帮妆容，太目无老公了！安列帮恨得要跺穿地板。

黄金豆也看见安列帮了，心里陡地一惊，却装作没看见，与卫千名继续谈笑风生。

安列帮完全失态，颤着腿，凑上去，自豪地喊老婆，声音尽量大到让所有人听到。

黄金豆淡然一笑，站起身，为他和卫千名做了介绍。

安列帮细细看去，这卫千名四十开外的样子，长得却倜傥照人，像根章丘大葱，又白净又爽利。安列帮心里暗骂：道貌岸然、烂树临风，花花大少!

当着众人面，又不好显得小肚鸡肠，强忍着妒忌，与卫千名握手问好。

“她竟然与这么优秀的男士约会。幸亏没有离婚，否则，还得费事把她追回来!”安列帮思绪翻飞，惊起一脊凉汗。

黄金豆坐回去，喝了一大口红酒，和卫千名继续说笑。

安列帮与老同学在一边找了座位，眼尾的余光却一直监视着黄金豆的举动。

这时，卫千名端起杯，与黄金豆碰杯。

安列帮只觉屈辱难当，忍无可忍，奋力拍一下桌子，失态地吼道：“真是道貌岸然！卫千名，你众目睽睽之下，约别人的老婆出来喝酒，不觉得龌龊吗?”

卫千名先是一惊，然后淡然一笑，又拿起酒瓶，为黄金豆倒满。

安列帮跑过来，夺下黄金豆的酒杯，泼到她脸上：“你这个放荡的女人，你给我戴绿帽子，你是我的耻辱，你应该去死！”

黄金豆看都没看安列帮一样，无视他的存在，她用纸巾擦了脸，站起身离开咖啡厅，剩下卫千名孤独地坐在桌前。

安列帮恨不得把卫千名当蚊子一掌拍死。看看卫千名的身材，比他精壮，也不敢贸然侵犯，坐回老同学对面，编派了一套黄金豆的劣迹，把她说成了绿帽子专家，踏踏实实出了口恶气。

与老同学话别，已是晚上九点。安列帮找到黄小麦家里，誓死要见黄金豆。

黄小麦穿着浅绿色睡衣，刚洗漱完毕，柔软的黑发将脸庞衬托得神秘瑰丽。段永恒也穿着睡衣，给安列帮递上一杯水。

“我非常爱金豆！没有她，我就不能活！让她出来见我吧！”安列帮一脸赖皮相。

段永恒愤恨地说：“黄金豆？我怎么可能再让她到我的家里呢，你知道她想干什么吗？她竟然挑拨小麦和我离婚，这样蛇蝎心肠的女人，找回家也是祸害，我劝你别找了，早点换个老婆安全！”

安列帮沉下脸说：“糟糠之妻不可弃，我现在当老板了，绝不抛弃同甘共苦的好老婆！”

黄小麦对安列帮充满了怨恨：“安列帮，你说得挺好听，刚办公司，就找情人，怎就不考虑一下我小妹的心情！”

安列帮心说这夫妻俩怎么没一个说句好听的，不由恼羞成怒，梗着脖子说：“二姐，你这么大的女人诱惑小男人，玩什么姐弟恋，你又不能生孩子，害得人家三代单传的父母抱不到孙子，有什么脸谴责别人！”

段永恒猛地甩一下焦黄的大卷发，愤怒地握紧拳头，冲着安列帮吼道：“我愿意，我愿意为小麦付出一切，你再说这样伤害她的话，我揍扁你！赶紧走！”

“以后请我还不来呢。”安列帮生怕段永恒动武，一边嗫嚅一边逃跑。

3. 糊涂总裁夺妻战

第二天早上，黄金豆去创世电子公司上班。午饭时，她接到安列帮电话："金豆，昨天是我太冲动了，不管你和卫千名发生了什么，我都不计较。你回来吧，我爱你！"黄金豆没说话，直接挂机。

安列帮对着手机自语道："你就是我的，谁也休想和我争。"

下午，安帮公司的例会仅仅进行两小时就宣布下班，美女员工们既惊诧又庆幸，纷纷打电话约男友逛街。

安列帮跑回家，换上洁净的衬衫，来到创世电子公司大门口，等到黄金豆，求她回家。

黄金豆像面对空气，无声地拒绝了安列帮的请求。

安列帮越发觉得黄金豆美得绝世而独立，可遇而不可求，悄悄跟在黄金豆身后，探知了她的住处。

第二天，安列帮从公司备用金中取出两万元，午休时，把李平平带到咖啡厅的包间。他一边搂着李平平的腰，一边痛心地说："平平，真没办法，我刚办公司，如果立即离婚，会失去职场的信誉度。我爱你，就会为你的人生负责，你写封辞职信，我帮你在超级市场租个摊位，卖小饰品吧。"

"啊？老公，你又不离婚啦？你终于逮到机会，却不离啦？"

"不离了，一个成功的男人，舆论给他的压力你懂的。"

"嗯，我懂，我不怕，我愿意与你共同抵抗！"

"那就听我的话，默默支持我。"安列帮从包中掏出两万元，交给李平平。

李平平一边高兴地接钱，一边撒娇："卖小饰品？我可不去，离你那么远，想你怎么办！"

"我可以每天去看你呀，你不是喜欢当老板娘吗，可以立即实现啦，多好的项目。"

“这算什么好项目呀，感觉像撵我似的。”

“知道‘白手起家’的概念吧？做人，是要有野心的！你李平平只有十九岁，赤手空拳拿到这两万元，轻易跻身超级市场的摊主行列，你就应该有野心在未来的某个日子里，一举拿下整个超级市场，成功就是你存在的价值！”

“啊，对呀！老公，你对我真好！”李平平心情激昂，立即觉得自己是个有理想有抱负的女强人了，“不过，我一走，就把‘平稳拿钱’的意给破了呀。”

“嗯，放心走吧，没有你，我就是‘稳拿钱’了！”

安列帮又哀求了黄金豆三天，依然不得原谅，只得用A4纸打印五个字“寻找黄金豆”，站到创世电子公司门口，见卫千名的车子驶出大门，就用双手扯着拦截。下班的员工都好奇地观望。

安列帮冷冷地梗一下脖子，趴到卫千名的车窗边说道：“如果你再让我的老婆黄金豆在这儿上班，我就天天在员工下班时来找你，让大家都知道你是破坏别人家庭的色鬼。”

卫千名没有答话，缓缓开着车子离去。

安列帮小跑步追上去，对着车窗喊道：“除非你不想再当这个CEO，否则，你就仔细想想该怎么办！”

卫千名猛一踩油门，车子如闪电般驰去。

晚饭后，黄金豆在小旅馆的房间里，接到卫千名的电话：“黄金豆，经过考察，此项工作不适合于你，请另谋高就吧。”

黄金豆未及问明缘由，卫千名就挂断了。

黄金豆长叹一声，躺到床上，细细检索自己在工作中的不足。

不一会儿，安列帮握着一把玫瑰花茎，带着一帮老同学，浩浩荡荡来到小旅馆。在黄金豆的房间门口，他把玫瑰花茎绑到后背上，当做带刺的棘子，学古人负荆请罪。

敲开门，安列帮当着众人面，扑通跪倒：“金豆，我已经把李平平开除了，同学们会见证，我以后再也不做令你伤心的事，否则就让我死无葬身之地！”

黄金豆被吓了一跳，心说这安列帮请我回去的心也忒坚决了，当着众人，男子汉的尊严都不要了，外人看着岂不笑话。

同学们都恳切地望着黄金豆，纷纷说情，让她给安列帮个机会。

黄金豆不忍安列帮当众出丑，又想起了绝代老头的话，就说："安列帮，你站起来说话!"

安列帮心说有门，高兴得心脏乱抖，又撒起了娇："你答应跟我回家，我就站起来，否则我就跪死在这里。"

黄金豆急惶惶地说："你要是真的想好好过，我可以回家，但是，公司不能是开着玩儿的，你得把财务部的所有部长全辞退，招聘些有真才实学的人进来。"

安列帮站起身，一脸紧迫地说："我原来的公司你知道吧？财务部就占了一层楼啊!"

"你净瞎胡闹，业务都没开展，要那么多财务人员干什么，其他部门也得换人!"

"其他部门？换人也成！不过，聘个成型的咨询师要多大代价，你知道吧?"

"早跟你说了，这种公司开不得，咨询师都聘不起，你还做的这么带劲。"

"我就是咨询师，我花大价钱聘别人干什么啊?"

黄金豆生气地瞪圆了眼睛："你这张嘴就是出尔反尔，胡搅蛮缠!"

"你别生气，我是说，咱们手头的资源可以充分利用——何美妮是猎头部工作经验最丰富的，有望在三年内成为猎头部第一美女咨询师；丰广广是潜力最大的，有望成为咨询市场第一美女；常芙蓉是最敬业的……"

黄金豆抓狂地说："每部总共一个人，当然都是部门第一美女，也可以称为部门第一丑女、第一蠢女、第一坏女……"

安列帮急忙纠正道："我不是喜欢她们漂亮，因为我亲自培训了这么久，她们都有了职场归属感，有望在短时间内成长为行业精英，作为公司的先锋部队，完全能对市场形成杀伤力。"

"花架子总是搭不住重斤两儿的，要想让企业产生向咱们借脑的念头，必须有强大的理论基础和实践经验，你这一伙员工，都没做过管理工作，凭什么为企业提供服务？”

“我正在叫她们学习《管理咨询快速入门》，前几天抽查过了，每个人都能做到融会贯通，举一反三！”安列帮为了保护姑娘们的职位，英勇无畏地撒了个谎。

“她们再怎么学，也仅仅是学的浅显道理，到了企业里面，吹破了天，人家的根本问题也不会解决呀。”

安列帮见黄金豆给了好气儿，又忘了自己的斤两儿，得得瑟瑟地说：“你就是排斥她们，你那颗心呀，要有母仪天下的气度，凡事往大处着眼，不要只盯着吃什么酸醋，谁谁和你家男人套近乎了、谁谁要抢你的老公，我是你的，谁也抢不走。”

黄金豆严厉地说：“废话不说，我就问你依不依！”

安列帮用力梗一下脖子，说：“好，一切都依你，我把她们全部转入市场部，让她们揽业务去。这样满意了吧？”

“咱们回去后，慢慢针对市场来调节人员的分配吧。”黄金豆收拾了随身物品，安列帮挽住她的手，同学们前前后后地簇拥着，走出了旅馆。

夫妻之间嘛，床头打架床尾和。

陆

海龟撞开的艳遇门

1. 做业务就要大赚

第二天早上，安列帮与黄金豆一起去公司上班。

在路上，安列帮得意洋洋地介绍了自己的工作情况：每天上下午例会各开三小时，其余时间员工自习。通过他全方位的洗脑，大家的专业知识都有了巨大进步。

黄金豆说开公司可不能光学习，得快速盈利。

安列帮本以为黄金豆会夸他智谋过人，没想到换来反驳，心下不爽，眉头拧成了疙瘩。所谓小企看老板，中企看行业，大企看文化，黄金豆居然这么无知，完全不懂安列帮在这小小企业里面的巨大作用。

进了办公室，安列帮受命声明黄金豆身份。安列帮无奈地牵着黄金豆的手，说黄金豆就是他的妻子，请大家在以后的工作中友好协作。

美女员工们得知这一层关系，立即失态，群体眼斜鼻子歪。

尤其是猎头部部长何美妮，看着他俩相牵在一起的手，横眉冷目，好像黄金豆偷了她的男人。安列帮急忙装作挠痒痒，松开了黄金豆的手。

例行早会。安列帮端坐在老板椅上，七位美女员工+老板娘黄金豆围坐一旁。何美妮抢在众人之前，为安列帮倒了一杯温开水，嗲着嗓子请安列帮润喉。

安列帮又拧着眉头，按黄金豆授意宣布：所有员工全部归到业务部，由丰广广统一安排工作；财务出纳员由行政部的黄金豆兼任。

如此一来，丰广广一人之下，万人之上，高兴得合不拢嘴，颠着步儿，殷勤地为安列帮倒烟灰缸。

而其他姑娘的心里则炸开了锅，谁也想不明白丰广广出了什么邪招，把公司兵力掌握于己手，有的姑娘决定顺应时势，从此归顺丰广广，有的姑娘自恃比丰广广高明，自然想拉拢一批人，与之一决高下，七个人的小团队，暗里扯开了帮派争斗。

员工们乐的在偷着乐，恶的在偷着恶，都没心思听安列帮讲话了。

半小时以后，安列帮讲得口干舌燥。

黄金豆趁他喝水，抢着发言："开业至今，我们都没有开展业务，为了公司的生存和发展，我们要立即行动起来，从今天开始，早晚例会浓缩为周会，把所有时间用来开拓业务。"

安列帮心说你黄金豆也太恃宠而骄得寸进尺了，两项命令都听了你的，如今又想后宫干政，完全不考虑我作为老板的尊严，你到底是个老婆还是个仇人，这公司可不是为你开的啊！是可忍孰不可忍！他的小鼠眼里露出了凶光："黄经理，总裁开会，你插什么嘴，你还没熟悉公司业务就想夺权?"

黄金豆诧异地睁大了眼睛："这怎么跟夺权扯上了，我是希望少浪费时间，多干实事，既然业务部是唯一团队，就该让丰广广抓紧干起来。"

"用得着你分派吗?就你那点儿企管知识，员工们能听你的?"

七位美女员工立即唧唧喳喳，随声附和安列帮。

黄金豆说："我凭直觉都知道现在该干什么，不该干什么。"

安列帮的蝉翼唇像闪着寒光的刀片："你首先该明白自己部门的工作如何发展，现在，你先行动起来，去人才中心办个招聘摊位，咱们公司还缺一位行政助理。"

黄金豆说："公司最缺的是业务!"

安列帮愤怒地拍响了桌子："我是管理专家、我是总裁！我的工作方向不需要下面人指导，你的任务是服从和执行!"

"其他人的工作都是什么，是否也同时安排一下?"

安列帮怒不可遏了："黄经理，在公司不是在家里，请遵守自己的岗位职责，不要攀比!"

姑娘们看着黄金豆的尴尬相，集体偷着乐。

黄金豆看看闲坐一圈的姑娘们，心情非常不爽，再想想自己身为老板娘，应该带头支持老公的工作，不甘心地站起来，收拾了相关文件走出去。心说安列帮昨天还乖得像只小绵羊，今天就疯得像只大灰狼，脑里只装着权力，也不数数贷那几个钱还能耗几天，早知如此，我不如不原谅他呢。

七位美女员工看着黄金豆的背影，纷纷抱怨：“安总，黄经理连招聘工作都干不好，还指手画脚，我们都不知道该听谁的啦！”“安总，我们只佩服您的才华，希望能向您学到管理知识，否则我们宁肯失业，也不愿在这虚度光阴！”

安列帮听着心里舒坦，更觉得这黄金豆比奸细还狠，无奈地梗一下脖子，叹道：“唉，太能闹了，真的没办法！大家都看在我的面子上，包容点，她说什么，都不要理她，权当她在自言自语就是了。”

财务四部部长苏茜茜冷冷瞅了丰广广一眼，说：“可是，安总，我们都是有工作能力的部门主管，一下子把我们全贬到业务部当小兵，为什么啊？”

何美妮冲苏茜茜会心地一笑，又冲丰广广阴险地眯了下眼睛。

安列帮说：“这事主要因为黄经理，她没什么水平，又爱管闲事，虚荣心翘得老高，非要过把老板娘的瘾，想通过这件事证明她比我更有话语权。不过大家放心，工资不会少发一分。”

员工们又高兴了，齐齐喝彩。

安列帮威严地做个打住的手势：“好了，现在，我给大家讲两个问题：第一，如何判断我们的事业中心；第二，假如，你没把所有精力都集中在这个中心上，你如何审判自己……”

两个小时后，黄金豆从人才中心返回。

安列帮急忙抿抿干燥的蝉翼唇，宣布早会结束。

黄金豆无奈地长叹一口气：“列帮，再不想办法开展业务，我们会坐吃山空的，咨询业务我不懂，你快制订市场方案我去干吧！”

安列帮的脸忽地红了，转念一想，开业日子也不短了，为什么至今没有客户上门呢，那就是市场号召力不到位。不如招个CEO，把业务顶起来，自己升级董事长，在最高层决策，有了高级的身份，出去应酬更有派头。

他的大脑快速检索，想起了那位被黄金豆怄走的祝大赚，心下越发痛恨黄金豆，歪着鼻子说：“这是自家买卖呀，你出去招聘个人，怎么像打官差，拖拖拉拉，把我的事都耽误了！”

“我耽误你的什么大事了？”

“我正要汇聚精英，大展蓝图——祝大赚的电话号码是多少？”

“是张小纸条，你当时就向我要走，放在名片夹里！”

“我的名片夹呢，找出来。”

“自己的名片夹，自己找。”黄金豆回到自己的座位，恶补管理知识。

“找名片这种小事还要总裁亲自干？”安列帮不高兴了，“何美妮，你过来，把祝大赚的号码找给我。”

何美妮扭着细腰，嗒嗒地跑过来，从安列帮的抽屉拿出名片夹，把祝大赚的电话号码找了出来。

安列帮侧着身，闻着何美妮发际的清香，悠然得意，底气十足地拨通祝大赚的电话：“祝大赚老师，我非常欣赏你的工作能力，我真诚地邀请你加盟我公司，咱们共同发展，创一番美好的未来如何！”

祝大赚在电话另一端的声音既亲切又严肃：“安总，我对您仰慕已久，贵公司有您这样的领导，必成大业！只是，最近我正在和另外两家公司谈加盟的事呀。”

安列帮急忙说：“哎呀大赚老师，咱们可是认识在先，我非常赏识你，渴望与你共创辉煌啊！”

祝大赚笑了：“呵呵，他们给我的月薪是两万，因为我敬佩您的为人，非常愿意在您麾下效劳，相同的薪资，我首选您这里。”

“啊？”安列帮吓了一跳，支支吾吾，“那是，咱们有缘，终能相会，现在有客户来访，改时间再谈吧。”

祝大赚急忙说：“啊，有客户来访，我立即过去，直接帮您拿下就是了。”

“暂不劳烦!”安列帮急忙挂断电话，暗骂黄金豆失了先机。无奈地打开笔记本电脑，到人才网寻找业务骨干。

2. 诱人的简历

一份优秀的求职简历映入安列帮眼帘：庞泰吉，男，二十八岁，身高178CM，体重65KG，英文名字YOUKE，企管专业，海归硕士，工作经验2年，曾供职于12家企业管理咨询公司。个性信条：给我一个平台，看我如何舞蹈——有信心的我，不要底薪，用成果证明我的实力。

“太棒了——阅尽千帆啊——两年内跳了12家咨询公司，这么有能力的人，连底薪都不要！不聘此人，更待何人!”安列帮火速拨通庞泰吉手机，让对方下午来公司面谈。

下午三点，庞泰吉来到安帮公司。他身材高瘦，穿一套深蓝西装，皮肤黑黑亮亮的，像从热带雨林中刚蒸完了日光浴；宽大的额头像资深学者那样微秃着，及肩的头发用黑皮筋束在脑后，像乌鸦的小尾巴；眼睛细长，小而聚光；矮鼻梁，大鼻头；嘴宽如碗唇薄如刀。

安帮公司的全体员工像见了火星人，齐齐惊讶这样的外貌。

安列帮则感觉这个庞泰吉模样怪必是怪才，两人一见如故。

庞泰吉夸夸而谈，不时地蹦出几句英语，满嘴洋味儿。说起话来嘴唇都拢到一起，上唇撅成个小喇叭，感染得周围人都与他一起喜悦。

第二天，庞泰吉正式加盟安帮公司，职务是战略管理部长。

这天的早会，因为庞泰吉的加入而异常热烈。安列帮坐在老板椅上；庞泰吉坐在他正对面的位置；七位美女职员分坐两旁。黄金豆被派去银行取款。

黄金豆心知安列帮是怕会议遭到干扰，故意支开她，也只能给安列帮留份面子，遵命去了银行。

庞泰吉俨然成了会上的明星，意气风发：“我习惯听别人叫我YOUKE，请问诸位的英文名字如何称呼?”

安帮公司的员工都没有英文名字，庞泰吉这一问倒使安列帮觉得自己的公司很土气，脸上有点挂不住，皮笑肉不笑地说："嗯哼，还好，你是个游客不是个黑客，我看哪，你还是入乡随俗，不要用什么英文名字啦。"

庞泰吉很识时务地说："好啊，说白了，还是咱们中国人的名字听来舒服，我就是在国外留学这几年误入歧途了。"

安列帮听着这些话心里也舒服了，翘起蝉翼唇，舒心地笑道："庞泰吉，你是员工中见识最广、从业经验最多的，谈谈你对公司未来的设想吧。"

庞泰吉兴致勃勃地说："我在国外的时候，经常接受一些总裁级别的培训，有时候参加拓展训练，玩雪橇、攀岩、帆船等，既浪漫又激情，让人既自信又克服惰性。我的计划是，先开一堂公开课，用赚来的钱，让同事们也去参加高级别的培训，把思路和眼界都开阔起来，打造一个顶尖级咨询团队，让客户主动发现我们、寻找我们，完全省掉推销环节！"

美女员工们惊艳地瞪着庞泰吉那张充满智慧的脸，都觉得大开眼界。

安列帮威严地点点头："嗯嗯，英雄所见略同，我每天花大量时间给大家洗脑，就是这样计划的。"

何美妮一直想做安列帮眼前的红人，她左眼看着庞泰吉，右眼看着丰广广，两相一比对，便有了答案，心说这庞泰吉一来，我与他拧成一股绳，你丰广广自然势弱一筹，看你还能咋呼几天。她脸上布满了冷笑。

庞泰吉话锋一转，大肆赞美这座小城的淳朴民风，并表示对安列帮的充分敬佩，发誓做一堂轰动小城的公开课，奠定安帮公司在管理咨询界的首席地位。"我之所以能连续跳槽12家咨询公司，是因为我奇特的沟通技巧，客户一见到我，就会立即签我的单，两年内，我为12家咨询公司都立过汗马功劳。"

安列帮从毕业到现在，就喜欢跳槽的感觉，却从来没勇气跳，而这庞泰吉一跳就是12家，多有勇气、多有才华呀！他喜不自胜，觉得有了这样的能人，自己完全可以当太上皇了，当即宣布："从现在起，庞泰吉就任安帮企业管理咨询有限公司CEO，以后请大家称呼他庞总。企划部长梅绯丽升任庞总的助理，工资涨一级，其他所有业务人员都要听从庞总安排，全力以赴开好咱们公司的第一堂公开课。”

梅绯丽二十二岁，中专学历，之前是广告公司的文员，因为填简历的时候写了文案策划，与企业策划只有三字之差，安列帮就让她担纲企划部的工作。

如此，姑娘们的心里又炸开了锅，这不等于免了丰广广的职吗，只要服从庞泰吉一个人的命令便好了啊。从前诚服丰广广的便不再诚服了，从前敌视丰广广的便更无视她了。而梅绯丽，让她先得瑟几天吧，涨那一级工资早晚把她噎死。

这时，黄金豆回来了。她在人才中心看到自己喜欢的岗位，不胜向往，却只能深深浅浅地叹息。

安列帮急忙宣布散会。

庞泰吉立即行动，与安列帮研究确定了一节《供应商管理与议价技巧》课，然后又把小城按区域划分为八片儿，命黄金豆负责宣传资料和客户来电，他与其余七位美女职员每人负责一个片儿的开发业务。

黄金豆说：“八大片儿的企业都非常多，单派一位员工去开发，只怕是杯水车薪。不如大家集中精力，先把一个片儿攻下来。”

庞泰吉说：“一个片儿只有几百家企业，每人每天走访几十家，也就半个月的工作量。”

黄金豆说：“那就像走马观花，能得到什么实际性的收益呢？”

庞泰吉丝毫不喜欢这个多嘴的老板娘，眼睛看着天花板说：“行动力就是竞争力，我想的是尽快覆盖市场，以迅雷不及掩耳之势，把安帮公司推出去，把其他咨询公司的气势都比下去，来个一鸣惊人。”

黄金豆说：“我们应该注意竞争的有效性，在工业园里每天走访几十家企业，只能是发发传单而已，况且她们都是新人，没有营销经验，需要有人带。”

庞泰吉红着脸说：“你没在咨询公司干过，你不懂，我自有我的道理。”

黄金豆说："你的道理是什么？两年时间你在12家咨询公司任过职，这是什么概念？"

庞泰吉心里一惊，以为黄金豆知道他在其他公司都是一个月的工龄，说："我频繁跳槽，是因为那些老板的理念陈旧，我宁愿饿肚子，也要找到真伯乐。从现在开始，我就为安总活着，上刀山，下火海，累死我也认了！"

安列帮听着庞泰吉的话，非常受用，急忙帮庞泰吉打圆场："黄经理，你没涉足过咨询业，就不要班门弄斧了。庞泰吉是真正有从业经验的，连我都要向他学习，你不要干扰他的工作计划。"

黄金豆说："我没有从业经验，可我凭直觉都知道什么是对，什么是错。"

安列帮生气地说："黄经理，直觉只是一种意识，而不是事实，庞泰吉现在是咱们公司CEO，战略方面由他统一规划，你把自己那一份工作执行好就可以了，不要因为自己的特殊身份，就扰乱正常秩序。"

庞泰吉大度地笑笑："安总不要担心，事实会证明谁对谁错。咱们现在拥有八个片儿的客户群，保守估计，每个片儿拿下百分之二十的客户，这八大片儿至少也有320个名额，每个名额980元的学费，您算算，这一堂课是不是几十万的净收入。"

黄金豆说："庞泰吉，客户不是烂菜帮子，想捡多少由得你，我看你就是拍马屁的本事高。"

安列帮听了庞泰吉的话心花怒放，生怕不懂事的老婆把这能人给气跑了，对黄金豆说："黄经理，请遵守职场规则，称呼庞CEO为庞总。"

庞泰吉见黄金豆对自己不敬，心知这是一块绊脚石，便开始处心积虑，请同事们吃饭，示意大家各扯旗帜，把黄金豆晾起来，出事有他顶着。

不过三日，公司便形成了四派鼎立方阵。第一方阵：安列帮、庞泰吉、梅绯丽，实权在握派；第二方阵：丰广广、万娜娜、常芙蓉，恃宠而骄派；第三方阵：何美妮、苏茜茜、巴稳稳，投机取巧派；第四方阵：黄金豆，孤芳自赏派。

安列帮心里算计着自己也有一班同学朋友当着小中层，完全可以找找他们，再一想，庞泰吉刚来公司，也算对他的一个考核，且看他的独立运作能力，再做分晓。

庞泰吉对业务毫不含糊，依照网上搜来的客户名单，分派日工作计划，每天待安列帮的早会结束，就与七位美女部下齐齐走出公司，分头坐上公交车，往八个片儿杀去。

七位美女对市场既心怯又心急，各自心怀鬼胎。有的感觉做推销员丢人，直接把宣传资料扔进垃圾桶，找个地方躲一天；有的沟通能力差，没进客户办公室就被门卫拦下了，只得把资料发给路人；再胆大一点的，直接回宿舍睡大觉，把资料攒废纸。为了保住工作，不约而同在下班前赶回办公室，在网上搜索出客户资料和联系方式，复制到WORD的工作总结模板，打印出来交给安列帮。

3. 讲师笑场

没过几天，黄金豆看出了端倪，便在早会时脱岗，拿着美女员工们的出访汇总，挨个打电话做客户回访。

员工们看在眼里，急在心上，生怕黄金豆借机炒人。没想到黄金豆只字不提客户回访的经过，更没有任何批评和揭露的苗头。反倒使姑娘们的心里五味杂陈，熬到早会结束，拿着宣传单，赶紧认真走访客户。从此就实实在在地面对营销工作了。

历时一月，大家披星戴月，对工作充满了热情。

每天的早会上，庞泰吉都向安列帮汇报自己的公关收获，对市场充满信心。美女员工们虽然没有收获，却不愿意在会上丢份儿，就报喜不报忧，把一些美好的设想都当做事实，有模有样地向大家讲述，公司业务现出一派欣荣的景象。

安列帮稳坐老板椅，心情好了，就舍得花钱出去玩了，每天与同学轮流请酒，还时常花个大价钱去星级宾馆与李平平开房。

这天，安列帮与李平平在宾馆的房间里脱了衣服，就像皇帝一样等着李平平献媚。

李平平顽皮地往床上一滚，说："卖小饰品的太多了，生意不好做，一天就十块八块钱的利润，还不够吃饭，快饿死人了。"

安列帮搂着她的细腰说："放心吧平平，我一定会让你跟着我享福，我正在举办一堂课，最少赚三十万，到时候给你开个品牌服装店，你就是正儿八经的老板娘了。"

李平平钻到安列帮怀里，幸福得哼哼叽叽。

这天，庞泰吉与安列帮研讨了客户状况，两人决定火速开课，以免被同行抢了课目。

庞泰吉的工作重点转为室内，圈定意向客户、设计邀请函、联系讲师、课堂选址。

市场部的姑娘们抓紧时间跑新客户，行政部的黄金豆负责讲义配备。

既然要一鸣惊人，就要全力做好，讲师是庞泰吉的大学老师，国内顶尖级别；课堂设在市里最豪华的酒店。安列帮就等着他的咨询公司一夜成名了。

黄金豆严格执行上级的命令，凡事都向庞泰吉汇报和请示："酒店来电话确认座位，有多少学员？讲义要打印多少份？"

庞泰吉矜持地笑着说："经过两个月的走访，我与每家企业的主管已很熟很熟，他们对我的认可度已相当高。单是我负责那个片儿，有多少家企业，就能来多少位学员，你就订最大的会议室吧。"并命黄金豆给讲师寄预付款。

黄金豆逐个办理。同时给创世电子总裁卫千名发了课程邀请函。

卫千名当即派秘书送来听课费。

黄金豆以为卫千名轻看了她，推辞道："听课的时候再交费也不晚呀。"

卫千名的秘书说："卫总经常参加类似课程，我们是按惯例提前交费的，因为这样你们才可以预计座位多少，以及所得利润与成本是否成正比呀。”

黄金豆明白了收费程序，立即问庞泰吉：“庞总，一分钱没有预收上来，就付出好几万把老师请来，是不是太悬了啊？”

庞泰吉说：“没问题，你要是出过国，你就明白了，大家要是听到有他们需要的课，把门都能给挤破了，根本就不用上门推销。”

“咱们这儿可是国内呀。”

“国内更好办，经过对咱们这边市场的深度调研与了解，我发现咱们这边人，更热衷于学习。放心吧，开课那天，您在记账桌前一坐，那么多递钱的手，您都忙不过来。对了，您一定要做好监督工作，找个心腹人记账，找个熟练的点钞员！”

“钱多到需要点钞员？”

“当然，您要是开过一次课就知道了。您哪，就准备好保险柜，到会场上装钱吧。”

“准备保险柜？”

“噢……咱们这小地方，还没人见过那么大的交款场面，保不准哪位学员见钱眼红呢，所以一定要预防歹徒打劫。再说，拿着那么多钱到了路上也不安全呀，您至少要带个密码箱，一旦被抢，咱们立即报警，歹徒在破译密码的当儿，警察就赶来了。”

安列帮一听到钱就高兴：“庞泰吉，课程的事，就交给你了。黄经理，保险柜早晚用得着，你立即去买一个，提前运到会场！”

黄金豆说：“带保险柜到会场，多沉啊，不被人笑掉门牙才怪。”

安列帮说：“谁笑掉门牙了？那是牙坏了没钱到医院拔！”

黄金豆嘲讽说：“那还不如联系银行，直接让他们派押款车呢。”

大家热火朝天，照着客户资料，往厚厚的几大捆信封上填写地址，装封邀请函。

黄金豆给讲师寄首付款和机票款，迎接讲师到来。

会议开起，七位美女职员按庞泰吉指挥，各司接待位置。黄金豆拿着收据和圆珠笔，前台收银；安列帮幕后指挥。庞泰吉西装革履，站在大厦门口等待他预估的那320名学员。

卫千名早早赶到会场，与黄金豆打个招呼，找个理想位置坐好。

临近开课，讲师站到讲台，何美妮拿着话筒，准备会前主持。受邀媒体分列两旁，齐齐架好摄像机和照相机。

庞泰吉在大门口望穿双眼，未见任何学员到来，额上冒出了冷汗。

何美妮环顾会场，见只有卫千名一位学员，只得把眼神单单对准了他，做完课前主持。

卫千名的掌声在教室里单调地响起。

“同学们好！”讲师习惯性地开讲，再看着唯一的学员，甚觉不妥，就乱了口型：“这位同学，很荣幸，很荣幸！”

荣幸什么？卫千名见讲师这般怪异地问候，不由惊讶起来，眼睛圆圆地直盯讲师的嘴巴。

讲师从未遇到课堂里只有一个学员的情况，而且这位学员紧盯他的嘴不放，好像他能吐金豆子似的，不由浮想联翩。心想这安帮公司也太会作秀了，花这么多钱请我，又请这么多媒体，却单派一个人来听课，不知用什么招数蛊惑了这傻帽包下我的课。看来我的影响力还是巨大的，庞泰吉这小子为了讨好新老板，给我这么低的报酬还拿回扣，下堂课要给他们涨价了。再看卫千名端坐桌前，抻着脖子，像只傻乎乎的呆头鹅，不由暗暗嘲笑，笑意逐渐藏不住，溢到了嘴角，张开嘴，像鹅一样“嘎”地笑出了声。

这时，庞泰吉已经无望地回到了会场，一看讲师笑场，大叹不妙，急忙用眼神示意讲师安静，可是讲师已经控制不住了，捧腹捂脸，嘎嘎嘎地笑成一团。

围观的媒体发出了嘘声，卫千名也惊讶了，嘴巴张成O型。

庞泰吉冲上讲台，夺下讲师的麦克风，对着台下讲：“好！绝世而独立的创新——谢谢老师这与众不同的课前互动，欢快的课堂氛围，是我们今天快乐学习的美好开始，现在，请所有在场人员，快乐入座，快乐学习！”

所有媒体人员，以及安帮公司所有员工都坐到座位上。讲师有了为人师表的感觉，终于止住笑，认真讲起课来。

课程结束，所有聚光灯和话筒聚向卫千名。有记者问道：“卫总裁，您听过的课程不计其数，像今天这样的课堂氛围应该是第一次吧，是否为只有您一位学员而感到尴尬呢?”

卫千名说：“出来听课，为的是增长知识，学员的数量不是衡量课程质量的砝码，我也没兴趣为这种事尴尬。”

传媒和网络，立即把这事曝光。安帮公司成为了行业的笑柄，卫千名这唯一学员的听课目的，也遭到质疑，媒体添油加醋把此事充分发挥。

4. 非常好的开端

事情闹到这般田地，安帮公司自然要开会总结。黄金豆憋了一肚子气，首先向庞泰吉拉开了阵仗：“请的什么讲师，居然笑场!”

庞泰吉不甘示弱地说：“讲师的资质是国内一流的，笑场是他的互动秘方。”

“学员呢？你不是说多到挤破门?”

“我们这次会议开得非常成功，老师在学员稀少的情况下，丝毫没有削减演讲内容和演讲激情，这就是实力派讲师与普通讲师的区别。以后，大家会见识到更多顶尖讲师的风貌，我相信我们的团队会在短时间内壮大起来。”

黄金豆说：“请不要转移话题，我们开课是以盈利为目的，请围绕这个主题来总结这次课程的成败。”

“是啊，今天的课，就是一个非常好的开端。所以，这位老师适合于成为我们的学科式讲师，为我们的客户连续讲授。我们的下一步行动，是抓紧时间，赶紧筹备第二堂课。老客户是一定不能丢的，黄经理，你负责把创世电子的关系维护好，其他人随我继续战斗，力争在两周以后开始下一堂课。一年内，我们公司必须声震咨询界。”又转过头对安列帮说，“安总，一切有我，您什么都不必操心，就等着收获成功的喜悦吧。”

安列帮本来也想发火，又死撑着面子装大胸怀：“行，咱们既往不咎，你办好下一堂课，把这堂课的损失补回来。”

庞泰吉喜滋滋地一笑，嘴唇又撅成了喇叭花：“要说到损失，就是那些无福消受咱们这堂课的人。我早听说咱们小城太落后了，没想落后到这种地步，就剩卫千名一个有觉悟的人。”

黄金豆说：“你不要往别处扯，我问你，为什么学员这么少就贸然开课!”

庞泰吉说：“地域文化的落后，导致了学员的稀少啊!”

“你又把责任推给地域文化了？我问的是你这个CEO，对于一个失败的策划该担什么责任!”

“我能担什么责任？我担得起吗？我哪会料到这块地儿的人如此不守信，当着我面儿承诺要来，到了开课又推托有事，要是都说话算话，今天这会场早被挤爆了。你没看国外那些咨询公司都怎么做课程的，那可不是一个档次啊!”

黄金豆阴沉着脸，表情严厉：“面对现实谈问题吧，你最大的失误，是没结合当地的特点制订战略计划!”

“我的思维是国际化的，小城企业界要跟上我的思路才可以发展起来，经过我跟他们打交道的这些天，他们也意识到发展才是硬道理，只要我们有耐心，早晚能等到他们觉醒的一天。”

黄金豆说：“我不管国际化思维，我只知道，安帮公司刚刚起步，需要的是在行业内稳步发展的CEO，你还是另谋高就吧。”

庞泰吉转头看着安列帮，说：“怎么着我也是堂堂海归，我见过的世面比你们听说的都多，还从没有哪位老板娘像黄经理这样小肚鸡肠，赔了一堂课就要炒人。”

黄金豆说：“作为CEO，应该设身处地为公司着想，努力使企业走出困境，可你没有。”

庞泰吉跺一下脚，说：“这些天来，我没日没夜，把鞋底都快磨穿了，也就是想回报安总对我的知遇之恩，你怎么可以说我没为公司着想？你这是伤害我忠诚的心灵，我抗议!”

黄金豆说：“你丝毫不肯检讨自己的过错，就知道狡辩，这样你就永远不敢担当，CEO的大任怎么可以交给这样的人！”

庞泰吉说：“我是咨询师，来到这里虽然当了CEO，可我把小业务员的事都去做了，你怎么还说我不敢担当？”

安列帮觉得人是他聘来的，如果就此辞了，表明他阅人不准，急忙打圆场：“辞退没必要，降职吧。以后，市场部归我统管，庞泰吉工资暂时降低，希望你能虚心接受这次的教训，从业务员开始。”

“在这样的小公司当小业务员？说出去不被同学们笑死？你们即便挽留，我还不干了呢！”庞泰吉拂袖而去。

晚上，李平平约安列帮吃饭。安列帮囊中羞涩，却习惯于装阔，与李平平到了高级西餐厅。

李平平喜滋滋地叉了一块水果沙拉，送到安列帮嘴边：“老公，课程结束了，那三十万开店的钱什么时候给我啊？”

安列帮一口吞下水果，愁眉苦脸地说：“赔了，我还到处找钱呢。”

“啊？赔了？服装店开不成了？”

“没看我也在愁吗！”

李平平“啪”地把叉子扔回盘里：“你这人怎么这样呢，没钱早说啊，害我预聘了俩同学当助手，这叫我多没面子啊！”

安列帮说：“这么小的姑娘，玩什么虚荣！”

李平平扭身站了起来，提上挎包就走：“我还有事，不能和你去酒店玩了。”

安列帮气得脸色铁青：“这么小就不学好，闹什么闹，黄金豆可从来没为钱的事儿跟我闹！”

这时，黄金豆与安老太太并列坐在客厅沙发上。安老太太用左手擎着右手，虚弱地叹着气说：“哎哟，今天下午去买了两根萝卜，瞧把我胳膊累得，啥也干不了了。金豆，你给我拿块手抽纸，我要擦擦鼻涕。”

黄金豆弯腰从茶几底下抽出一张纸，一边说：“妈，以后就不要出去提东西了，我下班回来就顺便买了。”

安老太太慈爱地拍拍黄金豆的腿说：“金豆啊，我是把你当亲闺女了，哪里舍得你那么累。”

正说着，安列帮回来了，没能去宾馆和李平平疯狂，他心里憋着股火，拿着卫千名的学费，一把摔给黄金豆："我那么多钱都赔了，也不差这一个名额的学费。众目睽睽之下，你敢给我戴绿帽子，这种臭钱我不要，宁可让公司倒闭也不要!"

黄金豆正在心疼这堂课赔掉的银子，对安列帮的举动甚觉心寒，也不理他，就望着电视发呆。

安老太太见儿子被冷了场，暗骂黄金豆欺负安列帮老实，撇撇嘴角说："唉，又不是缺了千把块钱就能饿死。女人哪，就得时刻检点自己，不能光为了钱连自家老公的脸面都卖了。"

黄金豆一听就急了："妈，您怎么听风就说风，听雨就说雨，我正儿八经做事业，哪里像他讲得那么龌龊!"

安老太太把脸扭向安列帮，龇出了蝈蝈牙："哎哟这个老大声，像高音喇叭，我耳朵都快被震聋了，以后可不敢跟你媳妇说话了。"

安列帮走进卧室，恶狠狠地说："黄金豆，你有话进来说，不要在外面张牙舞爪!"

晚上，卫千名漂亮的妻子在客厅与父母说话，他十三岁的儿子写完作业，开始玩电脑游戏。

两位老人高兴地说："听说卫千名的新项目得到市里扶持了，这下一定能干出大名堂了!"

"爸、妈，卫千名前程似锦呢。"卫千名妻子自豪地看着儿子说，"宝贝，先别玩游戏了，到百度搜一下你爸爸公司的新闻视频，播给姥姥、姥爷看。"

卫千名的儿子关掉游戏页面，搜索"卫千名"。点开最新信息，一看之下，目瞪口呆：《帅总裁爱美，创世电子总裁卫千名一掷万金为红颜》——安帮夫人一笑倾城，安氏婚姻危在旦夕。

这时，卫千名开门进来，伸手与岳父母寒暄。他的儿子猛地从电脑椅上冲下来，抓住他双手，用头抵住他肚子，将他撞倒在沙发，又撕又咬："坏爸爸，你不喜欢我妈妈了，你去喜欢别的女人，你想不要我们了吗？我也不要你了，坏爸爸、臭爸爸、大流氓爸爸！”

一家人见状目瞪口呆，不明就里，等看了网上的文章，个个面若寒霜。卫千名真是百口莫辩，一时间冷了场。误会的种子算是播下了，何时发芽乃至茁壮成长就等时机了。

柒

醉态十足的讲师

1. 员工忠诚度

庞泰吉的离开，产生了蝴蝶效应。员工们私底下都没断绝与庞泰吉的联系，时常还凑到一起窃窃私语，说公司留不住人才，在这工作没有前途，整个公司一派颓废景象。

安列帮察觉到这个情况，就让黄金豆坐公交车到八十里外的工业园进行普查，然后就庞泰吉离职问题召开了三个小时的讨论会。他告诉大家，公司需要正常的人员流动，只有注入新鲜的血液，才可以保持活力，让大家各显身手，把能人引进公司。讲话持续三小时，直到嗓子冒烟，茶水都失去润喉效果才罢休。

员工们的工作恢复到庞泰吉到来之前的状态，除了早晚例会，都是在网上聊天、发手机短信。

上次开课事件，安列帮受了教训，讲师费太贵，如果培养自己的讲师，一堂课就省好几万，一年下来，就等于白赚好几百万呢。他就把注意力集中到了这方面。

这天，安列帮在网上浏览，发现一份优秀的求职简例：严有才，男，三十二岁，身高180CM，体重80KG，曾在三家大型中外企业任部门主管，有丰富的企业管理经验。

安列帮细看照片，发现严有才既是自己发小儿，又是高中同学，心下顿生安全感。急忙电话联系，邀请严有才来公司当讲师。

这一下，美女职员们又兴奋了起来，因为严有才这支新鲜的血液不但资历丰厚，还是位雄伟迷人的男子。他穿一身标准的职业装，剪着寸头，鼻耸耳大，一对时髦的单眼皮，一双棕色细眯狐狸眼，眼角向鬓角细细地翘去像是会说话，厚实的嘴唇透着迷人的性感；胸脯像墙那么坚厚，好像一扑进去就能永获安逸；走起路来快如风轻无声，脸上满满的自信，一副渊博深厚的样子，而且出口成章，吟诗作赋，堪称才子。

严有才一年前是一家大型外企的部门主管，犯了顶撞上级的罪，受到了严格管教，后因认错态度不好被开除，巨大的职场阴影一直笼罩着他自卑的心灵。见安帮咨询公司的工作就像聊天这么简单，觉得找到了职场的天堂，每天谦恭地聆听安列帮在会议上的讲话，还把给安列帮点烟的活儿揽下了，使安列帮更加有了太上皇的感觉。

安列帮发扬稳扎稳打的精神，拿出一个月时间，专门培养严有才的授课水平，其余七位美女职员做观众和评论员；黄金豆负责严有才的一切文件供应。

黄金豆一边学习业务知识，一边焦急，看着时间一天天过去，公司丝毫没有开拓业务的动向。在早会上，她不识时务地说："我们不能因噎废食，在奠定内部力量的同时，要开拓市场啊！"

安列帮早已讨厌这婆娘当众吵吵，好像她有多大本事御夫。他皱着眉，满脸的厌烦："企业管理你是外行，不要乱插杠子，这个问题我不止提醒你一遍了吧？"

黄金豆说："你的创业目的自娱还是盈利？坐在家里，市场会找上你？"

安列帮觉得被撕了面具，声色俱厉地吼道："黄经理，我们就应该把内部力量夯实，让企业慕名找上门来！"

七位美女员工都随着安列帮的表情，对黄金豆嗤之以鼻；严有才垂着眼睑，矜持地笑着，唇角泻出一丝轻蔑，心说你黄金豆没事搞什么班门弄斧，我们这样风不吹雨不晒在办公室唠嗑，你来玩剥削阶级战术，真是恶毒心肠！

一个月的时光如水般流过，黄金豆的心七拧八拧，就是无法忍受这样的工作。

其间断断续续有人上门咨询，严有才作为首席咨询师，当仁不让地负责解答访客疑问，却都是浮云级别，没有一个潜在客户。

安列帮却觉得这很值得高兴，这么快就有人上门咨询，还是他的战略准确，发财的日子不晚了。及至被朋友们问到盈利多少了，才感觉到再玩虚的就不好看了。就决定露一手。一方面开始打造严有才的影响力，将他的业务方向定位为企业文化，确定了一堂《员工忠诚度的八项修炼》，同时为他印制宣传资料。另一方面，又四处电联他那些已经在中层的同学和朋友，只可惜那些朋友们有的决策不了培训，有的单位年度培训费只有三位数，说到底就是小城的企业家们没有培训的意识。这样就不能怪安列帮没有为业务尽力了。

严有才站在试讲台上，讲得越来越熟练，赢得了员工们钦佩的眼光，他自己也摆脱了以前的阴影，充满了自信。他当众以人格担保，全市的企业家，将有百分之八十慕名来听他讲课。公司在他的要求下，又加印了一倍的宣传资料。

公司全员投入，把几大捆信封填写好，装封送寄，同时进行报纸、电视的广告发放，力求无孔不入，把这堂公开课开爆。

严有才为了避免其他人误报误投，把重要客户圈列出来，亲自填写信件，亲自装封邀请函，两根夹笔的手指都磨出茧子了。

这时，黄金豆也兴奋了起来，积极参加研讨会。

严有才提早把自己当成了成功人士，开始回忆曾经的辉煌，兴致勃勃地逮空就向同事们描述自己在三家大型中外企业任部门主管的风光经历。

安列帮在会议上让大家预估这堂课的盈利数额。美女员工们唧唧喳喳，都想讨安列帮个笑脸，净往大了估。

只有黄金豆不识时务地泼凉水："我们就这样毫无特色地用函推介严有才，只怕直接就进了收件人的废纸篓，而且，我们没有足够的市场基础，一旦开课，必如上次一样失败。"

安列帮冷着脸说："黄经理，你的脑子就是跟正常人不一样，大家都在兴趣盎然地想着赚钱，你咋就这么拧，这么和钱过不去！"

黄金豆说："你们单想着赚，就不担心赔吗？"

安列帮气呼呼地说："你满脑子满嘴都是赔赔赔，好项目全让你咒亏了！"

黄金豆据理力争地说："一个没有忧患意识的行动，成功的概率就是瞎猫撞到死老鼠。"

安列帮怒道："够了！你这个人就爱自以为是，不要在专家面前装懂！"

黄金豆看着安列帮的蝉翼唇，久久地愕然。她所嫁的男人、她所托付终身的男人，就是一个这样的男人吗？她在结婚以前干什么了，不知道婚姻是终身大事吗？以为是个男人就能英明睿智、深沉冷静像山一样可靠吗？怎么就那么草率地披了婚纱？

员工们见黄金豆噤了声，都在私底下乐歪了。

又磨叽了一个月，所有信函如石沉大海，市场反馈寥若晨星，电话追踪也没有任何收获。

严有才觉得太丢面子了，生怕大家关注到这个问题。

黄金豆和严有才单独谈话，对他讲了庞泰吉开课的结果，建议先做一堂内训课。

严有才听得头上冒汗，他可不想开完课就失去这份甜美的工作。

安列帮没收上报名费，也不敢贸然再开公开课，上网一查，有咨询式内训。OK，就用这个概念去忽悠客户，首要问题是公司只有严有才这一个课件，大家要发挥智慧引导客户进行企业文化教育。

安列帮想争个头功，心里灵机一动，想起了木讷大叔。急忙往木讷大叔办公室打电话，居然是原来的CFO接的。原来木讷大叔已经调任海外总部，职位由CFO接任。安列帮这下明白木讷大叔为什么不批准他辞职了，还说他的前途非常远大，原来是想把总裁的位子让给他呀，大公司的CEO可比小老板风光多了，他干吗不明说！

自己一厢情愿地为丢掉CEO职位叹息了无限个来回，还是得面对现实，想想黄金豆的建议完全正确，就每天在早晚例会上，强调稳扎稳打的精神。到后来，每天八小时的工作时间，有七小时是在开会。安列帮累得嗓子发肿，何美妮去为他买来了胖大海，每天早早跑到办公室为他泡上。安列帮喝了果然见效，心里温暖，不忍何美妮一个人在办公室苦等，也就放弃了黄金豆做的早餐，一大早匆匆洗漱几下就赶到公司喝何美妮泡的水。

这天一大早，黄金豆听说安列帮忧思公司业务，食不下咽，就忍着饥饿，与他一起到了办公室。

这时何美妮已经到了，胖大海也为安列帮泡好了，娇娇柔柔地坐在电脑前，专心等待安列帮。

何美妮来自外地，二十八岁，业余大专毕业，有一双无敌电眼，只要双眼一扑闪，就能杀世间男子于无形。她本是一名酒店的前台接待，当初顺利应聘到安帮公司，就因为她的电眼秒杀了安列帮那颗热爱美女的心灵，把她奉若仙女般请到公司，给她个猎头部长的职务，并说放心干吧，不会的我教你。说这话的时候，安列帮也没接触过猎头工作。所以当何美妮问他猎头工作怎么干，他说就像一个猎人，要有收获，就得盯准肉多值钱的动物。何美妮似乎一下子就懂了，点着头微笑。

安列帮见何美妮像朵花似的开在办公室，喝着水，心里欢喜得都快开花了，对这黄金豆的跟随甚是反感。

这不识趣的黄金豆不但不关心安列帮的嗓子，也未察觉情敌就在身边，还很大牌地坐到安列帮对面，命他亲历各种业务流程。

安列帮当即翻脸："你天生与我有仇吗？我每天为了培养人才呕心沥血，绞尽脑汁，你不但不支持我，还拖我后腿，干扰会议秩序，你太没有职业道德了！"

黄金豆喊道："我想的是把房子赎回来呀！你却只顾着开会、开会！"

"跑市场是小兵的事。作为老板，我应该做的，就是看财务报表、开部门经理会议！"安列帮梗着脖子，脸红到了脖子根，"咱们公司刚刚开办，必须打造强势的企业文化，这样的洗脑运动，可以有效提升员工素质，防止人才流失，你以为我心理上的压力小吗？"

这时，其他员工陆续到齐，坐到各自的座位装作办公的样子看老板的笑话。

黄金豆瞅了一圈，说："咱们公司有人才吗？都有哪位，可以在哪个领域独当一面？"

员工们听了这话，立即同仇敌忾，对黄金豆恨之入骨。

安列帮说："我不是在培养他们吗，凡是经我手培养出来的人才，个个都是顶尖级的精英。你问问他们，为什么来了咱们公司就不跳槽，因为他们佩服我安列帮的才华，知道跟着我干有前途！"

黄金豆说不过安列帮，就脱离会场，要带领市场部的员工们去跑市场。

员工们异口同声地说："我们的部门受安总直接管辖，你没有权力给我们分派任务。"

2. 办公室的女郎大厮杀

黄金豆顾不上和安列帮生气，脑子里就想着赚钱赎房子，只得孤军作战，到各大工业园区寻找商机。

她每天早晨五点起床，六点出发，坐公交车，去八十里外的工业园区，地毯式扫荡客户。被拒之门外的概率十有八九。

对现状的忧虑、对成功的迫切、对荣耀的渴望、对失败的郁闷，统统纠结成必胜的斗志。

这天，她在一位热心的客户办公室，听闻"万达运业"正在筹备员工培训，急忙约到对方的培训主管。几番伶俐的答辩，双方商讨先讲一堂员工培训课，如果满意，就签个年度培训合同，年培训费八万元。

意向敲定，对方总裁携助手去安帮公司进行考察。

黄金豆就像凯旋的元帅，带着客户兴冲冲回了公司。

安列帮并不希望第一单业务是黄金豆揽得，他担心这样会导致个人威信输于老婆，再见万达运业总裁是位俊朗的中年男子，不免心生妒意，在招待宴上横眉冷目。晚上回到家，还把黄金豆训了一番，禁止她再与男客户打交道。

公司有了第一桩业务，员工们的积极性也调动起来了，她们说还是有事做的日子充实，自然而然把黄金豆视为精英。黄金豆很自然地成为团队的核心领导人。

黄金豆逐渐爱上了这份工作，继续拓展业务。鼓起勇气给卫千名打电话，先是对上次的风波道歉，又推荐严有才的课程。

卫千名反倒安慰她说，媒体的记者都是捕风捉影，不必介意，他喜欢接受新思想，而黄金豆又有这方面的服务，合作愉快便是OK。

双方就在电话中敲定了为创世电子量身打造一堂内训课。

黄金豆高兴坏了，立即向安列帮报喜。安列帮一听是卫千名的业务，冷冷地哼了一声。

严有才的妻子曾经是省级铅球冠军，剽悍泼辣，敢打敢骂，严有才在生活中一直是受压迫的地位。因此严有才把安帮公司当成了天堂，晚上总是借口加班，在办公室备课。他又是位爱酒之士，依靠酒精的力量，来抵挡漫漫长夜的困倦，每天都喝得晕乎乎，飘飘然，像做了神仙。

安列帮见严有才天天都自主加班，感念他对课程的用心，亲自为他点选外卖，酒肉不缺。

不用自己花钱的酒更好喝，严有才越发喝得醺醺然，勇敢地熬到公交车挂牌，把办公椅拼到一起，当床睡觉，连着几天都不回家。

临近开课，安列帮见严有才熬得形容憔悴，在早会上号召大家都像严有才一样，为事业奉献自己的热情。并且慷慨解囊，给严有才颁发了很厚一沓奖金。

最后一个冲刺的晚上，严有才认真对待，备课很用心，为了打发困意，就不断地喝酒。

何美妮水性杨花，耐不得寂寞，喜欢在男人的围绕中体现自身价值，在这阴盛阳衰的公司，只能对安列帮用心。安列帮目极之处总能被她美眸中的电波射击。

安列帮也惦着两个情人的名额一直未满，物色来物色去，这何美妮确是美丽伶俐。令人窝心的是她有男朋友，身世不算清白，好在不需费力去追求，那就当个临时情人，将来有了清白的再替换也行。

两人逐渐就走了暧昧的道儿，办公室施展不了，就老想着出去开房。

这天，安列帮与何美妮相约去健身房，事先说好了，锻炼累了就去洗澡，浴后吃饭，再去海边散步半小时，顺路开房。何美妮幸福得直夸安列帮浪漫。为免黄金豆发现，安列帮让黄金豆去公司陪严有才备课。

晚上十点，安帮咨询公司办公室里。黄金豆在经理人论坛学习管理知识。严有才饮酒过量，“扑通”倒在桌子上。黄金豆以为严有才犯了什么病症，急忙丢掉鼠标去扶他。

严有才好久没体味过美女的温柔与关怀，拉住黄金豆的胳膊，把头撞进她怀里，说：“你！漂亮！不打男人不骂男人，是真正的女人哪！”

这时，严有才的妻子带着疑问找到公司，推开门，见到浓情蜜意的一幕，一个箭步冲上去，揪住黄金豆就打。

黄金豆不明就里，来不及反抗就被打翻在地，口鼻流血。

严有才去救，也被殴打。严有才被吓醒了酒，思路清晰地跟老婆解释，可是越解释越不清晰，他的老婆吼声震天，快把办公室震塌了。

黄金豆说：“严有才，你说不明白了，还是叫安列帮来澄清这个事实吧。”就拨安列帮手机。

严有才的老婆说：“你让他说啊，为什么阻止他说，怕来不及串供，被我发现漏洞吗？找打！”劈里啪啦又是把严有才打了一顿。

此时，安列帮早已关了手机，与何美妮在去酒店的路上。何美妮拒接了男友的来电，安列帮感动地说：“你真是个冰清玉洁的女孩，三年前，第一次见到你，我就深深爱上你了！”

何美妮嗲嗲地说：“我也是耶，你的眼神威武神勇，像个皇帝似的，对我又总是透着深深的关爱与恩宠，你不知道我多么喜欢被英雄恩宠的感觉！”

安列帮顿时感觉自己是天下第一英雄，对情人的指标又调高了，觉得何美妮滥情、心浮，很倒胃口，却逢场作戏地说：“哎呀美妮，你早领我的心意，我却一直忐忑着不敢跟你讲呢！”

何美妮说：“因为你不是自由身，否则我早就向你表白了啦。”

安列帮说："唉，我就错失了你这么可人的女孩！唉，我可怜的人生啊，竟给了那么个令人失望的女人！"

何美妮嗔道："唉什么唉，你们俩好的时候，不知怎么惊天地泣鬼神呢。"

安列帮委屈地说："不能全怪我啊，是你不早点出现，否则我怎么能这么命苦，落到她手上。"

何美妮捂住安列帮的嘴："好了啦，不要后悔啦，我又不怪你！"

安列帮不由入了戏，声音颤抖："美妮，我爱你！我爱你！"

"嗯，好啊，我就喜欢被英雄爱的感觉，这使我充满骄傲！"

安列帮高兴得身子都软成了烂泥巴："嗯嗯，美妮，我爱你……"

何美妮当即智取誓言："你要爱我的今夜，还是今生呢?"

"美妮，我爱你的今夜，更会爱你的今生！"

"那——如何表现呢?"

"美妮，我爱你，就会对你的人生负责！这堂课结束以后，我给你五万，到田园风情小区按揭贷款买幢小公寓，有个自己的小家吧。"

何美妮是个精神动物，喜欢男人的围绕和誓言，没往物质方面考虑。"啊，不——那也要每月还房贷呀，我爸妈全失业，我每月要寄给家里一千块，剩下的工资刚够花销呢。"

安列帮梗了下脖子，轻描淡写地说："怕什么，小事一桩呀，后期的贷款我每月打到你工资卡上。"

"你对我真好，我爱你……"何美妮感动了，真情地吻住安列帮。

两人的身影在月光下黏成一条游动的蛇。

严有才的妻子见黄金豆没打通电话，断定她是在撒谎，又踹了她几脚，把办公文件摔了一地，揪着严有才的耳朵回了家，并命令他辞职。

黄金豆暗恨意念练功法不中用，遇到这悍妇全派不上用场。艰难地爬起来，忍着疼痛把办公室整理好，狼狈地回到家中。

安列帮妈妈的眼神尖锐地审视她。黄金豆担心这老太太给她放冷箭，不免灰心丧气，懒得与之搭话。

凌晨一点，安列帮回来，黄金豆讲述了严有才妻子来访施暴的过程。

安列帮的鼻腔里残存着何美妮的体香，就觉得这个家单调乏味，冷着脸说："你与他有什么不得体的行为吧？他的妻子又不是疯狗，怎么不打别人专打你呢？结了婚的女人，要注意检点自己！"

"啊——你这个杀千刀儿的，居然怀疑我！"黄金豆气得大叫一声，拿个毛巾就要塞安列帮的嘴。

安列帮一把夺下毛巾，瞅了她几眼，越看越觉得她长得不像回事，想想何美妮那双妩媚的电眼，这黄金豆真是贫乏得没法看了，看在她曾是处女的面子上凑合着过就是了。他冷冷地说："明天，是咱们公司开业以来的第一堂内训课，先把严有才的妻子安抚好，让严有才把课讲完。"随手拿起黄金豆的手机，给严有才打电话。

严有才的妻子拿起电话，一看来电人是黄金豆，不等安列帮说话，已不分青红皂白冲着电话骂了一顿，随即关机。

安列帮只好带上黄金豆，连夜赶到严有才家，为二人澄清。严有才的老婆又是一番刻薄言语，对二人做了警告。

3. 内训引起的员工暴动

第二天，早上八点，课程开始。一切程序按上次公开课进行。

万达运业公司的大会议室座无虚席。

严有才第一次正式讲课，心中忐忑，为了壮胆，悄悄揣了瓶烈酒。上了课堂，眼见下面黑压压一片员工，几百双眼睛的凝视，摄像机聚光灯都投在他身上，当即怯场，全身的骨头都像酥了，心脏猛烈弹跳像要砸破胸腔逃出他的躯体。

黄金豆作为严有才的助教，在讲台一侧播放PPT。

严有才弯下腰，藏到讲桌后面，拿出酒瓶，咕咚咚喝下半瓶酒，迎着掌声说道："这是一个多么好的公司啊，你们的工作又是多么令人羡慕啊，开着车一上路，就是一个完全自由的自我，所以大家一定要为公司的发展共同努力，不要为了一点点个人利益，就使公司的整个业务受阻。

大家说，私自配货的事情是不是很对不起公司呀？”

“噢噢噢，讲得好！”员工拉拉队一片迎合声。

严有才心里高兴，嘴唇都乐哆嗦了，双眼眯成了两条闪光的细缝：“所以呢，作为一名合格的员工，一定要遵守公司纪律，为公司奉献自己最大的力量！”

首席的听众都是领导层，事务繁忙，见开场就这么可心，就放心地离开，去处理各自的事务。

严有才以为被晒台了，失意地从兜中掏出酒瓶，咕咚咚又喝了二两，不免醉意朦胧，想起了自己在婚姻当中和在外企遭受的压迫。讲了几句，台下没有掌声，又失意地掏出酒瓶，直到把酒喝干。

这时候，他彻底醉了，全然忘记自己是一位讲师，也不理会黄金豆这位助教的提醒，伏到桌上，声泪俱下：“男人哪，千万别入错行，我当初投错了东家，进了福诚钢铁，谁知他们仗着是国家引进的外资，对我们内地员工打骂责罚，各种损招儿，无所不用其极，有的被逼逃跑、有的被逼自杀，数万员工，都在压迫中苟且偷生！都是我们中华同胞，我们能眼见他们在欺凌中生活吗，不！我们要用我们的热血，去与恶势力做斗争！同胞们，民族的正义与尊严就握在我们手上，现在，请在场的勇敢者，举起手，随我去战斗！”

“是啊，民族的尊严一定要维护，我们要和帝国主义的恶势力斗争到底！”在座的员工都被激发出了民族情结，个个义愤填膺，摔掉手中的讲义，举着拳头就喊口号。

黄金豆大声提醒严有才回归正题，可是来不及了。

人群骚动。严有才斗志昂扬，像斗士一样，带头走出课堂，要去福诚钢铁大门口游行。

黄金豆急忙拿起手机，向万达运业保卫科求援。

严有才带领队伍还没出万达公司大门，就被保安奋力拦住，不一会儿，110警察也赶来，阻止了闹剧的续演。

万达公司总裁火速把黄金豆和安列帮找去，铁青着脸说：“我是叫你们来给员工进行企业文化教育，不是让你们来开福诚钢铁批斗会！一个周来，大家加班的加班，调班的调班，就是为了听好这堂课！我要控告你们公司，你们要赔偿损失！”

安列帮急得头上冒汗，低着头，连连地赔不是：“严有才煽动员工，完全是个人行为，请放心，回去后，我一定严惩不贷！”

万达总裁说：“你惩罚他，是你们公司内部的事，与我们的损失能成正比吗?”

黄金豆说：“我们不收费了，这堂课免费赠送，将来有其他企业内训，贵公司还可以永久免费去听。”

万达的总裁也不是刻薄人，最终以原谅收场。

安列帮谋利不成，又惊闻事件被媒体曝光，正自气恼，又接到何美妮电话。下午两点，两人相约到了宾馆的房间。

何美妮一听房子不能买了，“呜”的一声就哭了：“我一直以为总裁都是一言九鼎，您这么高身份的人，总不至于说话不算话，你是在用房子骗取我的感情吧?”

安列帮急忙给她揩泪：“傻瓜，我能骗最爱的人吗，买房只是迟早的事，放心吧亲爱的，我一定会办到！”

何美妮说：“那你一天要给我发十条短信，说爱我。”

“你要傻死啊，咱们在一起办公，抬头不见低头见，有多少话不能当面说呀。”

何美妮撒娇地说：“好啊，那你就每天在同事们面前说十次你爱我。”

安列帮无奈地叹口气：“好好好，我每天给你发短信！”

晚上下班之前，安列帮赶回公司开例会。想到和情人约会成本这么高，他心情烦乱，只得在总结大会上拿黄金豆出气，说她没事添乱，专做倒贴钱的生意。

黄金豆也不和安列帮生气，冷静地分析了这次课程收不上款的原因，坚决提议辞退严有才。

严有才给安列帮点上烟，哭得眼睛都睁不开了：“我对公司真的是鞠躬尽瘁啊，这么多年，我一直在寻找适合我发展的平台，在这里，我发现这就是我事业的归宿啊，安总，再给我次机会吧。”

安列帮抽着烟，看严有才点头哈腰的样子，心生自豪，梗着脖子，乜斜着眼说：“黄经理，就为一堂课，至于把一个大男人逼到这样吗?”

严有才接上话头：“都是我不好，我一定洗心革面，认真向安总学习，把工作干好!”

安列帮更高兴了，挥着手对众人说：“培养个人才不容易，这一堂课，至少培养了严有才的临场发挥能力和授课经验，这样吧，再给严有才个机会，到何美妮的部门，跟她一起把猎头市场做起来。”又把头转向何美妮，笑眯眯地说，“何经理，你的部门有兵了，以后要好好带领团队哟。”

何美妮得意地看看众人，说：“嗯，安总，我一定鞠躬尽瘁，将部门业务做大做强。”

黄金豆气恼地说：“贪酒之人，难委重任!”

“黄经理，我一定用行动证实我对公司的忠心!”严有才眨一下眼睛，表情谦恭，却对黄金豆的当众羞辱怀恨在心，发誓报复。

捌

春心荡漾的小妞

1. 俊男靓女的市场组合

公司事务不顺心，员工又没有理她的，黄金豆心冷心悸，郁闷压抑。

她的无奈与叹息，安列帮没有兴趣听，两人的沟通仅限于在办公室的对话了。安老太太虽然对她和颜悦色，却是绵里藏针，随时会赐她窝心脚。她感觉自己在婆家完全是一个孤儿，找不到一丝温暖。

在夜深人静时，网络成为心灵上唯一的寄托。人在倒霉的时候，网络都与她作对，她唯一的聊伴，只有绝代老头。还好，绝代老头是位奇才，有时候严谨像位师长，有极佳的心理疏导能力，有时候活泼调皮像时尚青年，说话都用流行的网络语言，使人开心不已。她的心结都可以在这里解开。

思思虑虑，感觉现在的生活重心不是儿女情长，搞活经济才是最紧要的。出去打工赚钱太慢，把自家公司经营好了，早点还上贷款才是真理。她果断决定组建自己的营销团队，用自己的方式去盈利。

她立即就去了人才中心。机缘巧合：楚熊熊、郑志运快乐加盟。

楚熊熊，女，二十三岁，营销专业应届毕业生。中等个头，眼波清澈，面容瑰丽，烫着闹嚷嚷的头发，小袄套大袄，大袄套短裤，短裤套护膝，护膝配球鞋，骨子里泛溢着一种流浪者的无谓与活力，她仰起脸，什么话也不说，冲黄金豆妩媚地一笑，黄金豆的心就像花一样绽放起来了。而她一旦说话，又是妙趣横生，令人心旷神怡。黄金豆觉得这样的人去打市场，肯定是攻无不克的。

郑志运，男，二十八岁，企业管理学硕士，大型企业工作经验两年。高大帅气，谈吐高深，穿一身藏蓝色西装，很庄严的职场形象。黄金豆觉得这个人比安列帮的专业素质高。这一男一女的俏搭配，一个攻心，一个攻专业，业务很快要兴旺起来了。

第二天，黄金豆早早赶到公司，准备迎接两位新同事的到来，见严有才已在打扫卫生。

严有才放下拖把，对黄金豆点头哈腰："黄经理，我一定认识自己的错误，一定认真改正，您就看我的行动吧。"

黄金豆有了新员工，心里充满了希望，开心地说："知道改正真好，咱们好好把业务干好，一切都会好起来。"

"嗯！黄经理，我明白，您批评我是为我好！"

黄金豆说："那天我在会上批评你，真的是太冲动，其实我该单独和你谈的。"

严有才笑着说："黄经理，您对我批评的时间和场合都很对，当众那么一讲，大家都受到警示，以后都能严格要求自己，咱们公司的风貌就越来越好了哇。"

黄金豆非常高兴，觉得严有才是个勇于担当的真男人，对他说："这回咱们公司有希望了——我又招聘了两位同事，男的渊博严谨，一看就是认真做事的，女的青春靓丽，朝气蓬勃，春心荡漾的样子，你要是看到他们俩，你也会高兴的。"

"春心荡漾……"严有才愕然几秒钟，又嘿嘿干笑，夸黄金豆有眼光。

这时，郑志运和楚熊熊早早来到公司报道。

美女员工们也陆续到齐，乍一见郑志运，齐齐欷歔惊叹天上掉下了美男。

安列帮最后一名到达办公室。听闻黄金豆自作主张招来两名员工，心头忽地一震，心说这公司到底谁是老大，慢慢让黄金豆夺了权，自己岂不被架空成了傀儡。再见美女员工们都盯着郑志运的脸，忘记了为他倒茶递水，心情十分不爽。冷冷地扫视众人一眼，像皇帝似的坐到老板椅上，也不急着开早会了，声音低沉而又威严地命令黄金豆，安排报道的新人到他那里训话。

楚熊熊和郑志运急忙走到安列帮桌前。

按照女士优先，楚熊熊先向安列帮做自我介绍。安列帮觉得这姑娘真是冰雪聪明，对她的加盟颇为满意。夸黄金豆选对了人。

待到郑志运做完自我介绍，安列帮紧紧闭着蝉翼唇，好久才说话：“男人，把工作干好了自然就有魅力，否则，美容院的刀全往你脸上割，你也美不出来内涵!”

郑志运一脸无辜地说：“安总，您是说我整容？我没有！我的模样是天生的!”

“你天生就像古天乐？他当明星你怎么没当？他演杨过你怎么没演？他在香港你怎么在大陆?”

“因为我根本没想过当演员啊。”

“你本来就不该想当演员，生命本来就是个舞台，自己的角色都没演好就急着去演别人，不是好高骛远是什么!”

黄金豆远远地插话：“扯得太远了吧，怎么扯到演艺圈了。”

安列帮不耐烦地瞅了黄金豆一眼，对郑志运说：“男人嘛，不能靠脸吃饭。这样，给你个机会，你把近视镜戴着，像模像样地工作。”

郑志运苦笑了一下，说：“安总，我的眼不近视，没配过眼镜呀。”

安列帮说：“那你买副平光镜戴着，要那种扁平的小黑框，做咨询就要有学者的样子，免得客户以为咱们公司是花架子。”

安列帮亲自带郑志运到楼下的眼镜店，公费为他买了一副窄小的黑框平光镜。

郑志运戴上以后，往上看的时候，镜框挡住下半截眼球；往下看的时候，镜框挡住上半截眼球；往正前方看的时候，镜框把瞳孔上下切掉两道弧，一眨眼，睫毛就跟镜框打架。别提多难受了。

安列帮满意地看着他的半截眼说：“加入安帮公司，你很幸运，公司会从内到外地打造你。”

郑志运把眼镜扶上扶下，始终没找到舒适的落点，为难地说：“在咨询公司工作，戴眼镜很重要吗?”

“当然重要——我们是咨询业！一定要展现学者风范，在办公室，永远都不要摘掉眼镜！”

郑志运看看安列帮，再看看黄金豆，再看看没戴眼镜的严有才，非常窝心地点了下头。他没想到能遇上这么奇怪的老板，如果不是太爱咨询业，他可不愿意戴眼镜。

严有才看着郑志运的窝囊相，心里乐开了花，为了帮安列帮打圆场，他也把读书时一百度的近视镜找出来戴上了。

安列帮对严有才更满意了。

2. 新员工的战斗力

如此，南面靠窗那一排办公桌就坐了黄金豆、严有才、郑志运、楚熊熊，公司有十二个人了。

严有才从来没见过比楚熊熊好的女生，对她热情有加，帮她收拾办公用品，讲解公司业务范围。

其余七位美女员工的排外情结集体爆发，窃窃私语，对楚熊熊横眉冷目。如此，居然化解了丰广广和何美妮的帮派冲突——丰广广深感危机，又知自己在气势上比不过何美妮，就主动投靠到何美妮的方阵当小妹，两阵统一：倒黄救安。

严有才一个都不得罪，这边讨好楚熊熊，那边与七位美女打圆场，把心扯成八瓣也开心。

黄金豆与楚熊熊、郑志运，脱离安列帮的例会，成立独立的研讨小组。黄金豆说：“我们公司的业务，行业竞争性非常强，我们又是新公司，所面临的挑战可想而知，作为新员工，二位有没有信心让业绩证明自身能力、有没有信心把公司发扬壮大?”

楚熊熊热血沸腾地说：“工作的目的就是拿出业绩，这是我第一份工作，我想立即见证我的实力，黄经理，咱们马上行动吧!”

郑志运扶了扶镜框，说：“我先熟悉公司的企业文化与业务方向，研究同行的业务特点，做到知己知彼，然后尽量快、尽量全面地搜索客户资料，研究其需求，准确到位地出击!”

黄金豆说：“很好，二位如此充满热情，我们部门的未来充满希望!这周，咱们就专门研究公司业务、制订市场策略，请二位大胆决策，并制订工作计划。”

郑志运与楚熊熊各抒己见，黄金豆静静聆听，坦诚交流，谈吐间，已体现出郑志运的主导能力。

不知道为什么，安列帮看着楚熊熊在黄金豆的小组里工作，他的心就往那边飞，恨不得自己也是黄金豆的小组成员。晚上，他把楚熊熊留下，做新员工入职训话。

一番大道理过后，安列帮开始提问一些营销应对策略。

楚熊熊认真地回答提问，说到高兴处，眉飞色舞。安列帮把玩着手机，把手机的拍照功能调到运动拍，偷偷拍她。拍得储存卡都快满了。

安列帮的问话迂回婉转，直到夜幕大降，满街华灯，楚熊熊也讲得精疲力竭。安列帮叹着气说：“不愧是新一代的大学生，楚熊熊，你的思维太新潮了，我这个老大学生要向你学习呀。”

楚熊熊说：“安总您可别这么说，我刚毕业的学生，需要指点的地方多着呢。”

安列帮说：“好啊，年轻人就是要有勤学上进的精神，走，咱们边吃饭边聊聊下一步的工作，顺意路上新开了一家米线店，咱们去尝尝。”

楚熊熊急得眼冒红光：“安总，我今晚有约，男朋友打来十几遍电话了。”

“嗯? 就谈话的当儿，你用了分身术，穿越到我看不见的地方，接了十几个电话?”

“哈哈哈，安总您真会搞笑，那十几个电话我都没接呀，在公司，我的手机都调在静音，他打一次，手机就在兜里震我一下。”

安列帮扫兴地说：“那你就去吧，把饭吃好，明天好有劲儿工作。”

郑志运与楚熊熊锁定客户，搭档出击，半个月后，签下一堂内训课。黄金豆在公司的白板上张榜祝贺，并列明奖金数额。其余员工嫉妒得直翻白眼。安列帮也觉得自己的小组败在了黄金豆之下，心不甘情不愿，好在有课就有银子赚，如果她的小组能天天签单，自己更可以安心当董事长了。

安列帮立即开会，意气风发，描绘公司的宏伟蓝图，会议历时150分钟。两片蝉翼唇都磨薄了。

安帮公司所在的写字楼有统一的食堂，大家几乎都在食堂吃午饭。

午餐时，严有才蹭到楚熊熊身边说："哎，楚熊熊，你真厉害呀，这么快就拿下客户。"

楚熊熊说："很正常，再拿慢了不得饿死呀？"

严有才神秘秘地说："有责任心！咱们公司人说的还真对，看着你呀，我也春心荡漾了，让你去拿客户，真的是万无一失。"

楚熊熊的脸忽地一沉："你什么意思，春心荡漾？"

严有才也不接话茬，顾自地说："估计那张总今天这么痛快地签了约，绝对是他看着你春心荡漾了。"

"是谁背后说我坏话吗？谁？"楚熊熊生气地瞪着眼。

严有才故意往黄金豆那里瞟过一眼，又恐惧地把食指放到唇边："嘘，饭碗要紧！"

楚熊熊愤愤地把餐具推到一边，说："饭碗比尊严还要紧吗？谁看到我的心在荡漾了？凭什么乱讲！"

严有才心里一乐，越发火上添把油："哎，你还真懂，从文学角度理解，春心荡漾是水性杨花的代名词，也难怪你会生气呀。"

"啊呀呀——我不吃了！"楚熊熊大叫一声，端起餐盘就扔到了回收盆，引来满餐厅人奇怪的眼神。

晚上下班，安列帮约严有才一起喝酒庆贺，也算是对他这个即将开课的讲师的激励。严有才趁着安列帮上卫生间，偷看他手机，发现了楚熊熊的照片。严有才眼前掠过黄金豆那张被背叛的脸，眯起眼睛笑了。

课程临近，讲师仍为严有才。黄金豆叮嘱严有才不许喝酒也不许带酒，并于开课当天严格监督。

课程结束，盈利三千。公司上下，皆大欢喜。

严有才觉得功德无量，自鸣得意。私下找到安列帮，说："安总，这位郑志运与黄经理年纪相当，两人又以开会的名义每日谈笑风生，久了自然不是好事，我看郑志运就心术不正！"

安列帮正色道："你什么意思？"

严有才垂眼一笑，迂回婉转地说："把我和郑志运的部门调换一下，不就万事大吉了吗。"

安列帮突地一沉脸，恶狠狠地说："你想去黄经理的部门，为什么？"

严有才说："我也喜欢在何美妮经理的麾下做事，但是，黄经理中午单独约我谈话了，觉得在咱们公司，只有她才配领导我。所以，我如果不去行政部，就是不给老板娘面子了。"

黄金豆怎么变得这样了！看在她积极工作的分上，我暂不计较，总有一天跟她算总账！安列帮阴着脸，点点头："你去帮帮她也行。"

严有才又私下找到黄金豆，说："从您对两位新人的指导和鼓励中，我学到了很多东西，我觉得您是一位非常好的上司，我想投到您麾下，在好上司的领导下干出一番事业！"

黄金豆说："业务做好了，在哪个部门都一样。"

下午，安列帮在会议上宣布了严有才与郑志运的对调决定。

黄金豆不反对严有才加入，却不同意调开郑志运。

安列帮大不悦，心说亏得严有才报告，否则还被这郑志运从眼皮底下夺妻了。立即指责郑志运纸上谈兵，从典到据，对郑志运的批斗与教导历时170分钟。两片蝉翼唇都累肿了，像裂口的大桃子。

郑志运听得莫名其妙，一脸无奈。若非与黄金豆合作愉快，他可真不能忍受这样的企业文化。

安列帮讲得头昏脑涨，嗓子沙哑。何美妮为他换了两次胖大海。

半个月后，楚熊熊与郑志运搭档又锁定了客户"丰发水产"，合同签订，择期开课。

安列帮异常欢喜，晚上的例会又比以往延长两小时。这一次，他有了更规范的语言，更系统的论述和更充分的准备。他任命何美妮做会议记录，以备将来企业做大了，印成书，在集团里做教材，世代相传。

3. 公司是个大染缸

黄金豆非常赞赏楚熊熊与郑志运的胆魄和闯劲，三人互加QQ好友，并建立讨论群，业余时间谁有想法随时在网上讨论。楚熊熊和郑志运的QQ昵称都是QQ号，黄金豆觉得难区分，就在备注名称里把楚熊熊改成“春心荡漾的小妞”，郑志运改成“壮志凌云”。

严有才有偷窥癖，与黄金豆邻桌，早已窥到一切。

在走访客户的路上，严有才笑眯眯地像个大哥哥，说：“楚熊熊，在公司能适应吗？社会是个大染缸，与学生时代不太一样了吧？”

楚熊熊说：“比学生时代多了压力呀，但是可以出去跑业务，有种征服世界的快感，很不错！”

“呵呵，你真是棒极了，拿订单像玩似的，我特佩服你！”

“我就是外表轻松，内心里可是有压力，这阵子就感觉挺紧张的，逮机会我得出去放松放松。”

“是啊，我们公司也有点太不恤民了，夏天的海这么美，该集中我们去沙滩踢踢足球、打打排球、玩玩冲浪才好。”

楚熊熊惊喜地张大了嘴：“啊，你敢玩冲浪吗？多么刺激多么浪漫的运动啊，我好向往呀，要是有人带我，我一定敢玩的！”

“呀，你这么娇弱的小女孩，还想玩刺激运动呀？”

“当然了，我什么运动都喜欢。”楚熊熊盯准一块小石头，抬起穿着球鞋的脚，“啪”一声将小石头踢到了草丛里，“瞧瞧，足球我也蛮厉害的。”

严有才趁机美言一番，然后话锋一转，展开蓄谋已久的话题：“唉，我真为你惋惜呀。楚熊熊，你这么率真、这么有才华的小女孩，就被那么个工于算计的阴毒女人玩弄于股掌，拼命为她敛财。”

“我努力工作，有什么不对？谁招聘员工不是为了创效益。”楚熊熊有点不爱听。

严有才没想到楚熊熊能说出这套话，心说这年头竟有如此敬业的员工，算黄金豆眼尖，不过得罪了我，你黄金豆甭想走好运了。对楚熊熊友好地一笑，说："你，当然没有错！不过黄经理这人太不地道了，对你表面一套背地一套，玩弄小姑娘。"

"黄经理有什么不地道？怎么玩弄小姑娘？"

"唉，我就跟你实说了吧，黄经理说你是个不安分的女孩，正好利用你的不安分去打市场，还说，这'丰发水产'的课程，就是因为你用姿色诱惑了对方主管才签下的，她把你的QQ备注名都改成了'春心荡漾的小妞'，真是人心不古哇。"

"原来说我坏话的是她啊，怪不得你上次不敢讲！"楚熊熊站住脚，把宣传资料摔到地上，"她可是老板娘，怎么这么卑鄙！是真的？"

"她还诬蔑你勾引安总呢，心肠阴得很，我们这帮同学的老婆都知道她阴，同学聚会的时候都没人跟她说话。"

"安总长相那么平凡，我可没兴趣去勾引！哎，你怎么知道黄经理诬蔑我？"

"我与安总是发小儿，他们夫妻俩有啥话都不瞒我，黄经理把我调过来，就是让我监视你。"

"我工作这么卖力，她还把我当特务啊？那我不在这样的公司做事了！"楚熊熊气得捶胸顿足。

严有才可不舍得失去这个可心的同事，赶紧改口："别辞职啊，在这儿工作多好啊，打交道的客户都是成功人士，你的业绩又这么好，多有成就感啊。再说了，全市这么多家咨询公司，唯有咱们老板是菜鸟，激励机制都没有，薪酬制度也不完善。你也瞧见了，那些没有业绩的都跟咱们拿一样薪水，所以呀，在这儿工作就跟有了铁饭碗一样。"

"你也觉得咱们公司管理上有漏洞？"

严有才气哼哼地说："那当然，我是公司的讲师，我给公司撑了多大门面你知道吧？就我这水平，要是把课件挂到讲师网，签一堂课就净收几万块，安总给我几个工资？就顾自己数着钱乐了。"

楚熊熊说："咱们和企业签一堂课总共也拿不到一万，安总也数不到几个钱。”

严有才说：“简直是赔钱赚吆喝，我还不如出去当自由讲师呢。”

楚熊熊深沉地点点头：“嗯，靠内训课养活这个公司确实不容易。”

严有才恶狠狠地说：“就这样还宣称要为企业把脉呢，我都为他们害羞，我今天一离职，他们明儿就得倒闭！”

楚熊熊更生气了：“你都要走，那我更不在这待了！”

严有才急忙说：“我不走！我就要看看他俩把公司搞成什么糟乱样儿！”

“你的胆量可真大，这么没前途的公司你还愿意待下去。”

“在这儿工作，可以生活得轻松美好，不要怕嘛，我肯定会保护你！我看哪，黄金豆只是嫉妒你而已，所以，你就不用犯傻，偶尔拿回个业务应付她一下就行了。”

“好！她不仁我也不义，你帮我作证，咱俩回去闹她个底儿朝天！”

“哎呀楚熊熊，你这不是害我吗，要是惹恼了黄金豆，我与安总几十年的交情就完了呀。咱们去喝点冷饮，你消消火，慢慢再报复她。”严有才拽着楚熊熊就到了西餐厅，舒服地坐到座位上，心疼地点了两杯冷饮，对楚熊熊施起计来。

4. 美女的口舌风波

回到公司，楚熊熊对黄金豆大献殷勤，装作帮黄金豆打讲义，到黄金豆电脑上偷看她的QQ，发现自己真的被改名为春心荡漾的小妞，气得脸色铁青，嘴唇哆嗦。严有才远远地使眼色安抚她。

有朋自远方来，安列帮逞着总经理的身份，开了个大型同学聚会。同学们一边喝酒，一边赞安列帮的本事。安列帮左一杯右一杯，一会儿就醉得一塌糊涂。

午餐结束，安列帮醉头醉脑，晃着腿，给何美妮打电话：“美妮呀，老公好想好想你，你在哪里呀？”

何美妮声音阴森森地传过来："在宿舍洗脸呢，睡过头了，竟然没一个叫醒我的，安帮公司就没一个好人！"

安列帮说："我是好人啊！这是上帝知道我的心意，不让她们叫你呢。等着我啊，一会儿就到。"

安帮公司的职工宿舍是一套三室两厅的大房子，郑志运占一个小厅，用屏风遮着床，其余屋子被美女们瓜分。

安列帮进了职工宿舍，在何美妮的房间里，飘飘然就往何美妮身上扑。

何美妮记恨他用买房的幌子骗她，又嫌他不够英俊，闻着恶心的酒味，心生厌倦，烦不迭地往外推。

安列帮酒后腿软，本来就站不稳，扑通一声跌倒，鼻梁在坚硬的床角硌了一下，立即流出满脸的血，不省人事。

这时，郑志运回宿舍拿眼镜，听到声响，就跑过来，见状要送安列帮去医院。

何美妮忽地关上门，把安列帮踹到一边，扳住郑志运的肩，激动地说："郑志运，我好好喜欢你！我渴望的梦中情人，就是你这样睿智又超凡脱俗的男人，如果你也喜欢我，我立即就和男朋友分手！"

安列帮在昏迷中被踹清醒了，心说好啊何美妮，你不但不扶我，还踹我，咱俩完了！

郑志运吓了一跳，快速躲到安列帮身边，说："安总受伤，赶快送他去医院啊。"背起安列帮就走。

这时的楚熊熊满腹委屈，找到丰发水产的主管，让对方证明她并没有不正当拉单。丰发水产的主管是位女性，被楚熊熊逼得哭笑不得，心说好可怜的小姑娘，摊上这么变态的老板娘，那就帮她一把。她跟着楚熊熊来到黄金豆的办公室，对她明示了自己的女儿身。

黄金豆被搞得一头雾水，以为是凭着业务来找好处的，只得随声迎合，又拉上公司所有人马，陪对方吃了顿丰盛的午宴，才告结束。

下午一上班，楚熊熊拿着辞职信，气哼哼走到黄金豆面前，说："哎，黄经理，你为什么把我当傻瓜？这是私企呀，为什么干活的比不干活的倒霉?”

黄金豆惊讶地说：“你干得好好的，我为你高兴呢，怎么扯到倒霉上啦?”

楚熊熊发疯似的“啊”了一声：“今天你看到了，丰发水产的主管是女性，你居然背地里那么编派我，我怎么春心荡漾了？在我印象当中，工作就是明窗亮几，大家井然有序，我真没想到职场是如此阴暗和肮脏的。”

春心荡漾？黄金豆回想自己仅在严有才面前形容过楚熊熊，立即犀利地看了严有才一眼。

严有才赶紧侧过脸，对着窗外沉思。

黄金豆的心像被冰浸了一样，倏地一阵凉。“怎么回事，你感觉到了哪些方面的阴暗和肮脏?”

楚熊熊眼睛中盈满了屈辱的泪：“春心荡漾是什么意思，水性杨花吗？你觉得我是那样的人吗?”

黄金豆说：“我觉得春心荡漾是个美丽鲜活的词，我也觉得你是个美丽鲜活的小姑娘，我喜欢这样的你，好像从你身上能看到我曾经的影子。”

“你——可是严……”楚熊熊看了严有才一眼，又收了口。

黄金豆远远地看一眼严有才。严有才吓得脸色蜡黄。

楚熊熊索然噤声。

挨到晚上，因为安列帮、何美妮、郑志运三人缺席，例会取消。员工们欢天喜地，纷纷约友庆贺解放去了。

黄金豆与楚熊熊在空旷的办公室里，像对自己的亲妹妹，牵手而谈。直到掌灯，两人找了家小店共进晚餐，楚熊熊也收回了辞职信。

玖

黄金豆袭警，楚熊熊罢工风波

1. 色老板的反守为攻术

黄金豆回到家，安老太太还没有吃饭，她急忙去厨房蒸蒸炒炒，端到客厅茶几上，请安老太太食用。

安老太太晃着鸭子步坐到沙发上，一边往嘴里扒饭，一边说："金豆，我昨天换下的裤子还没洗吗？那个面料可娇贵，别放洗衣机搅坏了，就用手洗吧。"

"嗯嗯，我知道。"黄金豆收拾了一堆自己和安列帮的衣服，连着安老太太的娇贵的裤子，一起拿到了洗手间。

安老太太又说："列帮呢，怎么没和你一块儿回来？"

黄金豆远远地说："中午请客户，大概吃连环席了，手机都打不通。"

安老太太说："哎哟，手机打不通你就不管啦？倘是遇到麻烦事怎么办，真是个粗心的！"

这时，安列帮回来了。

黄金豆急忙丢下衣服，跑出来问安列帮下午怎么没回公司开会。

安列帮脸上裹着块大纱布，也不说话，坐到安老太太身边，沉着脸看电视。心里还想着何美妮的温香软玉，难免散发出一股排斥黄金豆的冷气。

黄金豆想，定然不是光彩事，否则早就慷慨激昂地炫耀了。也就赌着气，不理他。继续去洗衣服。

安老太太急忙凑上去看儿子的脸，见黄金豆并没有安慰安列帮，心下就生气了，拉高嗓门说："哎哟哟，这世道可真是变了，女人都黑了心肝，自己男人伤成这样，她也能不闻不问。"

黄金豆说："妈，您是说我吗？我问了，他不理我，对我就是冷漠。"

安老太太撇嘴一笑，依旧温声细语地说："都说80后的女孩子冷酷、野蛮，可真一点不假。不过话说回来，平日里装装大小姐也就罢了，老公伤成这样却不管不顾的可是天下难找，哪敢指望同甘共苦哟。"

黄金豆知道安老太太的德性，就不再理她。但她也想知道安列帮是怎么回事，就擦掉手上的泡沫，打电话向郑志运与何美妮问询原委。

郑志运接到电话，暗暗叹了口气，没有多说什么，应付了几句就挂断了电话。

何美妮下午和郑志运一起送安列帮去医院，中途又数次亲近郑志运，都被冷冷地拒绝，心情非常不爽，再仗着安列帮宠她，觉得自己比黄金豆胜出一筹。她一接通黄金豆的电话，便出言不逊，反问黄金豆，自家老公出事，干吗问别家女人。

黄金豆当即就气坏了，心说怎么着我也是老板娘，你何美妮既无才华，又无业绩，工作态度也不积极，还如此目无领导，这种员工还留着干什么。放下电话就对安列帮说："咱们公司现在业务量少，闲置员工又多，我看何美妮和万娜娜两人完全多余，把她俩辞了吧。"

安列帮鼻子一歪，冷冷哼一声，差点把纱布喷掉了："啥？你懂不懂岗位设置？你懂不懂组织架构？把她俩辞了，整个组织架构就被打乱，公司就成一盘散沙了，将来公司上市也是个麻烦。"

黄金豆说："上市？就这样干法，做梦吧！摆些没用的部门，不务实！"

安列帮用力一梗脖子，傲慢地拉粗了嗓子："好啊，你先看看自己，聘个没用的郑志运，成天坐在电脑前面，像个小白脸，我看你是春心荡漾。"

"你个坏蛋！怎么这么诬蔑我！郑志运工作能力很强，你不可以这么埋汰他！"黄金豆尖声叫了起来。

安列帮像看耍猴的一样，把头偏向一边，得意地偷着乐。

黄金豆踱了几步，有气没处出，拿起安列帮的手机，拍他受伤的鼻子。

安列帮闭上眼，装瞌睡。

黄金豆拍了几张，手机储存量已满，就坐到安列帮旁边，读取照片。惊奇地发现全是楚熊熊的照片，不由怒火蹿升，冲安列帮吼了起来："安列帮，真有你的啊，居然偷拍员工！你当了老板以后，完全变了！"

安列帮忽地睁开眼睛，厉声斥责："你又在胡说什么，满脑子龌龊的想法，竟然凭空捏造事实，冤枉自己男人，你安的什么心！"

"是你自己龌龊！"黄金豆把手机递给安列帮，恨恨地说，"跟李平平的事刚结束，又打上楚熊熊的主意了？你也不怕忙坏了！"

"楚熊熊？我堂堂总裁会打一个小员工的主意？"安列帮拿着手机，心跳加速了，手机相册竟然忘记加密码，他后悔死了。

"你是个道貌岸然的色鬼！无可救药的骗子！"黄金豆抓狂了。

"骂得还挺有文学底蕴，你要写文章啊？"安列帮厚着脸皮，摆出一副死猪不怕开水烫的架势。

黄金豆最后的忍耐决堤了，疯狂地尖叫道："你就是个混子，我不跟你这种人一起生活了，我要离婚！"

"离婚？才结婚几年呀，你就闹着离婚，喜新厌旧也忒快了吧。"安列帮急忙把手机相册清空，反守为攻，"瞧她那个得瑟样，头发烫得像个鸡窝，打扮得像个毛毽儿，鬼才去拍那种女孩子，人是你聘回来的，别以为我稀罕！"

黄金豆见他销毁证据，更加气愤："好啊你——你这个无赖！我坚决离婚、坚决离！"

"坚决离？你以为还能找到比我更优秀的老公？"

"我嫁不出去也不跟你过了，明天拿上结婚证到民政局，红本换蓝本！"

"这么急，外面有人了吧？不要为了离开我，乱找借口，我绝不上当！"

安老太太听儿子这么一说，立即觉得黄金豆满脸的桃花相，肯定在外面没干好事。心说若离婚还是你亏，凭我儿子堂堂大老板，满公司的美女，娶什么样的没有，你嫁了好男人还卖乖，就不知道跟了打工仔的日子有多苦。她阴阳怪气地说："金豆啊，做人妻子，要是总看别家男人的优点，专找自家男人的茬儿，那日子可是过不好。你呀，要学会知足，学会忍耐，列帮这么优秀的人才，被人惦记也是正常的，你成天大惊小怪，闹得家里鸡犬不宁的，邻居听了都笑话。我平时出去串门，一提到你就抬不起头来。"

黄金豆生气地问："妈，您怎么抬不起头，我给老安家丢脸了吗？"

安老太太微微一笑，看着黄金豆的眼睛，露出了蝈蝈牙："我也不知道怎么回事，反正一提到你，大家都用鄙夷的眼神来看我，好像我窝藏了通奸犯似的。"

这是个什么婆婆啊，她就恨不得用软刀子扎死我！黄金豆窝心得差点掉泪，又不愿显出脆弱，努力撑住眼睑把泪转回去了。

安列帮傲慢地盯着电视，对黄金豆嗤之以鼻。脸上的纱布像一块大蛋糕，滑稽地占满了鼻子。他觉得成功男人就该像皇帝一样，不能让女人占上风。

安老太太也心满意足地拍着大腿，龇着蝈蝈牙，像个慈善的老菩萨，惬意地盯着电视。

黄金豆从心底升起一股寒意，觉得这家人全是魔鬼，正儿八经的道理他们都不讲，还这么阴险狡诈。我在这待下去，真要当心被气死，不如早点找个安身之地，摆脱了吧。当即上网预订了合租房，收拾了一小包行李，连夜走出家门。

安列帮冷冷地看着黄金豆离去的背影，懒得对她吱声。"又玩出走，真是个傻三儿，以为我还会屈膝去求呢，今非昔比了！"他记起李平平给黄金豆取的外号，觉得这外号取得太恰当了，她就是个傻三儿。

2. 法庭上的武功大较量

黄金豆拎着行李，想想也没兴趣再住到二姐家，就近找了家小旅店，暂时栖身。

思虑一夜，离婚的愿望更强烈了。使劲喝几杯凉水让自己冷静下来，觉得真的是想明白了，绝不是冲动。

第二天一早，她就到法院办理了离婚诉讼。然后去了人才中心，寻找职业。

一周后，黄金豆正式到一家小型酒水公司当推销员，薪水低廉。

这时，安列帮被法院传唤。他脸上的纱布已经揭掉了，鼻梁上露一条红赤赤的疤。看着黄金豆的起诉书，他的小鼠眼里冒出了红光。“丫居然动真的，想甩掉我另攀高枝，没那么容易，我会让你付出代价的!”

他愤怒地抽着烟，愤怒地骂黄金豆没有良心。他现在是堂堂咨询公司的老板，只有他甩别人的份儿，哪轮到别人甩他！他绝不能丢这个面子，他一定要把这不知天高地厚的女人搞臭!

可喜的是，办案法官是他的高中同学。

安列帮快速与法官同学套上近乎，把对方请到了夜店，愁眉苦脸，把自己说成了受害者；黄金豆则被形容为水性杨花穷凶极恶的刁妇，又流着泪数算戴过几顶绿帽子，数来数去，都数不清了。

“咱们同学就没一个孬种!”法官同学忽地抬高了声音。

“怎么了?”安列帮被吓了一跳。

“多么坚不可摧呀，普通的承受能力，早被绿帽子压死了，我仰慕你，我向你致敬!”法官同学醉醺醺站起身，啪地打了个敬礼。

安列帮立即羞红了脸，说：“你还敬佩我呀？你觉得她这么恶搞，还把我当男人吗?”

“也是——士可杀不可辱，安列帮同学乃堂堂男子汉，居然被戴那么多绿帽子，这种老婆就该往狠了整!”法官同学用长长地叹息，表达对安列帮同学的深度同情。

这日下午开庭。黄金豆故意打扮得花枝招展，令人惊艳。安列帮看了又不舍得离婚，后悔不该出去花心了。

在开庭之前，安列帮又把法官同学请到小饭店，左劝右劝，喝出了三分醉意。

法官同学乐呵呵晕乎乎，把安列帮当成了亲兄弟，如今兄弟有难，两肋插刀也得帮他摆平了。

法官同学是位精壮的男人，浑身透着庄严的司法味，今日却被酒味占了上风。这是他第一次见到黄金豆，上下打量一番，见她气质不凡，美艳过人，再看看安列帮那张带着大疤的丑脸，心下就犯了嘀咕。据说美女都有颗不安分的心，如今这黄金豆形象气质都比安列帮同学高出一大截，难怪她闹着要离婚。不由义愤填膺，要为可怜的安列帮同学伸张正义。他端坐审判长的席位，却忘记了自己的身份，严肃地说："黄金豆，没事闹什么离婚，我看你是不思本分，踩着这山望着那山高，不怕绿帽子把自家老公给压死！"

黄金豆惊讶地说："啊？绿帽子？"

法官同学越发来了怒气："不要装无辜！男人打拼事业、给养家庭、忍让你的过错，就剩下一个累字！你逍遥自在做着老板娘还不知足，以为还会找到更爱你的男人吗？我看，婚姻的主要过错方在于你，你应该检讨！"

黄金豆惊讶地看看法官，再疑惑地看看安列帮。大声说："我怎么不知足了，我就是没法跟他相处，我要求离婚，怎么了？"

安列帮急忙低眉垂眼，做出一脸哭相，像一头受虐的小兽。

法官同学睁大醉眼，愤怒地说："听听！你自己听听！这么大声嚷嚷！喜新厌旧抛弃老公，很光荣是不是？法律不允许你践踏婚姻！"

审判组其他成员个个惊讶地看着审判长，再惊讶地看着黄金豆。

黄金豆料定安列帮背地说了坏话，气得不知说什么，冲到被告席，就向安列帮挥拳："你这个撒谎的骗子，你太可恶了，我要打死你！"

安列帮也不抵挡，任凭空中响起清脆的肉响。顽强地挨过两拳，待审判组成员确信他是被压迫阶级，才闪身逃到走廊。

法官同学更同情安列帮了，急步走下审判台，过来阻止黄金豆："这里可是法院，你竟敢当庭殴打丈夫，在家里还不知怎么欺负他！"

一个要追打安列帮，一个就不让，两人扭成一团。审判员和书记员们见状都一齐过来阻拦，屋子里乱成了一团。

黄金豆一边推搡一边愤怒地说："糊涂法官，你知道什么，就胡乱给我下结论，他就是个骗子!”

法官没想到黄金豆力气这么大，一转身，愤怒地拍响了桌子：“竟然叫自家老公骗子，天下怎么有你这样的女人，我要劝他跟你离婚!”

黄金豆有口难辩，倏一个急转身，长发甩了一脸，眼神凌厉地穿过长发，利箭般盯住法官的眼睛，伸开五指过去。

“啊——梅超风——九阴白骨爪……”法官同学是位超级武侠迷，一看这架势，就知道黄金豆使的绝顶武功，心知抵挡不过，边逃边呼救，“黄药师，快来呀!”

几位剽悍的保安平时与法官常在一起谈武论文，设下暗号，只要有人呼叫黄药师，便是遇了强大敌手。如此便齐齐拥过来，使用人墙术，老鹰抓小鸡似的制服了黄金豆。

法官同学立即有了安全感，得意地吟起了江湖诗：“武功再高，也怕菜刀；白骨爪往死里挠，也难免坐牢——送看守所!”

黄金豆以袭警罪被带到了公安局，她在这桩离婚案中越发被当成主要过错方。

安列帮见黄金豆被拘留，又心生怜惜，所有的仇恨都消失了，想想这傻三儿也有傻的好处，不会耍歪心眼儿，又勤快，又孝敬老人，还从来不为钱计较，这婚坚决不能离。他邀法官同学去吃庆功宴。

法官同学举着酒杯，满腹感慨：“单是凭你说，我还不相信她这么坏，今天一见，果然超出想象，列帮同学，这些年真苦了你。”

安列帮哭丧着脸说：“我的心早就变成苦菜了，都不知道甜味是啥味儿了。”

“今儿高兴，咱们就往死了喝一顿!”法官同学一口喝掉一杯白酒，“来，干一杯，明天你就反诉她，我一定要为你伸张正义，早日脱离她的魔爪!”

安列帮急忙说：“哎呀，我哪敢呀，她那人往死了霸道，凡事都得她先提出来才成，你帮我劝劝她别闹就行了。”

法官同学已经醉了三分，体内热血澎湃，猛地摔掉酒杯，昂着头颅说：“安列帮——你算不算个男人？我看你就是鬼迷心窍!”

安列帮急忙解释："结一次婚花多少钱呀，我现在主要精力是创业，真没精力去跟她闹腾，毕竟她过日子还行，那形象在职场也不丢人。"

"谁家女人没好好过日子？职场中的女人只要把工作干好了，丑点就丢人了？就算她倾国倾城，离了她你就能打光棍啊？"

安列帮像个犯了错的孩子，嗫嚅着说："我也是没办法呀，当初是我自愿娶了她，总不能落个始乱终弃的骂名吧。"

"真是扶不起来的阿斗！那就到此为止，以后再想离婚，不要找我！"法官同学拂袖而去。从此，法官同学把安列帮当做了窝囊废，背地里称他"绿帽子老板"，简称"绿老板"，渐渐地就成了安列帮的绰号，在同学中广泛传开。后来情势紧张，黄金豆也叫他"绿帽子"，安列帮才知道污蔑别人的词可以反用到自己身上。这是后话，暂且不表。

安列帮心里高兴，又约了严有才来补法官同学的位。酒至半酣，安列帮又演起了苦肉戏，趴在桌上，指指自己的鼻梁，一脸哭相："瞧见了么，她打的，留这么明显的疤。打完了还要离婚。离就离吧，咱也不赖着她呀，还当庭袭击法官，被请进了局子，害我一天三顿去给她送饭。我这是造了哪辈子孽，娶这么个不可理喻的母老虎啊！"

严有才全身一哆嗦，筷子掉在地上："打人……有时候是为了加深自己在对方心目中的印象！我老婆吧，她也打人，但她只打我，不打别人——那办案法官，一定是长得很帅吧？"

"哪有我帅呀，再说了，我法官同学再帅，我老婆也不可能对他动心！不过，你老婆倒是挺悍的。唉，疯狂年代呀，现今的女人，真是不可理喻。"

"我老婆还行，对我挺体贴的。我要是娶了黄经理这样的老婆，我是宁死也不敢在婚姻里泡了。呵呵，我若像您条件这么好，就换个年轻的，温柔的，贤淑的，嘿嘿。"

安列帮"噌"一声把杯子推到桌中央："换老婆？亏你想得出来，男人是要有责任感的，再怎么发达，也不能抛弃糟糠之妻！"

严有才被吓出一身冷汗，哆嗦着说："是是是，安总，您这样的男人，才算得上顶天立地，跟您比起来，我就是个卑鄙无耻的小人哪！"

“啊——哈——严有才同学，你是个有觉悟的小人，所以，将来你能变成个好小人。来，干一杯!”安列帮举起酒杯，一饮而尽。

3. 铁哥们儿策反

黄金豆从看守所出来，安列帮早已开着车在等她，一番甜言蜜语，就拽着黄金豆上车。

黄金豆看看自己赤手空拳，身无分文，就上了安列帮的车。

安列帮陪她去小旅店补上这几天的房款，开了房间门，把行李拿了出来。又陪黄金豆去酒水公司上班。

酒水公司的老板说黄金豆刚上了三天班就销声匿迹，以为她自动离职了，现在岗位已满员。

这时，天已晌午。安列帮带黄金豆去不了情饭店吃午餐，又是道歉又是发誓，请黄金豆回自家公司工作，以后经营方针和开会时间全听她的。

黄金豆看着熟悉的餐厅，想起了初见时的景象。再一想，那房子虽然抵了贷款，可她也有居住权，现在自己没钱、没工作，不如先回去，利用自家公司赚到钱，再考虑离婚的事。就说：“回家可以，但是从此我要和你分居，房间分开使用。你自己侍候你妈，她刚六十岁，那么有劲儿，生活完全可以自理，你们也不用再合起来欺负我。”

“好好好，只要你肯回去，怎么都行。”

“我回去也不是冲着你，我有那房子一半的支配权。你当初私拿房子贷款，就侵我一次权了，你以为我忍让你就是没主见?以后你再敢侵犯我一点儿，我绝不妥协!”

“对对对，我知道，我睡客厅，卧室给你和咱妈各住一间。”安列帮高兴地长舒一口气。

“不用拿妈和我套近乎，从今往后，咱们井水不犯河水!”

回到公司。黄金豆就觉得一派百废待兴的样子，气氛和以前不一样了。楚熊熊与另七位美女职员已经处得很融洽，大有被同化之相。一番思索，集合郑志运、楚熊熊、严有才，四人小组展开会议。

黄金豆忧心忡忡地说：“我们做一次内部培训课，最少要半个月的公关过程、半个月的前期准备，所得利润仅仅够发一个人的工资，如果再这样做下去，我们只有关门大吉。”

严有才晃晃头，故作深沉：“据调查，咱们市近半年就有十家培训公司开业，行业竞争相当激烈。您不在的这几天，我与楚熊熊锁定的一家优质客户被抢了，所以，我们必须立即行动，尽可能地到客户那里毁坏同行的名誉，杜绝类似情况发生。”

黄金豆忽地沉下脸：“独木不成林，行业繁茂，我们的市场才能繁茂，我们必须爱护同行，谁都不许出去说同行的坏话！”

严有才哼着鼻子说：“不把他们推倒，能显出我们高吗？”

黄金豆说：“我们想要胜出，可以依靠特色和优质的服务。”

严有才立即满脸堆笑：“我们的服务确实是不错，哪家公司也没有咱们的特色更突出！”

黄金豆厌烦地瞪起了眼睛：“我们已经有特色了吗？是什么？我希望大家都冷静下来，不要自欺欺人，我们什么都没有，甚至连最起码的从业经验都没有！我们需要调查同行的特色，再制定公司特色服务，这一点，郑志运走在最前面，我们要与他一起努力，打造公司特色服务！”

严有才看看楚熊熊和郑志运，见二人都点头暗赞黄金豆，顿感尊严受到了侵犯，越发对黄金豆生恨，却拍手大赞：“这主意太好了，黄经理真是远见卓识！”

黄金豆当即分派任务：她带领郑志运，去创世电子找卫千名；严有才是最了解福诚钢铁内部问题的，所以由他带领楚熊熊，去福诚钢铁培训部。

严有才自知品行不端，在福诚钢铁有污点，极可能受到冷遇，恐在楚熊熊面前丢了面子，又觉得创世电子是准客户，就要求与黄金豆对调公关对象。

黄金豆思索片刻，觉得这是个给属下树立信心的机会，就同意了。

严有才命楚熊熊做前锋，一番周折，终于约到创世电子总裁卫千名。

两人胸有成竹来到了卫千名的办公室。

卫千名已知严有才酒后带领学员游行事件，见其眼神诡黠，更是不喜，沉着脸说：“我作为创世公司的CEO，我的责任是把优秀的东西引进来，把劣质的东西排出去，你进入咨询界以来，好像从未为你们公司做过一件像样的事，醉酒游行事件更是令你声名狼藉，我拒绝与你合作。”

严有才讨了个没趣，卫千名就上了他的仇人名单。回到公司，在业务汇报会上，又被黄金豆训了一顿，心里更是有气没处出，把黄金豆和卫千名的名字拼在一块儿，用眼中的大刀狂剁了一阵，暗暗发誓不让这俩仇人有好日子过。

晚上下班，严有才装作走亲戚，和楚熊熊走同一条路线：“熊熊，瞧见了吧，黄经理简直就是个利欲熏心的疯狗，拿回签单的时候对咱们喜笑颜开，拿不回来就这么训人。你要小心啦，我的今天恐怕就是你的明天。”

楚熊熊说：“她是老板，丢了单，自然会心情不好。”

“嘁，当老板有什么了不起，天下的老板多了，没见过比她还不像话的。”

“我觉得你非常恨她，为什么还在她家公司做事？”

“还不是给安总面子，我要不是安总的发小儿，才不在这小破公司待呢。就我这水平，到了大城市年薪都是几十万，我就是喜欢小城的安静，否则早走了。”

楚熊熊叹了口气：“创世电子本来就是咱们的老客户，今天没拿下来，与咱们俩的公关技巧有关，我们应该检讨。”

“什么呀，这事指定是黄金豆在卫千名面前说我坏话了，否则卫千名咋会对我印象这么糟糕呢，之前我又不认识他。”

楚熊熊说：“卫千名拒绝了你，却没有拒绝我，我就这样随你收兵，也是不对的，我下次应该机智一点，注意发挥个人优势。”

严有才浅浅一笑：“要说优势呀，咱们黄经理，可真是女中豪杰呀，当庭殴打法官，进班房去过了一大把瘾，你说她这种侠女风够范儿吧？”

楚熊熊惊愕地大叫一声：“啊？殴打法官？坐班房？黄经理到底是个

什么人啊!”

严有才撇撇嘴角，做害怕状：“就是个外表文弱的女痞子呗，在这种人手下做事，早晚要被教唆成罪犯，呼呼，吓死个人啦。”

“严有才，你说得我也害怕了。她这样的人怎么能在咨询公司当领导呢!”

“你才害怕？我早害怕了！熊熊，说实话不如干实事，咱们得赶早儿呼吁安总，让他开除黄金豆，否则，全公司的人都得跟着倒霉。”

“嗯嗯……除我之外，公司有八分之一的坏人啊——太危险了，我怕怕！你是安总的发小儿，你快跟他提议开除黄经理呀。”楚熊熊一惊一乍，夸张地跳起脚来。

“这事吧，我出面肯定不合适，这样——你先出面，我再从中加点力度，咱们两人合力，安总肯定能应允。”

“啊？我出面？那是人家老婆呀，安总如果不同意，我多没面子啊。”

“你错——安总喜欢和漂亮员工沟通，肯定会考虑你的提议。退一万步讲，安总若是同意，咱们皆大欢喜，否则，咱们就集体罢工要挟他呗!”

“好吧，为了公司的良性发展，我豁出去了。不过，出了问题，你得帮我兜着!”

“嗯嗯，勇敢点，我相信你行!”

4. 利用脸蛋生鸡蛋

第二天早会结束后，楚熊熊趁黄金豆不在，鬼鬼祟祟找到安列帮，要求辞掉黄金豆。

安列帮刚因离婚风波，处处对黄金豆珍惜，心知黄金豆最器重的人就是楚熊熊，如今楚熊熊竟跑来说黄金豆坏话，心情大不悦。他要她别干涉管理层的事务，老老实实遵守黄金豆的领导，把本职工作干好就行了。

楚熊熊讨个没趣，午餐时，向严有才诉苦。

严有才擎着筷子，呷了口酒，用力一眯眼：“既然安总这么不给你面子，那就实施第二方案，你动员大家罢工呗。”

楚熊熊皱着眉头说：“要是罢工也达不到目的咋办?”

“那咱们就集体辞职，安列帮那么喜欢搞排场，绝不肯公司变成单挑儿店。我就不信这么多人合力，斗不过一个女痞子。你就放心去干吧，我会动员大家配合你!”严有才深谙何美妮在员工中的核心影响力，当即找到她，向她做了一番心理暗示。

楚熊熊按严有才指点，先找到何美妮，把话意挑明。

何美妮觉得斗败黄金豆是件很过瘾的事，当即就同意了，还帮她说服其他人。其他美女职员也是嫌黄金豆多事，纷纷同意了楚熊熊的建议，集体请假。

严有才作为此事的策划者，第二天就早早到公司观察情况。

此时，安列帮像往常一样，喜滋滋来到办公室，准备在早会上大讲一场，得知美女员工们全部请假，心就凉了半截。再看看那个讨嫌的郑志运，只顾在电脑前面装专家，完全没有恭维他的迹象；黄金豆就更不用提了，跟她一聊就被卖个浪费时间的罪名；唯一剩下个谦恭的严有才，使他的心保存着一丝温暖。他把严有才叫到桌前，开始了早晨的例会。

严有才洗耳恭听了七十分钟以后，终于找到了话茬，把大家集体请假的原因说了，并暗示安列帮，如果不开除黄金豆，美女们可就与公司永别了。

安列帮立即就恼了，心说你楚熊熊还真拿自己当回事，想操纵公司的生死，我绝不能屈了自家老婆去迁就你个小破员工。立即宣布开除楚熊熊，命黄金豆打出辞退公告贴到墙上，并命严有才电话通知楚熊熊，放她终生大假，再不需要来上班了。

严有才担心楚熊熊怪他出馊主意，急忙向安列帮求情，被拒绝。只得硬着头皮给楚熊熊下通知。

楚熊熊当即尖叫一声，险些把严有才的手机震爆了：“严经理，你这不是坑我吗，我看你是变着招儿把我挤出公司!”

严有才连连道歉：“熊熊啊，我有多么喜欢和你搭档，你难道看不出来吗，我怎么可能挤对你呢?”

“严经理，是你自作聪明，出什么自以为万无一失的损招!”

“好，熊熊，一切都是我的错，我向你赔罪！今天晚上，我请你打网球!”

严有才穿着洁净的球衣球鞋，早早到了俱乐部，买下个座位，把自带的饮品摆到桌上。他的心情怪怪的，有点感觉自己是个恋爱中的少年，又强烈感觉到自己是心怀天下的曹孟德，不能被儿女情长误了正事。

待楚熊熊一来，严有才就开始了攻心计：“熊熊，其实你是咱们公司最优秀的女生，你一走，公司肯定要倒闭。”

楚熊熊皱着眉头说：“没那么严重吧，我只是个小业务员。”

“你虽然是个小业务员，可你的业绩好，影响力大呀。”

“我并不想走，我喜欢这份工作。”

“哎，你太谦虚了！可惜安列帮要辞退的人是你，不是我，要是能换，我就是失业饿肚了，也要把你换回来。”

楚熊熊说：“我可不用你那么做，虽然是你挑唆我，但事儿是我做的，我自己为失败买单。”

“熊熊，好样的啊！普通男人都没有你这样胸怀，你将来肯定是个女强人。”

“哎，哎，哎……我什么也不是——我救不了咱们公司!”

“熊熊，你怎么一副侠女情怀呀，离开公司，对你确实是件好事，早晚我也要离开的。”

楚熊熊垂头丧气地说：“你以为找份如意的工作那么容易呀？我来公司之前都毕业三个月了，你呢，你说过，如果他不妥协，咱们就集体辞职，你怎么还不辞?”

严有才皱起眉，用力地咂一下嘴：“我肯定要离开，只是时机未到！黄金豆为了留住我这个人才，把你推给我做搭档。安列帮吧，我跟他是发小儿，这你知道，他长这么大都干了些什么呀，可只有我知道了。他对女孩子那个色呀，简直没法说了，他向我炫耀偷拍你的照片那会儿，我都想骂他偷窥，也忒欺负小女生了吧！你说，这样的老板，我能在他身边待太久吗?”

“哇呀呀——我以为前男友是最花心的，原来老男人更不是好东西!”楚熊熊那张俏丽的脸立即阴云密布，跑进球场，疯狂地挥起了球拍。那球箭一般朝严有才脸上飞去。

严有才只觉眼冒金星，用手一摸，左颧隆起个鸡蛋大的包，不由哀声大叫：“楚熊熊，我的脸是用来见人的，不是用来生蛋的!”

拾

空降兵大逃亡

1. 小头子遭遇大头子

黄金豆听说楚熊熊被开除，坚决要求安列帮撤销开除令。即便安列帮说明了开除的原因，她也不计较，坚决要求楚熊熊回来。

安列帮无奈，给楚熊熊打电话。黄金豆又亲自打电话邀请。

楚熊熊的男朋友出了国，通个电话都要算计费用，心情寂寥，像失恋了一样。一时之间也难找到中意的工作，正愁吃泡面的日子难挨，立即就回公司上班了。

黄金豆装作不知楚熊熊对她的弹劾，只是更抓紧和她促进友谊。

可是，楚熊熊已经不是从前了，经过几番折腾，特别是看到严有才那蛊惑的眼神，她就对黄金豆夫妇下意识地抵触。

午餐时间，严有才把楚熊熊约到公司附近的小饭店，AA制点了浇汁面和小咸菜。

严有才一边咂着咸菜，一边以铁党的身份向楚熊熊进言："熊熊，你回来是对的，否则就没办法报复这两个坏人了。"

楚熊熊瞪大眼睛问道："报复？你什么意思？"

严有才说："将计就计，他们阴险地利用你，你反过来对他们阴险一把呗。"

"我怎么阴？我还没玩过阴招呢，听了你的话，刚阴了一下直接被开除，你再别出这样馊主意了。"

"傻熊熊，吃一堑长一智嘛，下回咱们来个万全之策。"

“我对这一套不感兴趣，你还是别和我说了，头大。”楚熊熊心情极差，眉头紧锁，快速吃面，结果肚子胀了气，嘎嘎直打嗝儿。

严有才急忙帮她要了杯开水，让她不换气连喝三口，才算治好了。楚熊熊终于露出了笑脸。

黄金豆与楚熊熊、郑志运三人搭档，几次公关，竟然约到了福诚钢铁的张总裁。严有才见是个表功的机会，就想浑水摸鱼捞一把，急忙说了一堆福诚内部管理的病灶以及解决策略，并说自己与张总裁有一些交情，如果他也加入此项目团队，一定会事半功倍。

楚熊熊心理上已经把严有才当成了亲大哥，自然是支持他加入团队。郑志运一心把事干好，心里想的都是有效发挥大家的能量，也不反对严有才加入。

黄金豆见大家都同意，就决定给严有才一次表现的机会，很严肃地说：“很多机会被你误了，这一次，可一定要认真对待。”

严有才忙不迭地点头，发誓为公司鞠躬尽瘁。

到了福诚公司，见到了知天命之年的张总裁。黄金豆与楚熊熊两番风趣的自我介绍，将气氛转为轻松；严有才则与郑志运以同样的口吻做了自我介绍。黄金豆发现严有才与张总裁根本就不认识。

张总裁坐在会议桌的最前端，向黄金豆问了一个最简单的问题：“你们是企业管理咨询公司，那么，你先解释一下企业管理的概念是什么？”

黄金豆的脑子突然一蒙，发现所有的概念都背得烂熟，唯独没有关注过这个概念。不由两眼茫然，鼻尖冒汗。此时，郑志运在向总裁秘书递交业务介绍，黄金豆只得把求助的眼神投向严有才。

严有才巴不得黄金豆出洋相，如今终得机会，乐得要命，急忙低下头，看手中的资料。

黄金豆对严有才的表情心知肚明，心说这点小伎俩还瞒不过我，对张总裁说：“专业问题，由我们的专家团队负责回答。”随即用命令的口气说，“严经理，张总裁问到的话题，是你的回答范围。”

严有才慌慌张张地抬起头，像个呆瓜似的迷茫着眼神：“啊？张总问我什么？”

黄金豆看出严有才在搅局，心说你怎么这么不识大体，好容易接触到决策层，你又想搞破坏，公司赚不到钱，拿什么发你薪水！暗暗发誓回到公司一定开除他。

张总裁看了严有才一眼，脸色已经明显不悦。让总裁重复提问，岂不表明总裁的表达能力比你的听力差?

这时，郑志运已经结束了与秘书的交流，远远地接住话茬，把问题做了完美解答。

张总裁对郑志运满意地点了点头，看看黄金豆名片背面的业务简介，说："你们既能做战略又能做经营，也能做人力和流程，还能做物流供应链、信息推广，号称为企业把脉，一副无所不能的架势，用什么来证明你们的全能?"

黄金豆说："我们有一套完善的运作体系，帮助企业在复杂的竞争环境中生存。"

"我们公司不存在生存危机!"张总裁皱了一下眉，"通常来讲，咨询公司只要把一个专项做好就很不错了，而你们的业务介绍上，却是万能的，你们万能的根本是什么?"

黄金豆立即感觉被人点到了短处，背书一样说："万能的资本就是优质到位的服务，我们推崇快乐工作，快乐生活的理念，让员工沉浸在快乐的氛围中。"

楚熊熊趁机说道："张总裁，让我们的团队为您的员工服务一次，把工作中的郁闷都逗走吧。"

张总裁矜持地摇一下头："我们公司什么样的人才都有，内部的教育训练也做得很到位，黄金豆经理，你认为我们公司还缺什么?"

黄金豆说："贵公司财力雄厚，有能力集天下英才于一堂，这是您公司最大的优势，也恰恰是问题的焦点。我们调查得知，高管层统统自恃过人，勾心斗角，无法以主人翁的精神去工作，您这里真正缺的，就是一个我们公司这样的，可以与各阶层平等对话，使他们有力地团结到一起的战略伙伴。"

张总裁下意识地点了下头："高管层没有团队精神，确实是件头疼的事。另一点，我们的主要人力为当地用工，但是他们往往不服从管教，说白了就是企业文化与地域文化发生了严重的冲突。这些高管却都拿不出主张，你推我，我推你，像锅烂粥似的，从你们角度来看，该如何改变当地员工对企业的抵触情绪?”

黄金豆和郑志运各抒己见，什么需要过程、合力、井字形梳理、慢慢渗透。把张总裁说得点头称是。

张总裁又说：“另外，最近令公司挠头的事很多，月初的新闻你听说了吧，流水线上一名女工承受不住工作压力，跳楼自杀了，导致很多家长都不敢让孩子继续在这儿工作，现在流水线停产，还处在舆论的风口浪尖上。”

黄金豆说：“这事恰在我今天来访的重点之列——我深为死去的同胞惋叹，贵公司只把员工当机器，没有关注到员工的精神领域，是因为你们缺少最起码的爱心和行动。”

张总裁的脸沉了下来：“流水线上的员工，本就应像机器一样工作，他们在思想上应该认可这种劳动的性质，企业不可能像哄孩子一样天天哄着他们，至于爱心和行动，工伤都是免费医疗，加班费也一分不少地发给他们。”

“您真的只把员工当机器，而没有把他们当成有思想的个体。令我费解的是，张总裁您虽然端着老外的饭碗，但也是中华民族的一员，为何如此对待自己的同胞呢?”

总裁助理在一边听着不高兴了，插上话说：“黄经理，你的谈话超出了我们今天会面的范畴，我们拒绝与抨击我们公司形象、侵犯我们领导尊严的机构合作。”

黄金豆义正词严地回应：“我们安帮咨询公司虽然很需要开展业务，但是坚决杜绝与损害我们民族同胞利益的团体合作。”

张总裁严肃地甩了下头，示意助理闭嘴，对黄金豆说：“黄经理，你觉得福诚公司应该拿出什么样的爱心和行动来对待员工?”

黄金豆说：“最直接的爱心可以表现为，增加员工福利，让大家看到你们对员工的关怀，使员工感觉到温暖，使员工家属看到希望……”

双方谈话由此深入，渐入佳境，临近下班，张总裁很庄重地递上名片，与黄金豆握手道别。

不久，福诚钢铁公司给每位员工缴纳公积金，工资普涨一级、各种保险定期缴纳，在社会上引起强烈反响，应聘者如潮，公司业务又正常了。

2. 蚂蚁装大象

张总裁高兴地接待了黄金豆与郑志运的联合回访，把他们请到会议厅，友好地交谈："黄金豆经理，你是个一腔正气、胸怀民族大义的人，在这物质至上的商界，和你对话感觉到难得的纯净与坦荡。"

黄金豆非常自豪，哈哈一笑，说："这也是我们公司的风格，我们只赚正确的钱。"

张总裁又对郑志运说："你是个非常不错的年轻人，如果不是你的领导这么优秀，我一定要挖你到我公司来。"

郑志运说："谢谢总裁赏识，我非常喜欢咨询行业，所以才到了安帮公司，与黄经理合作也非常愉快。"

张总裁矜持地叹了口气："其实，像我们这些企业经理人，心理上所面临的压力是非常大的，这是我私人电话，咱们交个朋友。以后，有机会出来喝茶聊天。"把私人电话分别给黄金豆和郑志运一份。

郑志运急忙说："很荣幸成为总裁的朋友，那我以朋友的身份建议您，聘请我们的团队为您的员工讲一堂课。如果讲得好，您把请茶的钱，用来交我们的讲课费，如果讲得不好，那就当我们公司请您喝了一次茶。"

张总裁呵呵笑了："你们的眼睛真是处处盯商机呀，真棒！有黄金豆经理这样的好将军带头，贵公司可作为我们公司的咨询式培训供应商，稍后我会通知人力资源部，让他们对贵公司进行考察。"

与这么大的企业合作，注定有大堆银子滚向腰包，安帮公司从此就活起来啦。黄金豆高兴得腿都软了，郑志运也乐得晕头转向，两人四腿发飘，好容易记着路回了安帮公司。

安列帮见黄金豆的小组业务进展顺利，心下不服，就让七位美女职员在办公室电话营销，自己在网上物色与郑志运相同素质的人才，誓在业绩上把黄金豆小组比下去。

几番搜索，安列帮终于在人才网找到一位行业精英：沈涛，男，三十二岁，企管硕士，发达城市咨询行业七年工作经验，拓展培训师，国家级登山运动员，网络知名度B级。

面试很快进行。沈涛中等身材，体格矫健，言语铿锵，寸长的头发上打着湿漉漉的啫喱，面庞润泽，眼神炯炯，衣着整洁，飘着清新的淡香，知识与力量双结合震撼全场。

安列帮满意沈涛的综合形象，完全可与郑志运平分秋色。

何美妮又为沈涛的到来神魂颠倒，上班为沈涛送水，下班为沈涛打伞。安列帮暗恨她水性杨花，在早晚例会上找到话头就批评。何美妮当着沈涛的面还要装淑女，就红着脸装委屈。

安列帮了解到，沈涛是为了回乡照顾年迈的父母而舍弃优越的工作，如此性情中人，安列帮又想起了那句“用人不疑”的老话，要坚定不移地放权，让沈涛展露才华。任命他为战略部经理，相当于庞泰吉的CEO角色。并把梅绯丽平移为沈涛的助理。

这下梅绯丽就成了众矢之的，她和大家一样的水平，凭什么她的工资就要高一级呢，这CEO助理的角色怎么着也得轮流做。私底下窃窃私语，说安列帮不公平。

梅绯丽感觉到同事们的羡慕嫉妒恨，就牢牢抓住沈涛这个受宠的上司，毕恭毕敬地按吩咐做事。

沈涛深感重任在肩，公司的大梁就要靠他顶了，他铆足了劲要证明自己存在的价值。

梅绯丽这个助手非常外行，对管理知识简直一窍不通，沈涛教给她，却也认真地去学，就是毫无成长，也不知她的脑袋是用来干啥的。沈涛觉得这样的员工不能用，但是他刚来公司不久，如果立即要求安列帮炒人，难免给人挟天子以令诸侯的坏印象，只好当做没有那个助理。

他身上带着原有的工作习性，一门心思做事，不知与同事们套近乎，更是不向安列帮献媚，数次抗议安列帮的早晚例会浪费了工作时间。

何美妮对沈涛套了几次近乎，都受了冷遇，就在公司传他的坏话，结果全公司的员工都说沈涛妄自尊大。

传话最勤的，是严有才。因为沈涛一来，无论专业、学识、形象，都胜严有才好几个级别。黄金豆、郑志运、楚熊熊都把沈涛当老师，严有才几乎成了可有可无、似有似无的人物。这都怪安列帮把严有才当备胎，这笔账严有才先给安列帮记着，终有一天他要让安列帮尝尝不栽培兄弟的苦果。他恨安列帮，恨黄金豆，更恨沈涛。当务之急，是把沈涛这个眼中钉挖掉。以后，安列帮招一个他就灭一个，直到找回自己在公司的重心地位。

这一次安列帮是有了正经兴趣，不为流言所惑，反而压缩了会议时间，与沈涛热火朝天地研发新项目。

沈涛说："目前很流行拓展（户外体验式培训），因为本地没有拓展基地，各家公司都是组织学员到外地，这样就增加了费用，反过来，假如有自己的基地，既能降低招生费，还可以把场地租给同行。"

"也就是说，我们如果投资一个基地，就是单向投资双向收益?"

"大致是这样，如果有同样的拓展基地，同行们不会搭上路费跑远方。"

"那可太赚了！真是个不错的提议！好！咱们就大干一把！"安列帮高兴得直翻白眼，"那就建一个全国最好的拓展训练基地，那时候，全国的客户都会主动找上门，我们只靠网络营销就可以坐享利润……"

沈涛忧虑地皱起了眉："一个基地的投资是非常大的，我们需要做好预算。"

"要很多钱?"安列帮不愿在员工面前露怯，一梗脖子，好像钱是无关紧要的东西，沉下脸说，"投资大小都没问题，只要前景好，咱们可以一边建设，一边营业，你就放手干吧。"

沈涛下意识地环顾一下小蜗牛壳般的公司，介绍说："拓展项目按照场地分为：野外、水上、室内；按照风险级别分为：低风险、中度风险、高风险；按照培训对象分为：个人挑战、团队支持下的个人挑战、团队挑战；按照高度分为：低空、高空、地面。这些加起来，投资是相当巨大的。”

安列帮反感别人教他东西，用力吸了口烟，仰着头说：“这些我都懂，在网上看过一百遍了。你再说说，咱们先投个什么项目吧。”

“作为拓展基地。”沈涛把笔记本递到安列帮面前，说道，“必须有空中断桥、空中单杠、天梯、合力桥、相依共进、泸定桥、绳网、生命历程、天使之手、悬崖绝壁、定向运动、模拟电网、信任背摔、有轨电车、孤岛求生、雷阵、穿越沼泽、罗马战车、地面绳网阵，多项目组合。”

安列帮惊出一头冷汗，撑着面子说：“保险起见，我们绝不可以一下上这么多，我们要采取蚂蚁吞大象策略，一点一点地吞光拓展这块肥肉。”

沈涛犹犹豫豫地点了下头：“初期经济实力比较薄弱的时候，可以这样试一下。”

“我们最薄弱的是经验，一定要稳扎稳打!”

安列帮在新员工面前吹了大牛皮，就不能专搞洗脑运动了，城里的地皮寸土寸金，想要建拓展基地，无异白日做梦。联系了几个管事的同学，都回绝了他的融资请求，想想筹钱无路，煞是后悔嘴巴犯贱。打开同学录细细检索，发现一位名叫林业茂的小学同学，在偏僻的小山村做村委会主任。心说这下有救了。急忙沐浴更衣，租辆高级轿车，带上战略经理沈涛、无敌电眼何美妮、营销精灵楚熊熊，一副大老板的架势莅临了偏僻的小山村。

小山村在本市的最边沿地区，总共37户人家，小麦和玉米为主要农作物，很多老年人还穿卡其布的旧衣服。

林业茂长得小眼睛，矮鼻子，刚从田里回来，灰头土脸，整体形象和安列帮有得一拼，乍一看，还以为他们是兄弟俩。

林业茂对安帮公司这样的客人阵容深感荣幸，当即叫上村委会的其余七位成员，一起到村头的小饭店，点了一桌丰盛的饭菜。所谓丰盛，拿到城里就是大排档的档次。

席间，安列帮翕动蝉翼唇、沈涛分享前沿话题、何美妮施展电眼神功、楚熊熊运用营销技巧，分头进攻村委员会成员。

小山村领导小组当即拍板，同意与安帮公司合伙创建拓展培训基地：小山村无偿提供村里的打麦场，安列帮负责项目建设，以共同招商策略，实现利润三七分成，小山村占三，安帮公司占七。

进展如此顺利，前景如此可观，安列帮预感到大展拳脚，一鸣惊人的时机到了。他在早晚例会上斗志昂扬谈兴旺盛，同时与沈涛商定，结合小城特点，把现有的钱先用来建个传统的攀岩项目，主要是号召一些有恐高症的企业白领，让他们通过这样的活动，增加勇气和信心，扫除心理上的障碍。

3. 狐狸的武器不是刀

安列帮立即申请了信用贷款，开始基地建设。同时命令全公司集体行动，把拓展业务轰轰烈烈地搞起来。

黄金豆小组也知道这是个好项目，高昂地参与进来。沈涛更是身先士卒，主动到企业里面开发客户。

活动一经推出，引起强烈反响，报名者众。各家报名的企业都按惯例预缴了培训费。

安列帮终于体验到了生意红火的感觉，数着那么多红彤彤的钞票，他都不相信这是真的了。

借着周六，活动开始。安帮公司租了辆大客车，拉着满满一车学员来到小山村的打麦场。学员们在车上兴高采烈，吵吵嚷嚷，眼神中充满了向往。

打麦场的面积很小，攀岩山很大，四周是荒芜的草地和飞舞的垃圾，一群穿着乱七八糟的老百姓扶老携幼地围在一旁，吵嚷嬉闹，像看耍猴的。

学员们见场地这么糟乱，与海报上的宣传图片完全不搭，齐感大煞风景。打麦场已经没有剩余面积容人，学员们只能站在通往打麦场的土路上。

安帮公司的员工除了安列帮和沈涛，都是第一次见到基地的样子，也是集体失意。

安列帮见阵势不对，急忙命何美妮进行课前主持，命沈涛上阵表演。

何美妮站到学员正前方，手举话筒，明眸翻飞、红唇轻启，秒杀了纷嚷的喧嚣，全场肃静。

沈涛系着安全带，手脚麻利，连续两次攀岩表演，又帅气地站到场中间，给学员们讲解攀登要领和安全须知。获得掌声一片。

场上的气氛热烈起来，学员们的精力都转移到项目上，个个摩拳擦掌，想要一显身手。

严有才见沈涛出尽风头，妒火中烧，决定就此给他一棒。在学员们议论、推让的当儿，严有才自告奋勇，告诉沈涛，他是攀岩能手，要给大家再做一次示范，减少大家的畏惧。沈涛欣然同意。

严有才系上救生带，做好了攀岩失败的决定。又怕摔坏身体，就找个岩边的位置，届时可以像小偷爬下水道那样，双手捋着滑下来。看动作片太多留下的后遗症，就是丰富的场景想象力。

主意打定，他就忘记了恐高症，勇敢地攀到顶峰。这时，看着下面黑压压的一群观众，他的腿就软了，但他仍然不忘使命，在回退时，装作不小心把额头磕在岩边的棱角，确认生出了大包，又装作右脚踩空的样子，扑棱棱像折了翅的小鸟，左突右撞地往下掉。

原以为这只是一场表演，能像杂技演员那样在优美的坠落中获得快感，却不由得心慌意乱，失了控。待他跌到地面的救护垫，左脸颊蹭破了一块皮，心中只剩死亡的恐惧。但他顽强地站了起来，一边把受伤的脸示给众人，一边大声喊道："安总，沈经理准备的安全措施不到位呀，重新完善一下再让学员们攀登吧，否则会出人命的。"

呼呼，玩玩拓展还能出人命？学员们一看咨询师变成了血头公鸡，纷纷后退，逃命似的跑回大客车，呼吁司机快快回城。

严有才破坏活动的目的达到了，心里大大喜了一把。

安列帮恨严有才坏事，却也无奈，只得把学员的报名费全部退回。再次体会了竹篮打水的感觉。

沈涛按合约规定，拿不到任何利益分成，还要扣掉一半工资，连父亲的药都没钱买了，无限懊丧。

过了一周，严有才额上残存着疤、左颊裹着纱布，心里带着恨，提着一箱鲜鸡蛋，去沈涛家看望他生病的父亲。

“他伤成这样了，还惦着我爸，真够朋友！”沈涛心头生出亲近感，对严有才热情招待。

严有才问候过老人，就坐到小板凳上，向沈涛诉苦：“做老总的发小儿真不容易呀，他不放心别人，就让我全部监视，可我觉得没必要啊。兄弟，像你这么掏心掏肺地为他工作，本不该在监视之列呀，真不知他为什么要活得这么累。”

沈涛惊讶地说：“啊？安总对我有疑心？”

“当然，安总那么聪明的人，能相信空降兵吗？你还时常顶撞他，这次拓展项目因你而起赔了大钱，他对你可有意见了，让我找由头辞掉你，他也不仔细看看，你比我都优秀，能炒我也不能炒了你呀。”

“安总想炒掉我？”沈涛的心闹起了九级地震，在他心目中被炒是耻辱的事，绝不应该发生在他这么敬业的员工身上。

严有才垂着眼睑，唉声叹气地说：“唉，做老板怎么能这样呢，我真为你不值呀。”

沈涛的父亲在一边听着，脸色越来越忧伤，叹了口气，歉疚地对沈涛说：“涛涛，都是我拖累了你，否则在大城市工作多好，如今要是失了业，甭说照顾我了，你自己的饭钱哪儿找去？”

沈涛脸色铁青，一言不发。

严有才见目的达到，很识时务地告辞了。

第二天，沈涛到公司上班，心里就七上八下的。看看安列帮，沉着脸在老板椅上抽烟，根本不像往日那样对他兴趣盎然；再看看同事们，都不再仰慕地用眼神问候了。他相信自己不是患了“疑人偷斧”，一切如严有才所说，安列帮开始排斥他。

沈涛思虑再三，觉得不能困扰于这些现象，只有努力做事扭转局面，既报效公司，也证明自己的价值。他尽快研制了两个方案，呈到安列帮面前。

安列帮已被一而再，再而三的失败击垮了斗志，他的心需要复元，对沈涛的方案虽然感兴趣，却没有开展的信心了。

沈涛就长时间地闲在了办公桌前。他是个危机意识非常强的人，觉得公司应该随时处于竞争状态，否则就不能在行业中生存。数次想要与安列帮谈话，都被无声的冷漠震退了回来。

半个月后，一家新企业聘请沈涛做CEO。原来在他走访客户的过程中，给投资方留下了良好的印象，又经过一番背景调查，终于确定他为最佳CEO人选。

沈涛看看安帮公司的员工团队、这样的工作氛围，与他理想的职场风范完全不同，且他还在试用期，不干活却照拿工资令他羞愧，就起了离开的意。对新公司做了些了解，又与新老板进行了详尽的沟通，最终决定离开安帮公司。

安列帮握着沈涛的辞呈，心情相当郁闷，本以为用人不疑就能收获忠心，哪想到落花有意流水无情，这沈涛看似忠诚能干，却也是说来就来说走就走。世上真是无可靠之员工啊！他像突然失去臂膀，茫茫然，不知所措。细细检索，觉得郑志运是个稳妥之人，是块值得栽培的料，又嫌他从不迎合自己，不愿太抬举了他。想来想去，只得用严有才顶替沈涛的位置。

安列帮在下班前的例会上，非常痛心地公布了沈涛离职的消息，又非常无奈地宣布了严有才高升的消息，梅绯丽平移到严有才的麾下当助理。

严有才乐得稀里哗啦，心脏都酥了，坐在椅子上已没有力气跷二郎腿，像患了软骨病。唯一的小遗憾就是梅绯丽不如楚熊熊有趣，如果换作楚熊熊当助理就更美了。

梅绯丽更是高兴有了新上司，保住了比大家高一级的工资。从这现象她就断定自己是公司女孩中最聪明、最有专业水平、最有前途的，这样她就是靠个人能力在部门立足的，不用费尽心机讨好上司了，所以对严有才就不冷不热。

严有才想想梅绯丽对前两任上司和对他的态度截然不同，心理就失了衡，老想着撺掇她捣乱。这是后话。

美女员工们已经适应了梅绯丽的CEO助理身份，自然就没了怨言，反而把她视为头领。而她们本来就记恨沈涛不合群，如此都了却了心头之恨，个个都长了脸，唧唧喳喳地说："安总啊，果然如您所料，空降兵是靠不住的。"

安列帮气呼呼地说："空降兵有的本事，你们有吗?"

美女们说："我们虽然没什么大本事，可是我们不放老板的鸽子啊。"

安列帮气急败坏，恶狠狠地说："不放鸽子当然好，当务之急，是谁能为公司抓只鸽子，哪怕是天下最瘦的鸽子!"

拾壹

赚钱、赚情、赚揍

1. 传说中一夜情

几番折腾，公司的备用金终于降为了零，每日只有出没有进，员工工资也只能拖欠。

黄金豆向安列帮提议推行绩效工资。安列帮说，现在物价那么高，给员工们降了工资，他们怎么生活？再者，人才都培养得差不多了，倘若为了工资把大家都吓跑了，等于前功尽弃。

黄金豆也不忍心员工生活困苦，又建议给大家介绍到别的公司工作，也被安列帮否决。

这就是传说中贫困潦倒，即将破产的老板生涯。安列帮没有钱出去消遣，业余时间都待在家里。发现就连吃穿用度，黄金豆也从牙缝里省，却从没有一句怨言。终于知道糟糠之妻是个宝，死缠滥打、寻死觅活地要与黄金豆合好。

黄金豆见安列帮的情绪低沉落寞，动了怜悯，心说你现在倒霉，我绝不能不顾你，否则就是我不仁义。我先原谅你，等你事业发达起来，我再离开你。安老太太也识时务，不拿舌头剁她了。黄金豆默许了安列帮搬回卧室，在日常事务上，也尽量呵护安列帮的心意。

安列帮良心发现，很想补偿黄金豆。他真正为业务着急了，在早晚例会上变成了激昂的演讲者："我们的公司，现在面临重重困难，所以，我们要勇敢地克服困难，即便没有困难，我们也要创造困难上！"

郑志运对安列帮这套华而不实、只说不做的思想早就烂熟于心，且已经忍无可忍。心说在这种领导的麾下工作，我早晚得被洗成傻脑袋，横竖我把自己的想法说出来，能警醒你则皆大欢喜，否则你就炒了我，我也落个解脱。于是就说："安总，我觉得有困难就克服困难是应该的，但是，没有困难却要创造困难，完全没有必要，因为我们的目的是盈利，不是玩技巧。"

安列帮最讨厌郑志运这张乌鸦嘴，可他的问题点在痛处，只能对应问题回答："一切行动，都是为了证明我们对这个世界的征服能力。所以，我们应该发挥智慧，创造必要的困难去克服它！"

郑志运说："我觉得我们应该端正心态，把当下的问题解决好，而不是空谈，空谈就等于玩！"

安列帮恶狠狠地说："闭嘴！领导讲话，员工不准插嘴！"

郑志运的眼神倏地变为冰冷，他的心比冰还冷地僵住了。对于这样的一个公司，员工的未来是什么？他下意识地看了看黄金豆。黄金豆也在瞪着眼睛看他。他急忙垂下了眼睑。

美女职员们纷纷窃笑，感觉这样的会议虽然硝烟弥漫，却像热闹的茶话会，她们也想寻机与安列帮顶顶嘴，看他气急败坏的样子。她们热爱会议生涯，因为不用风吹日晒地出去找业务，垂头挨骂也不是什么难忍之事，他讲他的，她们可以充耳不闻，放飞心灵去想别的。

黄金豆见安列帮依然是老样子，只得躲开会议，带领小组成员外出寻找业务。现在小组又变成了三个人：黄金豆、楚熊熊、郑志运。

欠发薪水的日子，私底下的怨声载道是难免的，以至于全员都感觉运气向背。

何美妮感觉自己是运气最背的。如果当初安列帮不承诺给她买房子，她也不会心情这么差，如今她就觉得亏，好像安列帮天生就欠她一幢房子。安列帮这个赖账的骗子，简直是在拿她的爱情开涮。

因为她家在外地，除了公司宿舍，就是住到男友秦少左家里，与安列帮有了这层关系以后，心理上飘得沉不下来。她是老板的情人，非一般员工也当不上，自然就恃色而骄、趾高气扬，好像秦少左天生比她矮半截。

秦少左当然不接受她的态度，抗议了几次都以无效告终，忍无可忍，敬而远之，直接不理她了。

何美妮心里不服，就想和别的男人好，让秦少左尝尝得罪她的滋味。找来找去，酒店那些旧同事，能搭上话的也就几个端盘子的，自然不够档次，而安帮公司，就三个男生。安列帮鼻梁上的疤又亮又丑，还赖了她的账，她是一点激情也没有；郑志运除了业务，不讲一句闲话，她只有幻想的份；就剩下严有才这个笑眯眯的大哥式好男人了，就向严有才套近乎。

严有才本来就喜欢众星捧月的感觉，如今得到漂亮的何美妮青睐，真是乐翻了那颗心。也不借机摆架子，平平易易和和蔼蔼地对何美妮扯开了友谊的旗帜。

何美妮像找到了温馨的港湾，把憋在心里的郁闷一股脑儿泄给了严有才。

严有才深谙女生的弱点，一番朴素大气的劝说，何美妮就觉得遇到了圣人。然后严有才又玩起舞文弄墨那一套，在网上搜些古诗，填填减减改成倾慕何美妮的小诗。

何美妮美滋滋的，云里雾里，好像自己的美貌又征服了天下第一才子。这个喜欢玩爱情的女人，从严有才这里收获了全盘的满足。

这日，何美妮感冒请了病假，一个人躺在宿舍，给严有才发短信说寂寞。

严有才立即向安列帮申请走访大客户。

安列帮一看严有才要走访本地最大的家族企业“联众集团”，立即觉得严有才胆魄过人，让大家向严经理学习，并命梅绯丽好好协助严经理的工作。

梅绯丽收拾了公文包，就随严有才走出了公司。

严有才说：“梅绯丽，你做了这么久的助理，早就应该提升了。”

梅绯丽不知深浅地说：“是啊，我连任三届CEO的助理，我早都知道CEO怎么当了。”

严有才嘿嘿一笑，说道：“有了业绩，还用担心安总不提拔你吗？”

“嗯，咱们这次去联众集团，一定把业务拿下来！”

“我是你领导，一起去，不是把功劳都推我身上了吗？这样，你自己去联众，我再开发别的客户。”

梅绯丽脸上露怯：“啊？你让我自己去联众？那么大的集团公司，我找谁呀？”

“找孙万成董事长，我调查过了，他对外脑有兴趣。”

“好吧，那我去了，我一定拿个业务回来，让安总再给我升一级工资。”梅绯丽心想一旦成功，就可以与严有才竞争CEO了，到时候便有人给她当助理，她就可以像将军一样工作了。生怕严有才争了功，快速与严有才道别，信心十足地上了公交车。

严有才看着梅绯丽远去的身影，撇着嘴角，阴险地眯起了那双细长的狐狸眼。这个不识时务的梅绯丽，今天终于落进了他的圈套，联众集团那么落后的家族企业，除了排外就是窝里斗，你梅绯丽去也是竹篮打水，回头我就对安列帮说你为了抢功劳，把意向客户搞砸了，看你还能在助理的位子风光多久。

严有才四处看看没有熟人，快步奔到公司宿舍，看望何美妮。

何美妮暗喜自己的魅力超群，只一声寂寞，严有才就脱岗来看她，以后再有了急事，还怕没人助阵吗？不由得又感动又激动，神情暧昧，满嘴嗲气：“严有才，瞧你累得吁吁直喘，不要这么急嘛，我又不是得了急病。”

严有才坐在何美妮的床尾，心里喜得直哆嗦，忘情地说：“美妮，你怎么这么温柔啊？真是太有女人味了！我老婆，她就从来没温柔地说过一句话，我的心好凄凉呀！”

“严有才呀，你老婆是太不知道珍惜男人了，你素质这么高，又有这么迷人的体魄，哪个女的能不爱呢。”

“我有那么好吗？怎么我自己不知道呀？”

“你当然好了，我一想起来就心跳。”何美妮捂着胸口，妩媚的大眼睛眨来眨去，不断地和严有才的小眼睛通电。

严有才被电得心痒难耐，整个人像酥了一般，软塌塌倒下身子，压在何美妮腿上："美妮，我爱上你了，我好爱你呀！"

"哎呀，你怎么躺下了，不要冻着了啦。"何美妮羞涩着脸，把严有才盖到她的被子里。

严有才进了被子，只闻得美人的体香，身子就不酥了，手上也有劲了，疯狂地搂抱捏揉起来。

何美妮半推半就。两人就苟且玩乐了一番。

严有才看看时候不早，赶紧穿好衣服告辞。

何美妮的感冒立即好了，像只欢快的兔子，跳下床对严有才又是一番搂抱亲吻，才开门送行。

"嘿嘿嘿嘿，这就是传说中的一夜情了吧，原来这么甜蜜、这么容易发生啊！"严有才从此尝到了甜头，花心大开，把猎艳当做了最大乐趣。

严有才高兴地走在回公司的路上，眼睛眯得都看不到东西了，一是猎了艳，二是立即要看到梅绯丽走访失败的哭丧脸了。"在这个公司工作真他妈的爽！"他高兴得直捶墙。

晚上例会开起时，梅绯丽兴冲冲地回来了。原来她幸运地拜访到了孙万成。联众集团的发展到了瓶颈期，孙万成有意借助外脑，正在物色合作伙伴，已经向业界发出了呼声。而梅绯丽代表安帮公司抢先走入了孙万成的视野，安帮公司自然有了直面孙万成的首要机会。

严有才大感意外，心里对梅绯丽放起了连环箭，却急忙为他的部门表功，把自己标榜成了神明的战略指导者。

安列帮觉得是个好机会，就排兵点将，重用黄金豆小组。专业攻关交给郑志运，人际攻关交给楚熊熊和何美妮，联众公司的背景和现状调查交给黄金豆，业务统筹交给梅绯丽，总裁对决留给他和严有才；其余人向梅绯丽学习，自主开发客户。

公司进入一派繁忙景象，每个人都紧张地工作，会议时间缩短，安列帮的讲话也很切实了。

2. 隐情不代表爱情

不久，何美妮怀孕了，决定与男友秦少左结婚。

秦少左五年前就和何美妮相好，何美妮从来没有避孕，也没怀过孕，不由满心疑惑，与他的妈妈谈论此事。

秦妈妈急着抱孙子，喜得要命：“你与美妮相恋这么多年，也到了结婚年龄，趁机办了吧。”

秦少左说：“最近她变了，和我冷战这么久，怎么会突然怀孕呢，我觉得孩子不是我的。”

秦妈妈说：“这事可不能冤枉了人，美妮是第一次怀孕，是大喜事。如果你无法否定自己是事主，就要对她负责！”

秦少左心存疑惑，却拗不过母亲和何美妮的双重催促，只得违心地与何美妮去登记。

做婚前体检的时候，秦少左做了全面检测。结果竟是先天性死精患者，不可能令女子受孕。

秦少左羞辱难当，当即宣布与何美妮一刀两断，将她赶出了秦家。

何美妮自知理亏，只得把行李搬到公司宿舍，又把严有才约到健身房，商量如何处理腹中孩子。

严有才心说你有固定男朋友，和我只度了一番云雨，即喊着怀孕，是不是借机诈钱。而他这个怕老婆的哪有机会管到钱啊，平时兜里的钱从没超过一百。可是怕老婆的事又不好说出来，只得说父母买房赞助了几万，岳父生病又花了几千，现在他为两家老人的生活和健康负债累累，如果带何美妮私奔，路费都掏不起，一家老小的生活也从此没着落了。他眯了下眼睛，把问题推给何美妮，让何美妮决定是否私奔。

何美妮喜欢玩爱情，并不注重金钱，但是太穷的男人她也不敢嫁。她就是想借此看看严有才是个什么人，如此反而觉得严有才是有责任感的好男人，这样的男人肯定不能背叛家庭，而她又没爱到至死不渝的地步。如果孩子生下来，既不能指望严有才掏钱抚养，也耽误她再嫁人，不如就此打掉，再找个好男人嫁了。就自作自受，自费去医院做了流产。

然后她就铆足了劲攀附安列帮。心说脸上有疤就有疤吧，又不是天生的，黄金豆不嫌弃，我也可以不嫌弃。

安列帮对黄金豆这个老婆处在满意期，生怕何美妮纠缠到婚姻。为了撇清与她的关系，在会议上宣布，员工之间不许谈恋爱，否则以开除论处。

何美妮无奈，又把目标锁定郑志运。她每天早早起床，给郑志运做饭，担心郑志运不吃，她就把全宿舍人的早饭一起做了，又抢宝似的去捡郑志运的脏衣服来洗。

郑志运均不领情。

这天是周末，宿舍就剩何美妮和郑志运。何美妮决定破釜沉舟，像当初勾引严有才那样把郑志运给办了。

可是她还没说话，郑志运就借故去了同学家。她怕浪费了宿舍的空当儿期，心里急得像猫抓，一个电话打到严有才手机上，命令他帮忙撮合。

严有才心里打翻了醋坛子，却连连说，两肋插刀也要帮她嫁给意中人。当即致电郑志运，说要请教业务知识，请他去咖啡厅。并让何美妮在半小时后抵达，对她说："我的表达能力你了解吧？保准几句话就让他燃起爱火，你一定要保持女性的矜持，千万别主动搭话，免得他猜出咱俩一起算计他。"

何美妮依言，半小时后，扭着细腰走进咖啡厅。远远地，她看见严有才与郑志运对坐桌前谈着什么。她高雅地招一下手，像没看见郑志运似的，亲昵地对严有才说："嗨，严有才，真巧啊，你在这儿！"

严有才倏地打住话题，掩着嘴，一脸恐惧地凑到郑志运耳边，说："糟了，她又跟踪到这儿来了。"

郑志运惊讶地问："跟踪你吗？你做坏事啦？"

"不是我做坏事，是何美妮，她的婚事告吹，天天给我发短信求爱，我可是有家的男人啊，她再怎么慌不择路，也不应该这样啊。"

"啊，被爱证明你有魅力呀。"郑志运把窄小的的黑镜框拉低，裸着大眼很调皮地看严有才。

“不不不！我要逃跑！假如她求你帮忙撮合我跟她的事，你可千万帮我挡下来啊！求你了，好兄弟！”正说着，何美妮已经来到桌前，严有才急忙起身告辞，那双细眯眼重重地往上翻起来，冲郑志运的方向瞟了一下，示意何美妮，一切已经搞定。

郑志运心说你何美妮和安总是怎么档子事，还没搞清楚，如今又来打严有才的主意，真是不像话，我怎么能为你这种朝三暮四的人做淫媒。见何美妮坐到了面前，赶紧找个借口，也离开了咖啡厅。

何美妮对郑志运没有任何办法，完全陷入了情感空白期。她不甘心自己的花容月貌就此被世人忽略，她的身体也像一只发情的母牛，完全不能忍受单身的处境，于是把目标又锁回了严有才身上。不但没事找严有才请教问题，还请求和严有才一起走访客户。

安列帮以为何美妮敬业，心说这种人才配作永久性情人，要奖励、要留住，将来公司上市了，一定要给她大份额的股份。

严有才既喜欢玩刺激，又怕对方盯着他的腰包，就不敢主动。但是何美妮一撩拨，他的心就会充分燃烧起来。两人不但借出访的机会到宿舍偷情，在办公室也会趁人不注意躲到楼梯的门后面缠绵。

这天，黄金豆走访客户回来，恰逢电梯检修，只得爬楼梯，恰巧撞见了两人的隐情。心说业余时间爱怎么搞是你们的自由，上班时间忙着偷情，能把工作干好了才怪，严有才是心术不正的，何美妮是没有工作效率的，干脆你俩搭伴离开算了。

晚饭时，黄金豆就将所见告知安列帮，并把严有才之前的所作所为和盘托出，提议开除这两个对公司不利的人。

安列帮开始不相信，心说不可能啊，何美妮爱的人是我，怎么可能去爱严有才呢，单论地位、才华，我都是龙头，严有才只是蛇尾，何美妮那么精明，这点门道还能看出来。再仔细一想，何美妮是明白人，严有才不一定明白，不知怎么纠缠她迷惑她呢，要是连我的女人都敢碰，你严有才可是找死。立即丢下筷子，一个电话把严有才喊到办公室。

两人坐在漆黑的大办公室里。安列帮点燃一支烟，就着楼外的霓虹灯，狠狠地看着严有才的脸："严有才，最近家里怎么样？你老婆还那么凶？有没有计划换个老婆？"

严有才一听就明白是黄金豆告了状，嘿嘿一笑，声带羞涩地说："凶啊，我哪敢换啊。"

安列帮说："亏得凶，要是不凶，你还能把情人领到自家床上？"

"不不不，我无财无貌，能娶到老婆就不错了，哪有女人给我当情人啊。"

"即便情人自动上门也不能要！已婚男人，就要忠于家庭，坦荡荡、一身正气！"

严有才恭敬地点点头："嗯嗯，我一直在向您学习！"

安列帮依然不解气，恶狠狠地说："男人一定要知道自己该做什么，不该做什么，别玩火自焚，婚外恋没一个好下场——要是丢了饭碗，瞧瞧哪个女人还跟你玩爱情！"

"丢饭碗？不不不，我觉得男人应该以事业为重，我没想那么多，我就想把工作干好，让老婆孩子过体面点。"严有才顿时脸色煞白，起了一脊冷汗，心说，我跟你黄金豆无冤无仇，你却盯住我不放，我好容易玩回婚外情，你就打小报告，莫非你天生是我的克星？我且远离何美妮，看我怎么整倒你！

半个月后，郑志运和楚熊熊搭档带回紧急消息，联众集团正在上新项目，全体家族成员都想去，而董事长孙万成想让新公司摆脱家族式管理模式，需要安帮公司提供方案。

这可是个难题，家族企业一向是咨询公司非常头疼的。严有才本来就嫉妒郑志运，如今跑回了不良订单，心下便乐了，说这业务坚决不能接手，为了公司声誉，一定要推出去。

安列帮却胸有成竹，因为他了解过类似案例。他当即命令楚熊熊联系孙万成谈判。

孙万成见安帮公司阵容强大，也就打开了心扉。在谈判席上，孙万成坦陈了管理层都是他的亲戚，以及亲戚的亲戚，普遍的年龄高、学历低，都觉得自己是公司的脊梁，都想说了算，都不肯接受科学的管理方式。窝里斗问题严重阻滞了公司的发展，所以他坚决不让新公司再出现这情况，而偏偏新项目是由两位近亲在主持，引进了一位CEO，想推行现代化的企管方式，不到三天就被挤对跑了。近期有多家咨询公司闻讯来访，也没给出有效建议。

安列帮说，那就扔个孩子套群狼，直接把新公司搭个虚架子，叫他们集中到一个新窝里面斗，既满足了他们进新公司的心愿，又使原有的部门摆脱他们的控制。

轻轻一句话，令孙万成茅塞顿开。

安列帮像个英明果断的将军，信口开河地说出一些细节处理方法，居然是句句在理。孙万成当即拍板与安帮公司正式合作。

愉快的午餐时间，孙万成夫妇赞扬了安列帮的专业水平，并说，他们非常认可郑志运这位管理专家，希望郑志运在项目合作中多出一把力。

随后，服务合同签订，孙万成预付安帮公司两万元服务费，安帮公司当即参与到联众集团的整改中。

联众集团旗下包括化工、机械、电器、物流、地产。想要一瞬之间扭转全局，既需要魄力又需要胆识。安列帮这个纸上谈兵的初生之犊，知道在整治问题的过程中，只要按孙万成的意志把红脸唱好就一切OK。他既没有失败的恐惧，也不害怕得罪人，这个问题对他来讲太容易了。

行动开始之前，安列帮按照现代企管方式架构，命猎头部何美妮火速联系人才网，协助孙万成组建新的管理团队。然后他把原管理层的人物论资排辈排列了职务，又把刺儿头们安排到国外考察新项目。其余管理层全部调到新公司。这时，猎头部已经协同孙万成筛选到了合适的营销总监、财务总监、生产总监、战略总监。

待到刺儿头们从国外回来，新的精英团队已经完成了初期工作，一切反对都为时已晚。联众集团顺顺利利地摆脱了家族式管理。

孙万成高兴万分，立即按合同支付给安帮公司十二万。

安帮公司的经济一下子活了起来。安列帮忍无可忍地把自己笑崩了。这种成功的感觉太爽心了，他走起路来腰板都往后挺了。他终于确信，自己当真是前无古人后无来者的企管天才，照这个效率干下去，一年遇到十个孙万成，就是一百四十万，要是天天都遇到……天啊，很快要成世界首富了！

3. 酒精和情人的陷阱

接着，孙万成又提出了生产管理的服务需求。因为机械加工厂的产品全部出口，是集团公司中利润率最高的，所以一直都是他和夫人亲自打理。近期因为签的订单太多，产品已经供不应求，生产速度急需加快，想要在不增加人工和设备的情况下，增加产量。本来想让新的生产总监来办这件事，又觉得安帮公司更有实力，就让安帮公司配合新的生产总监把这件事做好。

安列帮岂容新的生产总监来争功？几句话就把对方贬得比鞋底还低，把自己抬得比天还高。孙万成被他的气势所迫，立即同意安帮公司独立完成项目，并且给了五万元预付款。

安列帮立即回公司开会，两个多小时的豪言壮语，先是激昂地表扬了自己在上一轮工作中的伟大和英明，然后又假设一年遇到十个孙万成，将给员工发多少奖金，最后又讲到四年后公司上市，每个人给多少股份，由此又切入到多劳多得少劳少得，不许少劳的嫉妒多得的，一旦某些人觉得公司好了就心浮气躁，他定斩不饶……

心情好，他的嗓子也天然润，胖大海都被遗忘了。

员工们群情激昂，鼓出一片喜庆的掌声。

黄金豆说："不要讲大道理了，说说下一步的工作吧。"

安列帮白了黄金豆一眼，继续对员工们说："我的远见卓识，使公司具备了巨大的市场号召力，不久的将来，我们的业务会像联众集团一样，发展多种产业。下一步，梅绯丽继续开发集团客户，同时，给梅绯丽涨薪一级；楚熊熊涨薪一千、职位上升二级；郑志运好好服从楚熊熊的领导；黄金豆把部门权力让给有魄力的楚熊熊。其他人向梅绯丽学习，努力开发大客户。"

黄金豆见安列帮的奖罚不够分明，心中不安。晚上回家，提出奖励郑志运。

安列帮一听就恼了，恶狠狠地说："黄金豆，你双眼就只盯着郑志运！没有我的超级战略，能赚到钱吗？"

"这个项目是团队协作得来的，要么一起奖，要么都不奖，这样奖罚不均，会使员工心理不平衡。"

"业务虽然是他领衔攻下来的，可是他最终没拿出有效方案。"

"他在你参与项目之前，起了主要作用，绝不可以忽视！"

安列帮想着每月遇到一个孙万成，五年就是一千万，娶个一线明星的能力都有了，这黄金豆还算什么呀。他看着黄金豆心里厌恶得要死，冷冷地吼道："我看哪，你简直是水性杨花，吃里爬外，不知好歹！"

安老太太也高兴儿子赚钱占了上风，见这不识时务的黄金豆还敢和安列帮顶嘴，就适时来到现场，拾起了舌头的砍杀功能，指责黄金豆不守妇道。

"我在就事论事，你们不要往男女关系上扯好不好！"黄金豆愤怒得直哆嗦。

"清白人说清白事，你这事就搞得不清不白，难怪小帮和你生气。"安老太太这张嘴久经沙场，叽里咕噜一大堆含讥带讽的话，把黄金豆训导了五分钟。

黄金豆再想争辩，气势与言词均盖不过安列帮母子，转身进卧室关上了门。

夜晚在极度的愤懑与无奈中缓慢地度过，黄金豆在暗夜里向苍天究问婚姻到底是什么，身边这个烂豆渣一般的男人对她到底有没有过爱情？

安列帮像一头睡醒的狮子，他要大展拳脚，亲自上阵，过把亲临现场的瘾。

早会上，郑志运忧心忡忡地说："安总，您只是一位战略管理专家，对生产管理没有实践经验，一旦掌控不好，功亏一篑。咱们应该特聘一位真正懂行的生产管理专家，把这单业务做好、做响。就此借着联众集团的影响力，扩大我们的知名度。”

安列帮傲慢地说：“管理都是触类旁通，企管方面，还没有我安列帮干不好的！”

郑志运说：“安总，我们面临的问题绝不可小视啊。”

安列帮恶狠狠地说：“郑志运，你是谁？你想干预上层管理者的意志、动摇生产管理部门的业务方向？”

郑志运说：“我没想那么多，只是就事论事。”

“你是想指鹿为马，这是不行的！常芙蓉，你继续回生产管理部任部长。”

郑志运知道常芙蓉是质检员出身，根本没有接受过系统的生产管理训练，忧心忡忡地说：“安总，您觉得常芙蓉能担纲做下这单业务吗？”

安列帮再也不能忍受郑志运这张嘴了，他决定雪藏他，如果他还不能反省，就让他永远没有工作机会，直到他自觉辞职。用力一拍桌子，冷冷地说：“郑志运，放下夜郎自大那一套——此业务从此与你脱钩，给你一个月时间反省！”

郑志运不知安列帮的真实用意，还在担心安列帮把项目做坏了，自己就奋力地研究挽救方法。全公司的人各有事忙，只有郑志运在公司坐镇。闲暇在网上建了个博客，贴一些自己的管理心得。

这天，严有才偷了个懒，没有出去。郑志运也不和严有才闲扯，又聚精会神地写文章、发帖子。

严有才一见落井下石的时机到了，立即趁郑志运去卫生间的当儿，跑到他电脑上，把联众集团的咨询报告发表到他博客上，又快速回到自己的办公桌，在网站注册个假名，疯狂点击和转载，导致满网皆是联众集团的内部机密。

郑志运从卫生间回来，还没来得及再看博客，安列帮就到公司了，见郑志运没事在屋子里逍遥，心里就憋着一股气，当即让他换工作桌，到迎门那个没有电脑的桌上办公。

郑志运就变成了公司的守门员。

第二天，严有才装作说漏嘴的样子，向安列帮说出了咨询报告被郑志运公开的事。安列帮上网一看，当即就恼了。咨询公司泄露客户机密等于自砸饭碗，这郑志运就是没安好心！

严有才一边点头称是，一边为郑志运求情，说郑志运是公司的功臣，千万不要把他气跑了。

安列帮中了激将法，当即把郑志运叫到面前，先是让他交代公开客户机密的动机，接着又召开全员会议，从头到尾，引经据典，把郑志运到公司以来的所有作为，运用专业术语猛批了两小时。心说我就让你不堪羞辱自动辞职，免得黄金豆说我处事不公。

郑志运莫名其妙。上博客一看发帖时间，就猜出是严有才捣的鬼。顿时觉得这小小公司乌烟瘴气，乃是非之地，摘下眼镜就退还给安列帮，决然辞职。

安列帮像切除了心头大患，乐不可支。黄金豆挽留不成，痛惜不已。

接下来就是驻厂指导联众机械的生产。

安列帮让楚熊熊和常芙蓉一起，去给联众机械送了鲜花。算是对合作的美好祝愿，以及进驻的前期热身。

第二天一早，安列帮就带着严有才、常芙蓉、楚熊熊，四个人浩浩荡荡来到联众机械，找到董事长孙万成，指点起江山来。

只见他引经据典，从专业到传统，从国际金融变动到国内经济走向，侃侃而谈，不止不休。直说得孙万成云山雾罩，不明所以。

时近中午，孙万成无奈地岔开了安列帮的话题："当务之急，是用四十天的时间赶出六十天的活儿，否则，我们就要交违约金了。"

安列帮自负地梗一下脖子，说："没问题，这事就包在我们公司身上了。"

孙万成说："现在还剩三十九天半，我着急呀。"

安列帮说："保准让您提前交货，我们开咨询公司的，吃的就是这碗饭！"

孙万成像吃了定心丸，当即命令属下，酒肉侍候。

严有才作为一线咨询师，住在厂里。

孙万成夫妇看到严有才就觉得他像个狐狸，对谈几番，严有才都是虚虚浮浮的一套江湖话，完全没有郑志运专业，坚决要求换回郑志运。

安列帮心知自己请不动郑志运，就在晚饭后命令黄金豆将他召回。

黄金豆断然拒绝：“一个连我都想辞职的公司，我怎么可能再邀别人同来?”

“你要辞职干什么？他走了，你就待不下了吗？这里可是你的家!”安列帮似乎闻到了黄金豆与郑志运私奔的气息，又与黄金豆大吵一番。连声大骂黄金豆给他戴绿帽子。

黄金豆生气地说：“如果你喜欢绿帽子，你就戴，不要用这个借口来污蔑我。”

安列帮只得亲自致电郑志运，却发现郑志运的电话成空号了。不敢对孙万成夫妇说出郑志运离职的实情，只得誉美严有才。

驻厂的日子，三餐都是丰盛的。严有才把酒肉当成了养生的佳品，每顿肠肥肚满、酒醉微醺，颠着步儿在车间里巡回几番，也算悠然。

驻厂后的第三个晚上，严有才的酒劲大了一些，闯进孙万成的办公室，坐下就套近乎。

孙万成对他敬重有加，给他泡了茶水。

严有才便长了脸，眯眼一笑，说道：“孙董，不如你给我二十万，我来做机械这边的CEO，何苦花这么大价钱，要一群不专业的人来闹腾呀。”

孙万成作为企业领军人，最怕的是员工没有忠诚度，见了严有才这番嘴脸，不免心添怒气，又不便发作，嘲讽地说：“你一个人，能把工期解决了?”

严有才觉得有戏，那双细眯眼直放金光：“那当然，安帮公司凭的啥？您可以到处打听，他们打的就是我严有才的招牌，没有我撑台柱，公司早倒了。”

孙万成说：“这厂子是我最大的利润点，我现在相信你们公司的力量，我不在乎花钱多少，把业务干好比什么都强。”

严有才干笑一声：“噢呵呵，那是，反正我在团队里面，只要别人不捣乱，我保准把业务做漂亮!”

被孙万成回绝，严有才心下懊丧，咂着牙缝残存的酒味儿，颠着步儿回到自己办公室。

孙万成的小女儿孙淑真，国外留学刚回乡，遵父命，向咨询公司的老师们学习。此时她坐在严有才对桌，翻弄着本子整理数据，见严有才回来，立即微笑问好，并为他倒了杯水。

严有才没想到大老板的千金如此平易近人，看着她灯光下细长迷人的脖颈，好像亟待男性一亲芳泽。严有才立即觉得她与何美妮一样容易上手，走上前，握住她的手，忽地往脖子上咬了一口。

孙淑真吓得大叫一声，发疯似的跑出办公室，恰巧撞在她的富二代男友怀里。

她的男友早有护花志愿，奈何没有机缘显露身手，如今一见咨询师轻薄自己女朋友，觉得搏斗起来也够档次，随手抄起一根树枝，喊打喊杀地冲进了办公室。

所有夜班工人都听到了喊叫声，齐齐围过来，高喊着捉流氓。严有才的办公室被围得水泄不通。

孙万成赶来时，严有才被困在人墙中，品尝骤雨拳的味道。

孙万成喝止众人，见严有才像一头受伤的小鹿，缩着脖子浑身直抖，就向女儿问明了事由。也懒得丢人现眼，打电话给安列帮，命他让严有才滚蛋了事。

安列帮当即赶到联众机械公司，他没想到严有才会出这样的丑，立即宣布开除严有才。这正应了黄金豆的意，立即举手赞同。

联众机械的员工们对安帮公司的印象坏透了，纷纷要求孙万成撤单。

4. 搂着你吻别人

严有才瞅个没人的机会，扯着安列帮手就哭了，说自己才华过人，孙淑真受了国外性解放的影响，既迷他的人又迷他的诗歌，今日酒后被诱失去了立场，结果被孙淑真的男友发现，孙淑真最后选择了害他以自保。

安列帮居然信以为真，还亲自为严有才揉伤，并替补严有才的岗位，住到了联众公司的员工宿舍。

经过一番深入调研和慎重估测，安列帮把四个车间的工人，全部对调工作岗位。

孙万成忧心忡忡地阻止："这些车间的工序都不一样，工人的熟练程度也不一样，你这一对调，等于让他们全部从徒工做起，生产进度更无法保障啦。"

安列帮胸有成竹地说："孙董，您不是说工人的积极性不高吗，换了新的岗位，就有了新奇感，一下子就激发出他们的工作热情了。"

"热情与熟练程度不能画等号啊，培养一个熟练工就得俩月，这货可是迟一天就要被罚好多美金的！"

安列帮不高兴了："董事长，您是相信科学，还是相信你们那一套落后的工作经验？"

孙万成想想安帮公司上单业务做得漂亮，这单肯定也差不了，最终向安列帮妥协。

四十天后，联众机械厂的产量比往日下降三十个百分点，供货期延迟，被罚违约金四十万美元，孙万成当即与安帮公司终止合同。

安列帮悄悄带队溜走，再也不好意思到联众集团露面。

此次失败，在联众集团引起轩然大波，勾起了联众集团原管理层对安帮公司的同仇敌忾，他们疯狂地传播消息，一副置安列帮于死地而后快的架势。

安帮公司的失败案例和咨询师的丑行很快在业界传开，公司信誉一落千丈，遭到客户的连连拒绝。

安列帮在例会上失去了夸夸其谈的劲头，只是一迭连声地大骂严有才，说好事都毁在他手上，要不是和孙淑真玩暧昧，也不会耽误工人的工作时间，这下动摇了军心，导致公司咨询史上多了一个失败案例。

严有才羞红着脸，一句也不反驳，还颂安列帮骂得对。

安列帮耍完威风，心里就开始犯愁，因为归还了建攀岩山的信贷、给员工发了工资，又给李平平买了部最好的3G手机，剩下的钱已经微不足道了。他真没想到业务如此需要机缘，又如此昙花一现，早知如此，他宁愿还在外企，做木讷大叔的替身，单是年薪就有五十万。

他彷徨失意，去卦摊占卜未来。占卜师告诉他“人挪方能活，树挪则必死。”内中道理，请自行参悟。

安列帮大悟：那就是挪个地点、换个项目，就可以发财啦，只要到外地去发展，干啥赚啥呀。

哈哈，那么这个公司他就不管了。但是这样龙头蛇尾，传出去也不像大男人所为，当今之计，只能把黄金豆推到前台，让她担当失败的骂名。

安列帮破例把黄金豆请到咖啡厅，对桌而坐。

黄金豆不明就里，问道：“安总，您突然这么好心情，约我出来喝咖啡，有什么事要对我讲吗?”

安列帮难为情了：“金豆，离开办公室，还是叫我老公吧。”

“噢，老公啊，你叫我出来，有什么指示?”

“唉，金豆，折腾这么久，你也看出来了，咱们当地的业务竞争太激烈，我觉得，咱们应该大胆地走出去，把业务扩展到外地。”

“这边都没干好，再到外地就能干好了?”

“现在，这边的基础都稳固了，你的管理能力我也放心，我想到外地开拓市场，多条生路。”

黄金豆说：“这边公司有什么稳定的？客户听了咱们公司的名字都像避瘟疫似的，我看都快关门大吉了。”

“哎呀老婆，你怎么可以这么消极，这么轻易地向困难投降呢，这都不像当年那个黄金豆了呀!”

“不投降又能怎么样？咱们既没有规划，也没有核心的竞争力，这个公司就像一盘散沙，拿什么在行业立足?”

“金豆，我们是有理想的青年，我们的理想就是立足的力量，你呀，要懂得给人生一个漂亮的期许，坚强点，只要撑下去，一定会好起来。”

“你还记得曾经的理想?”

“我什么都记得！金豆，我还记得我们相爱的每一个细节——第一次见面，我们就并肩走遍了工业园，后来被木讷大叔骂了，可我一点也没难过，因为帮你签到单，你就会开心地笑，我见你第一面的心愿就是让你永远开心！”

黄金豆突然感动，把往日的旧怨全忘了，深情地说：“到外地，人生地不熟的，你可能会面临很多意想不到的困难呀，不许去。”

安列帮温存地说：“有挑战才有成功呀，我是男人嘛，艰难一点无所谓，关键是要给你创造幸福的生活。”

“不，咱们先把这边的公司做好吧。”

“这边交给你我还不放心吗？我相信你能比我做得好，但是你不要太累，一定要保持一颗快乐的心！”

“你一个人到外地，要是生病了，我都照顾不到你，多让人担心！”

安列帮伸出手，隔着桌子摸摸黄金豆的脸颊，动情地说：“傻瓜，我这么大人了，还照顾不好自己呀，别胡思乱想了。”

这个夜晚温柔得就像胎儿掉进了羊水，两人幸福得都想砸墙。黄金豆感叹地想：你刚把我的爱情唤回来，就要离开，真是造化弄人呀。

拾贰

老外会做绿帽子

1. 左旋右拧，谁有劲谁赢

第二天，安列帮给黄金豆留下两万元流动资金，嘱她好好照顾妈妈，就到火车站汇合李平平，向远方出发了。

黄金豆握着两万块钱，想想再过几天又要发工资，如果没有新业务，资金就断流了，又痛失郑志运这个骨干，公司完全失去竞争力了，往后的路可怎么走呢?

好在安老太太自从儿子去了外地以后，就把黄金豆当成了相依为命的亲人，处处关心她，使她感受到家庭的温暖。

楚熊熊失去郑志运这个搭档，出访客户便少了大半力量，变得消极，不自信。

严有才哼哼哈哈，看似在工作，实际在混薪水，满心巴望着老板倒霉。

何美妮忙于施展电眼神功，企图秒杀所有见过的男人。她已经不愿意和严有才玩了，因为这个吝啬鬼不舍得花钱制造浪漫。她现在想和对门公司的韩国男孩儿玩，而对方却对她充满了戒心，她只得经常买些当地特产送过去套近乎，花费越来越多，工资不够用了，却心甘情愿。

万娜娜会走模特步，总觉得这样的小公司担不住她的绝世美貌。歇斯底里地描眉画眼，梦想被星探发现。

丰广广扭着水蛇腰偶尔擦几下地板，证明自己的工资没白拿。

所有人的心思都不在工作上。整个公司一派颓废景象。

福诚钢铁对安帮公司的最终考察结果是：世上最不着调儿的咨询公司，放弃合作。

福诚钢铁人力资源部却给黄金豆发来了聘书，邀请她去公关部任职。

黄金豆没想到张总裁会做这样的决定，拎上公文包，就去探原委。

张总裁愉快接见，并坦诚相告：“我们人力资源部对贵公司的考评是——贵公司本身就需要咨询整顿。黄金豆小姐，你该正视现实，做自己最擅长的事，到我们公司来吧，大企业，可发挥空间也大，你会有前途的。”

黄金豆说：“谢谢您对我的青睐，现在，我的公司面临重要的抉择，待我想想先干什么吧。”

黄金豆辞别张总裁，孤零零地走在烈日底下，像只又累又饿的小蚂蚁。她原以为，福诚钢铁的业务能给公司，如今的情况，最少三个月内无法收支平衡。仔细分析一下，坚持越久，亏损越多，不如趁早撤了吧。

晚饭后，黄金豆拨通了安列帮的电话：“列帮，我们没有足够的实力征战市场，也没有明显的意向客户，员工工资都没有来路，我决定帮他们推荐工作，然后把公司解散。”

“解散？我花了多大精力培养她们哪，你一句话就让我前功尽弃？”安列帮在电话另端，搂着李平平正在调情，一听此话，气得心脏都快罢工了，“你你你——黄金豆——你不是推销员出身，受挫能力堪称一流吗，如今遇到一丁点困难就要逃跑？”

李平平见安列帮对黄金豆如此冷酷严厉，当即张开嘴，对准他的脸颊“吧唧”了一下。

黄金豆想想自己为公司付出过那么多，潸然落泪：“列帮，我也不舍得，只是觉得，我们应该审时度势，退出不属于我们的市场！”

安列帮把李平平推到一边，用手捂住她的嘴，稳了稳心神，对着电话讲道：“不拼、不杀，天上能掉市场给你吗？黄金豆，成功不会自己送上门来，鼓起勇气，挺下去才会胜利！”

“我已经心力交瘁了啊，我把这边摊子收了，到那边找你吧。”黄金豆还把自己当盘菜，以为安列帮需要她。

"找我？你脑子里就只有儿女情长，一点不知道成年人该以什么为主吗？"安列帮借机挂断电话，把李平平压到了身下。

黄金豆心情萧索，只觉得前途渺茫，心灵凄荒。人一消极，就容易宅在屋里。在公司早会上，她也摆起龙门阵来："我们在一起工作了这么久，就像战友并肩征战市场，在我心里，大家都像我的姊妹一样不可分割，可是我们没有拳头产品、没有实力派的咨询师、没有征服市场的雄心、没有可持续的资金，我们的公司已经一无所有，名存实亡！"

严有才幸灾乐祸地说："是啊黄经理，安总走了，振兴公司的大任就落到您肩上了。"

黄金豆说："振兴？"

严有才环顾同事一圈，眯眼一笑，说道："是啊，必须要振兴了，满屋子人在这坐着没活儿干，让同行知道了，可要笑话死了。"

何美妮也幸灾乐祸，与姑娘们交头接耳。屋子里顿时唧唧喳喳。"业务都没得做，让我们来过家家呀，在这样的公司工作，我们走出去都抬不起头。""咱们公司就安总一个人才，安总一走，注定要倒闭啦。""这样的公司有什么前途呀，早早停业，终结我们的合同，我们再找好工作吧。""这样不死不活地耗着算什么，早晚把我们的青春和智慧耗光了，她才肯罢手。"

黄金豆本想问大家喜欢哪些公司，她要以咨询公司的名义帮忙推荐工作，见大家如此挤对她，也舍了那份心，说："公司没有强大的底柱做支撑，导致各位不能发挥所长，我深感歉疚。所以，我决定立即解散，请大家自由寻找更好的发展空间。"

严有才用力一眨眼，犯了后悔。心想在这拖着，拖再久，工资也得最终给齐，在老婆面前也能挺直腰杆做男人，一旦失业，回家不被训死，出门也被同学朋友笑死。

严有才向何美妮使个眼色，两人示意大家不要再恶搞了。

然后，严有才发话了："黄经理，我们的公司在行业里征战了这么久，也有了一定的知名度，就此放弃太可惜了。"

美女员工们过惯了喝茶、聊天、暗讽黄金豆的悠闲日子，此时都巴望着看黄金豆的洋相，见严有才老大哥这么表现，才意识到问题很严重，纷纷噤声，对黄金豆做出尊敬状。

黄金豆眨着眼，许久没说话。她觉得有一道冰冷的屏障，将自己孤零零地隔离在这群人之外。或许，这个团队只是多余了她一个人，而一旦她离开，将有超强的凝聚力？她长叹一声，说：“咱们的办公室，租期还有半年，各位如果有兴趣，我免费让给大家使用。”

大家唧唧喳喳交流了一番，潜意识里，每人都觉得自己是老板之材，可是机遇来临之际，才发现自己的盈利能力是零，就都缩头乌龟了。

心灵震动最大的是严有才，他本以为安列帮走了，公司该让他说了算。刚才黄金豆的一句话，使他的心瞬间乐酥了，可是转念一思量，立即就到发工资的日子了，公司日常开销也不是小数目，黄金豆肯定不能帮他掏运作费。若要自己往上搭钱，这可是个无底洞啊。现在是个孬担子，决不能挑，且笼络员工势力，等有了新订单再和这黄金豆一争高下。于是说：“黄经理，咱们公司最英明的领导者就是您了，现在公司危难关头，我们可以不要工资，一定支持您挺过去。”又转头对美女们说，“战友们，我们并起肩，与黄经理一起共渡难关，好不好？”

办公室里响起一片响应的呼号声。

黄金豆说：“我已经不需要支持了，谢谢你们！”

严有才急忙向姑娘们使眼色。美女员工们也都清楚自己的斤两，一旦失业，再找这样又体面又好玩的工作肯定很难。大家意识到了公司存亡与个人生涯的密切关系，齐声说：“我们要把失去的市场夺回来，黄经理，请相信我们，一定努力打开市场！”

黄金豆见这帮人态度转变，再想想自己为这份事业付出过那么多心血，也是恋恋不舍，既然大家焕发出了热情，就充分利用起来，做最后一拼吧。心里猛一委屈，眼中涌满了泪：“我在这段日子里，也爱上了这个平台，咱们再把这半年干下去，死就死个明白，活也活出分光彩！”

所谓置之死地而后生，就应验在这群被宠坏了的员工身上。他们像被注入了勇士之血，意气风发地征战市场。

黄金豆把熟悉客户让给大家，自己圈点了新的公关目标。

果然是人心齐泰山移，士气盛则破顽城。一个月的工夫，竟然锁定了三家意向客户。

员工们体会到了有业绩的成就感，变得自信、欢欣。黄金豆赢得了真正的拥戴。

公司的早会成为了民主交流点，团队凝聚力空前的好。

唯有一个人的心沉进了阴冷的深渊，那就是严有才。

2. 仁慈的下场

这时，楚熊熊的母亲骨折住院，家里急需用钱。黄金豆拿出两千元私房钱，准她七天大假回家尽孝，又发动大家捐款。

员工们早前就嫉妒楚熊熊得宠、抵触黄金豆偏心，趁黄金豆不在，就嘀咕开了。

万娜娜踱着模特步说："我感冒打了一个星期吊瓶，黄经理一分钱都没给。楚熊熊的父母还不是咱公司员工呢，就献这份殷勤！"

何美妮恶狠狠地说："哼！业绩是团体的力量和成果，她就看重了楚熊熊一个人，不知道体恤咱们，可真是个傻三儿！她有个外号叫傻三儿，大家还记得吧？"

"当然记得啦，这么酷的称号，我们怎么舍得忘啊。"同事们哄堂大笑。

苏茜茜撅着黄小辫说："我妈得阑尾炎住院，我为了集体利益都没回家，这傻三儿压根儿就不知道，摆明了不关心我的家人。"

巴稳稳撮着腮，像个忧郁的女文青："厚此薄彼，同样都在拼命为公司工作，为什么待遇却不一样呢？"

严有才却是喜怒不形于色，眨了一下细眼，微笑着说："傻人有傻福，黄经理嫁了好丈夫就能当老板娘。不过，她大概不知道，民众要的是公平，偏心确实是致命的傻毛病——我丈母娘常年卧床，她去我家时啥也不带。"

何美妮警惕地问："她去你家做什么，你们来往很频繁吗？"

严有才急忙说："我跟她来往什么呀，就是万达运业开课那会儿，她跟安总一起去我家请我。"

何美妮想起安列帮买小公寓的承诺没兑现，咬着牙说："噢，他们两口子都够吝啬的，严有才你说，我们该怎么办！"

严有才见大家都睁大眼睛望着他，把他奉为神明的样子，心里自豪极了，嘴角一翘，温柔地眨了一下细眼："工作的目的就是为了服务生活，咱们本来就应该为家庭奉献，该请假的请假，该生病的生病，都像楚熊熊一样回老家，让黄经理一个人振兴公司呗。"

大家齐声说好。纷纷向黄金豆递交请假条。

第二天一早，偌大办公室里，只有黄金豆一人上班。今天本来有个团体行动，如此情况只好取消。

她感觉到这是一次有预谋的集体罢工，也料定严有才脱不了干系，安列帮不在，她后悔没趁机铲除他。

窗外的风，是阴的。太阳隐在云后，不露一丁点儿脸。

黄金豆的心陷入巨大的无助和忧伤。没有收入是次要的，最重要的是她的心灵感觉到空前的孤独，她想找安列帮倾诉，而安列帮自上次训过她之后，再没接听她的电话。

他在外打拼很艰难吗？不，这会使她内疚在后方独享这安逸，她要好好问问他在外地的生活和工作情况，如果太难，就让他回来，有困难大家一起扛。她的心像一湾温柔的水，含着无限的牵挂，拨通了他手机。

安列帮正在和李平平亲密，怕说多了李平平吃醋，冷冷地哼了一句，就挂断了。再拨便不再接听。

黄金豆觉得安列帮不在乎她，觉得自己像个被遗弃的孩子。环顾屋宇，只觉孤家寡人，黯然神伤。她迫令自己不要倒下，不容许这些心地阴暗的员工们如愿而笑。今天她不工作了，权且让心灵休憩一日，好好思量下一步的路。

她想起了两位姐姐。可是，大姐向来只会发脾气，凡事不让人说到结尾就劈头盖脸地批。二姐脑子里只有风花雪月，凡事和她说了，不愁也变愁。不如上网向陌生人诉说。

打开QQ，却无一好友在线，就习惯性地给绝代老头留言。事业的艰难，不便开口的心事，都如滔滔江水般讲给这个陌生的老头听。她对这个陌生的老头太信任了，感觉他严肃的时候像爸爸，活泼的时候像弟弟。

她刚说完，绝代老头上线了，诚恳地约她面谈。黄金豆犹豫一番，最终同意了。

两个网聊一年多的好友，在咖啡厅第一次见面了。

黄金豆没想到，绝代老头居然是位英俊帅气的黑人青年，名叫迈克，是位大学教师，工作地点就在黄金豆家附近的国际学校。两人经常在路上遇见，并且有过神交，这越发增加了黄金豆对他的信任感。

迈克十八岁来到中国，不但是位中国通，还是共产主义的狂热追随者，时刻都想成为共产党员。他常年穿中山装，表达对中华民族的虔诚。不过他长得实在是太怪了，不但全身黝黑，头发和脸一个颜色，就连那双手，也是黑得让人分不清他有几个手指头，只有灵动的眼睛和微笑时的牙齿使他像个活物，他不动的时候，则完全像一尊黑铁铸的雕像。假如他想做个夜行侠，可以省掉衣服，直接出门就与夜色相融了。

为了证实自己真的是位中国迷，他邀请黄金豆到他的寓所去看看。

他的寓所在一幢独立的公寓楼里，有着完善的安全机制，来往人等，全是世界各地的年轻才俊。这是一个异域文化的集合地。

黄金豆进了迈克的屋，只觉空中漫溢着古典的书香气，再看看书架里的书，顿时觉得自己应该向迈克学习如何当一名合格的中国人。

迈克沏了功夫茶，爽朗地笑道："中国式婚姻在我心目中是清香如茶的，而你的呢，太痛苦了，我不明白你怎么会甘愿这样子。"

黄金豆叹了一声，说："我原来也不知道会这样子，我以为永远像恋爱时一样呢。"

迈克笑了，眼中闪过一丝羞涩的光波："中国式恋爱什么样？我到现在都没有真正恋爱过，好想体会一下呀。"

黄金豆忽地笑了，用惯常的网络语气说："晕，不会这么残酷吧，你说过你是阅尽千帆的小老头啊。"

“我第一个网名叫绝代小伙，可是大家都以为我是上网泡妞的，没人和我真心交朋友，所以我就改名绝代老头了，我真的没有恋爱过！”迈克忽闪着明亮的大眼睛，语气坚定，又略显滑稽。

黄金豆说：“不太相信呀，这样会让人觉得你不浪漫，或者，你的心理与正常男孩儿不一样？”

迈克难为情地说：“因为来到梦想中的国家读大学，想要一切都表现得好，辅导员告诉我，不要把国外的性解放行为带到校园来。”

“性解放与谈恋爱是同义词？”

迈克做个鬼脸：“当然不是，以后，我不再盲从别人的指导了，否则我怕终生不能娶。”

“我还是不相信，大学里还有师生恋的呢，你咋就不能谈恋爱，耐得住青春的寂寞与骚动吗？”

“我的心也很狂热，很渴望恋爱啊，大学里好多女生喜欢我，我学习好，体育又棒，收获了很多暗送的秋波，可是我太能装正经了，最终都没真正地投入到恋爱。”

黄金豆捂着嘴笑了：“装正经？伪装没有爱情的样子，而暗地里搞得热火朝天？”

“呵呵，不信你问佛。”迈克伸出手，握住颈上的墨玉佛坠，虔诚地做一个阿弥陀佛的姿势。

“呀——还是个佛教徒。好吧，那我现在开始可怜你，够朋友吧？”

“呵——不用可怜我啦，我已经爱上你了，再不会感觉到心灵的孤单了。”

黄金豆惊讶地张大了嘴：“啊？你——爱上我了？”

“是啊，就在与你对视的一瞬间，我的心突然就燃起了爱的焰火，我真没想到这个在街头经常遇见的漂亮姑娘，就是我的QQ好友。这点燃了我对东方女性的梦想与向往，在那一刻，我……我爱上你了——你是我的初恋！”

黄金豆哈哈大笑：“呃，灵光一闪？佛祖指引？天降彗星？冥冥中的邂逅？我若是天真少女，直接被骗倒。”

迈克急切地说："请相信我，就那一瞬间，我发现自己找到了生命中的另一半！"

黄金豆忍俊不禁，撇了下嘴："你好无聊噢，我把你当知心朋友，你却为了个人欲望，伪装成纯情男孩儿的样子来打动我。"

迈克深深盯准她眼睛，说："我不仅仅是纯情，我还想与你白头偕老呢！"

黄金豆急忙逃开视线，心想糟了，我的心跳怎么这么快，老外的调情技巧果然厉害，还没过招儿就让我心旌飘摇了，再让他忽悠几句，怕就失身了，还是早早告辞为妙。假装轻松地笑道："爱一个人这么容易吗？绝代老头，你还是回QQ上伪装四十岁的老男人吧，现实中的你真是让人难以置信！"

迈克调皮地说："要走？一年多来，你的所有喜怒哀乐都根植在我心里了！你走多远都逃不出我的思念！"

黄金豆调皮地回敬道："好啊，被思念是一种荣耀，我欢迎！"

迈克忽地沉下脸，严肃地说："我不会傻到单纯地去思念，我会有行动的，等着瞧吧！"

"等着瞧什么？"

"瞧我如何用一生的时间来证明我爱你！"

久没体会被爱的感觉，黄金豆心旌飘摇，好像喝醉了酒一般，既喜欢，又深知不能接受，越看越觉得迈克的表情很滑稽，童心大发，笑得快肚子疼了，说："好啊，咱们就先say bye bye吧。"

3. 爱和不爱一把扯

第二天早晨。

黄金豆走在上班的路上。心里在琢磨员工们今天会不会回来，对待这样一群人该怎么办。

迈克捧着一束玫瑰花，拦住她的去路。

黄金豆四下张望一番，生怕遇到熟人，紧张地说："迈克，我早就结婚了，不要再跟我玩小孩子游戏了。我还是喜欢那个QQ上的你，那是唯一可令我开口诉说的对象啊。"

迈克热切地闪着大眼睛："你在QQ上不是讲过，对婚姻既困惑又无奈吗，那你为什么不离婚，开始新生活？如果你嫁给我，更可以随时向我诉说，何须借助互联网？"

"唉，我从小是被收养的，对家庭的重视和珍惜，你永远不会懂。一旦跟一个人有了感情，他就变成了我血库里的一滴血，他与我所有的血液融合，即便他流在神经末梢我也会感受到他的存在。"

"那我帮你换血。"

"现在，那滴血停在我的心脏。"

迈克调皮地说："那就直接说，你爱他就像生命一样罢了，现在你也是我血库里的一滴血，我要是离了你，我也没命了，你不要见死不救呀！"

黄金豆的眼神疑疑惑惑地看向了远方："爱他像生命？我曾经真的很珍惜他，但是现在我不明白自己在坚守什么了，或许，仅仅希望自己是个有家的孩子？"

一边说着，就到了黄金豆的办公室。

迈克见仍是黄金豆一人上班，爱慕地说："你纵横职场，独领风骚，真是孤胆女侠，为你的神勇干一杯吧。"

黄金豆心情落寞，不停地叹气，倒了两杯水，递给迈克一杯："好啊，干杯！"

"干杯是饮酒的意思，明白吗？"迈克拿出手机，致电配送公司，点了食物和酒水。

过了一会儿，配送公司的员工送来了一个大纸箱子。配送员给迈克递上货物清单，打开箱子，让迈克清点。

迈克付清账单，把各色酒水、小食品摆到黄金豆的老板桌上，又到工作区打开电脑，循环播放着轻音乐，就坐到黄金豆对面，歪头看着黄金豆："喝点什么呢？"

“干红吧。”黄金豆看着空旷的大屋子，心情非常委靡。还好有迈克来陪她说话，否则这屋子里的巨大寂寞就要把她吞噬了。

迈克眼波闪亮，兴奋地说：“你喜欢喝白兰地加雪碧吗?”

“不!”

“呵呵，可以不用一个字打发我吗？为你的一个字，罚你一杯。”

“你这么爱酒?”黄金豆翻了个白眼儿。

“在你面前，有无法表述的情感，只有干杯来表达一下了。”

“我几乎不喝酒，只有我爱的人能令我开口。”

“噢，那我太荣幸了，你刚才答应喝干红，是因为你爱我，是不是?”迈克激动地站起来，隔桌抓住黄金豆的手，“如果此时夜色降临，我要点上红蜡烛，慢慢品着酒的味道，静静聆听你说话。”

这时，办公室门被打开，严有才、何美妮、常芙蓉、梅绯丽、丰广广、巴稳稳、万娜娜、苏茜茜，八个人齐齐地走进来。

原来是严有才担心闹久了，黄金豆会下狠心停业，就把同事们叫回来了。

迈克见来了人，把黄金豆的手握得更紧了，他的心是OPEN的，喜欢别人看到他恋爱。

严有才看了看桌上的玫瑰花和饮食，嘿嘿干笑了一声：“黄经理，为了使公司业务正常开展，我把她们集体找回来了，她们也意识到请假的负面影响，都很自责。”

黄金豆用力甩开迈克的手，把桌上的东西拨到一边，沉着脸，恶狠狠地说：“既然回来了，那我们就讨论一下，今后何去何从吧，迈克，请让一下好吗?”

迈克晃了晃身子：“不，我要看你在会议中的样子。”

黄金豆说：“内部会议，不可以有外人在场的。”

迈克微笑着说：“你的部下这么多，我想成为其中的一员，行不行?我挂个特殊号，以后，只要我有时间，就来你公司做义工，好不好呢?”

黄金豆说：“好吧，那我就宣布了，从现在开始，公司停业，大家一路走好!”

严有才张嘴要说什么，被迈克抢住了话头：“快走吧，你们这些坏人，总想着自己的个人私利，把金豆害得这么凄惨。”

黄金豆的眼眶涌满泪水，拿起一瓶干红，咕咚咚倒了一杯，仰脖喝光，眼光锐利，像仇人似的逼视严有才的眼睛。

严有才吓得急忙率众退出。进了电梯，他又找回了勇敢和智慧，眨一下眼，轻声细语地指点起江山来：“咱们很久没向安总汇报工作了，现在，咱们每人给安总写一条短信，把今天的所见向安总汇报一下。请注意，短信内容不要相同，安总喜欢有创意的员工。”

大家心知肚明，纷纷按动手机键盘，向安列帮报告黄金豆和迈克的事。

黄金豆看那些人离去，像亲手拍死了一群苍蝇，心里痛快，索性和迈克大声干杯。

李平平跟随安列帮到了外地以后，每天除了睡到自然醒，便是捧着安列帮给她买的3G手机遨游网络，吃得香喝得辣，对安列帮温柔得像只小绵羊。安列帮的大男子主义得到了良好的维护，和李平平越处越黏糊，再看看李平平装扮新潮，长得鼻如悬胆、眉如新月，一副旺夫益子之相，要是娶了，不用费劲儿就能发大财。再想想黄金豆，她一年四季总共六套衣服、四双鞋、背包是廉价的，又土气，又寒碜，就想赚到钱以后甩掉她，和李平平长相厮守。

然而他并没找到任何创业机会，无奈找同学帮忙推荐，应聘到一家咨询公司，做市场总监。作为员工，还端着老板的架子，在同事面前标榜家里有漂亮老婆、外面还有两个俏情人。出去打市场，却连客户的大门都进不了，想与尖端客户对话都没机会，回到公司总是挨批，同事们都不正眼瞧他。不久便灰心丧气，做不下去了。钱快花光的时候，他决定带李平平返乡，又觉得不能衣锦还乡恐被同学朋友笑话，左右为难。

这时，他收到黄金豆有外籍男友的信息。真是柳暗花明，他差点乐翻了。虽然他对黄金豆没兴趣了，也不能让黄金豆先甩他呀，否则大男人的面子搁哪儿去，恰好趁保卫婚姻的借口，合理返乡。他火速带上李平平赶了回来。为李平平找了个临时住处，就到公司寻找黄金豆。

安列帮到了公司，见只有黄金豆一人在整理东西，像要搬家的样子，始知黄金豆已将员工解散，决定停业。

黄金豆比之前更瘦，气血都不如李平平充盈，那身衣服洗得都发白了，也不知道买套新的，真令他败胃。

公司一旦解散，我到哪当老板去？安列帮和黄金豆共处一分钟都嫌多，心说先把当务之急解决了，我再慢慢收拾你！立即电联严有才，命他召集全体员工回来上班。然后恶狠狠地对黄金豆说："这么好的公司，你几天工夫就给败了，是不是要变卖公司，跟老外逃跑？"

黄金豆也恶狠狠地说："开这个公司，就像开了一个荒唐的玩笑，现在才结束，我还嫌晚了呢！"

安列帮气得眼睛都红了："公司倒了，再去做什么？"

黄金豆愤怒得眼睛也红了："没有拳头产品、没有资金，什么也做不了，先打工！"

安列帮用力拍一下桌子，蝉翼唇撅成两张薄刀片儿："我堂堂咨询公司的老板，出去给人打工？那像什么事！"

"耗得越久赔得越多，你别死要面子活受罪。"

"你趁我不在，把员工遣散，带洋鬼子到公司喝酒，这样的态度能把公司干好才怪，你的心太龌龊了！"

黄金豆说："对，我是和人喝酒了，我心情不好。我需要发泄，我需要朋友的倾听，那时候你在干什么呢？你的电话无人接，短信也不回，我心里苦楚的时候，你给过我一丝安慰吗？"

"噢，这就是你和老外偷情的理由？你怎么光想自己呢？我在外的日子食不果腹，睡不安枕，就像趟鬼门关一样，你有过关心吗？你这个当老婆的，还不如员工关心我！"

"我没和老外偷情！我可以让他本人证实！"黄金豆当即拨通迈克的电话。

迈克听说安列帮回来了，兴奋得跳了起来："金豆，我知道你热烈爱上我了，否则你不会与我喝酒，也不会为我与他吵架的，是不是？"

黄金豆说："我是心情不好才喝了你的酒，你不要乱想。"

迈克哈哈一笑："金豆，不要逃避我的爱情，好吗。"

黄金豆说："我不是逃避，我是已婚女人，本来就不可以爱你。"

迈克说："真没想到，你这样的职场金领，也跳不出传统的束缚。人生在世，总要为自己活一场，这样在痛苦中煎熬，会毁了你的一生呀。"

黄金豆皱起眉头："唉，不要说了，我就是想让你对安列帮说明一下，我们之间真的没有什么事。"

迈克认真地说："我们之前没有事，以后一定会有事的，请坚信我会爱你一生！"

"迈克——你不要胡说啦！"

"金豆，你真的应该重新选择，你和他没有未来呀。"

黄金豆急得快哭了："迈克，我们之间是不可能的，你不要乱扯了。"

迈克不依不饶地说："勇敢点，金豆，我会光明正大地和安列帮竞争。你帮我安排时间和地点，我要用传统的方式，与安列帮决斗，一旦我战败了他，你就是我永恒的妻子！"

黄金豆觉得滑稽，随口问道："一旦你被战败呢？"

迈克勇敢地说："为了你，我不怕失去生命，假如我在决斗中战亡，请你以妻子的名义安葬我，我死而无憾！"

安列帮从黄金豆的手机扩音器里，听得详详细细。他虽然不喜欢黄金豆了，却不希望别人喜欢黄金豆。不由暴跳如雷，对黄金豆吼道："你这个水性杨花的女人，趁我不在，就给我戴绿帽子，你太无耻了，我不要你这样的老婆！"

黄金豆听到绿帽子就窝心，心说你安列帮也太恶毒了，逮着由头就拿绿帽子压我，既然你如此埋汰我，我也豁出去了。歇斯底里地吼道："你这么喜欢戴绿帽子，你就直接叫绿帽子好了，绿帽子绿帽子绿帽子，我以后永远都叫你绿帽子，你不要我这样的老婆，我还不要你这样的老公呢！"从此，黄金豆打心里对安列帮失去了敬意，永远呼他绿帽子。

安列帮愣愣地看着黄金豆，反而安静了。

4. 决斗

第二天，迈克绕过黄金豆，直接约安列帮，到迈克学校的操场上决斗。

安列帮没想到迈克这么猛烈地爱着黄金豆。那么说明黄金豆的确有迷人之处？在哪呢？已经不爱她了，还为她决斗值不值？老外的眼光都很刁，迈克觉得值，我也应该觉得值。不管她的优点是什么，我先占着再说；如果不去，也显得自己懦夫。便答应了迈克的决斗请求。

双方说好，不带器械，公平肉搏，败者自裁。

安列帮在外国小说中看到过决斗的情节，对决斗程序也有所了解，深知此番斗争的残酷性。但是，在这堂堂中华的法制社会里，任他是哪儿来的小鬼子，也不敢为了爱情夺人性命呀。他坚信自己不可能战死，可一旦迈克是武林高手，丧失人性呢？他得做一下预防：给李平平五千块钱，让她住到乡下父母家；又给他老妈两千块钱，告诉她，如果他有三长两短，请老妈卖掉家什，投奔他姐姐，把他老妈吓了个半死，差点把他锁屋里不让出门。对于黄金豆，他什么也没安排，甚至恨恨地想，一旦他战败，黄金豆成了自由身，不知和迈克怎么风流呢，想象着她与别人恩爱，他就嫉妒得要抓狂。

时值正午，烈日当头。迈克与安列帮站在操场中央，太阳投下两个圆圆的影子在两人脚下。

迈克目光冷峻，也不多话，使出美式拳击，裹挟着风声，来势汹汹。

安列帮平时只会举哑铃，一点武功都不会，心里怕极了。可是，让洋鬼子从家门口把老婆夺走也太丢面子了啊，那就接招吧，大不了玉石俱焚，跟这小鬼子往死了拼一把。此念一出，什么顾忌都没有了，心情异常冷静。看着迈克的长拳袭来，他迅速蹲下身子，首先避免挨打。然而，他的头伸出过远，竟到了迈克胯下。这是重演韩信的耻辱吗？不！他比韩信有骨气，他宁死不屈！他疯狂地握紧双手，屈膝问苍天，为何把他生得如此无能。

“嗨呀——嚎——”他碰巧抓住了迈克的两只脚踝。他的心更慌张了，脑中全无思维，死命地握紧了手，站起身就跑。他这双常年练哑铃的手就如一双铁钳，紧紧地箍着迈克的双踝不松开。

迈克被扛在空中，头重脚轻，晕头转向，好像世界末日来到，功夫章法全乱了套。

安列帮跑了一圈，也是恐慌异常，力不能支，手上一软，迈克便重重地摔了下去。

迈克一个鲤鱼打挺跳了起来，举眼环顾四周，只觉天高地厚，世界空旷，安列帮像大山一样站在天地间，摧不倒打不垮、英明神武的样子。

安列帮见迈克会鲤鱼打挺，心里陡地又恐惧了。原来这小鬼子是武林高手，怪不得选择武斗呢，早知这样跟他文斗啊，凭我三小时也说不累的口才，不撂倒他才怪。想要逃跑，两腿已经不听使唤，抖着腮帮子，全身哆嗦。

迈克以为安列帮在得意地得瑟，惨烈地说：“中国功夫当真厉害，我输了，不会再和你争黄金豆，但是，我希望你能允许金豆以妻子的名义安葬我!”

安列帮见迈克停战，心下喜得要命，立即神定气闲起来：“怎么，抢妻不成，就以死威胁啊?”

迈克说：“我没抢，我是公平竞争，这是我家乡的风俗。”

安列帮撇着嘴角说：“好啊，败者自裁不是吗？你裁吧，我不拦你，你若是言出必行的真男人，就不要对自己客气。”

迈克羞愤交加，脸上青筋暴涨，举头向前冲去。

安列帮眨眼的工夫，见迈克像块人形煤炭，快步去撞假山石。急忙挺身阻挡：“你要是死了，我得担干系，我要打理公司，哪有时间和警察去交涉呀。为了我的清白，你就不光彩地活着吧，不过要老实点了，不要老惦记着抢别人的老婆，中国女人个个都是好样的，你娶个嫁不出去的，也亏不了你。”

迈克听了此话，更觉耻辱，本来还心怯撞击青石的痛感，见有了肉垫，就无所顾忌了，要以真实的表演清洗自己的耻辱。他像一头愤怒的公牛，疯狂地往前冲去。

“哇呀呀——小鬼子要借机害人!”安列帮见对方来势凶猛，心说这下要受伤了，想躲已经来不及，被重重地顶到石头上，当即就疼休克了。

迈克的头也蒙了一下。不想在死前沦为凶手，就想先救安列帮，然后再回来撞。急忙找到学校的救护车，把安列帮送到医院。

一番CT+X光检查，安列帮不但脊椎受伤，还断了两根肋骨，手术后，被送到住院处，躺在床上嗷嗷喊疼。

迈克心生歉疚，留在病房陪护。

安列帮虚弱地捶一下迈克的手，说：“唉，都说洋鬼子往死里坏，如今一见当真不假，你还真是临死也要捎上我呀。”

迈克说：“我没想和你同归于尽，我只是想对这份约定负责，是你破坏了我的计划。”

安列帮说：“负责？你想过我的感受吗？假如你负责成功了，我是不是成了间接杀手？那样金豆会恨我一辈子，我留得住人也留不住心了。”

迈克的眼神倏地黯淡下来：“如果我不兑现诺言，金豆会以为我在拿她的爱情开玩笑，所以，等你好了以后，我一定……”

安列帮快速打断对方的话：“迈克，你将来一定能找到比金豆还好的女孩子当老婆。算我求你了，千万别再拿生命开玩笑了。”

迈克眨眨眼睛，眼波清澈地笑了：“那你要答应我一个条件。”

“什么？你说，只要我力所能及的，一定办到!”

“你病愈以后，我要拜你为师，向你学习中国功夫。”

安列帮“嗷”地惨叫一声，抓着自己的胸脯，昂首问苍天：“老天爷啊，还是别让我出院了，我拿什么教他呀!”

迈克顽皮地笑了：“不用怕啦，通过这次决斗，我发现你还爱着金豆，而且你用身体挡住我，说明你是个善良的人，金豆跟善良的人在一起，我也放心。”

安列帮倏地翻了脸：“那你还来破坏我们的婚姻？你们老外都是得寸进尺，不挨打就破坏个不停!”

迈克笑道：“等你出院，我就离开这里，永远不再打扰你和金豆啦。”

“你的人离开，QQ上也不能再和她说话，你把她拉黑名单吧。”

迈克严肃地说：“我只承诺不再打扰你们，但是我不删她的QQ，她是我真正爱的女人，如果有一天你对她不好，我要回来挽救她。”

安列帮牛气冲天地指着自己的鼻尖：“你还是从了吧，你的命都是我给的，以后上QQ泡妞都得我同意。你把她删了，把我加上！”

安列帮的妈妈自从儿子回来，立即腰杆硬了起来，好像要捞回曾经给予黄金豆的呵护。听到安列帮受伤的信息，火速跑到医院，一番大惊小怪地哭泣，回家就找黄金豆算账，非要让这命犯桃花的媳妇赔她一个健康的儿子。

黄金豆也不争辩，只是默默地做些花样饭菜往医院送。她本来对安列帮万般怨恨，却为这因她而起的伤势，动了恻隐，还是对他像亲人一样。但是关于爱情，她已经心如止水，医院里这两个为她而决斗的男人，相见时都不能在她心里激起丝毫波澜。

拾叁

网恋而来的怪异女子

1. 良心的吸引力

员工们都知道，能回公司工作，全凭安列帮青睐，所以每天午休都集体去医院看望安列帮。但是，他们由此也把黄金豆当成了天敌，恨不得把她挤出公司。

安列帮得意得直打哏儿，心说自己的眼光就是准，选这帮员工全部有良心，如此牢不可破的团队，发财是指日可待的事。

安老太太的八卦嘴重整旗鼓，好像一天不整人就没活头，没事就在客厅叉着腰，唱“乌鸦尾巴长，娶了媳妇忘了娘”之歌，找一切机会让黄金豆窝心。

黄金豆既依恋有妈的感觉，又感觉有家不愿回，多数时间都待在公司。

这天上午，黄金豆在座位上愁眉紧锁，思虑前途。员工们在工作区悠闲地坐着，有的上网聊天，有的拿着A4纸挡着手机发短信。

唯有楚熊熊对公司抱着感恩的心，在网上研究客户。她习惯了与郑志运搭档，失去搭档以后，很长一段时间不知道该从哪个角度攻克客户，只得刻苦钻研管理知识。如今她已能针对问题提供一些解决方案和决策建议了，像半个咨询师。她一边急着找业务，一边又暗叹公司没有拳头产品和像样的咨询师，也感前途渺茫。

这时，笃笃笃，敲门进来一个看不出年龄的女子。

只见这女子矮个子，身材丰满如圆球，脸型是圆的，头发也烫成爆炸式的圆球，五官简单，却显出一种滑稽。她走到黄金豆的座前，说她叫牧土土，是看了网上的招聘信息自荐上门的。

黄金豆心说这就是传说中的肉弹了吧，看着都眼晕啊，而今之际，一是公司状况不堪，二是这形象在安列帮那里也过不了关。就说招聘信息已经过期，暂不考虑聘用新人。

牧土土眨巴几下眼睛，“呜”地掉下两串眼泪。

黄金豆被吓了一跳，忽地站起来，递上一张纸巾：“牧土土你怎么了，你哭什么啊?”

员工们远远地看着，以为黄金豆说了伤害应聘者的话，纷纷等着看笑话。

牧土土拿着纸巾在脸上擦来擦去：“黄经理，我太喜欢咨询业了，我有良好的职业道德，对公司有绝对的归属感与忠诚度，您给我个工作机会吧。”

黄金豆说：“现在的咨询企业这么多，只要你有才能，这家不成那家成，总会找到满意的单位。”

牧土土一边用圆圆的胖手擦泪，一边抽咽：“黄经理，如果您录用我，我一定把工作干好!”

“可是，你怎么哭啊，这样脆弱的心理，怎么能承受工作的压力呢。”

“黄经理，其实我是个很坚强的人，这个哭只是一种情绪的宣泄。”

“你用这么怪的方式宣泄，可把我吓坏了。”

“您不要怕，我的理想是做一名优秀的咨询师，其他行业有再好的岗位，我也不会被诱惑，真的！只要您给我一份认可，我愿意为公司赴汤蹈火。”

黄金豆差点笑出来：“我认可什么？我除了知道你会哭，再不了解别的呀。”

牧土土刷刷刷快速填完了应聘表，递给黄金豆，说：“我曾在特区的一家电子公司从基层干到主管，我有充足的实践经验，加上进修得到的理论知识，可以担纲电子行业的咨询业务。”接着就叽里呱啦狂侃了一通专业知识。

黄金豆这个外行听得云里雾里，也挑不出毛病，打趣道："噢，这么厉害的人物，还怕找不到工作，哭成这样呀?"

牧土土止住泪，长叹一口气，眼神游向了回忆。原来，她重男轻女的爸爸嫌弃她是女孩，自幼便虐待她，等到成年，终于走出小山沟，到特区打工，因对男性的攻击力深怀恐惧，一直不敢恋爱。直到发现网友中的一位知心男人是肌肉萎缩症患者，对人没有任何攻击力，才放心地恋爱。如今孩子待哺、老公病情加重，家庭重担全落在她一人身上。所以她产后急于复出，急得像热锅上的蚂蚁，慌不择路，择到路就坚决不换路了。

黄金豆听得满心凄惨，黯然伤怀，心想这时代换丈夫是很常见的事，这牧土土却未有离弃之心，如果情况属实，当真令人敬仰，若所有员工都有如此人品，公司的未来有望。就说："牧土土，你家住哪里?我随你去拜访下你的家人吧。"

牧土土惊喜得笑了："黄经理，您真是位体恤下属的好领导，我一定不负所望，努力工作!"

黄金豆说："先不谈工作的事，我今天以朋友的身份到你家去拜访。"顺路到银行取了八百块钱，储蓄卡清空，将卡退归了银行。

两人坐了一小时公交车，到了牧土土的家。

牧土土的家是两室一厅，五十平方米左右。家具简约：一张双人床，一个大衣柜，一套餐桌。她的丈夫高大瘦削，坐在门厅餐桌旁的木椅上，像一棵枯树。见妻子带了朋友来，他用麻秆般的细胳膊支住桌子，费力地站起来问好。他们的女儿大概六个月，安静地睡在父亲身旁的婴儿车里。

黄金豆看着婴儿，好像看到了自己被遗弃时的样子，心头猛地一酸。想想自己囊中羞涩，帮不了这家人大忙，煞是惭愧，从包中拿出那八百块钱，说："一点心意，给小孩买点奶粉吧。"

牧土土的丈夫客气地推让。黄金豆很坚决地把钱往他怀里一推，他就像断壁残垣似的，轰然倒地。八张红色的钞票像枫叶，漫然飘落到地上。

原来肌肉萎缩病人如此不堪一击，黄金豆吓出一身冷汗，急忙过去扶。

牧土土推开黄金豆，说：“黄经理，他没事，只是怕受力。”蹲下身子，快速把钱捡起来放到桌上，又拽住丈夫的胳膊往肩上一揽，就把他背了起来。

黄金豆想，肉弹也有肉弹的冲击力，她居然能把这么个大男人背起来，太了不起了。

这时，牧土土已把丈夫放到了椅子上，对黄金豆说：“瞧，他还能帮我照顾孩子呢，所以我急着找到工作养活他们俩呀。”

黄金豆想，这家人实在是太需要帮助了，如果我不聘她，不知她要多久才能找到工作，只怕挨久了，心理会崩溃。如果帮她，就得把公司干下去，努力赚钱呀。可这公司乱成一团糟，根本看不到希望，只能走一步说一步啦。就说：“牧土土，明天就上班吧，公司现在有点问题，希望咱们共同努力，只要公司业务好了，一切都会好起来的。”

“好啊好啊，我就觉得黄经理您是个体恤员工的好老板，在您手下工作，不赚工资也愿意！”牧土土把钱送到卧室的柜子里，又高兴地把黄金豆拽到厨房，蒸米饭给她吃。

黄金豆想帮忙择菜，却发现家里只有咸菜。就说：“这么典型的困难户，应该引起关注，改天咱们联络下媒体，呼吁全社会的人都来关心你们家。”

牧土土当即吓得面如土色，失态地喊道：“黄经理，我为人低调，不喜欢张扬，我老公也因这病心理自卑，一旦被媒体公开，他会抵御不了公众的目光去寻短见，我们的家庭生活将失去安宁，求您千万不要麻烦到媒体。”

黄金豆被这套话吓了一跳，急忙发誓，绝不再考虑媒体。

安列帮身体康复时，和迈克已经成了好朋友。他出院那天，迈克收拾了行李，要去新加坡。安列帮亲自送迈克去机场。迈克捧着一束花和一封信，让安列帮转交黄金豆。安列帮把信和那束花就地踩成了烂酱，然后就大模大样地梗着脖子，回自家公司当总经理。首当其冲是摆出老板的架子，对新员工进行评估：公司缺的就是行业专家，牧土土一来，就可以专攻电子行业的咨询业务，等于新开了一条财路；从专业角度讲，牧土土不够咨询师的资格；从相貌上讲，她太难看，好在咨询师拼的是实力，丑一点反而说明她不是花瓶。最重要的一点，她不离不弃病丈夫，说明她是个很讲良心的女人，这样的人绝不会半路撂老板的挑子，可以下血本栽培。就赞赏了黄金豆的决定。

牧土土进公司第一天就融入了团队，一是她的形象不足以被嫉妒，二是她把生活的困难和对家人的爱挂在嘴上，激起了大家的同情心。

在面临弱者的时候，安帮公司的美女们都收起了舌头上的尖刀，像是保护神，对牧土土关怀又体贴，好像真正的病号是牧土土。

经过研究，公司对牧土土进行定向栽培，以其在电子公司的工作经历为基础，就在这类公司中寻找目标客户。

创世电子被列在首要位置，楚熊熊和丰广广负责此项业务开发。两人对创世公司的情况本就了解，也见过卫千名，简单做了前期准备，就火速展开了进攻。

卫千名对楚熊熊和丰广广早前有些印象，心理上就有亲和感，但是对安帮公司的咨询能力提出深度质疑，含蓄地下了逐客令。

楚熊熊仰起脸，猛地一甩鸡窝头，哈哈狂笑起来。直把卫千名笑得莫名其妙。

卫千名感觉自己的尊严受到了侵犯，板着脸说："楚熊熊，你作为客户代表，应该时刻维护公司形象，安帮公司的企业文化就是在被拒绝的时候哈哈狂笑，自我解嘲?"

丰广广见楚熊熊挨了训，在一边乐开了花，心说你楚熊熊也就这么点糗能耐罢了，装什么精英。抖着腿，就等着卫千名撕下文明的面具破口大骂楚熊熊，让她像落水狗一样落荒而逃才过瘾呢。

楚熊熊止住笑，突然一脸严肃："卫总，亏您还是英明的CEO，居然只凭旧的观念对我们公司下结论，士别三日还需刮目相看呢，您凭什么就断定安帮公司如今没有业务能力?"

卫千名想，好厉害的一张嘴，我倒要将她一军，看她如何突围。继续板着脸说："即便你们业务能力超群，假如我不需要呢，我有什么必要接受你们的服务？”

楚熊熊说：“我们已经侧面为贵公司把了脉。必须正视的问题是，贵公司积压存货太多，可见生产与销售部门之间的沟通与协调非常混乱；外协零部件返修率高，可见没有明确的质量验收标准。”

卫千名挑起眉毛，露出反讽的意味：“哦？我们外协件的返修率很高？”

楚熊熊说：“假如您自己尚且不知道，证明贵公司的客服工作杂乱无章，正确数据都没有反馈到您面前，同时也反映了您这位CEO在玩忽职守。”

卫千名张开嘴，长长地“咝”了一声：“我确实为这些事头疼，你们安帮公司，怎么像特务连啊。”

楚熊熊得意地笑了：“头疼就医头吧，安帮公司有资深的电子行业咨询师，她可以帮助贵公司理顺工作流程，使您的业务与日俱进。”

2. 肉弹爆炸

半个月后，安帮咨询公司与创世电子公司签订了服务合同。创世公司预付安帮公司一部分服务费。

安列帮命令：牧土土作为领衔咨询师，带领严有才驻厂；其余人继续开发电子行业的客户，力争创世公司的业务完成以后，牧土土有活干。

牧土土高兴得当即就对黄金豆说了一番美言，又把安列帮赞扬了一通。

严有才记得卫千名反感他，心里觉得老别扭，还掺着点自卑，想要对安列帮说不去，又找不到借口，心里憋得要命。

公司有了新业务，安列帮心里高兴，载着黄金豆、严有才，出去吃饭庆贺。

在车里，黄金豆把牧土土丈夫的病情重新说了一遍，又说：“牧土土实在是太坚强，太可怜了，她一驻厂，丈夫和女儿就无人照应，我们要想办法帮助她。”

严有才说：“黄经理真善良，总想着帮人，我要向您学习。”

安列帮说：“严有才，牧土土刚进入咨询行业，各种情况都不熟，你要多带她，尽量多做点工作，让她每天有时间回家照顾老公孩子。”

严有才觉得驻厂的领衔咨询师如果是他，他一定能把工作干好，借此也可在卫千名眼中来个咸鱼大翻身，如今被当了助手派去，越发要让卫千名瞧扁了。就想着挤对牧土土。于是说：“她不会是骗子吧，她老公是个废人，怎么可能和她有孩子呢，我觉得她眼神游移，心术不正，外地人，随时会放老板的鸽子，不得不防啊。”

安列帮皱了下眉，把头歪向黄金豆：“那孩子长得像谁?”

黄金豆说：“像她老公。”

严有才说：“那生出这孩子得多不容易呀。”

黄金豆说：“她这么年轻，潜意识中肯定渴望正常的夫妻生活。严有才，你的缺点是乱投温柔乡，你得注意了，像牧土土这样的女人，很难经受得住情色诱惑。她的老公那么可怜，你不要失了原则。”

严有才对牧土土的长相毫无兴趣，觉得她脑袋像个大绣球，上身像个大足球，下身像个橄榄球，总而言之就是个肉球而已，黄金豆这么一说，倒激起了他的逆反心。他向黄金豆承诺，一定对牧土土敬而远之，却暗暗发誓把牧土土搞定，并在她面前把黄金豆搞臭。

严有才便对牧土土用了心。驻厂时，做出一副温顺下属的样子，对牧土土礼敬有加，呵护备至，说起话来也是豁达渊博，博得了她的好感。

这天晚上，严有才拿一瓶白酒，一包凉拌菜，两双一次性筷子，把牧土土约到无人的屋子。

两人对坐在一张粗糙的木桌前，把酒菜放好，筷子分开。

严有才说了几句幽默的开场白，又吟了一首咏杨贵妃的古诗，不过把人名改成了牧土土。

牧土土以为严有才为她写诗呢，她长这么大还从来没有人为她写过诗，心下就乐了。感觉灯光那么好看，这粗糙的破木桌都闪出浪漫的光晕，立即云里雾里，好像自己是童话中的公主。

严有才趁机为牧土土倒了杯酒。

牧土土心情好，就下意识地端起了酒杯。几口下去，脸就红了。

严有才心里揣着仇恨，想几句话就让牧土土视黄金豆为敌。就把黄金豆对她的议论添油加醋说了一番。

牧土土有哭酒杯的毛病，沾酒就会想起伤心事。本来对黄金豆心存感激，一听她在背地里胡乱捣鼓，“呜”地掉下两串泪珠，哀怨地说：“严经理，瞎子都能看出来，我不是随便的人。”

严有才没想到牧土土会发出如此哀婉动人的声音，想想家里那位比铅球还硬、比鞋垫还臭的老婆，他那健硕的身躯一下子就酥了：“牧土土，你真是个好女人呀。你就像世界上最贤惠的女子，黄经理肯定是嫉妒你，所以诽谤你，你不知道吧——她的外号叫傻三儿!”

牧土土的眼泪更多更快地流了下来，咬着牙说：“傻三儿她说话太不负责任了。我要是她说的那种人，直接就找你这么健康的人嫁了，追求我的人可多呢。”

严有才最喜欢女人的眼泪，心说这才是真正的女人味儿啊，急忙跑过去拥住牧土土，一边揩擦她脸上的泪，一边柔声说道：“优秀的人总是被嫉妒的，不要怕，我和安总是发小儿，我会为你主持公道的!”

“严有才，你真是个好人哪!”牧土土躲进严有才那宽厚的臂弯里，闻着雄浑的男性气息，幸福得直发晕。她确实是抵抗不住情色的诱惑，她的手做着小动作，还努力制造肉体的吻合度。

严有才发扬乐善好施的优良作风，立即舍身救人，就地帮助了牧土土……

他俩办事的屋子是创世公司的一层车间区，有夜班工人跑厕所，无意中在窗外瞥见了，就把事情传开了。他俩在创世员工们心中的形象一落千丈。

创世电子的业务进展不久，黄金豆也有了惰性，常常在办公桌前乐滋滋地数算收益。

这天上午，安列帮带员工们去一家新建企业谈项目了。黄金豆一个人在办公室，美美地在意念中挥霍掉一部分利润，却迎来了四名威严的警察。

两位警察站在办公室门口，两位走到黄金豆的办公桌前，一副令她插翅难逃之势。

黄金豆吓了一跳，以为意念花钱也是犯罪，脑筋快速运转，决定采取打死也不承认的策略，力求逃过这一劫。然而警察没有追究她钱没到手就先想着花的罪行，却是严肃地问她牧土土的下落。

黄金豆张大嘴巴，惊喜地说："啊——不是我的事啊？"

一位瘦警察说："谁说不是你的事？我们已经查知牧土土在你这里工作，如果找不到她，就带你回去协助调查！"

"为什么呢？牧土土她犯法了吗？"

"不要问那么多，告诉我们，她在哪里？"

"在创世电子做业务呢，你们要带走她吗？"黄金豆上了警车，一边带路，一边问询。

警察说："她原名叫史畅怀，盗卖公司机密文件，导致公司损失惨重，公安部已经通缉她两年多了。"

"啊，这么久才来抓她呀，那你们能不能再缓一缓，等她把这单业务做完？否则我们要重新招聘咨询师啦！"

警察没有回答，只是威严地瞅了她一眼。

一行人到达创世电子，在车间办公室找到牧土土。此时她和严有才对坐桌前，四只脚在桌下缠绵。

牧土土正在云里雾里，一见警察，立即面如死灰，双手抱头，顺势蹲到地上。

警察当场问讯了她一番话，给她戴上了手铐。

黄金豆旁听，发现牧土土的个人简历和一切资料都是伪造的。生气地说："我居然没想到你是个罪犯，为什么呢？你仅仅为了躲避追捕，就心甘情愿嫁了那个丈夫？你为了活着，连肌肉萎缩的病人都要利用，你的人生意义是什么呢，你不觉得逃亡生涯如同走进坟墓一样？"

牧土土恶狠狠地说："我的爱情与犯罪无关，我是真心爱我的丈夫！"

黄金豆生气地说："你爱他的什么？不要再卖嘴了，你这个职场害虫，你欺骗了我，使我这么久以来，处处为你着想！"

牧土土咬着牙说："我盗卖资料是为了给我爸爸治病，我的一切行为都是为了爱，所以我无悔，而背地里贬损职工，却说明你这个老板很坏！"

黄金豆惊讶地张大嘴："啊？我贬损你？"

"我与老公通过网络相识，灵魂契合，我对他的爱是神圣的，除了他，谁都碰不得我！而你却在背地里嘲讽我与残疾人的婚姻，还说我难抵抗性诱惑，你以为我是那种随便的人吗？"

想必又是严有才在搞破坏，黄金豆气得红了脸："对，我是说了，但我的一切心愿都是保护你！"

严有才见话题敏感，转身走出了屋子。

牧土土说："你也不要卖嘴，如果你真的想保护我，就在我改造的日子里，帮我照顾我丈夫和女儿吧。"

这时，卫千名闻讯赶来，质疑地看了看牧土土和黄金豆很久，喃喃地说："黄经理，贵公司的咨询师，真是一个比一个更具传奇色彩啊！"

黄金豆大瞪着眼睛，无言以对。

出此花絮，创世电子的所有员工都不答应了，纷纷要求赶走安帮公司这群乌合之众。卫千名本来就对严有才没有好感，也知道他做不出像样的工作，果断决定撤单。

安列帮急切地在人才网搜索相关人才替补牧土土，却收到创世电子与之停止合作的通知，恨得大骂黄金豆聘人不长眼睛。

公司经济再度陷入绝境，安列帮一筹莫展。

黄金豆不忘牧土土的家庭困难，想尽办法联系相关部门关注她的丈夫和女儿。

李平平向安列帮要了几千块钱去了远方旅游，行程紧得没有精力和安列帮煲电话粥。

安列帮既缺业务又缺激情，心脏像是缺了血，越发觉得黄金豆不顺眼，如今有了由头，就在例会上大义灭亲，开起了黄金豆批判会。

拾肆

得力饭店

1. 便衣情侣去开房

这天上午，安列帮正在例会上说得嘴角冒沫，命令大家开动脑筋，克服困难。即便没有困难，也要制造出困难来克服，努力在行业里做点出色的事。黄金豆听着这话就想驳他。

这时，毛遂自荐来了一位酒店管理专家。此人姓蒋，名得力，男，二十七岁，眼睛骨碌碌瞪得溜圆，齐耳的头发，发际飘香，高大帅气，风韵无限的江湖风格。

黄金豆作为行政部的工作人员，为蒋得力拿了应聘表。

蒋得力三证未带，只是龙飞凤舞地填完表格。

安列帮看了应聘表，一见这名字就喜得要命。公司正缺这类人才，如今他自送上门，以后就多了条财路。当即宣布散会，与蒋得力亲切交谈。

“蒋得力，你说说，酒店管理过程中最重要的环节是什么?”

蒋得力“吧嗒”点燃一支烟，猛吸了一口，叽里呱啦狂侃起来。从酒店的融资到筹建一直说到后期赚个盆满钵满数钱数到手抽筋。

安列帮听着句句在理，乐得差点憋不住笑：“蒋得力，如果给你一个酒店去管理，你有几成把握管好它?”

“十成!”

“为什么如此肯定?”

“我是个实战派，干了三年酒店，后来倒了，但是我积累下很多经验，以后我知道怎么干就倒不了。”

安列帮心想这伙计实在，把酒店干倒了都能坦白交待，那么其他的话也肯定不虚。越发喜欢和蒋得力对话了，打趣道：“你都把酒店干倒了，还称自己有十成把握呀?”

“那阵子不是全球经济不景气吗，我的后续资金不足，所以我明智地退了出来，这叫识时务者为俊杰。”蒋得力又猛吸一口烟，差点把烟雾喷到安列帮脸上。

安列帮想想有理，就坚定了与蒋得力共事的决心。他想说：你来了，公司可以往酒店行业进军了。又怕蒋得力恃才傲物，小眼睛眨了几眨，说：“我正在计划往酒店行业进军，假如你能胜任这份工作，我可以给你个展露才华的机会。”

蒋得力说：“好，我就喜欢用事实说话，你可以立即检验我。”

安列帮见果然是位实干家，喜得直得瑟，把脖子梗得嘎嘎响。

员工们在工作区，都用敬佩的目光射击安列帮的脖子。丰广广趁机讨好道：“安总，您的脖子转动时有响声，是骨质增生的征兆，赶紧看看医生吧，别只顾着工作，忽视了健康啊。”

安列帮倏地一沉脸，冷冷地说：“我这么年轻，怎能得那种老年病!工作时间，你脑袋不要开小差，好好想想怎么拓展业务，从现在起，你全力配合蒋得力进军餐饮业。”

丰广广吓了一跳：“啊呀安总，咱们公司从未接触过餐饮业，如果贸然进军，怕会折戟沉沙啦。”

安列帮“啪”地一拍桌子，蝉翼唇像快速翻飞的刀片：“丰广广，你想过自己为什么一直零业绩吗？咱们公司未关注到的，别家公司肯定也忽视了，这恰恰是一个利润点、一块大肥肉！我们要调转方向，全力以赴，把餐饮业一网打尽，以此声震咨询界!”

丰广广居然胆大妄为地犟起嘴来：“要是大肥肉，早就被人啃光了，还能等到咱们下口啊?”

安列帮恶狠狠地说：“苍蝇腿也是肉，咱们能啃多少就啃多少，要有主动去啃的意识，而不是等着肥肉自己掉进你嘴里，知道吗?”

丰广广嗫嚅道："我没有信心，还是觉得做熟悉的业务比较有把握呀。"

"好了，我正在计划裁员，从现在起，考核大家的工作效率！"

丰广广一听要裁员，摆明是震慑自己的，当即吓出一身冷汗，快速把办公椅拉到蒋得力身边，拿出企业黄页，咕咕哝哝地研究起来。

中午下班的路上，黄金豆对安列帮说："这位蒋得力看上去像个社会青年，一点职场风范都没有，你怎么一下子就聘用他了？"

安列帮说："我看人绝对没有错，他是位实践出真知的独特人才。你当老板娘的，等着花钱就行了，不要掺杂个人情感，胡乱琢磨。"

下午，蒋得力便带领丰广广行动起来。他豪情万丈，决定擒贼先擒王，首先进攻本市最好的酒店。

丰广广回想安列帮对她的态度，心里硌得发慌；再想想黄金豆对她也没有对楚熊熊好，心里也嫉妒得发慌，就希望蒋得力工作不要太卖力，妖里妖气地说："蒋得力，你这么优秀的人才，怎么到我们这个小破公司里来应聘呢。"

蒋得力说："我觉得你们公司挺好的呀，一进门那种氛围觉得特舒服。"

"你一点都感觉不到不好？"

"要是我觉得不好，我才不屑来呢，你不知道吧？好多大公司都请不动我。"

"唉，蒋得力，我实话告诉你吧，我们公司是个批斗会、偏心眼儿、小气鬼公司。老板爱开会，我们经常披着月亮回宿舍；老板娘就是既偏心又小气，有一次，她的心腹出去买三十五块钱的东西，她给报销五十，剩下十五块她就不要了。"

"十五块嘛，小意思，要是给了我，我也不当钱就一把花了。"

"可她却不给我们，她心腹的家人生病，她都给钱，我们这些父母没生病的，不是亏大了吗。"

"你还希望你父母生病呀？"

"当然不是，我就是觉得她够不公平了，跟着这种人干，没有好下场，我劝你还是找家好公司安身吧。"

蒋得力潇洒地一甩头发，说："管她呢，这单位姑娘多呀，我可以和自己喜欢的女孩子交往，你怎么样，有没有对象？"

丰广广说："问这干什么呀，你来应聘是为了泡妞吗？"

蒋得力说："什么呀，一般的姑娘我可瞧不上，我还怕她们打我主意呢。"

正说着，就到了酒店的大堂，侍应生热情地向二人迎过来。

蒋得力紧张地命令道："丰广广，你挽着我的胳膊，要像情侣一样，快！"

丰广广第一次进高级酒店，被这华丽的气势震慑了，一听蒋得力的话，吓了一跳，不知这位高人要出什么高招。她脑筋快速运转，就索性背叛自己的男友一次，把蒋得力的胳膊当做生猪肉一样揽到怀里，悄悄地问："挽胳膊干什么呀，被熟人看见还以为我和你出来偷情呢。"

蒋得力亲昵地低下头，用呼吸打着丰广广的脸："装作情侣的样子深入敌后才不易被发现，你一定要投入角色，千万不要露马脚。"

这时，侍应生打断二人对话，问住什么标准的房间。

蒋得力挺着胸，做出一副很有钱的派头："大床间，先带我们看一下房间设置，再决定住不住。"

侍应生拿了房卡，带领二人到了五楼的总统套房里。

蒋得力"扑通"一声跪到地毯上，顺势把丰广广拽倒，紧搂着她的腰，趴到了床底下。

雄性的气息好浓呀！丰广广吓得魂都快飞了，若非有侍应生在，她还以为遇到强奸犯了呢，抖着心脏说："这是干什么呀，怎么趴床底下啦？"

"嘘，小点声。"蒋得力用舌头舔一下右手食指，又往墙角的踢脚线上一抹，就沾了一指头灰，"瞧见了吧，这就是他们的卫生死角，酒店老总看到的都是光鲜的一面，这些地方就被蒙混过关了，我们可以就此拿出有力的调查报告，让他们醒悟到需要聘请咨询公司解决问题呀。"

2. WORD上面煎豆腐

回公司的路上，丰广广一直被蒋得力拽着胳膊，甩也甩不掉，害怕被当巡警的男友撞见，就有些恼了，大声说："你放开我呀！"

蒋得力又用力把丰广广拽近一点，说："别闹，积极配合领导执行任务！"

"你老拽着我手，叫熟人看见像什么呀！"

"你以为我愿意牵你的手啊？咱们到酒店惊天动地考察了一番，又没入住，他们肯定要怀疑咱们是探子，如果在后面跟踪，发现真相，不就把行动计划暴露了吗。"

"你以为这是演电影啊？一会儿投入角色，一会儿又被跟踪，现实生活有你想象得这么复杂吗？"

蒋得力用眼神吞掉丰广广的整张脸："演电影？你是不是想当演员啊？很好的理想啊，我在北京工作的时候，认识很多大导演，张艺谋你知道吧，我跟他老铁了，我可以帮你推荐当女主角啊！"

丰广广"扑哧"笑了："你在吹牛吧，也不怕闪了舌头。"

蒋得力的眼珠一骨碌，也笑了："你把张艺谋看成仙儿了呀？实话告诉你，我跟他可是世交，他小时候跟正常人一样，也尿裤子，拉裤裆，我奶奶帮他擦过好几次屁股哩。否则他现在红得都发紫了，也不会搭理我这个小人物不是？我奶奶那就叫积德。"

丰广广说："你还能当故事家了，你跟张艺谋真那么熟，怎么不跟他剧组里找点事儿做，反而来我们这个小破公司呀。"

蒋得力说："跟张艺谋混有什么出息呀，虚无缥缈的，不就是指挥一群傻子演戏吗？我在咱们小城随便创份业，也算活得实在，要不是因为你适合当演员，我都懒得想到他。"

丰广广将信将疑，再一想，世间万事，一切皆有可能，说不定我人生的奇迹从蒋得力身上开始呢。假设这话有一半的可信度，这蒋得力也有利用价值，高兴得就撑不住了，转过脸去窃喜了好一阵子，才稳住表情，像小鸟一样蹦跳着说："要是能当演员可就太好啦，又风光又体面，工资还高。"

"你土不土啊，那不叫工资，叫片酬！"

到了公司，已经临近下班，全公司的人齐齐坐好，就等着二位回来开会。安列帮和同学喝了一下午的酒，醉得一塌糊涂，仍不忘赶到会议上大展口才。

眼看天色将晚，黄金豆命令蒋得力与丰广广快速打印今天的工作报告。

丰广广的手机响起来，躲到走廊煲起了电话粥。

蒋得力一屁股坐到安列帮对面，说："干吗这么麻烦啊，说说就行了呗。"

安列帮脸色酡红，咽口唾沫，把嗝上来的酒压了下去："确实需要打出来，每个项目的每个进展都要存档，以备查看。"

蒋得力哼一声，坐到电脑前面。看了一眼电脑桌面，不耐烦地对黄金豆说："行政部不是管电脑的吗，电脑坏了怎么不早早修好？"

黄金豆说："电脑不是运行得挺好吗，哪里坏啦？"

"文件夹坏了，怎么没有文件夹？"

黄金豆以为这人要偷看资料，警惕地说："让你打报告，你找文件夹做什么？"

蒋得力说："没有文件夹怎么打字？"

黄金豆说："为什么不直接用Word呢。"

蒋得力把Word听成了"我的"，心说这黄姑娘还挺大方，叫我用她的，看样子对我有意思，可我刚进公司，总得自己露一手，就说："我不用你的，我就要在文件夹里工作。"

黄金豆说："那你新建一个文件夹呀。"

"新建是怎么建？"

黄金豆以为他有高深的技术可以在文件夹上打字，也想跟着学一招，就按要求帮他建了一个新文件夹。然后告诉他以后记着，点一下鼠标右键，再选择新建文建夹就可以了。说完站在他身后看。

蒋得力见黄金豆当众教他，老大不高兴了，眼睛圆圆地一瞪，说道：“小黄，你以为我不会用电脑？实话告诉你，我每天都上网吧聊通宵，不信你加我QQ，今晚我去网吧和你聊。”

黄金豆说：“现在不是叫你聊QQ，是叫你打报告！”

蒋得力不屑地说：“打报告有什么难的，不就是新建个文件夹，在文件夹里打字吗。”一边说，一边点开黄金豆为他新建的文件夹，按着键盘，劈里啪啦一顿狂敲，居然不显示一个字！“咦，你给我建这个文件夹怎么是坏的，你到底会不会呀！”

黄金豆说：“你是一点也不懂Office软件吧？”

蒋得力嗤地笑了出来：“奥飞斯？你又不懂了吧，应该是奥特曼，无敌战士奥特曼。”

安列帮远远地说：“算了，有实践经验的人，不一定必须会用Office软件，把主要精力用在正事上就可以了。蒋得力，过来谈谈今天的工作情况吧。”

蒋得力蔑视地瞅了黄金豆一眼，坐到安列帮对面，神气地说：“经过走访发现，这家酒店的问题还真大——床后面的踢脚线上有灰尘。我们可以从卫生死角的角度上，拿下这家客户，其余细节，请我的助手丰广广向大家汇报，我六点半要准时到网吧聊QQ，先告辞了！”

安列帮本来想怪他目无领导，再想想这蒋得力初来乍到，公司的一切章程还不熟悉，而且五点半就该下班，现在都五点四十了，他走得也理所应当。

丰广广把事情经过汇报完毕，安列帮已经醉趴在桌上了。

黄金豆听了，觉得不靠谱，说：“这个蒋得力像是个混饭吃的，明天叫他走人吧。”

安列帮忽地坐直身子，拍了下桌子，说：“你就是嫉贤妒能，不要再干涉公司的战略计划好不好！”

黄金豆重重地哼了一声，转身走了。

会议随即结束，大家作鸟兽散。

丰广广越想越不对劲儿，走到半路，又绕了回来，弯下腰，对着安列帮的耳朵喊道："安总，蒋得力好像什么也不懂，就是想吃豆腐!"

安列帮费力地抬起头，说话也很费力："嗯，小伎俩，不用怕，这是员工要挟领导的通常手段。"

"您觉得他真是块人才?"

"人才，他是块人才！不懂是装的，吃上豆腐他就什么都懂了。"

"安总，您同意他吃豆腐?"

"餐饮业的人都嘴馋，还好他只是馋豆腐，没馋天鹅肉。"

丰广广跺着脚说："安总，他是想吃我的豆腐啊。"

"好啊，你给他买，回来找黄经理报销，十块钱撑死他。"

"安总，您还不明白呀？他是想在我身上捞好处呀!"

"你身上有好处？你瘦得像根竹竿，哪有剩余油水。"安列帮费力地抬了抬头，又一头睡倒在桌上，鼾声震天。

3. 想用QQ泡小黄

第二天一早，蒋得力从兜中掏出一盒中华烟，敬到安列帮面前："安总，谢谢您慧眼识人。"

安列帮板着脸说："什么意思?"

"你是我的伯乐，我要感谢你，所以，请你抽烟!"

"不用谢我，把工作干好就行了，真正的人才，在安帮公司都是受欢迎的。"安列帮快速撕开烟盒，拿出一支放在嘴上，蒋得力很殷勤地帮他点燃。

严有才远远地看着，心里冒出了冲天妒火。他不希望任何人争安列帮的宠，他从蒋得力的穿戴上也能看出，这是个穷鬼，可是这穷鬼怎么能拿出中华烟呢？他该怎么把这穷鬼打败呢?

何美妮与韩国青年的关系还没有明显的进展，觉得希望不大，就把兴趣转移到了蒋得力身上，不止不休地拿眼电他。蒋得力像是对电眼有免疫力，一点没有反应。

中午，安列帮为了还那盒烟的人情，就请蒋得力吃午饭。

严有才也想跟着去，急中生智，拽住蒋得力，谦恭地向他请教问题。

蒋得力觉得有面子，大讲特讲起来。他居然比安列帮还话痨，逮着话头就无止无休了。

安列帮等得不耐烦，就说严有才一起出去吃饭吧，有什么事在饭局上说。

三人并肩走出写字楼。

连走了两家饭店，都因食客爆满而没能入座。在街上越走越饿。

安列帮愤愤地说："这世道真是不可思议，你说咱们开咨询公司的，熬血绞脑地干，就是赚不到钱，这开饭店的买点菜回来一炒，就财源滚滚，行业跟行业的差别咋就这么大呢?"

蒋得力说："安总，餐饮业的兴盛时期已经来到了，我当初要是有强大的资金支撑，现在都成全市最大的饭店了，时也，运也，命也呀!"

安列帮一沉脸，说："得力，不是我跟你吹，就凭咱们安帮公司的投资额，当初如果干了饭店，早发大财了。"

严有才不失时机地逢迎道："是啊蒋得力，你刚来公司，不了解情况，咱们安总做事，绝对的有魄力。"

蒋得力眼珠骨碌碌一转，露出巨大的喜悦："哎呀安总，您可以现在开饭店啊。您看这家火锅城，每天的净收益都在万元以上，一个月三十天，就是三十万，干上三年，就是千万富翁，可比咨询公司容易多了。"

"得力，你说得太对了！"安列帮忽地热血沸腾，眼睛红了，"唉咦——我以前怎么没想到呢，大把的票子都让别人挣去了!"

蒋得力说："呵呵，安总，只要您有钱投资，我给您当CEO，保准把酒店管理成咱们市最有风格的，利润最大的。"

严有才知道安列帮的家底儿，想替安列帮找个台阶，就说："安总主要把钱投在咨询业，有钱也不会往饭店投啊。"

安列帮冷冷地一板脸："投资算什么，开！这饭店必须要开！立即开!"

晚上回到家，安列帮就向黄金豆宣布，公司有了新的发展方向，就是拿出十万元开个饭店。

黄金豆当即就震惊了：“绿帽子先生，你是不是脑子喝糊涂了，饭店那么高难度的生意，你一下子就可以做了？”

“什么高难度！大字不识的农民也能干了，而且发财的还都是些农民。他们从地里挖点野菜回来用开水一煮，浇点酱油就卖几十块一盘，那钱都像大海潮来的！”

“你知道他们早起晚睡，背地里吃了多少苦吗？”

“我也不贪睡，只要能挣钱，吃点苦算什么。”

“可你是个只知道开会，纸上谈兵的人，如果你要干饭店，早晚得赔个精光！”

“黄金豆，你到底是不是我老婆，怎么要赚钱的时候你总是咒我赔？我赔了对你有什么好处？”

安老太太见儿子生气了，心疼得要命，插上话说：“金豆啊，咱们可得支持列帮做事业，你跟列帮结婚这么多年，早就应该一条心过日子了，怎么害怕老公发财呢。”

安列帮说：“妈，甭跟她一般见识，明天你到我大姨妈那儿帮我筹十万块钱，我要早点把饭店开起来。”

黄金豆气得一言不发，转身回了卧室。

安老太太当即就傻了：“小帮，你动真的呀？假如赔了，我们可拿什么还？”

安列帮不高兴地说：“妈，你刚才还说要支持我呢。怎么，把你儿子看成弱智啊？”

当妈的急忙说：“我儿子是最棒的，我坚决支持，明天我就到你大姨妈家去借。”

安列帮的大姨妈是退休的公务员，平时省吃俭用，却是位炫富狂，她把家里的存单悉数拿出，厚厚的一摞摆在桌上，矜持地对她妹妹说：“够不够？我这房子要是卖了，也值七十万。”

安老太太吓了一跳，见每张存单多则一千，少则二百，就挨张清点，数到十万，就拿了她姐姐的身份证，到银行排了半天队，把钱沉甸甸地拎走了。

安列帮见了钱，就来了精神，当即带领蒋得力到处踩点儿。

蒋得力心知这区区十万元连个像样的门面都租不到，只得带安列帮考察那些不起眼的小店面，并怂恿安列帮火速开业。安列帮也知道十万块做不了大店面，就揣着明白装糊涂，由着蒋得力捣鼓。

两周后，两人在一处偏僻的角落，承接了一家倒闭的饭店，总算把店址定了下来。

接下来就是店面装修和餐具置买，为厨师打造新菜系。这样，十万元正好用光。

安列帮上网搜索了相关资料，熬夜赶制酒店管理制度。蒋得力培训美女员工们如何端菜递水。黄金豆在咨询公司办公室留守。

美女们齐齐抱怨："我们是咨询公司的高智商白领啊，怎么能到饭店当服务员呢？"

蒋得力说："饭店是安总的第二产业，让你们当服务员，是要体现我们饭店的档次和特色，工资仍按咨询公司的给你们发。"

美女们可不听蒋得力的令，立即威胁他："我们是智力提供者，不是体力提供者，如果非要我们到酒店工作，我们就向安总辞职！"

蒋得力凶巴巴地说："找安总没有用，饭店的事全部由我说了算，要不是看在安总面子上，你们想来我还不聘呢！"

美女们唧唧喳喳，仔细研究了一番局势，觉得不能让这姓蒋的空降兵挟天子以令诸侯，齐齐说道："那咱们找安总评评理呗，如果他同意你全权管理饭店，我们就集体辞职，我们可不想在你手下做事。"

蒋得力凶巴巴地说："姑娘们，少动歪心思，不想失业就努力干，碗里自然有好饭，干不好，都滚蛋。我的网友一大堆，论素质比你们高，论模样比你们强，论年龄比你们轻，都急着找活儿干呢，我巴不得你们辞职！"

姑娘们听此言，立即噤声，从此各自多了份自卑和危机意识，对蒋得力唯命是从了。

蒋得力干得顺手，心情愉快。只多了严有才一个纯爷们儿，蒋得力也不喜欢他，就把最苦最累的搬运活儿都分给他干。

安列帮高兴地说："蒋得力，你还真有一套啊，能把这帮刺儿头管得这么服帖。好好干吧，将来饭店赚钱了，你要什么我给你什么。"

蒋得力羞答答地说："我想要小黄的QQ号码，虽然她对我不冷不热的，我却非常喜欢她。"

安列帮脸色一沉："小黄？黄金豆？你喜欢她，想跟她拍拖？"

"是啊，我还没对象呢。"

安列帮鼻子都快气歪了："你见到个女的就说自己没对象？"

蒋得力乐滋滋地说："我感情老专一了，就喜欢小黄一个，她身上有贵族气质，跟别的员工不一样。"

安列帮气得快疯了："蒋得力，你是不是想女人想疯了！"

"我可不至于缺女朋友！"蒋得力自信地甩甩头发说，"哎，不是我跟你吹啊，我在QQ视频上，所向披靡，成群的女孩子想做我女朋友，要是在古代，我早就三宫六院七十二妃了。"

安列帮发现这伙计还真能吹，心想不妨逗逗他，火气就消了，笑着说："那你还惦记小黄？"

"我吧，哪儿都好，就是有个爱吹牛的毛病，觉得小黄能镇住我，这几天晚上睡不着老想她。"

"即便拿到了小黄的QQ号，她就能和你拍拖？"

"我对女网友有秒杀能力，我敢跟你打赌，绝对手到擒来！你爱不爱聊QQ？只要你把小黄的QQ号码给我，我分些网友给你，什么层次的都有，你随便挑。"

安列帮再也忍不住了，"啊"地大叫一声，怒声吼道："蒋得力，不要乱弹琴好不好，黄金豆是我的老婆！"

蒋得力才算知道黄金豆就是老板娘，大声地说："啊？干吗不早说，我可不喜欢玩劈腿！"

饭店火速开了起来，安列帮大张旗鼓，四处派送广告，与数家企业签订了餐饮合同。为了拴住企业的钱袋子，凡来就餐的群体，全部由安列帮陪同，到夜店玩通宵。

安列帮闲时有李平平陪，忙时有夜店的小姐陪，直接就告诉黄金豆，他需要在饭店值守，不能回家睡觉了。

黄金豆一面担心安列帮累坏，一面担心赚不到钱，趁个上午安列帮不忙，找到他说："绿帽子，你从开了饭店以后，连家都不回了，可是顾客反响并不好，都说菜味不对劲。"

安列帮说："吃上几个月就适应了。"

黄金豆说："哪有吃不惯还坚持吃几个月的食客呀。"

安列帮说："我跟他们都签了合同，他们跟我合作有好处，一是可以在这签字吃饭，二是吃五百块钱的饭，我能请他们唱一千块钱的歌，人手一个小姐搂着，叫他们跑都没有肯的，你以为男人出来是为了那口饭啊？他们是为了消遣！"

黄金豆惊讶地瞪大了眼睛："啊？你这不是在赔本赚吆喝吗？"

安列帮哼了一下鼻子，冷冷地说："当然不是，等他们吃惯了咱们店里的菜，你叫他们去别地儿他们都不肯。那时候我就谁都不理，躲在办公室数钱就行了，你呀，就等着花钱吧。"

黄金豆见安列帮已经走火入魔，心知多说无益，只想寻求心灵的平静。恰在这时她的大姐黄江玉打来了电话，说是丈夫霍建业工伤住院了，现在又要工作又要跑医院又要照顾孩子，这日子忙得没法过了。黄金豆立即决定去大姐家帮忙，正好趁这机会躲开饭店闹剧。就打电话给二姐黄小麦，叫她一起去黄江玉家。

黄小麦和段永恒因为住房拆迁，两人只得躲迁到一个小屋子，屋子小得没地儿放黄小麦的画，黄小麦决定把画卖掉，就频频参加画展和比赛。有一幅作品得了国家级奖杯，她的身价立即大增，很多富商买她的画收藏，有些画甚至达到了五位数一幅，她也从中找到了创作的成就感。她和段永恒很快买了新房子，还有了存款。可是钱对于她就像粪土，她的心里，除了爱情，什么都装不下。她一分钟都不舍得离开段永恒，担心自己不在的时候段永恒不会照顾自己。但是从小受养父母教诲，一定要有家的概念，要以黄江玉为中心，有难同当，有福共享。如今姐夫出了事故，不去慰问也不像回事，就把一颗心扯成两半，一半交给段永恒，一半随了黄金豆，别别扭扭地上了火车。

黄金豆与黄小麦各怀心事，两人一路无话。到了黄江玉家里，黄江玉按照两位妹妹性格的不同分派任务：二妹黄小麦温柔内向，就在家做饭照顾孩子；小妹黄金豆活泼外向，就到医院照顾姐夫霍建业。可是黄江玉的孩子康康既调皮又不爱学习，还撒谎成性，过了不几天，黄小麦就无力招架，和黄金豆调换了服务对象。黄金豆领导康康，得心应手，康康学得有趣，玩得更有趣，和小姨妈成了好朋友。

安列帮则趁黄金豆不在，把李平平带回家，过起了神仙日子。安老太太老糊涂了，对儿子娇惯纵容，睁一眼闭一眼好像没看见。

在饭店里，美女员工们表面上对蒋得力唯命是从，骨子里却抵触得要命，觉得当服务员辱了身价，恨不得饭店早点倒闭，她们好回咨询公司。工作时间都像僵尸，也不讨客人的喜。

两个月后，饭店的生意冷清，门可罗雀，蔬菜都烂在展架上。安列帮愁眉不展，就把心思都放在李平平身上，没有特殊事就不到饭店了。

蒋得力怕丢了饭碗，努力想办法挽救局面。这天，他打电话给安列帮，建议出奇制胜，高薪雇用三陪小姐来当服务员，让她们把嫖客拉过来吃饭。

安列帮觉得是个好主意，立即允了建议，又到他大姨妈家借了些钱，让蒋得力大展拳脚。蒋得力立即把咨询公司的美女们轰走。预支半个月的高薪，雇了十多位三陪女子来当服务员，借此力挽狂澜。

然而，这些逍遥惯了的女子们根本吃不得苦，既不配合蒋得力的培训，又怕菜汤溅脏了衣服，常常搞得杯盘丁当，满屋狼藉，不到三天，全跑光了。蒋得力预付出去的工钱全打了水漂。

安列帮见饭店不是理想的战场，后悔不该投资搞饭店，如今赔到这地步，传出去可太丢他这个管理专家的面子了，只好找个替罪羊，拿蒋得力出气。他命令蒋得力站在饭店的大厅里，大声吼道："蒋得力，你当初说过能保证不赔，现在是怎么回事？"

蒋得力的眼珠骨碌碌扫视了一遍那些烂菜，额上冒出汗来。他有很多理由可以辩解，但是他不敢，他知道安列帮是个死要面子活受罪的主儿，只要装屃，就能保住这份工作。就耷拉着脑袋，一副低头认罪状。

安列帮疯狂地几乎要跳起来："蒋得力，你没话说了吗？你搞的烂摊子，你必须重整旗鼓，以后不要再依赖我！"

蒋得力怯怯地说："安总……我需要资金才能振兴呀！"

安列帮长嘶一声，嗓子几乎要爆裂："蒋得力，你还有脸跟我要资金?！我为了支持你搞饭店，把咨询公司都撂了，我这几个月如果一直做咨询，几十万都赚了！我的损失哪儿找去，我需要资金找谁要去?！"

"安总，您别生气，只要再注些资金进来，我把饭菜改成本地风味，价位中档，保证饭店倒不了。"

"你给我闭嘴！一切问题都不要再问我！开店是你出的鬼主意，成了烂摊子，你自己兜！"

严有才立即借机煽风点火，派了蒋得力一通不是，算是为安列帮错误的战略导向找到了台阶。

安列帮顺坡下驴，把饭店无偿扔给蒋得力，重整队伍，回到了咨询战线。

拾伍

大型企业人事主管的骗局

1. 当电眼遭遇电眼

这天，何美妮接起手机，听到一个令人雀跃的消息：跨国企业宏美公司需招聘六百名工人，计划人力资源外包，正在寻求合作伙伴。对方人事主管于小冬与何美妮达成口头协议，全盘业务交给安帮公司来做。

安列帮高兴之余，立即在会上宣布，给何美妮涨薪一级，并且号召全员，配合何美妮把业务做好。同时，命令何美妮尽快与宏美公司签订书面合同。

员工们都兴冲冲地商讨，如何在短时间内招齐六百名工人。有的上网搜索，有的问亲访友，公司又是一派繁忙的景象。

何美妮快速拟定合同，先在网上传给于小冬，得到认可后，兴冲冲带着合同书到达宏美公司。

于小冬的年龄在三十左右，身材健硕，肤色黧黑，五官端正，精气神儿倍儿足，展现着外企白领的干练。他在公司的豪华接待室接见了何美妮，认真仔细地看了合同书以后，非常赞赏何美妮的工作效率："很好！何经理，如此神速做出反馈，你是我所见过的，工作效率最高的女强人。"

"呵呵，很多人都这样说我呢！"何美妮高兴得云里雾里，猛一抬头，施起电眼神功，眼波闪亮，直直地击向于小冬的眼底。她喜欢谈恋爱的毛病又犯了，暗里又打上了于小冬的主意。

于小冬转而一沉脸，声音严肃起来："合同我先收下，只要你的业务做得足够好，签订是很自然的事。”

何美妮的脸一下子被霜打了：“于主管，我们公司提供服务的前提条件，是签订合同、收预付款。”

于小冬不屑地撇了下嘴角：“担心出了力拿不到报酬？”

何美妮局促地说：“这是上面的规定，我不能擅做主张。”

于小冬盛气凌人：“我们宏美公司经济实力雄厚，非常注重商界声誉，作为国际知名的跨国企业，从未与任何合作伙伴发生过经济纠纷！”

何美妮气馁地败下阵来：“宏美公司的经济实力与商界声誉我早有所闻，但是我们公司的业务流程是必须要签订了合同才可以开展工作的。”

“现在，贵公司尚无任何成功案例来证明猎头业务方面的能力，我事务繁重，也没有时间去考察你们，所以，请先用事实证明你们的实力！”于小冬的面色倏地一暖，眼光“狠”“准”“稳”地盯准何美妮的眼睛。

原来他的电眼神功比何美妮还要厉害。何美妮的心咚咚狂跳，倏地垂下眼睑，败下阵来，嗫嚅着说：“只要给我信心，我一定会做好的，所以我……还是希望能先签订合同。”

“何经理，如果相信我，请放心地去开展工作，并及时向我报告你的工作进度。否则，你可以放弃这次合作的机会。”

何美妮抬起眼，迷茫地盯住于小冬，无奈地点了下头。

安帮公司的下班前例会，何美妮与安列帮展开了辩论。

何美妮说：“我想去一趟黑龙江和山西，那边有一些想出来却没有能力出来的劳动力。”

安列帮坚决地说：“不签约、不拿到预付款，任何业务都不能贸然开展！”

“于小冬是大型企业的主管，说话是很负责任的，我坚信只要招到人，他们公司就能给钱。”

安列帮不依不饶：“预感是一回事，事实又是一回事，凡事不要靠猜。”

其他员工围坐一旁，有的嫉妒何美妮揽到了业务，有的质疑宏美公司的合作诚意，纷纷用轻蔑的眼神射击何美妮。

何美妮越发想挣回面子，电眼一瞪，严厉地瞅着安列帮说：“我的部门终于找到如此大的客户，你却不支持我，反而压制我，好——我一步步全按公司的要求做!”坚毅地转回身，拎包就下班了。

唉，她也是为了公司好啊！安列帮心头一软，居然春心荡漾，对何美妮的爱又复活了。

第二天，何美妮把合同内容改为按工作进度付款，打印装订完毕，向安列帮申报去宏美公司签约。

安列帮欣然允许。

何美妮出了公司门，直奔印章摊，刻了一枚宏美公司的假合同章，盖到合同书上，到商场找了个休息位，挨到快下班，回了公司，呈到安列帮面前。

安列帮也未料到有假，看到合同，像是吃了定心丸，立即号召全员行动，誓把此次业务做到尽善尽美。

何美妮与丰广广即日联系外地的人力资源服务中心，起程前往。安列帮亲自送到火车站，千叮万嘱一路小心。

丰广广受了宠，决定抓紧时机搞点事，她知道安列帮对黄金豆不好，就想趁机挤对黄金豆一把，扭着水蛇腰，找个话头说：“安总，您办事一向公平，我们真希望公司的所有财务往来都经过您亲自批复。”

安列帮疑惑地一皱眉，说：“财务往来？你有什么话，直说好了。”

丰广广说：“楚熊熊和常芙蓉一起给孙万成的老婆送花那次，实际上只花了三十五块钱，黄经理却给了她们五十块钱，这算不算福利不均？”

安列帮说：“这算什么事，十几块钱，让她们买瓜子吃算了。”

丰广广说：“她们买了瓜子，请我们吃，我们就欠份人情，最后还是她们捞了面子。”

安列帮不耐烦了：“不要盯着这几个小钱，把工作干好了，几十倍、几百倍的钱都是你的!”说完，悻悻地转身走了。

丰广广被噎得说不上话，猛一跺脚，鞋跟断了一只，急忙跑到站外寻找修鞋匠。

2. 尖嘴猴腮引来110

过了几天，黄金豆和黄小麦从大姐家回来，安列帮到车站接了她。在楼梯口，黄金豆看到安老太太和两位大婶级别的女人在聊天，就打了个招呼。安老太太一看安列帮为黄金豆提着行李，立即一脸秋霜，远远地喊道："沙发套脏了，你们趁天晴赶早儿把它换下来洗洗。"

进了家门，黄金豆闻到一股怪异的香水味，再到卧室一看，枕边散落好几根半尺长的黄卷发。这可不是她的头发，她的头发是直的，也从来没染过色，怎么回事呢？黄金豆的思路一转，脑袋就晕了一下。厉声吼道："绿帽子！你真行啊，趁我不在家，把情妇领到我床上了，你想把我恶心死吗?!"

安列帮一听此话，"啪"地拍晃了门框，脸上青筋暴胀，两只小眼球差点跳出来，嘶哑着嗓子吼道："上有天，下有地，我安列帮如果做了对不起老婆的事，出门让车撞死、地震把我压死、响雷把我劈死，就让我死无葬身之地！"

黄金豆被这震势吓了一跳，心说他这么愤怒，肯定是我冤枉他了，不免有些愧疚，稳了稳心神，说道："你发这么毒的誓干什么，我就是想知道这些头发的来历！"

安列帮一脸屈辱，又愤怒地跺了一下地板，屋子像遭遇了地震："让我解释？你在外面这么多天，你都干什么了？我不计较你给我戴绿帽子，你还真把我当傻瓜？我在公司忙得屁滚尿流，要钱没钱，要业务没业务，就差没把我愁死！你自己心里有鬼，故意回家挑毛病，是不是想气死我，跟野男人跑?"

"我是去我大姐家了，你又不是不知道，你怎么又怀疑我呢？你为公司的事儿愁，我也知道，但是我就觉得有人睡了我的床，你为什么不能给我解释呢?"黄金豆想，不知道绿帽子的姐姐现在是什么发型，如果是她回来住过，我可就真冤枉他了，可这绿帽子为什么就不肯告诉我到底是谁来过呢。

安列帮踉跄着坐到沙发上，捂着心脏，艰难地喘息着，一副随时都会殒命的样子：“不用说了，什么都不用说了，我这颗心让你伤得拔凉拔凉的。结婚这么多年，你从来就没真正关心我。我再也不想跟你说话了，你太能没事找事了……”说着就软绵绵地趴到了茶几上。

“哎呀你怎么啦，要不要去医院看看呀？”黄金豆急忙给安列帮倒了杯水。

安列帮蹙着眉头，捂着心脏，顺势溜倒在沙发上，愤恨地斜了黄金豆一眼：“你别无理取闹就行了。”

黄金豆立即觉得自己对丈夫的关心不够，给他盖了个毛巾被，又把床上用品全数换洗一番，决定早点回公司，好好做贤内助。

第二天一早，黄金豆就携同楚熊熊，到劳动力市场去寻找目标。几番等待，不见求职者的身影。始发现当地已经出现用工荒，只得到火车站碰运气。

火车站出口，竟然满是招工单位的广告牌和彩旗。

黄金豆和楚熊熊扯着嗓子喊了几句，声音也被其他招工单位的高音喇叭淹没。只得站到人流稀少的地方，每人拿张A4纸，写上“招工”，用两手扯着，一边喊，一边晃来晃去。

楚熊熊喊累了，就拿着纸发呆。

黄金豆也累了。为了在员工面前表现积极状态，只能抖擞精神，举着纸溜达。

这时，一位老农领着一群小伙子走出火车站，每人扛一个铺盖卷儿，到处问询，生怕被收中介费。

黄金豆快步走过去，首先表明自己介绍工作不收费，又说了宏美公司的工资待遇，还说公司里的小姑娘非常多，这些小伙子要是到了公司，希望能专心工作，不要光顾着谈恋爱。

老农一听当即就乐了，高兴地说道：“按说在农村，这帮孩子的年龄早都该结婚了，可我们那儿穷，没人愿意嫁呀。如果在你们公司果真有机会娶到媳妇，那他们出来打工不赚钱也值了！”

老农当即领着二十几名小伙子，跟黄金豆去宏美公司找于小冬报道。于小冬悉数录取。

黄金豆想让于小冬出具一份招聘人数证据，于小冬轻轻地绕开了话题："黄经理，数据你自己先记着，我相信你不会谎报，你是个能力超群的女强人，我很欣赏你的工作能力。"

黄金豆说："谢谢表扬，我肩负公司的使命，理所应当。"

于小冬由衷地说："非常感谢对我公司的帮助，定当厚谢!"

回去的路上，楚熊熊问黄金豆："宏美公司专用男劳力，哪里有什么小姑娘给他们恋爱机会呀，你就不怕老农来公司找咱们算账呀?"

黄金豆甩甩头，大声笑道："宏美公司待遇这么优厚，他们只要好好干，还怕富不起来嘛。一旦富起来，还愁娶不到媳妇吗，到时候啊，我们可以帮他们公司和针纺公司的员工开个Party，说不定促成多少桩姻缘呢。"

楚熊熊佩服得连连点头："黄经理，您想得真远啊。"

如此几番，两人针对各年龄段求职者心理所需，发表相对应的演说，每日都成功招聘十名以上的工人。

安列帮在办公室也没闲着，命令员工们在网上大肆发布用工广告，每日都有人来公司询问情况。安帮公司门庭若市，一派热闹的景象。

有位用工中介的老板，名叫管大志，在网络看到安帮公司用工信息，觉得有利可图，就给安列帮打了个电话，说自己有一些老乡刚从外地来找工作，希望能送到他的用工单位。安列帮非常高兴，二人约定了见面时间。

撂下电话，管大志火速招集了一批求职者，收齐中介费，领着队伍，浩浩荡荡来到安帮公司办公室。事先在门外对大家讲好了：安帮公司的老板是他表弟的表弟，到时候不要多说话，只要让安列帮知道他们四肢发达就可以了。打工族本来就惧与领导层对话，如此心中的石头落了地，觉得这工作十拿九稳了，个个欢天喜地。

这时，还是大清早，安列帮刚刚坐稳老板椅，见门外嘻嘻哈哈来了一大群人，乍一听是管大志带着来应聘的，心中暗喜，细看全是老弱病残，就老大不耐烦，说道："你们嚷嚷什么，应聘就排队进来，这样没规矩地乱挤，一个也不要。"

大家只听清了安列帮最后一句话，纷纷惊呆，把管大志围成一圈，向他讨还中介费。

管大志急忙让大家安静，悄声说："他不过是觉得自己有本事，耍耍威风罢了。我把中介费给了他八成，他就是冲着钱，也得聘你们。你们到楼下等着，我把你们的名单送给他，一会儿下楼告诉你们工作地点和上班日期。"

管大志好说歹说，把大家哄下楼去，自己贼头贼脑地进了办公室，涎着脸向安列帮问好。

安列帮见这管大志尖嘴猴腮，一副恶人相，心中相当不悦，说："你什么意思，以为是送福利院？这样的人到了厂里能干什么？"

管大志说："现在用工荒啊，只有这样找不到工作的人，才会用我们中介，好样的早都被企业抢走了。"

安列帮说："上次电话上，你说他们是亲戚，怎么现在你又成中介了？"

管大志说："实话跟你说吧，我不是他们亲戚，我是中介，专门吃这碗饭的。他们应聘不上不要紧，只要能让他们进工厂，被厂领导过一下目，再就没理由找我讨还中介费了。"

安列帮说："你这不是骗人吗，走走走，别脏了我地盘！"

管大志急忙掏出一支廉价烟，往安列帮手上递。被安列帮甩在一边。又不甘心地说："我是开店做生意，又没强拉客户，他们明知道自己是找不到工作的，还送到我门上让我骗，这与我有什么关系！这样吧，他们每人给我的中介费是200元，我分一半给你，咱们以后长期合作，就凭你这信息量，咱们每人年收入十万八万不成问题！"

安列帮愤怒地站起身，"啪"地拍响了桌子："管大志，你把我公司当成什么地方，我是正正当当的智商经营商，岂能与你这样的骗子为伍！"

管大志说："我不是骗子，我是合理利用智慧，我也是智商经营商！"

安列帮气得口吐白沫："你以为我安列帮唯利是图？滚出去！"

管大志灰溜溜地下了楼，求职的人群正在翘首盼望他。望着这些如饥似渴的眼睛，管大志胆怯了，结结巴巴地说："现在用工荒，他们招工难，我表弟的表弟怕你们中途放他鸽子，把所有中介费都要去当了抵押，并且让你们立即上楼去填应聘表，连名字都不会写的就不用上去了，我改天把中介费退回；没有身份证的也不用上去了，正规工厂不招流窜犯。"

大家都有身份证，也都会写自己的名字，就高兴地拽上管大志，上楼去填应聘表。

管大志出了电梯，趁人不注意，溜到安全出口，从步行梯逃跑了。

大家也顾不上管大志，抢命似的拥进安帮公司办公室，纷纷找安总要应聘表。

这下可苦了安列帮，任一张铁嘴钢牙如何说，都不被这帮人信任，反而向他讨还中介费。

安列帮没办法，只得报110，让警察来处理。

足足折腾了一上午，事情才算消停。

马上就是午餐时间，安列帮饿得肚子咕咕叫，有气没处出，就把挨训不掉泪的万娜娜叫过来，大声吼道："万娜娜，管大志这种人怎么也能让他混进公司！"

万娜娜不识时务地说："是您自己跟他联系的，我们都不知道要来这么个人。"

安列帮说："好啊，那你说说，他是怎么跟我联系上的？"

万娜娜说："我哪知道啊。"

安列帮恶狠狠地说："就是他打咱们公司电话，被我接到了！"

万娜娜不服气地说："嗯，那还是您的责任。"

"胡说八道！我身为堂堂总经理，我是接电话的吗？我接电话之前，你们都在干什么？为什么要等到我亲自来接？我是在帮你们做事，你们为什么不想想该如何把本职工作干好？"说到气头上，把大家召集到桌前，又是90分钟的洗脑。直接就到了下午的上班时间，间接帮大家省了顿午饭。

从此安列帮像被马蜂蜇了，对招工的事再不敢触及，一切都推给下面的人干。

3. 急功近利骗老板

转眼就是一个星期，黄金豆数数名额，竟然达到了合同约定的首期付款目标，就兴冲冲到了宏美公司，见到于小冬。

于小冬并不知道黄金豆是安帮公司的老板娘，一番寒暄过后，目光柔韧地盯准黄金豆眼睛："黄经理，通过近期的观察，我发现你的工作能力完全可以胜任正规公司更好的工作，我想邀请你，到我们部门，咱们共同把招聘事业抓起来!"

黄金豆不置可否。翻开文件夹，找出数据："于主管，我们为贵公司招工的数额，已经突破了一百名。我今天来的目的，就是把合同中的首批款收回，其他的事，以后再说吧。"

于小冬惊讶了："什么合同？什么首批款?"

几番对答，黄金豆和于小冬同时认定，何美妮造了假合同。

黄金豆赶回公司，向安列帮讲明了事实，急速电召何美妮和丰广广回归。

何美妮与丰广广在外地奔波多日，只招得数十人员，正愁没法交差，接了电话，欣然为这数十个人买了车票，一同回归。

安列帮气得快要发疯了，心说何美妮呀何美妮，枉我这么信任你，你居然造假合同骗我。我虽然知道你在卖力工作，可我也得当众批评你呀。就召开了全员会议，严厉指责何美妮造假。

其他员工都以为何美妮捅了大娄子，指定要被炒鱿鱼了，纷纷振奋，好奇地观望炒鱿鱼和被炒的人如何表演。

何美妮却没有多大的恐慌，据理力争道："于小冬在那么大的企业里面做主管，绝不可能让我们白干，我也是为了让部门出业绩、在关键时刻给老板解忧愁，才出去刻假章的，我一切的行为都是为了公司好。”

安列帮说：“你还理直气壮？你知不知道你为公司制造了多大的经济负担？”

何美妮摸了摸自己扁平的钱包，说：“我花的费用我全偿还公司，我为此次行为全部买单！”

安列帮愤怒地拍响了桌子：“你此次行为，耗费的是全公司的力量，你买得起这个单吗？”

何美妮听说黄金豆已为宏美公司招到一百余人，立即让安列帮息怒，坚信能从宏美公司拿到劳务费。

何美妮带上数十个招聘而来的人员，到了宏美公司。于小冬欣然录用，并表示感谢。

何美妮乐不可支：“于主管，我们公司的服务如此优秀，可以通过您的考核了吧？”

“那是当然，很优秀！”

“那可以正式签约，付劳务费给我们公司了吧？”

“这个不行！公司的海外总部早有规定，各部门的业务，必须亲自抓起，不批额外资金与外协单位合作，所以，我只能以我个人的名义感谢你！”

“哎呀于主管，你这不是骗人吗，你明知道公司规定不许与外协单位合作，还让我们全公司的人都为你白忙活。”

于小冬严厉地瞪一下眼：“正规的商业来往，必须按合同办事，是你急功近利，弄虚作假，骗了自己的老板，你这是涉嫌犯罪！”

何美妮失控地喊：“你才是真正的诈骗犯，我要控告你和你们公司诈骗我们的服务！”

“我们公司的规定是才改的，关我什么事！”于小冬转身走出接待室，命保安送人。

何美妮跳着脚说：“你一会儿说早有规定，一会儿说才改了规定，你那张嘴还能叫做嘴吗？你这种人品够资格做这么高级的主管吗？”骂兴未尽，就被保安撵出了厂区。

黄金豆得知受骗，心灰意冷，对咨询业深度失望。

晚上，安列帮和黄金豆回了家。安列帮一番温言软语，黄金豆再度怜悯起他来。

两人开始商讨未来生计，结论是：咨询公司是安列帮的生命，一定不能倒；必须要创一份实业给养，否则咨询公司就生存不下去了。

黄金豆说："我最想开个酒厂，不过现在情况，还是先卖酒吧，只要代理正规的产品，咱们赚点生活费是没问题。"

安列帮愁眉紧锁："代理产品也需要保证金呀，我就有种身陷绝境的感觉!"

黄金豆怕他愁坏了，急忙安慰道："不要愁，我找大姐和二姐想办法!"

拾陆

天降的馅饼硌了牙

1. 头发长见识短

第二天，黄金豆早早来到办公室，环望一眼，叹了口粗气。开始上网研究酒水代理。算来算去，最低也要十万元才能运作起来。她决定向两位姐姐融资。

大姐黄江玉年薪二十万，且善于理财，存款颇丰；二姐黄小麦在不断地绘画和卖画，上次从大姐家回来的路上还对黄金豆说过，如果缺钱，一定不要不好意思讲。而黄金豆确实不好意思讲，两位姐姐的钱都是努力拼来的，她有什么资格凭一句话就拿来用呢。

唉，唉，唉——求人难，难于打自己的脸啊。

这时，办公室的电话响了。听筒里传来严厉的男中音："赶紧把钱送过来！"

黄金豆倏地皱起了眉头，不耐烦地说："你谁呀？居然让我给你送钱，我正愁没地儿找钱呢！你以为到处有上帝，逮谁都能给你空投馅饼啊！"

男中音愤怒了："收起你那套黑色幽默，这是你的工作，昨天就该做好的工作！"

黄金豆迟疑一下，说："你打错电话了吧？这里是安帮企业管理咨询有限公司，我们是经营机构，不是红十字会！"

"嗯？我拨错号码了？"男中音里带着疑惑和顿悟。

"呵呵，大清早，你就拨错电话，晚上没休息好吧？"

“对，我昨夜又失眠，你麻利点，赶紧把钱送过来，我要赶十点的飞机，我们必须在这次订货会上寻找翻身的机会!”

黄金豆扑哧一声笑了：“还冲我要钱？又糊涂了吧，按常规来讲，早晨是思维最清晰的时刻，你是不是遇到什么烦心事啦？”

几番对答，黄金豆得知，对方是本地知名的“康与健”生物公司的总裁高若天。高若天凭着对生物制剂的高端研发，创出了国际品牌，因为在媒体中频频露脸，早已成为了当地企业界的明星。

黄金豆立即产生了抵触情绪，因为这高若天勤于吸纳新的管理知识，主动出击各家管理咨询公司，使大牌咨询师们纷纷败北，名义上是求贤若渴，实则为挑起咨询界的江湖风云，一副出尽风头方肯罢休的架势。而他唯独没向安帮公司挑战，分明是轻视安帮公司的战斗力。黄金豆终于逮到机会，决定给他个下马威，说道：“作为一名企业领军人，竟有如此混乱的思维，这样的企业要做大做强，不可能靠实力，而只能靠运气了，你懂的!”

高若天的语气立即变为凌厉：“黄金豆，你作为业界的新秀，竟然不晓得因势利导，抓牢每一个营销机会，反而对潜在客户冷嘲热讽，你这样就能把企业做大做强？”

黄金豆冷冷地说：“好啊，是希望我向你推销吗？我们的服务项目有战略管理、生产管理、物流供应链，等等。但是，你沽名钓誉，把大量精力用于华而不实的社交和媒体，疏于内部管理，导致企业的资金链断裂，现在只能靠一些原有品牌维持生产，研发和推广工作难以为继，我相信你已没有能力购买我们的服务了。”

高若天语气中露出惊讶：“还是第一次有人这么露骨地批评我，你对我公司这么了解？”

黄金豆冷哼一声，挂断了电话。要找姐姐们借钱的情绪全让这个人给坏了，她在屋子里来回溜达，平复心绪。

十多分钟后，一位四旬老头敲门进来。他的表情颓败，眼神沧桑，脸色暗红，他高大瘦弱，胸有些佝偻，颤悠悠，一击即溃的样子，像是几天没有吃饭，完全依赖烟酒存活下来的。

他看着黄金豆，眼睛里是深沉的苦楚，让黄金豆平静的心生出怜悯。

“需要救助他饭吗？还是钱？”黄金豆与他对视一眼，愕然惊呆。“他像个疯子，清冷忧伤的眸子裹挟潮水般汹涌的狂流。这是一个什么人？潦倒的创业者？绝境中的凡·高？我拿什么——拿什么可以救助他？”她母性大发，命令自己一定要救助这个落魄的老男人。

“你好，你是黄金豆女士吗？”老男人的声音含着迷人的磁性。

“是的，你是谁？”她的声音飘在身体之外，遥若天音。老男人颤悠悠的身体和凄迷的眼神，简直深不可测，使她想探究、想了解，她相信对方的人生有很丰盛的故事在等待她倾听。她记起黄小麦离婚时的理由：这世上总有一个人是令你难以抗拒的。

“我叫高若天，刚才与你通过电话的。”高若天的声音轻轻浮在空中，翘起唇角，浅浅地微笑一下。

“啊，你……”黄金豆老大意外，生活中的高若天，完全不是屏幕上那个意气风发的年轻总裁。

“黄女士，我特地改签了机票，就是想听听你对我公司的高见！”

黄金豆晃了晃眩晕的头颅，一副资深行家的样子，说：“称不上高见，就是觉得你的公司发展得太快，就像一直绷着的弦，在断裂的边缘。”

“嗯？什么意思？”

“你的目标制定得太高，你对成功的期待过于急切，恨不得一脚迈出一百步，没有稳步前进的心态。”

高若天惊讶地说：“你怎么知道？”

“从工作迹象判断呀。”黄金豆觉得是时候攻克这家客户了，就为高若天让了座，“我部门的工作就是研究客户、发现客户。贵公司曾经是我们的重要研究对象，只是一直无缘沟通，暗访报告在这里。”她从一排资料夹中找出一份，交到高若天手上，“你可以看到，贵公司财务混乱、研发团队溃散、熟练工大量流失。你的性格又浮躁、迷恋媒体、不体恤下属，导致团队松散，危机遍布。”

高若天的脸红了一下，长长叹了三口气：“唉，我的管理确实存在漏洞，我现在什么都不想了，我平素所遇，全是些溜须拍马高唱赞歌的，现在我要寻找一个能够与我共担风雨、尖锐指出我缺点、让我明白我是谁、我的下一步该怎么走的合作伙伴。”

这时，安列帮叼着一支烟进来了，鼻孔往外喷着白烟。员工们也陆续来到公司上班。黄金豆急忙介绍安列帮与高若天相识。

安列帮原本怀疑黄金豆大清早来公司私会男子，是想给他戴绿帽子，刚要骂，又觉得这男子太老了，还是一副倒霉相，要是为这人吃醋，证明自己连这样的也不如了。就板着脸，看了一眼高若天，用力皱了一下眉；再看一眼，再用力皱一下眉，突然用力一拍桌子，大声吼道：“嗯哼——老骗子，不照照镜子，就敢骗到我公司！我帮你打‘110’，还是你自己去投案？”

高若天猛然一怔，问道：“骗子？我？投什么案？”

安列帮忽闪一下小鼠眼，轻蔑地说：“你不知道高若天经常上电视吧？他可比你这个糟老头年轻得多！”

黄金豆忽地心头一沉，觉得安列帮的话在理。这人先是电话打错，后又借故上门，不定存的什么坏心。她说：“对，高若天是个年轻人，你说说，你为什么要冒充他吧。”

高若天苦苦一笑，说道：“我真的是我！”

安列帮冷冷地撇一下唇角：“你当然是你，但你不是高若天，你老实交代，你到底是谁，想来我公司骗什么？”

高若天哭笑不得，站起身说：“我就是最近心理压力过大，吃不好睡不香，又没理发剃须。我的真实年龄还是三十岁呀，不信二位可以到我公司，看看员工怎么称呼我。”

安列帮梗起脖子，斜睨了他一眼：“呃，好啊，我倒要看看你怎么圆谎！”

高若天说：“那就走吧。”

安列帮的心倏地一慌，后退了半步。他昨天看了个新闻，说是一男子酒后昏迷之际，被人偷摘了器官。刚进办公室时还琢磨这世道艰险呢。他的蝉翼唇止不住哆嗦起来：“嗯？动真的？”

黄金豆却一脸无畏，对安列帮说："动真的也无所谓，我们就跟他走一趟。"

安列帮看着黄金豆的脸，小鼠眼缓慢地眨巴几下，终于横下心，英勇地拍一下桌子，对高若天说："好！我豁出去跟你走一趟！"又警惕地把黄金豆拉到一边，悄悄说，"金豆，昨天那个偷器官的新闻，你还记得吧？你不要去，你用手机拍他个正脸，一旦我中午没回来，你立即拿着照片报警！"

"啊？他会是偷器官的？这么胆大，光天化日跑到公司来骗走个大男人？"黄金豆以为安列帮跟她开玩笑呢，觉得好玩，就拿出手机，一边偷拍高若天的照片，一边和安列帮嘀咕，"也可能他真的是高若天呢，不像个恶人呀。"

安列帮恶狠狠地一沉脸，说道："傻，哪个恶人脸上贴过告示？如果他真是高若天，更有可能加害于我，他是做生物的，我要小心，别让他做了活体标本。"

黄金豆见安列帮动了真，心说绿帽子啊绿帽子，你成天狂妄不可一世，居然中了这份邪，我就借这机会让你戒次酒。就装作恐惧的样子说："噢——怪不得他这么年轻就积累了那么多财富，可能真的没干好事哩！假如他中午请吃饭，你千万不要喝酒，免得被灌醉了偷你的肾。"

安列帮重重哼了一声，小鼠眼泛出了怒光："早叫你买个微型摄录机，你个小气鬼就是不舍得花钱，我要是真被他麻醉偷了肾，连个证据都留不下！"

黄金豆差点笑出声来："微型摄录机要一千多块钱，没事买个放家里干啥呀？"

安列帮气不打一处来，跺一下脚，用眼中的大刀猛剁黄金豆一顿："如今不是摊上事了？你真是鼠目寸光，头发长见识短！"

黄金豆说："不说这个了，他在听呢，你既然决定了要去，就勇敢地去吧。"

安列帮沉重地点点头："你也可以主动打电话探知我的安危！"

员工们在工作区都伸长耳朵听老板夫妇的对话，开始觉得好笑，再见安列帮突然失了英雄气概，便料定此行必定凶险，个个目瞪口呆，把老板看成了孤胆英雄。

高若天则以为安列帮在玩冷幽默，暗地里笑了一把。

2. 馅饼变馊饼

安列帮随高若天走出写字楼，英勇地踏进高若天的车子。高若天就缓缓地踩动油门，向前进发。

安列帮像中了邪，一边警惕地察看路线，一边紧靠车门，尽量避免和高若天打对脸，担心他的呼吸里面带迷幻药。

一会儿就到了康与健生物公司。森严的门卫一见高若天回来，立即开门敬礼。

安列帮确信了高若天的身份，在一旁也荣耀了一把，再看看生产区和办公区都是明亮开放的，之前的恐惧就九霄云外了。

进了高若天办公室，女秘书递上茶，两人就聊了起来。

高若天非常谦逊，不断地就相关问题发问。

安列帮认真作答，不敢有半点疏忽。他脑里装着十几本企管类书籍的知识，听众的档次如此之高，他在讲话的过程中体会到了前所未有的成就感。

高若天觉得安列帮的话每句都专业，听得倾心倾意。

临近中午，二人话语投机，称兄道弟，就公司现状理清了主导方向。

第二天，安帮公司设下午宴，请高若天就餐。双方在宴席上达成协议，安帮公司正式成为康与健公司的合作伙伴。安帮公司不仅是康与健公司的外脑，还可以投资成为股东。

安列帮这个死要面子的人，坚决不肯暴露自己缺钱，反而告诉高若天，无论多大的困难，兄弟俩一起扛，外脑服务也不收预付款。这样的表态，还有个原因是他研究了康与健公司的发展方向，相信康与健早晚能成为上市公司。只要人股康与健，他就成为实业家了，便告诉黄金豆不要卖酒了，快点找俩姐姐融资，投入到高若天的尖端行业里，干点轰轰烈烈的大事。

黄金豆觉得一切来得太突然，刚认识的人，就比亲兄弟还亲了，她怀疑安列帮真的中了迷幻药，问道：“你又不是富翁，他为什么会要求你投资？你看过康与健的资产负债表了吗？”

安列帮鄙视地说：“资产负债表是人家的公司机密，能随便拿给外人看？”

黄金豆说：“最重要的是，我对你没有信心，我就觉得你华而不实，好事也能让你干坏了。”

安列帮气急败坏，使用激将法，冷嘲热讽地闹了一通，说黄金豆不支持自家老公，分明是还有外心，想跟野男人跑。

黄金豆习惯了他这套话，也懒得和他理论。

这边，何美妮凭着与安列帮的旧情，很快就唤起了安列帮的激情，刻假章的事不但没造成失业，反而勾起了安列帮的怜惜。安列帮觉得何美妮为了工作真是竭尽所能，只要他宽容，何美妮就会死心塌地地感恩，从此成就一段旷世不变的，像张学良和赵四小姐那样被人称道的爱情。就带上何美妮，一起进驻康与健公司。

高若天有了新思路，人也精神了，不再像个糟老头。他同时与黄金豆成为了好朋友，在他的办公室里，两人对座而谈。

好的领军人都具备自我推销的素质，高若天向黄金豆说了一番康与健的尖端性，以及未来的发展蓝图，又说：“到我公司来帮我好吗？”

黄金豆睁大眼睛，做一个调皮的表情：“我们已经在为你的康与健服务了呀。”

“服务是有局限性的，共事是风雨同舟的，我现在需要的是患难与共的事业伙伴。”

黄金豆笑道：“是要我做你公司的员工吗？”

高若天眼波清澈地一眨，说：“你是个既细心，又有锐气的人，‘康与健’需要你这样的人才。”

“你希望我来什么部门工作呢？”

“前期不需要那么具体，最重要的是我们齐心协力推进企业的发展。”

“有安列帮还不够吗?”

“你俩的专长不同，我很欣赏你的才华，所以郑重邀请你加盟!”

“你觉得，企业当前最紧要的问题是什么?”

“推广新产品——现在需要全力以赴，做转折性的一搏。”

“转折性的一搏？为什么要这样讲?”

高若天拿出一沓文件：“这是我发明的最新专利，有人出价五百万买断，但是我想自己运作，因为一旦成功，就是无价的品牌。”

黄金豆接过文件，快速翻阅了一遍，说：“是啊，你自己有生产设备，自己运作多好啊。”

“自己生产，需要五十万启动金，如果你有兴趣，我们一起想办法来融这五十万，好吗?”

黄金豆的额头渗出冷汗，心说这项目要铺开摊子也太大了，一半点资金坚持不下去呀。“五十万？五十万之后，就可以正常运转了吗?”

高若天说：“新产品已经有了大量订单，只要能投产，资金就能循环起来，一切都没问题了。”

黄金豆上网研究了他的新专利，确实具有独创性，前景可观。思量了几天，又侧面调查了高若天的口碑，完全是位有担当的正派人，并没有坑蒙拐骗偷的丑闻。而且康与健的产品都是高若天自主研发，前途大大的有。再算算产销周期和利润率，应该很快就能得到回报；康与健也生产饮品，把资金投入到康与健，盈利空间要比卖酒大得多。她那颗渴望做实业的心得到了满足，她那个力挽狂澜的侠女梦也得到了实践的机会。另外，第一次见高若天，就激起了她助人的愿望，如今有了遂愿渠道，就到了实施阶段了。再有安列帮不断地灌输定心丸，她便向两位姐姐发出了求助信号。

两位姐姐义无返顾地帮助了黄金豆。

有了这五十万，康与健的新产品很快投产。

安列帮轻而易举成为了股东，还被封为经营副总。这简直是天上掉馅饼啊！他喜得心脏都兜不住了。每天像老板，又像大牌咨询师，板着脸，一本正经地睁圆那双小鼠眼，观察工作区里的每个细节。

安帮公司的其余员工都被安列帮以辅助调研为由，安排进康与健公司的不同部门。

何美妮是安列帮的专职秘书，随时跟在安列帮身边写工作纪要，态度认真、严谨，像个工作狂。

何美妮表现得乖，还有一个原因是为了高若天。她有生以来，从未见过高若天这么才华盖世、英俊过人的男子，这次她是铁了心要爱高若天，而且再也不想换男朋友了。有事没事，她就跑到高若天办公室，代替安列帮汇报工作。高若天是个研发狂，逮空就静思新产品，而何美妮常常打断他那些新奇的思路，几次便激起了他的反感，命令秘书挡驾。何美妮遭遇几次尴尬，便审时度势，心知收服高若天难，难于上青天，罢了手，专心跟在安列帮身边，像只温驯的小花猫。

黄金豆主要梳理产销，以及售后服务问题。

康与健公司在一种新鲜的氛围中，向目标进发。

然而，缓慢地发展与飞逝的时光不成正比，新产品刚刚上市，康与健公司便被法院查封。原来是巨额银行贷款期限已过，所有资产将依法拍卖。

高若天早有预料，沉默无奈。安帮公司所有人都陷入慌乱之中，好像地球即将灭亡。

不久，康与健公司被一家财团并购，所得款项被冲抵贷款。新东家接管，与安帮公司的合作全面停止。高若天沦为研发部主管，每天在别人的指示下开发新产品，拿微薄的月薪。

安帮公司的员工们回到死气沉沉的办公室。所有付出未得回报，个个垂头丧气。

黄金豆也黯然神伤，临近崩溃的边缘。她之前不知道康与健面临贷款危机，如今可怎么归还姐姐们的钱呢？心里窝了一肚子火，想要斥责高若天隐瞒真相，又担心高若天承受不了这样财富与地位的双重巨变。高若天向她和安列帮道歉的时候，她反而安慰高若天。

好在高若天的专长很受新东家重视，新东家把他奉为导师，工作中的事都和他探讨。

高若天完全没被现实击垮，他一面认真工作，一面刻苦钻研新技术，企图发明新的专利产品以便东山再起。他觉得安列帮兄弟是个人才，就向新东家力荐安列帮到企划部当主管。

安列帮在咨询公司也没生意做，兜里连个零花钱都没有，心想暂时当几天白领也不错，等咨询业务有了转机，再回来也不迟。就去了康与健公司，与高若天成为平起平坐的同事。

3. 霸王失姬

半个月后，高若天请了大假，手机关机，全公司的人都找不到他。

安列帮觉得高若天从出现到出事，像是一个连环局，好像就为了骗五十万的投资。五十万要是投在咨询公司，一年半载的零业绩也不怕。凭他安列帮这么聪明，怎么可能上这份当呢？他当然不可能上当，都怪黄金豆好大喜功，那么急着显摆融资能力，而且意志不坚定，本来说要卖酒，结果被人说了几句，就改变主意，真是个傻三儿！越想越觉得黄金豆办事不用脑子，就和她狂吵了一通。

黄金豆早已料到安列帮会把责任推给她，非常尖锐地争执了一番，言语中未让安列帮占着上风。

安列帮有气没处出，更加苦闷失意，一个人到小酒馆喝酒。喝得酩酊大醉，晃悠悠到了高若天家。他要看看高若天是不是逃跑了，如果没逃跑，他就要痛责高若天隐瞒贷款真相。

高若天的住所巨大，屋内空荡，地上一片狼藉，像是很久没有打理。此时的高若天再次回复到初见时的样子，他的表情颓败，眼神沧桑，脸色暗红，胸有些佝偻，颤悠悠，一击即溃的样子，像是几天没有吃饭，完全依赖烟酒存活下来的。

安列帮看了也是一阵心疼，共事这些日子，他已经把对方当成了亲兄弟。但是毕竟咽不下心中恶气，就决定大闹一场，让高若天尝尝不说实话的代价。

高若天也不招呼安列帮，只是看着前方，迷茫地思索着什么。

安列帮越发气不打一处来，刚要拍案相斥，开门进来位衣着妖艳的女子。

这女子身材年轻，面容不清，蓄一头及腰的红卷发，画着浓重的烟熏妆，两只眼窝黑乌乌的，像被拳头捣出了淤青；鼻子与正常人一样，嘴唇与指甲都涂着猩红的色彩，像个午夜的吸血鬼。

她瞅了屋里人一眼，以为相貌平凡的安列帮是来送矿泉水的，就没搭理，伸手往头上一捋，把假发套抓下来，随手扔在地上跺了一脚，冲着高若天喊道："到处都在说你完了，我都颜面扫地了！"

高若天尴尬地看了安列帮一眼，轻声说："这是我老婆爱绮。"

安列帮长吸一口冷气，心说这爱绮好生令人恐怖，一看就是冷酷刁蛮不近人情，真不如黄金豆给人安全感。突然觉得娶了黄金豆很有福气。也不做声，就想赶紧告辞，回家珍惜黄金豆去。

高若天对爱绮说："我完不了，我一定要从跌倒的地方爬起来，别人爱说啥就让他们说去，你不要被外在信息干扰。"

爱绮走到梳妆台前，拿起个指甲油瓶子，"啪"地摔到化妆镜上，镜子立即开成一朵放射式的大花，像银色的秋菊。"你是猪头烂了嘴不烂，公司都没了，你不是完了是什么？"

高若天说："只要人在雄心在，一切都可以再博回来，刚毕业时不也是一无所有吗？"

爱绮用化妆水卸掉了一只眼睛的妆，像独眼熊猫，又把脏乎乎的卸妆棉扔到高若天脚下，恶狠狠地咬着牙："我的墨镜坏了，她们约我下星期去香港买，我拿什么去？"

高若天说："戴墨镜干什么，把你的烟熏妆挡住，大家就看不到了。"

爱绮气得脸色铁青："找什么借口！你就是没脸说自己收入低罢了！本来你答应我春节去欧洲四国游，我把名都报上去了，你又拿不出钱，这不是在朋友们面前打我脸吗？"

高若天无奈地呼出一口气："困难时期，先忍忍吧。"

爱绮说："忍到什么时候？你那点破工资，买个LV包包都不够，让我跟着你吃咸菜吗？我看你是翻不了身，这辈子算完了！"

安列帮睁大迷蒙的醉眼，忽地一怔——这辈子算完了？高若天的事业就此句号了？我怎么偏偏遇到这么个倒霉鬼，把他当财神了呀！失声喊道："啊——高若天，完了、完了，所有的努力都成为泡影了，咋别人赚钱都那么容易，我们赚钱就这么难啊，你要还我，把一切都还给我！"

高若天悲壮地呼出一口气："兄弟莫急，只要信心在，终能东山再起，我们一起努力，与困难死磕吧！"

爱绮"啪"一声把粉盒又摔到化妆镜上，这回镜子终于哗啦啦，落下满地碎屑。她翘着尖利的兰花指，从包中拿出一张纸，扔到高若天面前："没人要的私生子！你自己跟困难磕去吧，我要跟你离婚，这房子得归我！"

"你要房子，给你就是了！"高若天皱紧眉，在离婚协议上"刷刷刷"签下自己的名字。

爱绮拿着协议书，恨铁不成钢地哭了："当年我爸爸收养你，供你去读大学，就是希望你有出息，希望我能跟你过上好日子。你呢，虚张声势办个公司就这么倒了，害我走哪儿都抬不起头，你真是太不争气了！"

安列帮见这女人如此虚荣，在一旁气愤至极，怒声吼道："头发长见识短的女人，我们兄弟早晚会东山再起，那时候你要自己掌嘴！"

爱绮冲上去就踢安列帮："哪里来的小瘪三，凭什么跟本小姐对话，滚出去，跟高若天一起滚！"

高若天挺身上前，替安列帮挨了一脚，也不做声，拉上安列帮就走。

安列帮气得酒也醒了，同情地说："高兄弟，你身无分文，可要风餐露宿了哇，到我家睡沙发吧。"

高若天说："就不打扰了，我到公司住集体宿舍。"

安列帮想想"钱"途荒芜，再也不能在同学朋友面前挥金如土；养情人之途困苦艰难，李平平想要件欧风大衣都买不起，不免涕泗交流："高兄弟，真是英雄惜英雄，我们一定要早日再英雄啊！"

拾柒

顺水送舟，笑纳女骗子的反间计

1. 被架空的感觉

安帮公司的办公室还剩两个月的使用期，房东频繁地来人来电话，催交下届租金。

员工们人心惶惶，好像世界末日，纷纷猜测老板的下一步动作。

安列帮身无分文，对这烂摊子无计可施，就把事情推给黄金豆，说相信她的处事能力，一切方向由她拿捏。

黄金豆仔细分析一下客户资源，有几家再跟进一段时间就可以签单，但是公司的开销如此之大，收入和支出刚成正比，没有利润等于白忙活，而且后继渺茫。她决定果断告别咨询业，再也不为任何理由改变。思量了一番遣散方式，就躲到办公楼外的树底下，悄悄给她的大姐黄江玉打电话："大姐，我决定停掉公司，你能不能在你们公司为我这儿的员工们安排工作?"

黄江玉语气非常激动："小妹，你以为文员会像民工一样，出现用工荒啊？现在全球经济危机，我们公司也在计划裁员了，你那小破公司，还用得着为员工包分配吗?"

"大姐，这些人有的要养家、有的要结婚、有的父母生病，如果突然失业，她们的生活将很艰难，你们公司那么大，您就费点心帮帮他们吧。"

"既然都要照顾家，怎么能到这么遥远的城市工作？小妹，不要为别人费心思了，除非是你走投无路，我才会冒着被同事非议的风险把你安插进来!"

“大姐，既然您能帮我安排，那就把我的名额让给一位叫楚熊熊的小姑娘吧，她很敬业，员工中我最牵挂的就是她！”

黄江玉气哼哼地说：“光顾着给别人安排，你自己怎么办？”

黄金豆无话可说。她真的没有想过自己怎么办，无论事业怎样，与安列帮相处的时光都是令她挠头的，她对自己的问题一点都不敢想啊。原地徘徊许久，皱着眉头回到办公室。

她决定立即召集大家商讨公司解散事宜，这也需要钱，需要就需要吧，算出个准数，再想下一步。

她的心里一直保留着当年的江湖女侠梦，她想做个有责任的老板，要把这些人的保险、档案关系等所有问题处理妥当，让大家口口相传她个好人，到最后全江湖的人都知道她黄金豆是一个好人。

进了办公室，被一肥硕身躯挡住视线，原来是丰广广和一陌生女子，对坐在公司迎门的招待桌前，悄声说话，表情诡异。见黄金豆回来，丰广广示意对方噤声。

陌生人的到访干扰了黄金豆的计划，她心情极度萧索地坐回自己的位置。

丰广广把陌生女子带到黄金豆座前，做了一番介绍：古菲，二十九岁，跨国企业小城分区CEO的独生女儿，应聘会议主持和讲师。

古菲中等个头，走路略微有点跛。胖嘟嘟，像个方形棋盘，面庞却是白嫩水灵，眉如新月眼勾魂，鼻子尖巧唇如樱桃，假如不是这么胖，真称得上绝代美女。只是眉宇间有一股阴冷之气，使人看了心头冰凉。

黄金豆感觉此人形象不够阳光，但仍不失礼节地与之寒暄。

古菲口若悬河，大谈自己在职场的辉煌史，好像自己是无往不胜的女将军。言辞中表露出对本市咨询行业做过详尽调研，且有客户资源。

黄金豆想，古菲应该有能力开办公司，如果把安帮公司转让给她去做，员工们就不至于失业了，我也可以省下一笔遣散费。一念及此，满心的乌云都散了。

就抱着这样的心，黄金豆和古菲谈了大半个上午。古菲从丧母的童年，青年创业，一直讲到被人骗色骗财，身心疲惫刚刚恢复对职场的信心，直讲得脸膛发紫，腮上的肥肉横向乱颤。

到了午餐时间，黄金豆邀古菲共餐。两人到快餐店找了一僻静的角落坐稳，黄金豆便开始表扬员工们如何优秀，又问古菲是否有意开办咨询公司。

古菲连连摇头，说自己曾因为创业时走路过多，把双膝上的膑骨磨光了，坐了一年轮椅，如今大病初愈，没有精力操作公司，出来工作只是为了以健康的形象寻找爱情。

如果走路多了就能磨光膑骨，那么竞走运动员个个都成残废了？黄金豆不相信，她没兴趣跟说话这么不着调的人交朋友，觉得没必要再和她啰唆了，立即就要和她散伙。

这时，古菲接起了手机。对答间，像是在命令属下采购办公设备。

黄金豆从古菲手机的扩音里，听到来电人的声音是丰广广。回想上午撞见丰广广与古菲谈话时表情怪异，再加上这个电话，心里就预感到有事要发生，再看古菲说话时眼神游移，好像包藏着诡计，就预感到古菲是来卧底的。她甚至断定古菲是来挖墙脚的，要把她的人都挖走。她装作没事一样，欣然录用古菲。当日下午，即向古菲悉心讲解各项业务的操作流程。

古菲对黄金豆毕恭毕敬，撂下CEO千金的架子，殷殷勤勤做事。

第二天中午，黄金豆照旧赶回家给安老太太做饭。古菲在办公室慷慨解囊，为大家订了质量很好的盒饭。

一份质量很好的盒饭，在拿固定薪水的员工们面前，算是不小的恩情。大家与古菲围聚一桌，心里含着感激吃饭。

古菲摆出与丰广广很亲密的样子，叽叽呱呱狂侃她那CEO父亲的英雄事迹。其他人在一边儿，都好奇地伸长了耳朵。

一会儿，古菲又摆弄着腕上的墨玉镯子，大声告诉丰广广，这是和田玉，花八万四千块买的。又指指办公桌上的包，说是LV的，她有九个，这个是最便宜的，才花了两万八。

姑娘们在一边儿听着，羡慕得几乎流鼻血。有好事的，上网去查古菲的LV包真伪，结果证明是真的，立即把古菲当成了财神，佩服得眼睛都红了，纷纷过去体会抚摸真正LV包包的感觉。联想到近朱者赤理论，近财神者自然都是富翁了。仅这一点，古菲就成为了员工们的轴心。

大家由此又联想到黄金豆一件奢侈品都没有，比员工还穷酸，这样还好意思给人当老板娘呢。在她麾下打工，真是寒碜死了。

古菲趁机和大家打成一片，要了所有人的手机号和QQ号。作为大牌CEO的家人，她懂得如何镇住这帮小丫头片子们，不用别人推举，她自己便像领袖似的昂着头，对大家发号施令了。她说，人脉就是资源，她不会因为大家的背景没有她好而轻视任何人，请大家共同珍惜这份友谊。并当即邀请全体同事晚上聚餐。

同事们都荣幸得不得了，感觉遇到了真正的大贵人，和这样的人在一起工作，自己也变得高贵了。

晚上下班，古菲亲腻腻凑到黄金豆桌前，说他的父亲非常感激黄金豆聘用了她，要设宴答谢，并请同事们一起热闹一下。

黄金豆见古菲如此下血本，更坚定了之前的判断，便顺水推舟，点头同意。

员工们也欢呼雀跃，为能与古菲的父亲同桌共餐而自豪。

宴席设在四星级酒店，饭菜上桌，奢华得令人眼晕。

古菲的父亲李先生五十多岁，储得一身松松软软的肥肉，拄一根英国舶来的文明棍，行动缓慢地坐到座位上。或许是天生沉默，或许是摆出高于平民的架子，和谁都不搭腔，专心抚摸着自己那根文明棍，好像只负责到现场摆出他的脸。

古菲作为席主，口若悬河，扭着肥腰在酒席间穿梭，挨个敬酒，一副千杯不醉的样子。她解释说，自己没随父亲姓李，是因为母亲产后大出血，李先生为了纪念妻子就让女儿随了母姓。

大家听得一阵欷歔感叹，觉得古菲的身世太具传奇色彩了。

丰广广为古菲的父亲添了杯酒，还口口声声喊叔叔，好像很熟的样子。

古菲代父亲喝掉酒，随口说，她的父亲单位待遇优厚，岗位多多，谁家亲戚没有工作，可以内部照顾。

丰广广立即说她的哥哥需要一份工作，并具体说明了她哥哥的专长和简历。

古菲立即答应帮忙安排。

丰广广笑得牙龈都龇出来了，大赞古菲体恤民情。

大家都附和丰广广，齐声讨好古菲，纷纷向她敬酒。

黄金豆隐隐有种被架空的感觉，这感觉令她尴尬，无所适从。却仍尽力促进古菲与员工们的感情，让员工们多与古菲沟通。

酒过三巡，菜过五味。李先生站起身来，面无表情地和黄金豆碰杯，感谢黄金豆聘请了他女儿，并宣布两个月后，待他的公司与另家咨询公司的合约期满，就把公司所有的管理培训业务交给安帮公司做。

古菲立即又满脸带笑，对黄金豆唱了一番衣食父母之类的赞歌。

黄金豆也不说话，只是瞪着眼，静静地看着李先生的眼睛。

李先生冷冰冰把眼神躲开。

结束了晚宴，古菲和李先生一起回到了富丽堂皇的家。佣人已经睡着了。

李先生坐到沙发上，喝了古菲递上的水，终于说话了："贵妃，你别创业了，家里又不缺钱花。"

古菲嘟起嘴，颤了一下腰，像个调皮的孩子："皇上，咨询业是一本万利的买卖，妾妃一定要干一把，过过瘾！"

原来这古菲是李先生的二奶，两人年龄相差悬殊。李先生为了维护职场形象，对外以父女相称。李先生本性敦厚，从三十岁起，就当国企厂长，一帆风顺走到现在，都在小圈圈里干着独裁的角色，逐渐就有了帝王情结，把唐玄宗李隆基拜作了偶像。凡是隆基前辈喜欢的事，他都努力去尝试。隆基前辈以肥为美，爱上胖妞杨玉环，干脆他也逆现代的骨感美而行之，当一回追肥族，找了胖妞古菲当二奶。古菲的谐音是贵妃，他就直接学着隆基前辈喊贵妃了。这种关系的妙处，不身临其境的人体会不到。

李先生说："算了，还是收手吧。"

古菲娇滴滴地哼着鼻子说："妾妃好容易学会使用E-mail，联系上了丰广广，现在安帮公司所有员工的底细已经全部摸清，下一步就等着拿银子了，皇上怎么让妾妃收手呢。”

“年轻人创业不容易，咱们又不缺钱花，你去把她的摊子拆了，就算赚到钱，你会心安吗?”

“不赚钱的日子，才会令妾妃不安，妾妃就是喜欢赚钱!”

“那你就自己摸索着干，不要去抢别人的。”

“培养市场多慢啊，只怕把头发都熬白了，还没搞定客户呢，妾妃就是要做猎手，瞅准肥肉，叼回来就吃!”古菲抬高手，调皮地冲着李先生挠挠两只爪子。

“可你要把她的公司连锅端，岂不是置她于死地?无冤无仇的，可别这么缺德。”

“嗯哼，皇上，亲爱的，妾妃不是要害人，妾妃是财商高，看好了这块儿创富阵地，支持妾妃一把嘛!”古菲忽地扑上去，把身子腻进了李先生肥嘟嘟软乎乎的怀里。

李先生站起身，向卧室走去：“上次为抢生意把腿弄成这样，好容易能走路了，你又要惹事!”

古菲跟上去，腻歪歪地扭着大肥腰说：“皇上怎么就不想想妾妃卧病一年多，多么想向世界宣布我还行呢。”

2. 人性的佐证

过了一周，古菲熟悉了安帮公司的各种业务流程，她在安帮公司的打工生涯开始步入正轨。

黄金豆对古菲严格要求，全力为她打造讲师形象，并为她度身制作了一堂职业道德课。

古菲一边勤奋备课，一边订下为她父亲公司麾下的茶楼讲一堂课。并说茶楼资金紧缺，暂不能付讲课费。

黄金豆已经决定了要把公司脱手，就不在乎这一堂讲课费了，关键是要树立古菲对咨询业的信心。就说，如果付了讲课费，就当古菲的奖金。并把一切课前事务全权交给古菲负责，命丰广广全力配合。

其实，古菲在一个月前便收买了丰广广，当时全体员工正在康与健热火朝天地做事，丰广广没敢明目张胆地策反，只是向大家透了个风，说她有个表姐要来当地开咨询公司，并描述了一番表姐创业的优势。及至后来古菲着急了，要亲自到公司策反，恰巧大家都从康与健垂头丧气地返回。丰广广便按照古菲的吩咐，每日下班后约一位同事去健身房。锻炼之际，游说大家离开安帮公司。大致就是：公司的车被安列帮开着，黄金豆又不为员工们租车，在她麾下打拼，每日用两条腿，在工业园里走上一天，脚都磨出泡来，也不见得有一个意向客户，这样的公司要在行业内站住脚太难了，大家青春有限，经不起这么漫长的浪费；而古菲可以开着很豪华的轿车去跑业务，很够范儿，如果她能开咨询公司，大伙可以投奔过去，有她父亲公司在背后撑着，就等于找到铁饭碗了。凡是有质疑的，她都说古菲是自己的亲表姐，出任何问题她都担着。

随后，古菲又亲自出面，向大家做了一番保证：如果有一天大家厌倦了咨询业，可以全部到她父亲单位做部门主管。

员工们对安帮公司已经失去了信心，渴望安稳日子，如今听说能到大公司当主管，试想既拿高薪，又能高雅地走在大公司明亮的地板上，那感觉可要美死个人了。很轻易就起了倒戈的意。

都知道严有才是安列帮的兄弟，古菲和丰广广都防着他，唯独没有策反他。可是，严有才敏感地嗅到了这个脱贫致富一步登天的大好机会。接触不上古菲，他就向丰广广大套近乎，最终成功加入了反派。

策反成功以后，全公司的人除了黄金豆，都应古菲的邀请，去她家里做客。

古菲和李先生住着一套独院小楼。家里仆从四人，分别为厨师兼营养师、狗保姆兼保镖、保洁工兼保姆、采购员兼管家。家里装修得富丽堂皇，像皇宫一样。餐桌上，鲍、参、燕、翅，真是山珍海味，样样具备。这些没见过世面的职工们从不知道家宴也可以如此丰盛，不禁受宠若惊，更加把古菲看成了大贵人。

丰广广觉得自己有功劳，像进了自家，跑完楼上跑楼下，一会儿弹钢琴，一会儿唱歌，像小鸟一样叽叽喳喳，受到了古菲父亲的热情表扬。她一受宠，就想在餐桌前跳舞给这个大牌男人看，被古菲喝止了。

席间，古菲宣布公司即日成立，办公地点就在她父亲公司的闲置写字间里，请大家提前把各项资料准备齐全，以备开业。

各位员工立即行动起来，把所辖的资料用U盘拷贝带走，文本资料则直接拿走；所有的意向客户都收到了“安帮公司已更名为古菲公司”的E-mail；其余时间，大家干劲十足，这边在黄金豆面前发誓要与她一起把公司做好，出了办公室，却全力宣传古菲的公司。包括黄金豆最牵挂的楚熊熊，也全力投入了跳槽前的准备工作。

这天，适逢周末。安帮公司全体人员配合古菲，到孔雀宾馆讲课。

古菲讲完课，悄悄到茶楼的财务部领了讲课费，然后到黄金豆面前讨了一番功劳，又诉了一番辛苦，说自己为了公司鞠躬尽瘁，也没捞着好处。

黄金豆明知有假，仍拿出两百块钱，算是奖励。

古菲欢天喜地地收了，乐滋滋地请了探亲假。

周一大清早。黄金豆刚到公司，她的手机就接连收到员工们的电话，有的孩子生病、有的闪了腰、有的男朋友自杀、有的表姐殉情，各种事由无一重复。

黄金豆心知又是一次集体行动，断定他们真的找到铁饭碗了，心说终于解脱了，古菲的出现真是上帝的救赎。却又恨员工们不说实话，就通通不准假，非要把他们的实话逼出来不可。

五分钟后，员工们像一团马蜂，嚷嚷着冲进办公室，每人一份，交上了提前准备好的辞职信。

黄金豆冷冷地看着他们。只见这些曾经谦恭的员工们个个面露鄙夷与嘲讽，横着腰，一副文斗不行就武斗，每人一口，集体把她撕了吞肉的架势。

黄金豆严厉地说：“又一次集体请假，为什么呢？告诉我原因，你们知道我不喜欢谎言！”

“哼——小气鬼，都光杆司令了还要威风，真是不知好歹呀!”丰广广隔着老板台，嚣张地拍了一下桌子。她那鸡爪样的手指头立即变得通红。

其余人咕噜啊啦，齐齐声援丰广广。吵嚷嚷一片大声，引来了同楼层邻居们的围观。

黄金豆目光锐利地转向严有才：“严有才，告诉我，为什么！安总一直视你为兄弟，为何每次拆台都有你的份?”

严有才温顺地低着头，一脸哭相：“黄经理，我是真的有事呀，您也知道我老婆多么厉害。那天晚上咱俩在办公室，您把我抱在怀里，您被她打的事，您还记得吧?”

员工群中立即发出尖叫和欷歔：“啊，晚上把严有才留在办公室，害人家老婆打上门啊，这种德行也能当老板娘？真悲催了!”

黄金豆气愤地说：“严有才，谁抱你了？你把话说明白!”

严有才说：“嗯，我全说实话——如今我孩子高烧不退，都住院三天了，她硬是怪我不专心当爸爸，我如果不请几天假回去照看，她就拿我当铅球砸墙了。”

黄金豆心说也太能忽悠了，你这么大块儿，要把你提起来都不容易。便乜着眼说：“她拿你当铅球砸墙？她喜欢在墙上凿人形洞?”

严有才难为情地一低头，说：“她不凿人形洞，她喜欢往墙上贴人形肉饼。”

“噢——你也蛮厉害，还会贴壁功。”黄金豆心说这种人已经不说人话了，不用跟他理论了。又把目光转向楚熊熊，“熊熊，能告诉我，你必须请假的理由吗?”

“啊——我……”楚熊熊愕然瞪大眼睛，张口结舌。

丰广广一把拽起万娜娜的手，齐声说：“楚熊熊，咱们有请假的权利，用不着怕这个傻三儿!”

万娜娜这个挨训不哭的人，突然疯狂无比，随着丰广广绕过老板台，冲到黄金豆面前，一副要撕扯的样子。

何美妮在一边幸灾乐祸地撇起了嘴角。

“怎么，要动真格儿的吗?”黄金豆眼神凌利，暗暗发力，下盘稳稳扎地，丹田之气运到了手上。

做老板的毕竟气场足，员工们虽然人多，还是心怯。

楚熊熊急忙拦住万娜娜和丰广广，跑上前，说：“好吧，我说实话，黄经理，我父母并没有病，但是庄稼收成不好，家里实在是缺钱，咱们公司状况又是这样，所以我想跳槽。”

黄金豆看看满屋子的人，唯有楚熊熊的眼里残存友善与愧疚，不由心里一酸，用力蹙着眼睑，把涌到眼眶的泪圈了回去：“楚熊熊，你走吧，祝你好运。大家都走吧，安帮公司本来就不行了，走出去是早晚的事，我祝福你们!”

丰广广用力一扭水蛇腰，跺着高跟儿鞋，甩着头发，耀武扬威走在最前面：“嘁——还算识时务，自知斗不过我们，才这么老实的吧？心里有恨就直说，搞什么虚伪的假祝福，恶心!”

人群跟在丰广广和万娜娜身后，唧唧喳喳往外走去。

严有才眨一下细眯狐狸眼，温和地与黄金豆对视一眼，笑眯眯地挥起手，说：“黄经理，公司的业务有劳您一个人去打理了，不要太辛苦哟!”跟在人群后面走了。

员工们到了走廊，对围观的邻居们说了一番老板吝啬，刻薄，小肚鸡肠之类的坏话，每人一个套路，不由得邻居们不信。黄金豆彻底成为剥削阶级的恶婆子形象了。

黄金豆看着这些人的背影，突然发现人才是咨询公司真正的资本，如今资本尽失，算作真正的破产。安帮公司，真的只剩下空空的壳子，不需要再进行下去了。这与她之前因为市场状况堪忧而想停业时的心情又截然不同。她的心像突然卸掉了一堆包袱，很轻松很坦荡，屋子都变得比往日明亮了。

她走到何美妮的办公桌前，信手翻弄公司的会议纪要。发现所有文字内容都被剪掉，只剩下空白纸张和本皮。再回到自己的文件筐前，找出自己的工作笔记，发现文字内容也被剪掉，只剩空白纸张。她把两个空本子抱在怀里，紧紧地抚摸着。她决定把这俩本子好好珍藏，当做对人性永远的佐证。

窗外的雾还没有散去，灰蒙蒙的一片。她环顾屋宇，只剩肃杀的白墙和廉价的办公设备，真是满目残败。

心如死灰地走出写字楼，她望见员工们和古菲一起，登上了一辆豪华旅游车，绝尘而去。

楚熊熊远远看见黄金豆，像贼似的低下了头。

一会儿，黄金豆收到楚熊熊的短信：黄经理，对不起，我到古菲的公司了，我想过提前向您说一声，但不知如何开口，请原谅！请多保重！

没关系，只要新的公司能使你成长，我就为你高兴！

黄金豆回完楚熊熊的短信，就给安列帮打电话，把所有情况向他说明，让他带身份证去把公司注销，在房租到期以前将办公设备搬走。

3. 不惧被卧底是一种境界

安列帮垂头丧气，约高若天到小酒馆喝酒。

高若天一直把安列帮当做管理天才，喝着酒还兴致勃勃地向他请教。

安列帮没精力为知识渊博而自豪了，叹着气说："我的公司已经等于倒闭了。唉，那么好的公司——黄金豆实在是太笨了，居然能让员工集体出走，要是我没跟着你去康与健打工，肯定不能发生这样的事，她就是不得人心！"

高若天对安列帮存着愧疚，想尽方法安慰他："失败的经验也是一种财富，不要怪金豆，这种靠脑力就可以存活的小企业，可比生物公司的投资少多了。改天咱们养好精神，一起重整旗鼓，再把咨询公司干起来。"

"单是养精神不行啊，得有资金启动啊。"

"等我再发明个专利，如果运气好，一下就能卖出好几个五十万，不但把你投资的钱还给你，还反投到你的咨询公司。"

安列帮兴奋地一拍桌子，说："兄弟，有你这番话，我就吃了定心丸，咱们就跟咨询业拼了！"

“好，那就继续，明天等我好消息！”

高若天已经离了婚，净身出户，所有的财产就是两件随身之物，手表和笔记本电脑，他把这两样东西卖掉，把得来的钱全部交给安列帮，让他先把咨询公司的房租和各种审证费交齐。并说他正在研制新的专利产品，有望借此踏上成功的云梯。

安列帮又是先斩后奏，找房东续了半年的租金，才告诉黄金豆再坚持一下，一定要等到他东山再起。

黄金豆迷迷怔怔，一时缓不过劲儿。她在办公室待惯了，觉得这就是自己的王国，每天还是照旧来上班。可是清醒过来，却发现创业心像劫后的战场，千疮百孔。想想咨询工作很难展开，在这坐着也是白耗，就锁了门，去人才中心，想谋个职业糊口。

等电梯的人很多，同楼层的邻居们都把她和安列帮看成十恶不赦的大坏蛋，没人和她打招呼了，而且还小声嘀咕，生怕漏掉不知情的人。她要做个好人的理想在这幢大厦里是实现不了了，只能暗暗地叹气。

关于求职，她觉得最有把握的还是卖酒，就决定继续干这老本行。在人才中心溜达了一上午，却没发现酒水公司的岗位，最后还是向范世豪企业管理咨询公司提交了应聘表。

范世豪公司的工作人员对她进行了初试以后，安排她下午去公司复试。

下午刚上班，她就赶到了范世豪公司。在大门口，她遇到郑志运夹着公文包，和两位男子相伴往外走。其中一位青年男子就是在人才中心接手她应聘的，姓郭。

“郑志运？”黄金豆失声喊道。

郑志运惊喜地说：“黄经理！很久未见了，一直想要告诉你，我来这家公司了！”

“啊，我打过你电话，想邀你回去，可你的电话销号了，我还担心你呢。”

郑志运说：“我是换号码了，给你介绍一下，这位是我们公司总经理范世豪先生，这位是我同事小郭。”又转过头对范世豪和小郭说，“这就是我的前任领导——安帮公司老板娘，黄金豆经理。”

小郭警惕地打量着黄金豆，紧张兮兮地说：“啊，你是老板娘，怎么还到我们公司应聘呢?”

黄金豆说：“我想赚点薪水糊口。”

范世豪中年，高个子，白皮肤，玉树临风。他对黄金豆谦和地笑了笑：“黄经理，久闻大名，早就想向您请教。”回转身，请黄金豆到办公室座谈。

小郭大声说：“我们又遇到卧底了吧？范总小心呀!”

范世豪说：“能被卧底，证明我们优秀；不惧被卧底，是一种境界。我们必须不断更新自己独特的，不可被复制的文化财富。否则，即便没有人来掠夺，我们自己也会枯竭!”

小郭说：“对对对，范总您出版的那些书和光碟，还有咱们与众不同的沙盘课题和拓展项目，安帮公司是没法比的，咱们市的同行也没有一家能比得上。”

范世豪正色道：“小郭，要多看同行的优点，否则我们只能退步!”

小郭羞红了脸，连连点头。

黄金豆急忙解释自己出来打工的目的，并把公司的实际情况和盘托出。

范世豪说：“郑志运加盟进来以后，带来了很多新的理念，以及安帮公司的信息，我要感谢你的安帮公司，为咨询界培养了这么好的人才。”

黄金豆见郑志运的样子和往日不同，始发现他摘除了小黑框的平光镜，就想起了安列帮对郑志运的排挤，深深叹一口气，说：“再好的种子，也需要合适的土壤才能发芽，我为他庆幸找到了您公司这么好的平台。”

范世豪说：“我们也有自身的缺点，郑志运从你那儿带来‘把同行当朋友’的观点，使我的员工们懂得在良性竞争中展现自我的优势，在客户中得到良好反响。我觉得你是个有胸怀有远见的企业领军人，我很敬佩你。”

黄金豆难为情地说：“我把团队都领成光杆司令了，应该检讨的。”

范世豪说：“应该检讨的是那些见利忘义，没有职业道德的人，我公司也遭遇过类似的集体出走事件，但终究邪不胜正，我们这些踏实做事的人终会收获到丰硕的果实!”

黄金豆深深吸一口气，说：“范总，您的人格力量太巨大了，我心甘情愿做您的员工!”

范世豪请黄金豆吃午饭，郑志运和小郭随席。范世豪告诉黄金豆，咨询行业在本市的市场认可度尚在培养期，很多咨询公司都举步维艰。因此，他要成立管理咨询协会，号召大家携起手来，共同繁荣咨询业，一定把同行是朋友的理念发扬光大。并请黄金豆放心，需要什么，他都会鼎力相助。

黄金豆坚定地表明了要脱离自家公司，出来打工糊口的态度。

范世豪当即分派一部分后勤工作给黄金豆做，郑志运做她的直线上司。因为讲义之类的制作需要面积比较大，黄金豆可以暂时在原地办公，必要的时候，郑志运会派一个助手过来。黄金豆的心情格外的激动。

黄金豆辞别范世豪一行，高高兴兴回到安帮公司办公室，准备上网接收新上司郑志运发来的任务。

这时，推门进来一个人，径直走到万娜娜的办公桌前，打开电脑就办公。

黄金豆一看，此人正是万娜娜，急忙问她怎么又回来了。

万娜娜一边往USB接口插U盘，一边搜索文件夹。皱着眉头，不搭理黄金豆。好像黄金豆只是一股空气。

黄金豆又提了提声音：“万娜娜，你要干什么?”

万娜娜不屑地梗着脖子说：“那么大声干什么！我又没聋！这是我的办公桌，我想干什么就干什么，你无权过问!”

黄金豆心说天下竟有这么不要脸的员工，喧宾夺主还这么理直气壮，我当初咋就傻不拉叽、一厢情愿想着为她们找工作。气急败坏地说：“你已经辞职，那个电脑你无权使用了，赶紧关机省点电!”

万娜娜快速把文件复制完毕，拔下U盘就走：“我是想辞职，可你批了吗？我的工作关系还在这里，我就有权使用这儿的一切!”

“哎哟，你还这么多理!”黄金豆非常意外地瞪大了眼睛，把万娜娜从头到脚看了个遍。

万娜娜满脸不屑，直呼绰号："看什么看，傻三儿！你目光再凌厉，也震慑不到我们了，不要再给我装老大！"

黄金豆"啪"地拍响了桌子："你们！你们背弃合约，擅自辞职，偷偷拷贝些文件带走也就罢了，如今当着我面儿又来抢资料，简直是胆大妄为，像土匪一样，你身上还有一丁点儿职业道德吗?"

万娜娜迈开大步，快速往外走去："穷光蛋！人家古菲伸个小指头都比你腰粗，你有什么资格跟我谈职业道德！上街讨饭吧！"预计黄金豆追不上，顺手把门口的文件柜推翻，呼啦啦落了一地的纸片。

"白眼儿狼！"黄金豆冲过去，万娜娜已"噔噔噔"跑远了。她眼冒怒光，在纸片上疯狂地乱踩起来。

这时，郑志运打来了电话，为揭穿身份的事向她道歉。

黄金豆理了理坏情绪，嗓子已经嘶哑。她告诉郑志运，很感谢他在范世豪面前揭开了她的身世之谜，使她可以坦坦荡荡地与范世豪交往。

郑志运一边问她的嗓子怎么了，一边给她讲解PPT讲义的要点，唠唠叨叨，直到黄金豆的手机发烫才罢休。黄金豆也借此摆脱了万娜娜带来的坏情绪。

拾捌

员工恶人先告状，老板娘焦头烂额

1. 美女亮开了泼性

黄金豆干着郑志运分派的任务，还参与范世豪公司的内部会议，收入不多，生活得却充实、忙碌，一晃就过了三个月。

这期间，古菲带着一干员工，风风火火地扫荡安帮公司的客户群，声称安帮公司已易主，再带上李先生助威，很快就签下安帮公司的很多意向客户。

按合同规定，签约企业向古菲公司交了首付款，就等着咨询公司上门服务了。古菲就应该派咨询师到企业里面展开工作。

这时，古菲却人间蒸发，电话号码也成了空号，工资都没给员工们发。员工们找到李先生办公室，才知道李先生调任到远方了，她也跟着走了。李先生的岗位接手人收回了办公室的使用权。古菲公司的全部员工立即失去了根据地。

员工们原以为板上钉钉的铁饭碗，现在全成了泡影，个个灰头土脸，垂头丧气。

丰广广在古菲公司被封为副总经理，古菲还承诺给她介绍个富二代男友，她想展示清白身，急呼呼把男朋友甩了，就等着做豪门媳妇，现在她把肠子都悔青了；原先大包大揽，愿对员工们的跳槽负一切责任，现在“表姐”失踪，知道众人放不过她，便收拾行李逃回了老家。

严有才心里憋气，又玩起在万达运业讲课时那一套，像斗士一样，激昂地鼓动大家找丰广广讨说法。

最先响应的是万娜娜，她已经亮开泼性，就对自己的泼性寄托了荣誉感，想要当个出类拔萃的领头人。带着队伍就坐上公交车，直奔丰广广的老家。

严有才策反成功，便装成受害者，做出一副憨厚大哥的样子，淡淡垂着细眯狐狸眼，默默配合集体的行动。

此时，丰广广正在打麦场上帮父母摆弄庄稼。麦场上晒满了包谷花生，人来人往，热闹非凡，像村民大聚会。

乡亲们见这群城里打扮的人来找丰广广，以为是她的朋友来帮忙干农活，羡慕的羡慕，嫉妒的嫉妒，挑指称赞者不在少数。丰广广的妈妈更是荣耀得不得了，对大伙说："我家广广的公司就是好，不但工种体面，挣的工资也不比男人少，同事们凡事还集体行动，这叫……啥精神来?"

丰广广扭一下水蛇腰，说："妈，团队精神，团队凝聚力，跟你说那么多遍怎么就记不住啊。"

"噢呵呵，我想起来了!"丰妈妈提着大水瓶，远远地招呼道，"嗨，姑娘小伙子们，你们可真有团队精神啊，这么老远赶过来帮助广广，可别急着干活，先喝口水，歇一歇。"

万娜娜厉声吼道："大婶，我们不是来帮工的，我们相信了丰广广的话，跳槽去她表姐公司，现在被她表姐放鸽子了，工钱没拿到，还集体失业，我们是来找她讨说法的!"又把脸转向丰广广说，"你表姐跑了，你就要负责给我们发工资，把工钱发给我们!"

同事们在一旁纷纷响应，每个人的嘴都一张一合地拼命翕动着，好像要把丰广广吃掉。

丰妈妈吓了一跳，疑惑地看了丰广广一眼，又尖锐地看着员工们，说："她哪里有开公司的表姐，你们搞错了吧?"

丰广广苦笑了一下，对众人解释道："古菲仅仅是我事业上的一个伙伴，是大姐，不是表姐，她的底细我也不了解。"

万娜娜说："那就证明你和她合伙骗我们，帮她把安帮公司的所有客户抢走，然后你们笑着数钱，害我们失业，你俩是一对骗子!"

丰广广苦着脸说："我也是受害者，不信你们可以问我妈，我最近的花销都是我妈给的。"

"不要装可怜，你全家都是骗子，还我们公道!"同事们齐声嚷嚷。

村民们都好奇地围上来，很快形成一道厚厚的人墙。

围观的人越来越多，丰广广感觉透不过气了。刚刚还被夸作有本事，转眼就当众出丑，实在撂不下面子，钻出人墙，撒腿就往家跑。

丰广广一边跑，同事们一边追，一窝蜂地拥到了她家。有的向她要工资，有的向她要工作。

围观的人群也紧紧跟随。丰家门前一派车水马龙的繁华景象。

丰广广窘得快哭了，跺着脚，随手捡起根绳子，说："再逼我，我上吊!"

万娜娜"哈哈"一声笑了："好啊，我喜欢看现场自杀，你可别不敢!"

丰广广见没有人阻拦，脸红到了脖子根儿，扭着水蛇腰就到了院角的枣树下，把绳子往上搭。

搭来搭去都没有搭上。万娜娜就搬了个小板凳，说再搭不上她要帮忙。

围观的人群开始骚动，有非议丰广广的，说她拿死吓唬人；有非议万娜娜的，说她把人往绝路上逼，还落井下石。

严有才眨眨眼，觉得到火候了。快步上前，一脚踢翻小板凳，夺下丰广广的绳子，像威严的兄长一般吼道："丰广广，死是解决问题的最好方法吗？死是逃避、是懦夫们惯用的伎俩，我们安帮咨询的员工个个都是好样的，兵来将挡，水来土掩，没有过不去的火焰山，没有走不过的独木桥，假如你为这么点小事就去死，我不会去给你扫墓，所有人都不会去！这样的死轻如鸿毛!"

丰广广有了台阶，便扔了绳子。可是，围观的人群都在鄙夷地看着她，她从未如此丢面子，蹲到地上，"哗哗"涌下两串硕大的泪珠，抱着自己的腿，缩成了一团。

严有才满院子地盯着花生，就有点眼红，发自肺腑地说："多好啊，有这么大的院子，有这么多包米，有这么多花生——这么贵的花生，到了城里人餐桌上，是多么稀有的食品啊，你怎么就不看看你生活在一个多么令人羡慕的家庭呢!”

丰广广本就是假哭，听严有才如此说，差点笑了，抬起泪水横流的脸，鼻子冒着泡说：“花生也是令人羡慕的？是我活着的希望？”

“我们住在城里的，一天没钱就买不来饭吃，你呢，家里有这么多土地，院里有这么多好吃的，十年不挣钱也饿不死，简直是人间天堂的日子!”

丰广广说：“花生剥出仁卖了，也换不回多少钱呀。”

严有才随手掰开一个，吹吹泥，扔进了嘴里，一边嚼一边咽口水：“鲜！刚出土的花生就是鲜!”

同事们的腰包长久缺钱，平日里省吃俭用，花生果显得极度珍贵，见严有才吃得那么美，也都流下哈喇子，每人抓了两把，抢命似的吃起来。

丰广广的妈妈见势，急忙抱了一堆花生往大伙的手里塞，好说歹说把众人的怒气劝掉。

“大婶，你家的地土好，这花生果真鲜，我小时候在农村长大，可从来没吃过这么鲜的花生!”严有才吃了一颗还想吃第二颗，当即又说了一通丰家的花生与别人家的不一样，巴不得把这一院子的花生全部给他吃了。

丰广广的妈妈立即说，每人给一捆带走。随即找来些花花绿绿的绳子，连秸捆了一大堆，给大家每人一捆当做礼物。

严有才依然面无表情，继续剥花生仁往嘴里送，吃得满嘴白沫。同事们见他没有反应，也都横眉冷目。

丰广广的妈妈脑筋一转，猜出严有才是位权威人物，立即承诺改天给严有才送一麻袋，让他一次吃个够，还问他住址。

严有才见大婶动了真，心里满意，假意寒暄了一番，讲了住址，便说服大家不要闹了。

同事们都希望像严有才一样得到大包的花生，却不好意思说出来，心里别别扭扭的，跟随严有才，提着花生浩浩荡荡地走了。

丰广广的妈妈为了防止剧情续演，当夜摘了一大袋新鲜的花生果，第二天一早，便命令丰广广送到严有才家，向这位有权威的老大哥讨个对策。

这袋子花生是有点沉，丰广广下了公交车，一会儿用手提，一会儿用肩膀扛，左歪右扭，几乎把水蛇腰压断了，趴在严有才家的墙壁上，有气无力地敲门。

严有才的妻子打开门，见风姿绰约的女人找她丈夫，立即担心严氏第一夫人的地位受威胁，拎起丰广广的衣领就要往外摔。丰广广吓得魂都飞了。

严有才眼尖，一下看见了袋子里的花生，大声说："花生啊，你最爱吃的花生，她是我部下，她知道你爱吃花生，就来送给你吃呀！"

严有才的妻子"哈"一声笑了，露出满嘴豁牙："哎哟哟，怎么不早说呀，快进来！"

丰广广惊魂未定，受伤小鹿似的躲在严有才身边，好像严有才是她的保护神。

严有才的老婆见此情景，再度打翻了醋坛子，冲着二人吼道："是借着花生来看人的吗？小心我一手一个，把你俩当铅球摔成肉饼儿。"

严有才急忙抓出一盘子花生果，清洗干净，摆到老婆面前，才算哄好了。

丰广广战战兢兢，不敢啰唆，将所求之事陈述完毕就火速告辞。

2. 叛乱的代价

严有才得了丰广广的礼，心中欢喜，立即说服大家：当初丰广广劝大家集体跳槽，也是一番美意，事已至此，不如大家拧成一股绳，同舟共济渡难关。

同事们也明白为难丰广广无济于事，就不再盯着她不放。

从此，丰广广对严有才言听计从。严有才幸福得心都酥了，觉得自家老婆那样比铅球还硬的女人，根本不算女人，这女孩子到了楚楚可怜的时候，才是最有味道的。唉，只可惜老婆的拳头太硬，不敢随便换妻呀，否则这丰广广轻易就可以到手了。眼馋、心痒，滋味实在难耐。

所有向古菲公司交了钱的企业，都等不到服务团队，纷纷向经办业务员讨说法。然而，所有业务员的手机都已变成了空号。

业界老板一凑堆儿，就谈到这件事，纷纷感慨咨询公司就是皮包公司，骗子公司，拿到定金就卷包儿走的公司。

最喊冤的，是好学吝啬的东北老板李瑞安。丰广广联系了他半年，安帮公司开的课李瑞安都免费去听，并以需求服务为名，让各位专家去给他答疑解惑，赚取免费的服务。这次丰广广跳槽，为揽业绩，就到李瑞安办公室哭了。李瑞安想想自己的员工也需要进行职业道德教育，就忍痛掏出几千元，订下古菲公司的一堂课。如今全打了水漂，恨不得把丰广广撕成碎片。

一传十，十传百，咨询公司在企业界被定性为骗子公司。小城本就在发展中的咨询业，严重受挫。

严有才失了业，拿不回钱养家，脸上无光，成天看老婆脸色。作为员工中唯一的大哥，又有一些虚荣心，就时常把大家召集到海边的大遮阳帆底下，一边浪漫地看大海，一边商量未来的路。

按说这个团队如今已经成熟了，大家可以拧成一股绳，集资办公司。严有才一直觉得自己是块良材，这次人心如此齐整，当然要趁机说服大家把钱拿出来罩他。

但是，同事们也各自打着小九九，有钱没钱的，都只承认四位数的储蓄。

严有才算了算，加起来也不够开办费，不如带领大家投奔实力派的咨询公司，如此成熟的团队，不怕没人抢着要。当下最有能力聘用大量员工的咨询公司，要属范世豪公司。他让大家准备一下，各自带上机要资料，择日投诚。

绕过周一的忙碌工作日，他们在周二的一早集体出现在了范世豪公司。

范世豪的公司占了一层楼的面积，严有才们看得目不暇接。偏偏范世豪为人低调，在没有门牌的屋子里办公，一伙人找了半天也没找到真主的所在，只得敲开战略管理部的大门。

何美妮电眼一闪，看到了郑志运，不由芳心大颤，失声喊道："郑志运，原来你在这里!"

郑志运的办公桌前，摆着战略管理部长的牌子，旧同事们顿时对他肃然起敬，心想单是指靠他引荐，也能在这混到饭吃了。

"郑志运，你的手机空号了，为什么不告诉我们新号码?"何美妮忘乎所以，像个幽怨的花痴。

严有才看到何美妮依然爱恋郑志运，心中不爽，沉下脸，庄严地走到郑志运面前，把何美妮挡在身后："郑经理，安帮公司倒了，我是带着同事们来投诚的，能不能给引荐一下范世豪总经理?"

郑志运说："我知道你们推倒了安帮公司，你们的力量可真大。"

严有才说："我们冤枉呀！是安帮公司资金链断了，为逃避负担，把我们踢啦。"

郑志运说："好啊，范总非常惜才，我给你们引荐。"说着就把他们送到了范世豪办公室，稍做介绍，就引身而退。

范世豪听说这就是安帮公司的旧部，非常好奇地睁圆了眼睛，挨个打量，最后突地笑了。

严有才被笑得莫名其妙，眨了两下眼，略垂下头，谦恭地说："范总，我叫严有才，曾是小型咨询公司'安帮咨询'的CEO。"

范世豪点点头，示意他说下去。

严有才说："久闻贵公司的大名，一直梦想加盟，碍于职业道德的束缚，不便实现。如今安帮公司倒闭，我们一群业界精英从此四散实在可惜，所以愿到贵公司效力，把公司打造成业界一流。"

范世豪说："诸位精英的辉煌事迹我早有耳闻，对诸位的团队凝聚力也堪为佩服，可惜，我公司现在人满为患，不聘新人。"

严有才说："范总，人满为患往往不是人的问题，而是患的问题。假如我当了您这里的CEO，我就能把所有人员合理运用起来，将合适的人放在合适的岗位，使他们最大限度地发挥个人能量。不信您可以问郑志运，他是非常了解我工作能力的！”

范世豪说：“你果然有才！不过，你这么优秀的CEO，到我这里打工实在是太屈才了，你完全可以独当一面，率领这支精英部队独创大业。”

严有才自豪地眯起眼睛，转而又苦笑一下，说：“范总，我们有雄心、有战斗力，但我们没有资金支撑啊。”

范世豪笑了笑：“创业人大多是因为没有钱，想找钱，所以你们正合适开创大业呀。”

严有才见势态难搞，急忙示意何美妮救场。

何美妮快步上前，稳稳坐到范世豪对面，电眼呼啦啦一闪，直击范世豪的眼底。娇声说道：“范总，我们这个团队受过良好的理论培训，而且，我们有巨大的市场开发能力。不是有句话叫美女脸上长大米吗，我同事们的形象您也看到了，我们会把公司当做我们自己的家园，从最基础的市场工作做起，用行动见证我们的工作能力和奉献精神。”

范世豪居然没被何美妮的眼波电倒，忽闪两下眼睑，严肃地盯住她眼睛，说道：“我是智力服务商，不是开夜店，美女的脸在我们公司长不出大米。”

何美妮没想到会碰一鼻子灰，呆呆地怔在那里。

严有才又示意丰广广救场。

范世豪站起身，下了逐客令：“好了，我有急事要外出，预祝各位大业早成！”转身走了。

众人的目光齐齐聚向严有才，等他拿主意。

严有才觉得就此离开也撂不下面子，就率众返回战略部办公室，求郑志运看在共过事的分上，帮忙在范总面前说说好话。

郑志运想起严有才当初的腌脏事，毫不客气地说：“我不做引狼入室的事，你们这群见利忘义的墙头草，到哪也没人敢聘你们！”

严有才的脸忽地一红，冲万娜娜斜一下眼角，示意她救场。

万娜娜也愿意当众崭露锋芒，闪身冲到郑志运面前，拍响了桌子：“郑志运，你别忘了当初在安帮公司的时候，我们协助你开展过多少工作，你简直是自私自利，太没有阶级友情了。”

郑志运说：“不要浪费口舌，说什么我也不会帮你们骗人，除非范总自己犯糊涂才会聘你们。”

万娜娜说：“好，现在你想帮，我们还不来这破公司呢，一个个阴阳怪气的，恶心!”

严有才一看败事的责任转嫁到万娜娜身上了，眯起眼睛窃笑一下，泰然转身，率队离去。

3. 千万别丢了职场信誉

之后，严有才得了经验，连着投奔了三家离安帮公司远的咨询公司，皆报出在安帮公司工作时的实践经验，以及在古菲的公司里短暂工作时光中的辉煌履历。

咨询业本就是信息发达的机构，严有才几人背叛旧主子又被新主子骗的事件，早已在行业内传开。此次从他们口中得到证实，越发确信这伙人职业道德败坏，无人敢聘。

楚熊熊的爸爸又生病，正等着她的工资买药；万娜娜得了妇科病，需要数千元手术费；严有才的孩子上幼儿园，全用老婆的钱；巴稳稳要与男朋友结婚，正凑钱租房。几乎每人都急着用钱。

大家齐齐找严有才讨出路。

严有才说：“古菲把我们都坑了，她是个打一枪换一个地方，捞一把就走的猎户，她根本就没有耐心培养市场，这就是江湖传闻中的强盗式女骗子。”

大家不依不饶地说：“我们现在对古菲做任何定性都没有用，快想想怎么找工作吧。”

严有才说：“超市收银员？我觉得大家的形象都没问题。”

大家愤愤地说：“我们是咨询公司的高级白领！能去做那种下等人的工作吗，再说也太累了。严有才，尊敬的严大哥，您怎么能想出这样的损招儿!”

严有才急出一身汗，满脸通红：“唉，其实……黄金豆这人还行，对咱们一直不错，要不咱们回去跟她干吧，我调查过了，她仍然没聘到人。”

丰广广颇有心计地歪了下头：“如果她不同意咱们回去怎么办?”

严有才淡然一笑：“她没什么道行，不听话咱们就闹她一顿，反正咱们的工作关系都在那儿，还可以去劳动监察处，告她拖欠这三个月的工资和保险金，至少能得到些补偿。”

常芙蓉说：“如果她说咱们违背合约，辞职两年之内到了同行业打工，再反告咱们一把怎么办?”

丰广广抢功似的说：“她没有证据，我们在古菲的公司都是用化名，现在古菲跑了，只要我们口径一致，劳动监察处也查不到蛛丝马迹。”

楚熊熊说：“这事我反对，本来是我们自己去交的辞职信，这三个月也没为她工作，凭啥让她付钱给我们呢。”

丰广广说：“熊熊，我们只管告她，假如按法律她该给我们钱，我们不拿白不拿。”

楚熊熊说：“这是没道理的事，我坚决反对!”

严有才见楚熊熊是块傻料儿，就说：“熊熊，你放心地回家照顾老爹，这边的事，我们处理，有好事不会丢下你不管的。”

“你们不用为我费心了，我辜负了她对我的期望，做了对不起她的事，我也不好意思回去工作!”楚熊熊长长地叹着气，告别众人，踏上了回家的路。

这天一早，黄金豆刚走到办公室门口，就被人围住了。严有才和丰广广带头，涎着脸儿，向她报道，说家里的事全处理好了，现在集体回来上班，大家一定齐心协力把公司打造成本地最实力派的管理咨询公司。

黄金豆也不说话，拿出大家的辞职信，摔到桌上。

严有才拿起来，仔细看看都是原件，飞快地将信撕毁：“黄经理，我们当时确实家里有事，您又不准假，所以就写了辞职信，这不能算数的，毕竟我们与安帮公司的劳动关系还没有解除嘛。”

黄金豆不与他废话，严厉地拍响了桌子，命他们走人。

严有才在美女同事们期待的观望中，恼羞成怒了，翻着白眼球说："这三个月，虽然我们请了假，但是总得有点基本生活费吧，你要是不给钱，就得拿东西顶。"

黄金豆哼了下鼻子："你在哪里学的不劳而获理念？也罢，我公司正要关门，这些办公用品也处理不了多少钱，你们手多力量多，喜欢什么就拿什么，拿不了我帮你们送过去！"

员工们面面相觑，最后讪讪而走。

严有才为挣回面子，立即率众到劳动监察处告发黄金豆克扣工资。

两天后，劳动监察处的工作人员找到了黄金豆，命她依法支付员工的各项费用。

黄金豆不慌不忙，一一陈明事实。为了验证员工中是否还有残存的人性，她还把电话打到楚熊熊的老家，找到了她。

楚熊熊当即来到黄金豆身边，向劳动监察处的人员讲述了集体出走细节。监察员悉心暗访此事，在工商局查知古菲公司注册信息上，严有才和丰广广在离职前半个月便签名成为古菲公司的执行董事。严有才等人的谎言不攻自破。最终黄金豆免予赔偿。

黄金豆感慨地想，果真没看错楚熊熊，这世上还是有正义之人的。拉着楚熊熊的手说："熊熊，谢谢你！"

楚熊熊难为情地说："黄经理，我做错了很多事，请你原谅我！"

黄金豆说："错误是成长过程中必不可少的点缀，只要你能主动意识到并改正它，你就会越来越优秀。"

楚熊熊低下头，缓缓流下泪来："我年轻浅薄，我不是好女孩！"

"不，你很好！我一直都欣赏你、喜欢你！"

"黄经理，谢谢您的宽容！"

黄金豆微微一笑，说道："熊熊，你父母都好吗？我知道你家境困难，可惜我没有能力帮到你。"

楚熊熊急忙说："黄经理，我以后会自己努力，您不要为我担心了。"

黄金豆说："我大姐的部门正缺一位职员，岗位和薪水都可以，我推荐了你，如果不嫌远，你去她那里工作吧，你的资质不错，会很快成长起来的。”

楚熊熊惭愧地哭了：“谢谢黄经理，我知道，这次出走事件，使我的职场信誉严重受损。我一定记住这次教训，时刻告诫自己，正直地走下去，绝不再给您丢脸！”

黄江玉拗不过黄金豆的请求，找了个用人的借口，让楚熊熊过了两道面试关，楚熊熊堂堂正正地进入了黄江玉的公司。

4. 丈夫在爱谁

安列帮的大姨妈听说他的咨询公司倒了，以为自己的钱打水漂了，心脏病复发，住进了医院。怕自己死无对证，就派儿女去找安列帮的妈妈要借条。

安老太太怕落个害死姐姐的罪名，急忙和安列帮商量，让他把轿车过户到大姨妈名下，算是抵了借款。大姨妈的病才好了。

安列帮上下班没了代步车，觉得丢了身份，捶胸顿足大骂老天不公，点儿背的事全摊他头上。

这时，康与健公司突然派安列帮到山区办事处，当药材供应主管。

安列帮想想山区虽然偏僻，却是天高皇帝远，自己独领一个山头爱干啥干啥，绝对是美差一桩，当即向黄金豆道别，带上李平平走了。

黄金豆处理完这场诬告事件，已经心力交瘁。这时，她发现自己怀孕了，兴冲冲把消息告诉安列帮。她想趁此休个大假，清清静静过段小女人的日子。她再也不想和咨询界有一丝瓜葛，就把范世豪公司的业务辞了，把自家公司注销，把办公设备搬到一个小仓库，准备到山区投奔安列帮。

安列帮严词拒绝黄金豆追随，并以她私自注销公司为由，痛斥她没有家庭观念，从此要求她安心养胎，为了保护胎儿不受辐射，禁止她再使用手机。

以往，黄金豆无暇叨扰安列帮，如今事业停顿，妊娠反应又重，安老太太每天装膀子疼，让她做这做那，搞得她身心疲惫，就渴望在安列帮处找点安慰。

白天，安列帮会躲开李平平，耐心地哄黄金豆几句，让她安心养胎。

晚上，黄金豆孤枕难眠，就巴不得与安列帮连夜煲电话粥。为此她特地买了个耳机，躲进被窝，兴冲冲拨通安列帮电话："列帮，我用耳机和你通话，这样就不用担心辐射了，你在那边条件很艰苦吧，是不是也很闷？我突然离开职场，好闷呀，咱俩多聊会儿吧。"

李平平此时正偎在安列帮怀里低哝软语，见他接了老婆的电话，生气地离开他怀抱，在清冷的角落里缩成一团。

安列帮急于去哄李平平，对黄金豆吼道："你要傻死呀？耳机那么伤耳膜，将来孩子喊妈你都听不到，要当聋妈妈吗？"恶狠狠地挂断了电话。

再后来安列帮为了彻底帮黄金豆戒手机，就将她的电话号码打入黑名单。从此两人断了联系。

一周后，黄金豆决定到山区与丈夫同甘共苦，便向高若天讨到安列帮在山区的住址，直接寻到安列帮宿舍。

左寻右找，终于到了安列帮的住处，却发现他与李平平合住一套二居室，两个卧室都有床，却只有一张床上铺盖整齐，而且洞房花烛的样子。

黄金豆想，这两人原先就有事，在这儿关起门来，可就爱干啥干啥了，弄两张床就是掩耳盗铃罢了。为这个男人怀孕的荣耀当即消失殆尽。

安列帮也不解释，命黄金豆早些回到舒适的家中养胎。

黄金豆严词拒绝。她的犟脾气上来了，一定要弄明白安列帮和李平平是怎么回事。

安列帮与李平平日久情深，对她守身如玉，生怕黄金豆污了他的清白。怕李平平闹情绪，便以宿舍条件太差，不能让老婆来跟着吃苦为由，出去帮黄金豆找旅馆。

黄金豆说，夫妻之间同甘共苦是应该的，安列帮在哪儿她就住哪儿。

安列帮无计可施，便说："那你就去和李平平一个屋吧，人家小姑娘跟我到这么艰苦的地方工作，我这当领导的总不能只顾着合家团圆，让人家孤单冷清吧。"

"我是来看你的，又不是来看她的，我干吗去陪她睡觉呢。"黄金豆心知安列帮在找借口，却不挑明，她就要看看安列帮最终如何解释。到了晚上，安列帮再三劝说，她就是不去李平平的屋子。

安列帮气得不再和黄金豆说话，板着脸，抽着烟，把她熬睡了，才在床边侧着身子躺下。一夜无话。

李平平来山区，是顶着财务出纳员的身份，整个办事处就她和安列帮俩人。白天，他俩以业务繁忙为由，早出晚归，同出同进。李平平恃着安列帮的宠，根本不屑黄金豆的出现，好像她做大黄金豆做小。晚上，黄金豆做了饭端到桌上，李平平就像皇后似的端坐桌前享用，连句客套话都不说。

黄金豆每天打扫屋子，给安列帮洗晒被褥、做饭。闲暇便望着窗外发呆，不知道如何改变现状。

又过了几天，安列帮反而一句话都不和黄金豆说了，好像黄金豆是插足他和李平平的第三者。

黄金豆想想不能再这么耗下去，就想跟他二人讨个说法，而她势单力薄，一张嘴跟两张嘴绕难免吃亏，就寻个李平平去卫生间的当儿，与安列帮激烈吵了起来。

安列帮终于承认与李平平的同居关系，并振振有词地说，这年头，到了三十的男人还没有情人，说出去被人笑死。让黄金豆放心做安氏第一夫人，少吃酸醋，她已经怀了老安家的孩子，不用担心被人夺位。

黄金豆见这男人如此无药可救，愤然离去。

一个人在路上，悲天怆地。这种孤独无助的感觉，好像世界都已灭亡，只剩下她一人在游荡。盘点生命中所有的过客，属于她的救星，唯有两位姐姐。大姐黄江玉一直都是姊妹中的主心骨，就像半个妈，便拨通了大姐的电话。

拾玖

不速之客惹的祸

1. 用才貌较劲

黄江玉在电话中痛斥黄金豆过度纵容安列帮，并命令黄金豆立即到她身边。

黄金豆像缺奶的孩子要找娘，火速从山区赶到大姐家。

时值正午，黄江玉从单位请假回家，要带黄金豆去堕胎，并命令她养好身体后就与安列帮离婚。

黄金豆想，上次流产就被安列帮定性为故意杀人，现在，她也想明白了，无论安列帮多坏，这孩子也有出生的权利，再也不能扼杀小生命了，就拒绝了大姐的建议。

黄江玉又是气急败坏地骂黄金豆不争气，吵吵嚷嚷一顿牢骚，家里被她一人搞得乌烟瘴气。

黄金豆知道大姐的脾气，也不争辩，自顾自地哼起了歌。这种赖皮孕妇真是打不得骂不得，害得黄江玉有气出不尽，窝了一肚子火。

待到丈夫霍建业不识时务地回家吃午饭，黄江玉便找到了出气筒，尖着嗓子几乎吼破了天："霍建业你工资赚多了撑的呀？免费的工作餐不在单位吃，跑回来浪费自家粮食！"

霍建业是个粗壮汉子，和黄江玉是高中同学，后来黄江玉读了大学，也没嫌弃他学历低，直接就嫁了，霍建业也到黄江玉所在的城市找了份工作。霍建业平素总受妻子训导，憋屈惯了，而今小姨子来了，还这么不给面子，心里老大不乐意，恶声恶气地说："你不也回来浪费自家粮食了吗，还外带一张嘴!”

黄江玉在妹妹面前，想要逞逞一家之主的威风，恶狠狠地对丈夫说：“我带我妹妹来吃饭怎么了，我还要她住在这，我养她一辈子呢，又没花你那点小破工资。”

霍建业的脸腾地红了：“我工资低，也比你强，我当初要是读了大学，现在都上国务院了，你和我有得比吗!”

黄金豆急忙冲上去劝解。不料黄江玉和霍建业因外人在场，反而各不示弱，指指点点动起手来，扭成了一团。

黄金豆急忙施展“赤手掰葫芦”，上去拉架，结果被黄江玉的胳膊一甩，闪了腰，捂着肚子就在沙发上缩成一团。

黄江玉夫妇急忙停战，带黄金豆去医院打了安胎针，又小心翼翼地搀回家养胎。

黄金豆躺在姐姐家书房的小床上，狼火烽烟的余味还在屋中飘扬，感觉寄人篱下真不是个滋味，思来想去，这场战争就是为她打的，心里很不踏实。而安列帮就像死了，孩子都差点弃他们而去，他这个做爸爸的连一点感应都没有，至少来条短信问候下，黄金豆也会感觉到宽慰。

楚熊熊在黄江玉的部门工作，听说黄金豆来了，下班后便提了一包水果来看望。她进了外企，才体会到了职场的人情淡漠，深深怀念与黄金豆并肩打拼市场的经历。

黄金豆心底灰暗，怅然无言。

楚熊熊便叽叽呱呱狂讲一通新鲜事，努力使黄金豆开心。

又住了几天，黄金豆发现大姐越发耀武扬威，对老公和孩子就像上级对待下属，家务活又不干一点，很是同情姐夫霍建业。

霍建业在一家企业当管道工，就是那种又脏又累，出大力赚小钱的打工族。但是他的心态很好，每天都快乐地工作，快乐地做家务，唯独黄江玉尖着嗓子吼他的时候快乐不起来。

黄金豆觉得霍建业可怜，就撑着虚弱的身体，争取霍建业下班之前，将饭菜做好。

黄江玉不忍妹妹受累，告诉她，既然决定了要生下这个孩子，那就好好保胎，一切都有霍建业，在这只管吃现成的就可以了。

霍建业则为黄金豆的表现欢欣鼓舞，这天晚上回家，又见到现成的饭菜，居然得意忘形地瘫坐到椅子上卖嘴皮子：“嗨，结婚这么多年，终于不用动手就能吃上一顿好饭，真是太幸福了，有小妹在，这个家就真的像个家了！”

黄江玉“啪”地一拍桌子，瞪着蓝眼珠吼道：“霍建业，你什么意思，当着我妹妹的面数落我不做饭给你吃吗？大男人家，做顿饭能累死啊，国家队那些练哑铃的比你出力多不多？听见谁抱怨了？况且你还是个喜欢做饭的人，为自己的家人做饭有什么冤屈！”

霍建业脸红了：“再喜欢做饭的人，也希望俩人一起下厨房，说着话儿，饭就熟了，那感觉多好啊，可你从来就没这想法，你就是不屑和我并肩做事！”

黄江玉说：“再好的女人被油烟一熏也好不到哪儿去了，女人如果不懂得爱自己，早早就成黄脸婆了。”

霍建业说：“小妹就做饭啊，她也没因此变丑，我反而觉得她女人味很浓！”

黄江玉愤怒了：“还有脸说！我妹妹可是有孕之身啊，她做饭的时候，你不去帮助她，反而在这幸灾乐祸，你那颗心是石头做的吗？”

霍建业反驳道：“和小妹一起做饭，与和你一起做饭，那感觉能一样吗？你从来就不觉得我也是个有思想的人！”气冲冲回了卧室，饭也不肯出来吃。

黄金豆急忙去敲门，叫姐夫出来吃饭。

黄江玉阻拦道：“你别去叫他，饿不死。男人就是天生犯贱，不给他们点紧箍咒上着，就不知道自己该干啥，春节那天，我帮忙给他单位的保洁工回短信，结果那人就跟我狂聊一通，最后居然说愿意跟他私奔！”

黄金豆倏地笑了：“大姐，是你装作我姐夫诱惑人家的吧？怎么这么不相信姐夫呢，不过，也证明你很在乎姐夫！”

黄江玉生气地说：“现在的男人，我敢相信吗，安列帮不就是活生生的例子吗？”

“大姐，安列帮与我姐夫根本就不是同一类人，没法比的。”

“你不了解呀，霍建业那颗心，早就变花花了。他经常十天半个月不跟我温存，就像家里的雇工，雇工也不至于不跟东家搭腔吧。凭我才貌双全，有多少客户想拉我下水我都没搭理，不就是珍惜他为人踏实吗？我没嫌弃他挣钱少，他反而在我面前装老大，好像有几世怨仇似的，人生也就几十年，怎就不能好好地过！”

“大姐，我觉得姐夫为人挺好的，是不是你的气场太大，把他压得透不过气呀，多沟通一下应该就好了吧。”

“沟通得起来吗？我一回家，他就逃避我，我是他老婆，他应该扑上来说爱我的，你来这些天也瞧见了，他有吗？”

“可能他觉得多年夫妻，不好意思做些风花雪月的事了吧，如果喜欢被扑，你可以先扑他，他自然就反扑了嘛。”

“去去去，我才不让他觉得矮他三分。你当他真的心如止水呢？瞧你这一来，把他美得，都不知道自己是谁了，二郎腿跷得那个高！这样的男人，就是不知道珍惜手中的幸福，下回再有人约我，我非答应一次，让他明白，他的老婆其实很迷人，远没老到没人要！”

正说着，黄江玉的手机响了，是移动公司的总经理约她出去喝咖啡。听声调，对方像是醉了。

黄江玉立即答应，穿上美丽旗袍和高跟儿鞋，大声告诉霍建业，她出去约会了。

霍建业铁青着脸，从屋里冲出来。看到黄金豆脸冒虚汗倚在沙发上，又忍住怒气，帮她倒水、开电视。

黄江玉见霍建业没有追出去，非常失意。

第二天，黄江玉又因霍建业没深究她的约会过程，越发痛恨霍建业轻视她。她高挑白皙，鼻耸瞳蓝，看上去是欧洲血统的混血儿，小时候常有邻居调侃她的爸爸是欧洲贵族，让她去寻亲。而且她自幼聪明伶俐，弹得一手好的古琴，又在大型外企做HR经理，储得满心的傲气，根本容不得丈夫如此待她。

她既不想移情别恋，又想报复一下霍建业。担心与优秀的男人频繁约会，会伤了霍建业的自尊，就寻找不至于令霍建业紧张的目标。最终，她锁定了公司大厦里的一位保安。

这位保安名叫刘衡山，早年当过兵，又喜欢看小说，所以气质不错。他比黄江玉年长七岁，身材高瘦，五官端正，只是脸上皱纹多多，一抓一大把的样子，而且面色蜡黄，说话声音很轻，像是长期营养不良造成的。

黄江玉觉得刘衡山生性沉默，与世无争，再煽动也不会去和霍建业争老婆。利用这样的人共演一场偷情戏，不会有丝毫危险，便果断开场。

2. 白领在家也有危机感

黄江玉找了一大堆理由，费了好一番口舌，才使刘衡山确信吃了她的饭不需要回请，严肃地答应了她的约会。

然后，黄江玉又跑回家，等到霍建业下班，给刘衡山短信，让他打电话过来说一遍就餐地点。

刘衡山照办。

黄江玉故意把手机开到免提，让霍建业听到来电是男声，又装作紧张的样子把电话挂了。左搭右搭系上漂亮围巾，又左左右右照一番镜子，鬼祟着脸儿，蹑手蹑脚走出门去。

刘衡山是个从牙缝里省钱过日子的好男人，如今面对丰盛的大餐，胃口大开，也顾不上说话。

黄江玉想着霍建业的肚子一定气成了圆球，心里有了报复的快感，再看看刘衡山吃得那么忘乎所以，就觉得全世界的男人都不如她一个小女子厉害，不断地自斟自饮，结果自己把自己灌醉了。

刘衡山吃得肚子都不能动了，才发现黄江玉已经醉趴在桌上，急忙扶她出了酒店，进了黄江玉的代步轿车。

黄江玉呢呢喃喃，直喊老公。刘衡山以为黄江玉早就暗恋他，借醉抒怀呢，想想小说中那些风花雪月的事，真是抵不住诱惑，把黄江玉搂到怀里，疯狂演示了一番吻戏。

这时，黄江玉的部下梁静静恰巧路过。她认识黄江玉的车子，好奇地往车子里一看，居然看到令人心跳的一幕，当即吓得“啊”一声尖叫，惊慌失措地跑开了。

梁静静二十七岁，是个单亲家庭的胖女孩子，因为又胖又丑，脸上还长满了粉刺，一直没找到男朋友。如今见黄江玉这个老女人不但家里霸着个丈夫，外面还占着公司的保安，就觉得上帝亏了她，在工作中对黄江玉的一些积怨也浮上了心头。

积怨的起因是：黄江玉把楚熊熊安插在自己部门。因为楚熊熊不是专业出身，做报表、计算薪酬的活都要从头学起，黄江玉就命令梁静静教她。梁静静慢慢察知了楚熊熊和黄江玉的关系，担心把楚熊熊教会了，顶了她的岗，就左拖右延地不肯教，被黄江玉点名和不点名地批评了多次。真是敢怒不敢言，心里积了老久的冤仇。

黄江玉回到家以后，记起了在车里发生的事，不但没有恨刘衡山轻薄，反而恨霍建业冷落她太久，使她无以释放。

第二天，梁静静又因为工作失误，被黄江玉狂批一通，就决定用自己的年轻打击一下黄江玉。中午，梁静静趁工作餐的时候，凑到黄江玉的饭桌，大侃自己与刘衡山的交情，并说他站在门口没事，就会数那些老女人的皱纹，他曾经当众宣布过黄江玉脸上的皱纹一共38条，与她的年龄相等。

黄江玉气坏了，一拍桌子说：“这些当保安的怎么这么无聊！”

梁静静乐得颤了一下腿，说：“别看刘衡山寡言少语，他可浪漫得很，特喜欢年轻女孩，偶尔还会骗几个已婚的老女人玩玩，有很多艳遇史呢。”

黄江玉说：“你怎么知道?”

“因为他老找我搭讪呀，有一次谈到你，他还说你虽然是我的领导，可是你比我老。”

“他还说什么了?”黄江玉心里炸开了锅，却装作波澜不惊的样子问道。

“全是蔑视老女人的话，我觉得他这人不地道，站岗放哨的工作干好就行了呗，没事数老女人的皱纹干什么。黄经理您别动，我数数您的鱼尾纹到底有没有他讲的那么多!”

黄江玉一转念，觉得梁静静别有用心，好像在打击她的自信。想想很多小弟都惊艳她的魅力，不由得对梁静静笑了。晃一下纤细的腰肢，又用力盯紧梁静静的水桶腰，说：“未婚女子一定比已婚女子优秀？再年轻的脸蛋，配上一副水桶腰，也像插在地上的风车，只有头会动。”

梁静静气得心头冒火，脸上的笑容褪尽，板着脸说：“不信咱俩打赌，明天同时求他送我们回家，看看他答应谁。”

这样一说，黄江玉被激起了好胜心，觉得这位刘衡山是个很有趣的人，很值得争一番。晚上就失眠了。

也赶上最近单位没有烦琐事，黄江玉的精力一大把。

第二天晚上下班，刘衡山开着单位的巡逻车，先送梁静静，然后调转车头，送黄江玉。

梁静静下车时，得意地说：“黄经理，看到了吧，他先送我，年轻女孩子在他心目中占优势呀。”

黄江玉眯眼一笑，不愠不怒地说：“知道什么叫先远后近吗？就是把最充裕的时光，留给最重要的人。”

梁静静收住笑容，看了刘衡山一眼，见对方没有帮腔的意向，忽地红了脸，转身跑开了。“坏蛋，一对坏蛋，男的盗、女的娼，敢笑我水桶腰、敢不喜欢我，等着出丑吧!”

第二天，公司里就传开了黄江玉与保安拍拖的绯闻。黄江玉走到哪里，都被人指指点点，自己还莫名其妙。

绯闻慢慢传到了霍建业的耳中。霍建业怒不可遏，坚决要黄江玉交代事实，不老实交代就离婚。

黄江玉立即就恼了，把手中的报纸撕成碎片，扔了一地：“霍建业，你也太小看我了吧，那么多大佬追求我都不动心，我会跟一个保安玩婚外情?”

霍建业急忙去储藏室拿出笤帚簸箕，一边扫报纸屑，一边说：“对呀，我做管道工，起码是个技术活；他呢，保安，四肢发达就能干的活，我就不明白，你为什么要这么作践自己。”

黄江玉说：“不用说我，交代一下你自己吧，你是不是和那保洁工又好上了，想带她私奔，故意找个理由挤对我？”

霍建业说：“保洁工的事我还没跟你算账呢，你用我的手机，冒充我的语气跟她调情，害得她对我纠缠不清，我甩都甩不掉！”

“嗯，所以，你就不甩了，直接弃妻娶她？”黄江玉一脸嘲讽。

“黄江玉！不要混淆是非！交代你的事！”霍建业抖着笤帚，恨不得把黄江玉当垃圾扫了。

“我有什么事？是你在惹事，没事闹什么离婚！”

“怎么叫没事？说白了你还真不如人家保洁工称职当老婆，你从来都没疼过我！”

“嗯！哼！好啊！你就忘恩负义吧，你父母生病，都是谁掏钱给他们治病的？为什么早不离婚，等到我快四十了才露真面目？自己背叛婚姻，还想把罪责推到老婆头上，你真够可耻的啊！”

霍建业说：“我就不明白，你为什么总是这么趾高气扬，单是恃才傲物也就罢了，如今犯了大错，还不检讨。你这样的老婆，我承担不起！”

“噢，以前承担得起，现在承担不起了？这么多年，你知道我一直都不会做饭，也不喜欢吃外面的饭。要是离婚了，我可怎么过？”黄江玉咚地往沙发上一扑，撒娇地哭起来。

“装什么弱者?!”霍建业用力扔了笤帚，“你还知道这些？可我从此啥也不干了，我也要找个啥都能干的做另一半，我就专门享受！”

黄江玉腾地从沙发上跳起来，扑上去撕扯霍建业衣领：“霍建业，你竟然真的想抛弃我吗？再也不想照顾我了吗？天下比你更能宠着我的男人在哪儿？你先找出来再甩我！”

霍建业觉得这些话证明黄江玉很爱他，怔了一会儿，整个身体像散落的沙子，颓然倒在地上，捂着脸呜呜哭起来。

他们的儿子霍康康是个调皮蛋，看到父母吵架，在一旁拍着手笑。害得父母们无法续演悲情。

3. 不要急着绝望

黄江玉知错就改，立即放弃婚外情，专心工作，也向丈夫学习做饭了。夫妻关系立即缓和，两人浓情蜜意，像初恋的小青年。

但是黄江玉这些年被宠惯了，而且工作压力大，经常加班，仅仅当了三天好老婆，就坚持不下来了。霍建业跟黄金豆一起在家的时间就比较多。

霍建业见黄金豆又体贴又会照顾人，觉得这才是贤妻良母的料儿，心理上产生了依赖。

黄江玉感觉到丈夫的微妙变化，对霍建业说："我妹妹没来的时候，你挺老实一人，怎么我妹妹一来，你反而像个色鬼似的。"

霍建业红着脸："我欣赏小妹的为人，我希望你也像她一样!"

正说着，康康的老师带着十几个孩子来到他们家，说是康康向这些同学每人借了二十块钱买玩具，现在既不还钱，也不承认借过钱。

黄江玉立即把康康从书房喊出来，当面对证。

康康低着头，唯唯诺诺地承认了。

小小的初一生，竟然借债数百元！黄江玉没想到自己的孩子会干这种事，大声骂他小无赖。

这时，康康的老师打断了她的话，说有件事要跟她好好谈谈。

黄江玉说："谈什么？我今天就要打肿他的手，看他还敢不敢借钱买玩具!"

康康的老师说："你的家庭暴力太严重了，所以才把康康害成这个样，你以后要从道理上让孩子明白什么是对的，什么是错的，一定不能再打孩子了!"

黄江玉说："我对康康没有暴力，这是我第一次想打他，再说了，今天这事儿，打了他才会长记性!"

康康的老师说："孩子的行为很多时候会模仿家长，比如说谎，平时他一写作业你就打他，让他把所有时间用来做家务，导致他从来都交不上作业，你是想把孩子往哪个方向培养呢?”

黄江玉惊讶地说：“我从来没不让康康写作业呀，我平时问他有没有作业，他说学校都为学生减负，不布置家庭作业了。他这么小，我也没用他做家务，我们家的活都是他爸爸干的。”

康康的同学们说：“康康说了，就是你不让他写作业，你是个坏妈妈、后妈!”

“他可是我亲生孩子的啊!”黄江玉愤怒地扯高了嗓门，问康康，“康康，老师布置作业你都不告诉妈妈吗?”

康康低着头不做声。

康康的老师说：“你不要恐吓孩子，这会使他不敢说真话!”

黄江玉捶着胸脯说：“我亲自生下的孩子！怎么会这样呀!”一口气没喘上来，晕倒在地。

霍建业急忙打电话叫救护车。黄金豆扑上去掐人中。康康的老师到处找水往她嘴里灌。康康的同学一片尖叫，大声喊着死人了。

黄江玉悠悠醒转，只觉得天旋地转，满眼星星，哇地吐出一口苦水来。

康康的老师怕惹祸上身，赶紧率领学生们告退。

黄金豆说：“大姐，即便有心脏病的人，也不至于听到点事儿就晕，你怎么这么乍势呢。”

黄江玉气急败坏地说：“你是站着说话不腰疼，孩子不是你生的，你当然不感觉羞耻。”

“多大的事，要用到羞耻二字来形容。”黄金豆把康康找过来，问询缘由。

康康立即不承认借钱的事了，更不承认老师布置过作业。

黄江玉气愤至极，浑身哆嗦：“小妹，你看到了吧，这孩子，就是人品不好。”随手拿起个东西就往康康脸上摔，“道德败坏的小破孩，我打死你算了!”

黄金豆急忙阻拦：“大姐，不要动武，跟他讲明白该怎么做就好了。”

黄江玉说："这种道德败坏的小孩，他只配领教拳头，他这辈子算完了。"

黄金豆说："康康还小，没有判断力，你可以告诉他如何做一个品质好的人，如果让他觉得自己就是一个品质败坏的人，那么他就会用败坏的行为方式来界定自己。"

"都是我不好，行了吧!"黄江玉觉得全世界的人都在和她作对，猛地爬起来，把康康摁到沙发上，用力拧住他耳朵，"康康，你真行啊，从班级的倒数第二，升为级部的倒数第一，全家人都跟着你风光！告诉过你多少遍，妈妈当初可是全校的正数第一名，你这孩子怎么就是天生的笨蛋，该像妈妈的地方偏像了你爸!"

霍建业一旁听着不高兴了："感情是借孩子的事数落我呢，怎么就不能向小妹学着，多看人的优点。"

黄江玉没想到又被霍建业顶这一下，扑通倒在沙发上，翻着白眼，气窒了好久。

黄金豆急忙给大姐喂了几口水。

黄江玉缓过气，悠悠地说："唉，真是造了什么孽，我妹妹这一来，你都不知道自己是谁了。孩子也无可救药，令我深度绝望。"

黄金豆说："大姐，要多鼓励康康，不要说他无可救药，否则他会活在自卑当中。"

黄江玉嗓门大了起来："他要是懂得自卑，也不至于考全校倒数第一名，丢人现眼的，我下属张小雪的孩子也在他班，人家是班里的第一名。我现在见了张小雪，都好像比她矮一百个头似的。你说，我这么优秀的女子，生出来的孩子竟是这样的，我能不绝望吗!"

黄金豆也激动了："你这是虚荣心，对孩子没有做母亲最起码的耐心和爱心。你不去分析他成绩差的原因，却草率地对他的人生定性，使他对自己不敢心怀希望，从此拥有灰暗的人生?"

"你向来都只是命令他、斥责他，却从来没用心教育过他。"霍建业也急了，和黄江玉吵起来。

黄江玉觉悟到自己做得不够，急忙摆脱尴尬："霍建业，咱们两家都没有笨蛋基因，再怎么说，这孩子也不应该这样，你体会不到，这多让我失望，多让我绝望。”

黄金豆轻轻拍拍黄江玉的背：“姐，康康这么小，可以被无限地造就，你根本不可以对他绝望，现在成绩不好，要赶上还来得及。”

康康说：“妈，我对您有恐惧症，在您身边，我的作业还没开始写，就先心慌，跟我小姨一起就不一样。”

黄江玉说：“可这借钱买玩具的事儿总是不应该的吧，你可是初中生了呀，还玩什么玩具。”

康康羞愧地低下了头，手里还在把玩着一个拇指大的塑料小玩具。

黄金豆说：“初中生怎么了，你都当妈妈了，过生日还要我送玩具熊呢。”

黄江玉长叹一口气：“小妹，你就挤对大姐有本事啊。看看你自己，找个丈夫那么烂，还不赶紧堕了胎离婚。废话少说，你明天就去医院流产。康康，既然你觉得跟着小姨好，那就把小姨当妈妈吧。霍建业，你要是觉得我配不上你，我自动离开，把这家让给你迎接温柔贤惠的女保洁!”

这时，霍建业的同事来借羽毛球，大家才停止了争吵。

4. 婚外情，真麻烦

霍建业对黄江玉越来越疏远，反而与黄金豆亲密无间，呵护得无微不至。黄江玉看在眼里，气在心头，寻到借口就吵架。

黄金豆暗怪自己的到来影响了姐姐的生活秩序，就征得姐姐同意，去康康学校帮他办了转学，带上康康，回了家乡。

家里就剩下黄江玉和霍建业，两人心里的积怨越发翻涌起来，下了班，黄江玉看电视，霍建业玩电脑，像陌路人，连句话都不说。

黄江玉既想念儿子，又惦着黄金豆的身体，加上月经前期的烦躁，就觉得哪儿都不顺眼。本来她渴望在这清静的二人世界里，霍建业能像初恋的小伙子那样，温情地坐在她脚边，温情地和她说话。越发就添了不满，心想，我不嫌你事业无成也就罢了，你却这样变本加厉怠慢事业有成的好老婆，真是不知好歹，我还是要找个男人装成情人，给你来点危机感。

思来想去，仍然不忍霍建业的自尊受挫，绝不能沾优秀男人的边儿，还是把目光投向保安刘衡山吧。

这天，黄江玉一早起床，又为给康康寄零花钱的事和霍建业吵了一架，气得快要发疯。午休时间，她找到刘衡山，愣乎乎地告诉他，要做他的情人。

刘衡山高兴得都不会说话了，当即就约她晚上吃饭。买单事宜已达成默契，一切费用全归黄江玉。

两人又到了第一次约会的饭店，点了满满一桌子菜。

黄江玉心里惦着霍建业，对刘衡山也没有多少话说。双眼一直瞟着窗外，希望霍建业恰巧路过，看到她在出轨。

刘衡山吃得风卷残云，生怕吃慢了被黄江玉抢光。

黄江玉则失意地喝醉了。酒一多，就喜欢掏心挖胆地跟人说心里话，她嘟嘟囔囔地说起了对孩子的烦恼，更多的是对霍建业的不满。

刘衡山吃得直打嗝，还快速往嘴里夹着菜说："你这么漂亮，这么时尚，这么能干，我要是娶到你这样的媳妇，我能一辈子捧在手心里，你那老公咋就不知道珍惜你呢。"

黄江玉醉眼迷蒙，撇着嘴说："你真要娶到我，可能像他一样嫌弃我哩。"

"那不可能，我要是娶到你，我能高兴得天天晕。"

"那是你的身体素质不好，你这么瘦，是不是贫血或者低血压?"

刘衡山努力抑住一个饱嗝，抚着黄江玉的腰说："傻，是天天晕倒在你温柔的怀里。"

黄江玉被酒精激得毫无理智，被刘衡山的话迷得云里雾里，"呜"地哭了："霍建业都怕碰到我身体，你却这么留恋我，那你就离了婚娶我吧。"

刘衡山瞪着眼，一本正经地说：“真的？你说的是真的？那我可动真格儿的了，我回家离婚？”

黄江玉趴在桌上，脑袋枕着胳膊，醉得眼睛都睁不开了：“你使我冰冷的心得到了温暖，我当然是真的，我在单位，什么时候说过假话？我决定不要霍建业了，只要你抛得下你老婆，我这边没问题！”

“唉，江玉，咱俩真是同病相邻啊，我那老婆，不看看自己是个扫大街的，还成天嫌我没能耐，你说就她那素质，能干得了你这么高级的工作吗？离，我坚决跟她离了！”

两人出了酒店，刘衡山又在黄江玉的车子里主演了一番热烈的吻戏。黄江玉醉得像块烂泥巴，只剩下哼哼的力气。然后，刘衡山驾着黄江玉的车子，好容易才问清她的住址，把她送到了家门口。

黄江玉进了家，倒在沙发上就睡着了。

几天后午休时，黄江玉刚吃完工作餐回来，刘衡山拿着离婚证，扛着行李包，兴高采烈地来到黄江玉的办公室。看到黄江玉一人低头在桌前，就亲昵地靠到她身边，说：“老婆，你在想什么呢。”

黄江玉抬起头，一脸惊讶：“叫我老婆？你什么意思！”

刘衡山羞答答地说：“那晚不是说好了，让我娶你吗，那你就是我老婆了呀。”

黄江玉反感地说：“什么啊，我说过吗？是我醉了吧，醉话你也当真呀？”

刘衡山激动地说：“出自你口的，醉话也是金！江玉，我听你的话，上午就去把婚离了，这样的决心你还满意吧？”

“啊？你没事离婚做什么呀，是不是真的呀？”

“当然是真的了，因为只有离了婚，再与你结婚才不犯法呀。”

“你——想跟我——结婚?!”黄江玉下意识地露出了嘲讽。

“当然！那晚咱们不是说好了吗，今天我自由了，晚上我们就可以住一起了。”

黄江玉还是不相信：“你——当真一个上午就离婚了?”

刘衡山从兜里掏出个蓝本，放到黄江玉面前：“瞧瞧，证书都拿到了。”

“她这么痛快地同意离婚?”

“她就是爱钱，房子、孩子、存款，都归她，答应得很顺溜儿。”

黄江玉觉得麻烦上身了，急忙为自己摆清。啪地一拍桌子，怒吼道：“刘衡山，咱们单位是严禁员工谈恋爱的，你居然搞什么婚外恋，不怕被开除?”

刘衡山一点也不害怕：“江玉，我做梦都没想到你会爱上我，我绝不错过这个机会！被开除没关系，只要和你在一起，即便去砖瓦窑当劳工我也愿意!”

黄江玉气急败坏：“醉话你也当真！你简直是瞎胡闹，不要多说了，你已经被公司开除了!”

“什么意思，你反悔了，不同意嫁我了?”刘衡山脸色骤变，习惯性地向腰间摸电棒。

黄江玉声嘶力竭地吼道：“滚出去！浑蛋！来人，把这个疯子拉出去!”

刘衡山目露凶光，走到走廊，拿出手机，扯着嗓门说：“那天晚上，HR经理黄江玉女士偎在我怀里，动员我离婚，今天我真把婚离了，她倒不认账了，当领导的都是这样泼皮才爬上去的吗？以后我也学会了，我现在就泼皮一把，同事们，领导们，这位叫做黄江玉的女白领，勾引我一个多月，花言巧语，骗我回家离婚，我这都有当时的录音呢，不信大家听听。”然后就放开了两人的对话录音。

黄江玉咬牙切齿地拿起刘衡山的行李包，隔着门就往他身上摔，正巧将刘衡山的手机砸飞到总经理室的门上。

同事们也是刚从餐厅回来，这边有热闹看，便齐齐围上来。特别是平日里有嫉妒黄江玉形象的、有觊觎黄江玉岗位的，这回可逮到出她洋相的机会，纷纷让刘衡山出示详细证据。梁静静更是乐得火上浇油。

总经理刚要躺到沙发上午休，听到手机砸门，喊了半天请进，无人应声，急忙出来看个究竟。见众人在责难黄江玉，就驱散众人，把黄江玉和刘衡山一起叫到办公室。

总经理问明事由，把两人批评了一番，并说，出了这样的事，需要一人主动离开公司。如果黄江玉的工作突然脱手，一时没有合适的接手人，会造成岗位工作中断，不如让刘衡山离职。

可是刘衡山家庭生活一向艰难，一旦失业，就饥寒交迫了。无奈，总经理把刘衡山推荐到朋友公司当保安，才算了结此桩麻烦。

黄江玉谢过总经理，回座位自我检讨了一番，决定以后再也不意气用事了，好好工作，好好爱霍建业和康康，就这样老老实实生活吧。

5. 抽刀断水水更流

第二天一早，黄江玉刚坐稳办公椅，敲门进来五个十七八岁的男生，看上去像是技校的学生。领头的对黄江玉说："你是黄江玉吗？"

黄江玉见对方长相酷似刘衡山，不由心中一惊，下意识地否认："我不是，你找黄江玉有什么事？"

"她和我爸搞婚外恋，害得我们家庭破裂，我的同学们都很气愤，要帮我教训她。"

同学们吵吵嚷嚷地说："对，她在哪里，你帮我们把她找出来，我们要教训教训她，看她还敢不敢破坏别人家庭！"

黄江玉更害怕了，说："你们在这里找不到她了，她辞职了，我是来接手她工作的。"

男生们刚要走，黄江玉的助手不识时务地进来了，高声喊道："黄经理，应聘保安的已经在门外等着了，现在方便他进来面试吗？"

"好啊，原来你就是黄江玉，给我打！"男生们拥上去就要打黄江玉。

黄江玉捂着脸，"啊啊"尖叫着蹲到桌底下。

应聘保安的人在门外听到叫声，一个箭步冲进来，三下五除二就把几个小青年制服了。有一个小青年撞到桌角，脸上挂了彩。

黄江玉一看此人身手不凡，暗庆因祸得福，立即同意他接手刘衡山的岗位，到大门口当保卫。

刘衡山的儿子在逃跑的过程中还大声让黄江玉等着，他还会回来的。

同事们又纷纷到走廊看究竟，真是一派热闹的景象。

上午的时间就这样惊心动魄地过去了。黄江玉一个人到西餐厅吃了午饭，总算把心情平静下来。

回到公司，见同事们一个个看怪物似的盯着她，却又不与她对视，觉得自己是个恐怖的大怪物，心里老自卑了。

刚坐稳了办公椅，刘衡山的老婆又找来了，她不吵也不闹，只是向黄江玉要钱。因为刘衡山跟她离婚是有条件的，说是黄江玉的工资高，离婚后，黄江玉的工资就可以每月拿出一半给她和孩子。

黄江玉哭笑不得，心说别人玩婚外情都是那么色彩斑斓，咋轮到我就是这么糟乱不堪呢。这刘衡山不迷恋我的人品，反而惦记我的钱，像个拆白党似的，真恶心，婚外根本就没有情，再也不相信丈夫以外的人了。

黄江玉急忙向刘衡山的妻子解释，说是自己酒后的醉话，被刘衡山当了真，其实她还是很爱家爱丈夫的，不可能离婚。

刘衡山的老婆根本不相信她的话，说："我们把婚都离了哟，你害我失去了丈夫，就要拿钱顶，不给钱我就搬电脑。"搬起黄江玉的显示器就往外走。

做保洁的力量大，也不懂显示器和主机是由电线连在一起的，一呼啦就把主机也拽倒了，再一呼啦，又把连接插头拽掉了，手上显示器还在闪亮、地上主机还在呼隆，拖拖拉拉就上路了。

黄江玉上去夺，发现对方的手像铁钳似的箍在显示器上，根本掰不开，就说："搬电脑可是犯法的，这是公司财物。"

刘衡山的妻子依旧不理她，拖拉着电脑继续往外走。

楚熊熊要过去救场，被黄江玉的副手别有用心地分派了活计，把她支开了。

黄江玉急忙给新招的保安打电话，让他在门口截住刘衡山的老婆。

新保安夺下电脑，就往黄江玉的办公室送。刘衡山的老婆吵吵嚷嚷，拉拉扯扯地跟着，也回到黄江玉办公室。

同事们又是好奇地出来围观。

新保安把显示器和主机放回原位，又把刘衡山的老婆驱逐出去，才算平息了风波。

黄江玉自觉威信扫地，无奈交了辞职信，灰头土脸地离开了心爱的办公室。

楚熊熊也被人当成与黄江玉一样的腌脏货，受尽了白眼儿。

黄江玉回到家，也不敢跟霍建业讲失业的事。乖乖坐在沙发上，想好好清醒一下，待找到新工作再向霍建业交代情况。

这时，“笃笃笃”又有人敲门。

这一天的事，把黄江玉吓破了胆，急忙躲进卧室装肚子疼，由霍建业去开门。

霍建业把灶上的火关了，开门迎接来宾，发现这就是传说中的刘衡山——老模喀嚓的刘衡山、没有魅力的刘衡山、使他窝火了老久的刘衡山、腆着胸脯找揍的刘衡山、令他非常非常想拳击的刘衡山……他真不明白自家老婆堂堂美女大白领，怎么能和这种档次的人玩婚外情。

刘衡山说，他在这桩离婚事件中丢了面子还没捞到银子，如今落得不好意思回家面对老婆孩子，非要找黄江玉问个明白不可。

霍建业无奈，决定先抵御外敌的入侵，再关起门来内战，就威武不屈地帮老婆挡驾。

刘衡山既不是粗鲁人，也不是糊涂人，看了室内摆设，便知道黄江玉不可能为他离婚。但是他一定要霍建业认真回答，是不是真的对黄江玉冷漠，如果是真的，也就罢了，如果是假的，那就证明黄江玉是玩弄他，他要讨还公道。

霍建业心下愧悔，知道事情都因自己对老婆态度冷漠而起，做了番检讨，又代替黄江玉赔了一番不是。

刘衡山见霍建业是个好男人，也不再纠缠，说道：“那就这么算了吧，我的婚离起来不麻烦，合起来也不麻烦，立即还能把老婆找回来。”

霍建业心里过意不去，想要给精神损失费，让刘衡山开个价。

刘衡山谢绝了，说这事最受伤的是霍建业，他要道歉。

两个人当即化干戈为玉帛，好像几十年的老朋友。

霍建业为刘衡山倒了水，长长叹着气，说道：“唉——老刘啊，你还能复婚吗?”

刘衡山笑了：“红本换蓝本，蓝本再换红本，也就几十块钱的事，老霍你不用为我担心。”

霍建业内疚地说：“有这么容易吗，这婚是说离就离，说合就合得的?”

刘衡山说：“就我老婆那智商，到死都得听我的，你就放心吧。”

霍建业送走刘衡山，长长舒了口气，回头却冲进卧室，像狮子一样暴怒起来：“黄江玉，你心里都怎么想的？这种档次的人竟然发展成情人，这是在寒碜我连这种人都不如吗?”

黄江玉不甘示弱地说：“你比他成功吗？他和自家老婆可是一条心办事，你和我呢？你就知道拧，脾气死倔死倔的，把我噎得老是喘不过气!”

“我不是要一个领导做老婆，我需要一个温柔女人做老婆。说我倔?你比我还倔呢。”

“我怎么倔了，我怎么倔了?!”

“你的心态就是不端正，脾气生硬，除了命令我，就没有一点温情，你纯是嫌弃我、小看我——看不起我你走啊。”

“看不起你能嫁给你吗，是你自己自卑，要走你走，我才不走呢!”

霍建业脸色腾地红了，打个包，拎起来，头也不回地去了单位宿舍。

贰拾

嘻哈创业，快乐玫瑰

1. 爱与罪

黄金豆带着康康离开姐姐家，坐上了回家的火车。经过一夜的颠簸，终于到了家乡。

在火车出站口，一群人在围观一对出生不久的连体弃婴。婴儿脸色蜡黄，嗷嗷大哭，身边一张纸上写着父母无力供养，请好心人收留的字样。

人们议论纷纷，多在指责孩子的父母不负责任。

黄金豆想起自己出生后也是被狠心的父母抛弃，而好心的养父母把她拉扯大了便去世，心下万分感慨。“救！一定要像爸妈那样，见了困难必须出手相救！这也算是对他们的一种报答！”

这时，一位醉酒的中年猥琐男钻到前面，扒拉着婴儿的下身，大声说道：“哎，这好啊，龙凤连体，长大省了找对象，直接成亲。”

人群中一片哄笑，素质高一点的红着脸往后溜，素质低一点的喊着话激发猥琐男继续恶搞。

黄金豆听得心头冒火，拽着康康的手冲过去，大声说：“孩子在这儿饥寒交迫，你还拿他们开涮，当众宣扬乱伦思想，你想干什么？”

猥琐男刚刚博得了众人的笑，满怀成就，听到黄金豆的训斥，当即就不高兴了：“我有我自由，你谁呀？管得着我吗，没事儿回家洗洗睡吧。”一边说着，一边用嘴里的酒味去喷婴儿的脸。

黄金豆气愤地说：“小孩都弱成那样了，你还骚扰，你有没有爱心啊？”

猥琐男涎着脸说："我没有爱心，我承认！你有爱心吗？你能养活他俩呀?"

黄金豆想想腰包干瘪，回程的路费都是大姐给的，脸腾地红了："我就算养活不了他俩，我也不允许你这样糟践他俩!"

猥琐男终于恼羞成怒了："你算哪棵葱，滚，少在爷面前装清高!"

黄金豆哼了一声，抢上一步，将婴儿裹到怀里，就去寻找奶源。

围观的人群跟随黄金豆，嘀咕着她是不是拐卖儿童的人贩子。把黄金豆气坏了。

黄金豆在便利店买了一盒牛奶，往婴儿嘴里各滴了一些，婴儿就不哭了。接下来怎么办呢？如果原地放回去，那猥琐男还会继续骚扰这俩孩子，只有找到婴儿的父母，让他们负起责任才是唯一的办法，可是需要快速给康康联系学校，当今之计只能先把婴儿带回家。狠了狠心，带着康康，急乎乎就去坐公交车。

猥琐男不想输给这多事的女人，见她公然抱走婴儿，就说她要拐卖儿童，让大家报警抓她。

众人也纷纷攘攘，把黄金豆当成了罪犯。

黄金豆让康康从书包里拿出纸笔，把她的住址、电话都写上，交给了大家，请大家监督。大家现场验证了她的手机号和宅电，都属实，才让她清静走人。

黄金豆从来没抱过小孩，如今这小孩还是俩连在一块儿，真是把她累了个着实，腰酸腿疼胳膊抽筋儿，满身大汗。

康康肩上背着重重的书包，见小姨受累，就在底下撮着黄金豆的手，也是累得满头大汗。

两人就像经历了九九八十一难，踉踉跄跄回了家。

安老太太一见黄金豆带了仨孩子回来，肚子里还怀着一个，摆明了是想榨取她的劳动力。她可不上这种当，与其在这帮忙抱孩子，还不如去女儿家和老伴掐架轻松呢。连杯水也没帮黄金豆倒，急忙收拾了个包包，投奔老伴去了。中途还给安列帮打电话，说黄金豆在家里为所欲为，她已经没法住了。

安列帮急忙嘀里嘟噜一番贴心话，把老妈哄好了。心说，好你个黄金豆，趁我不在家就虐待我老妈，这笔账我先给你记着，回去再说！

康康很快在新学校入学，晚上回家一边写作业，一边帮黄金豆照看连体婴，黄金豆就趁机做饭，四口人生活得别有一番情趣。

黄金豆想趁早帮婴儿做分离手术，便抱着孩子四处筹钱。

2. 烂锅粥里拣豆吃

何美妮从古菲公司失业以后，一直没找到理想的工作，生活越来越窘迫，想想安列帮现在混得不错，且有把握御为己用，就提着行李箱，到山区投奔他。

安列帮与何美妮久别重逢，对她的到来既兴奋，又犯愁。为了隐藏三角恋情，只得宣称何美妮是来做药品验收工作，把李平平瞒住。自己又另觅住处，把原来住的屋子让给何美妮和李平平。

安列帮已经找不到理由向总部请求用工名额，只得打肿脸充胖子，自掏腰包给何美妮发工资。

过了些时日，李平平感到安列帮对她的需求不如原来强烈，渐渐发现是何美妮争了宠，便要求安列帮赶走何美妮。

安列帮心头正是火热，任李平平如何撒娇耍赖，都不听从指挥。李平平便转移了战略目标，严密监视何美妮，只要何美妮试图与安列帮幽会，她就跑出来碍他俩的眼。

何美妮也察知了李平平与安列帮的关系，心里疙疙瘩瘩，对安列帮失去了坚贞的信念，还借机吵得烽火狼烟，逼他赶走李平平。

安列帮连着陪俩女人，身子虚脱，心情疲惫，干脆把两个女人全甩开，一个也不见，一个也不理，躲起来养精蓄锐去了。

这就像放权让俩女人自行拼杀，胜者为王。李平平居然深谙要领，按法实施起来。当即就对何美妮挑起了战争。何美妮也不屑争斗，从进入安帮公司，她就没瞧得起这小破姑娘，关键时刻冷冷一句话就能把她噎死。

而李平平自幼在农村长大，骨子里野蛮得紧，嘴上骂着不解决问题，就提着拳头上。

掐架不怕遇到横的，就怕遇到不要命的，李平平豁上死命也要保全自己在安列帮身边的位置，何美妮那套自以为可以杀敌于无形的酸言冷语，在李平平面前根本没有获胜的机会。李平平伸着尖利的指甲，一顿狂撕滥抓，何美妮便狼狈逃窜。

何美妮脸上带着挠痕逃到小旅馆，给安列帮发短信诉苦。

安列帮想想自己这瘦弱之身，应付两个女人确实吃力，必须果断踹开一个。何美妮一向滥情，虽然姿色在李平平之上，却是满脸浊气，比不得李平平清纯。就决定把何美妮踹了。

何美妮没有博得安列帮的同情，心下暗恨李平平。她坚信没有李平平在，她和安列帮就能享受世外桃源般的纯美爱情。就悄悄收取李平平花公家钱的证据，直接交给了安列帮的上司，希望借公司的力量把李平平挤走。

安列帮很快受到康与健公司的经济调查。审计发现办事处设了账外账，药材的实收价和上报价有很大区别，便将安列帮和李平平一并辞退。

安列帮很容易便得知是何美妮把李平平告了。饭碗没了！这何美妮怎么就如此蛇蝎心肠，要砸了我的饭碗呢!

安列帮气急败坏地找到何美妮，疯狂地吼道：“何美妮，我待你不薄吧？你为什么害我?”

何美妮想装无辜：“什么，我怎么会害你呀，我是爱你的!”

安列帮说：“少装蒜！我知道是你告发的，可我就赚了点儿差价，你出去打听打听，哪家公司的采购员不是这样干的？真是最毒妇人心——我怎么这么倒霉，收留你来捅娄子!”

何美妮本意并不想害安列帮，如今弄巧成拙也无法挽回了，红着脸说：“我也不是针对你的，我就是要把李平平赶出你的生活。她打我的事你知道吧？你不肯替我申冤，我只好自己努力了!”

“你这是算的什么账？告发李平平，与告发我有什么两样？如今我失业，你们俩在这都待不下，全等着饿肚子吧！”

“李平平素质这么低，你早该把她开除，否则早晚要坏事。”

安列帮几乎撕破了嗓子：“看清楚，现在是你在坏事，我失业了，得离开康与健！”

何美妮争辩道：“我坏什么事了，旧的不去新的不来，这破山沟里有什么好，不如咱们一起去南方闯荡。”她脸上的挠痕已经结痂，用力说话时还纠结着疼，一副龇牙咧嘴的惨相。

安列帮心说我也不是没到外地折腾过，该饿肚皮还是得饿肚皮，即便带上你，到了南方还能脱胎换骨？气呼呼地说：“你这个害人精，你自己去南方吧，拜托不要再来烦我！”

安列帮甩开何美妮，就与李平平回了家乡。他先帮李平平租了套精装修的小公寓，又去姐姐家看望老妈。他的老爸年岁大了，也没激情对老太婆挥拳头了，老两口过得挺和睦。安老太太趁机告诉儿子，黄金豆已经不打算过日子了，凭空领了仨不相干的孩子回来，摆明了是想把婆婆当奴才使唤。

安列帮本来就对黄金豆失去了兴趣，如今一听，更添了厌恶，也不回家，直接和李平平住在一起，开始四处找工作。

找来找去，没有如意的美差，而今他已经屈不下架子去当普工了，便再度打起了咨询公司的主意。就回家找黄金豆问客户资料和旧办公用品的下落。

黄金豆被孩子们累得像个煮饭婆，她已经记不清有多久没与安列帮联络了，她已经排斥这个丈夫的存在。安列帮的回归使她老大意外，不知该把他当丈夫呢，还是把他当过客。

安列帮看着黄金豆隆起的小腹，冷冰冰地说：“自己肚里怀着孩子，就安分点养胎，没事儿为些弃婴折腾什么！”

黄金豆严肃地说：“要向我养父母学习——我是在奉献爱心呀，你不知道那天在火车站，小家伙都快被饿死了，那么多人围观，就是没有伸出援手的。”

“哼，弃婴多着呢，你巴掌再大，遮得住天吗？”

“能救一个是一个，救了两个就是一双，不是有句话叫好事成双吗。”

“你那颗心就是长得歪，不知道干正事儿，咨询公司好端端的团队，让你搞散了，还乐得回家给人当老妈子。”

“我倒觉得公司散得好，否则赔死了也找不到地儿哭。”

“别给自己的无能找台阶，这回你看我的，不出半个月，我就把公司再干起来，让朋友们瞧瞧我安列帮的厉害。”

“啊？还干？市场有吗？你的市场基础在哪里？”

“还有脸问！前段时间我已经打下了良好的市场基础，都被你败光了，看在你怀孕的分上，我不和你计较，你还想得寸进尺怎么的？我告诉你，以后你别再给我瞎搅和！”

安列帮立即以对黄金豆伤心失望为由离开家出走，还回了李平平身边。养活李平平是一件奢侈浪漫的事，只有快速把公司再开起来才能赚到大钱，可是手头钱又不多，根本凑不够开办费，便想到了旧同事阿张。

阿张的买卖越做越大，他还记得同事情谊，愿意帮助安列帮，想帮他开个店铺卖内衣，至于咨询业，他无意染指，也不会借钱给他。

安列帮哪能抹下面子干那种小生意呀，决然谢绝了阿张的好意。无奈只能约出高若天，说服他辞职一起办咨询公司。

高若天还记得当初对安列帮的承诺，想想有个专利即将发明成功，很快能见到收益，便同意了，说是月底向公司打辞职报告。

安列帮美滋滋的，就等米下锅了。

高若天和黄金豆的思想非常接近，两人非常谈得来。高若天欣赏黄金豆的锐气；黄金豆欣赏高若天对困难的勇气和对事业的痴狂，是个一直都在追梦的人。高若天不知安列帮和黄金豆已经形同陌路，还给她打电话探讨公司开办的相关事宜。

黄金豆对安列帮已经放之任之，却不希望高若天也跳进火坑。便向高若天郑重分析了此事的盲目性。

高若天冷静思考一番，发现安列帮确实没有明确的规划，纯是为了当老板而花钱买个老板的名头，便站到了黄金豆一边，劝安列帮做好准备再开办。

安列帮心理上受不住这样的闪失，大骂高若天立场不坚，与高若天吵得不欢而散。他就认准了当老板这条路，没有开办费，那就不花开办费，直接打着原来的旗号闯江湖。他租了辆高级轿车，带上李平平，摆出一副大老板的派头，四处造访老客户。

这时，他抵房办公司的贷款也到期了，由于不能按期归还，房子被银行收回，限期搬出，以便拍卖。

黄金豆和孩子们眼见无家可归，急得团团转。室内物品也没处搬，只得打电话找安列帮商量。可是她的电话号码一直在安列帮的黑名单里，怎么打都接不通。

过了几天，安列帮才回了电话，问明事由以后，不耐烦地说："金豆，你暂时回娘家养胎，等我把公司干起来，就再买幢房子，接你和孩子回自家住。"

黄金豆说："我爸妈早就不在了，我哪有娘家可回呀。"

"到你姐姐家吧，她们年轻力壮，还可以帮你带孩子。"

"我二姐那里，段永恒都把我当死敌了，自然不能去。我大姐那边，也是闹得一塌糊涂，我刚把康康带出来，总不能再原样送回去吧。"

"别东想西想的，你自己的姐，你想咋样就咋样，不行就轮换着住。"安列帮也没兴趣多唠，谎称自己去挤高若天的宿舍，便挂了电话。他与李平平住着小公寓，过得很滋润，没闲心去管黄金豆的烂事。

黄金豆无奈，变卖了家具，在网上与人合租了一套小居室，拖一大包行李，带着连体婴和康康，安下身来。

3. 力量，体现于征服时的勇气

这时，安列帮在咨询市场一无所获。穷途末路之际，想起在小山村还有块拓展基地，就决定到那儿捞把金。上网搜索一番农林牧渔，了解了几天，凭他的超强记忆力，立即觉得胸有成竹，驱车便去了村里，在林业茂家的菜园子找到了他。

“hello，林业茂!”安列帮决定用气场镇住这个小农民。他高傲地板着脸，像个尊贵的皇帝对小太监说话。

林业茂见老同学如此严肃的出场，吓了一跳，一脸惊恐地问道：“啊？害喽？出什么娄子了?”

安列帮轻蔑地一撇嘴：“我是用英文向你问好，你怎么像个真农民似的，连这都不懂!”

“讲什么英文呀，我在乡下，能把中文讲出艺术感就知足了。”

“嗯嗯，有道理。说说村里土地的情况?”安列帮蹲下身子，随手掐了个茄子花，捻得手指头乌紫。

林业茂不知安列帮的底细，依旧把他当做世上高人，还怕他索要打麦场的使用权，就谦卑地蹲到他身边，说：“最近你没用打麦场搞活动，乡亲们暂时在假山周围簇了包米秸子，你要是收费，可以征求下他们的意见，否则可以立即让他们搬走。”

安列帮轻蔑地撇嘴一笑，说道：“乡亲们用得上就先用着，咱不能往钱眼儿里钻呀。嗯——but……那么好的一块地皮，用来存包米秸子真可惜了，我……”

林业茂以为安列帮带了助手，环顾四周，却是没有别人，惊异地问道：“巴特？谁?”

安列帮正说得起劲儿，被林业茂无知地打断，就觉得林业茂故意寒碜他，沉着脸，用力翻了一下小鼠眼，气哼哼地说：“现在的职场都兴掺着英文讲话，but是‘但是’的意思，听不懂不要乱插嘴!”

“在这儿别搞崇洋媚外，会被人笑话的。”林业茂左右张望一番，说道，“我们村正在计划搞活经济，要是这块打麦场还能派上用场，那就太好了，你是为新项目来的吧?”

“当然！我是做咨询公司的，我站在信息的最前沿，有新项目，我会先透给你，谁让咱俩是老同学呢。”

“啊，好啊好啊，快说，是不是又要开拓展课来攀岩啦?”

安列帮冷冷一板脸，站起身，抖了抖蹲麻了的腿，挥舞着捻烂了的茄子花，说：“男人，要往大处着眼，不要拘于一块小打麦场。你们村有这么多土地，如果我是村长，早让村里富得流油了，哪像你这个村委主任这么死脑筋呀，让老百姓干巴巴种些麦子、包米、茄子、辣椒，还不够365天糊口的。”

林业茂也急忙站起身，说：“你说得对，我真希望能闯出条新路，做点政绩，哎——我告诉你啊，如果我能带头致富，有可能当副镇长啊！”

“那你还瞎磨叽，不赶紧努力等什么？”

“我这不是没招儿吗，你说吧，怎么干？我听你的高见！”

安列帮蹙紧眉头，稳稳翕动着蝉翼唇：“老同学，你懂得性价比吧？首先，你要考虑地里种什么最赚钱。你大概不知道，有一种叫红豆杉的植物，可以提炼紫杉醇，是国际上公认的防癌抗癌药剂，早已经有人工种植了，你们为什么没想到种？还有山竹，水果皇后，在超市里卖大价钱，种一颗山竹能顶好几亩茄子。”

林业茂感叹道：“是啊，那些东西都是天价呀！”

“什么天价？它们本应该无价——咱们当地人都是死脑筋，这些昂贵的东西本该自产自销，不应该花大价钱让别人渔利，我真对你有点儿恨铁不成钢！”

林业茂终于找到机会理直气壮一把：“这些，我都在网上了解过呀，山竹需要生长在4℃以上的环境中，只有东南亚等地区的气候才适宜种植。红豆杉要求土壤pH值在5.5～7.0，咱们村的土地条件不符合要求呀。”

安列帮傲慢地一甩头，说道：“死脑筋，不知道可以用大棚呀？山竹可以烧暖气，自己买煤炭烧锅炉，多低的成本！红豆杉要求的pH值，可以人工改变嘛，人定胜天的道理你都不懂，还想当镇长？”

“可是你不知道吧，山竹树高可达15米呀，那得盖幢楼为它们保温吗？”

“我有什么不知道的？我还知道山竹果树寿命长达七十年之上。它蹿得再快，也不是一年半载就能长到15米吧？它一边长一边适应咱们这儿的气候，不几年就不用罩大棚供暖气了。”

林业茂又犟了几句，被安列帮强势打压下去，想想安列帮同学是读了大学，从城里来的大咨询师，便觉得安同学的话比自己的话性价比高，说不定当镇长的理想从此实现了呢。当天下午便心甘情愿、急如星火地遵命召集村委会成员，讨论种植稀有植物的事。

村委会成员们撂下家中的活计，围坐到村委办公室简陋的办公桌旁开会。一干人等，除了林业茂，年龄都在五十开外。

林业茂声情并茂地讲述了安列帮的种植建议和计划。

副村长深沉地皱着眉说："关键问题是，这两种作物当地都没有种的，咱们没有种植经验，要是种不好怎么办?"

安列帮高傲地斜愣着小鼠眼，说："你们不懂吧——这两样作物种植很简单，最关键是气候和土壤。"

"可我们的气候不行呀!"

安列帮险些要笑了，他觉得这帮农民简直是笨到家了，憋住笑说："没有气候创造气候嘛，这么简单的事，文盲都能干了。"

村治保主任横着脸说："改变气候那得老天说了算，我们能创造什么气候啊?"

安列帮见这是个碰瓷的，就觉得必须羞辱他一下，让他闭嘴。说："你这心态就是不敢担风险，明哲保身，村官儿不为民创富，不如回家去养猪。"

"要是投错了项目，养猪也没草料!"

"你这是小农意识，小思路，早就跟不上时代的步伐了。你们这样山旮旯里的小村庄，想要改善生活，就要想别人不敢想之事，种别人不敢种之物，做种植业的领航人。既然你们畏首畏尾，那就让我来吧，我要引领你们，靠山吃山，用地挣钱，打一场有准备之仗!"

村书记和治保主任是两派，力挺安列帮就等于打压治保主任，便深明大义地问："安咨师，你有什么计划?"

"种山竹，十年后，让子孙后代有业可继!"安列帮慷慨激昂，一会儿管理术语，一会儿种植要领，把村委会成员唬得生怕说了外行话，纷纷噤声。

安列帮还利用擒贼先擒王之术，给村书记面子，凡事说几句，就问他“是不是”。书记觉得受了尊敬，不管听没听懂，都说“是是是”。

探讨了半个下午。村书记最后拍板，说：“安咨询师，那咱们就立即干吧，我们聘请你做总顾问。”

安列帮激动地拍响了桌子：“好！做书记的到底是有觉悟，我敬佩你的改革精神！小山村在您这样英明的领导下，前途必将光明！”

书记矜持地一笑，问道：“安咨询师，这两样作物得投多少资？”

安列帮算了算村里的资源，也不敢往大了整，就说：“这项目是小投资，大效益，咱们可以先搞几个小试点，前期不用两百万。”

“啊！全村老百姓的存款也没有这么多！”村书记脸色一变，身子向后瘫去。

安列帮呵呵一笑，说道：“融资也要现代化了，最佳融资方式是贷款，我们可以用土地贷款——土地就是金子。”

妇女主任说：“啊，是呀，我们咋就没想到，要别的没有，要地，咱们可有的是啊！”

安列帮用手指指自己的脑袋，调侃道：“想赚金子，得多动脑子！”

由此，安列帮在小山村安下了家，成为众星捧月的大顾问。李平平以助手的名义跟在他身边。

4. 敢孕，就无敌

安列帮偶尔趁李平平不在身边，给黄金豆打电话，试探她腹中的孩子是否安好。

黄金豆经过一系列的事，早已凉了心，她也知道安列帮并没有去挤高若天的宿舍，这个骗子不知住在哪里和女人厮混呢。这样的婚姻绝不是她要的。在她眼里，婚姻的魅力是可以多一个人共同抵抗生活的挑战，而这个魅力在她的婚姻中从不曾存在，除了放手，还有什么更好的选择吗？没有，她非常决绝地向法院提交了离婚诉讼。

安列帮很享受妻妾多多的感觉，觉得这样说出去显得自己有能力。

以工作繁忙为由，拒绝法院的传唤。

黄金豆收留弃婴的事一直被那猥琐男关注，渐渐关注的人越来越多，惊动了媒体，成为新闻追踪的焦点。她救助弃婴的行动也受到四面八方的支持。

大姐黄江玉非常支持黄金豆的行动，给她寄了足够的生活费。经过那一场婚外情闹剧，黄江玉的心态和处事方法都改变了，她的辞职请求也没得到上司的批准，休了三天假，便被召回了岗位。同时她找到霍建业，检讨了自己的错处，修复了夫妻感情。

黄小麦与大姐一样，也支持黄金豆的行动，给予了婴儿一定的帮助。

原咨询公司的员工们得知黄金豆的事迹以后，逢休息日便一起来到黄金豆身边，有的帮忙带孩子，有的赠送婴儿用品，尽可能地帮黄金豆减轻负担。他们在时光的长河中洗清了自己的心，向黄金豆表达敬仰，并对过去的事认错。

黄金豆得知员工们大多在超市做服务员，还有的在电子厂做计件工，严有才则一直没找到工作。黄金豆连连叹息。

在社会各界的帮助下，婴儿的连体分离手术顺利完成。黄金豆正式认养，成为了两个孩子的妈妈。她给男婴取名叫阿左，女婴叫阿右。

安列帮从媒体得知黄金豆正式收养了两名弃婴，恼怒异常，寻到黄金豆的租住房，恶狠狠地说："你真是不嫌多，帮姐姐带一个，自己肚里怀着个，再出去捡一个回来掰成俩，现在咱们自己都饥寒交迫，哪有能力养这么多孩子呀。"

黄金豆冷冷地说："这个不用你管，我已经爱上这俩孩子了，我会努力赚钱养活他们的。"

"依我说，可以把这俩孩子送给你二姐和段永恒养着，免得他们还要出去捡。"

"阿左和阿右是我捡回来的，有什么理由把负担推给别人呀，再说了，那段永恒的二人世界是密不可破的，说不定过几天，把孩子当情敌了呢。他们如果真想要孩子，自己出去捡就是了，我可不想受埋怨。"

安列帮气得抓狂了："这世上就只有你一个人高尚，你去奉献你的社会吧，我要过没有觉悟的日子!”

“好啊，你有你的选择，随便。”

“那你明天去医院把孩子堕了，咱们就去离婚。”

“你让我流产？你不是说流产等于杀孩子吗?”

“现在情况不同，你生下他，将来我还要担责任!”

“你怕我向你要抚养费吗？我怀了他，就会为他负责，不会拖累你的。”

“算你英雄！那我们就分手吧!”

安列帮立即到法院应诉，与黄金豆办理了离婚手续。

郑志运和高若天都在工作之余来看黄金豆和孩子们，声明愿与她共同面对生活的挑战。郑志运与高若天也成了好朋友，两个人私下一商量，决定每人担负一个孩子的抚养费。

黄金豆的室友和邻居也非常关心她，有空就帮她带孩子，她的身边围满了爱。

康康跟在黄金豆身边，每天都可以和小姨妈良好沟通，感觉自己是个被尊重的孩子，从此严格自律，发誓做个好孩子，用功学习，成了班级的中游生。爸爸妈妈要领他回家，他都不肯了。

5. 淘宝大揭秘

黄金豆在慈善事业中品尝到了助人的甜蜜。想到自己即将生育，经济上的压力巨大，总不能一直拖累两位姐姐吧，上次投到康与健的钱，两位深明大义的姐姐都没找自己讨还，可自己总得自觉还债吧。同时，她发现需要救助的弱者非常多，单靠媒体的力量是不够的，便与郑志运、高若天，三人商讨创一份实业，既养家，又为社会奉献力量。

年轻人都有侠义情怀，愿意对社会做一番贡献，黄金豆的话引起了郑志运和高若天的共鸣。三个人在黄金豆的租住屋里凑堆儿，哄着阿左和阿右，开讨论会。

黄金豆说：“我一直想开个酿酒厂，因为我以前推销酒水时，发现所有的酒水一旦除去外包装，都无法形成视觉的冲击，所以我幻想能有一种颜色与味道都与众不同的酒，既让人喝着舒服，又让人看着开心，可惜呀，这世上没有那么独创性的配方。”

高若天一抬眼，忽地笑了：“独创一份酒？我有兴趣!”

黄金豆托着腮，忧虑地说：“单单有兴趣是解决不了问题的。”

高若天喜不自抑地说：“你们知道我最近在研发新专利吧？快成功了，我把它和酒水对接一下，应该不成难题。”

几天后，高若天将黄金豆、郑志运召集到咖啡厅，神神秘秘拿出一个用布蒙着的瓶子，给大家每人倒了一玻璃杯。

黄金豆和郑志运一看杯子里的酒，双双惊呆。他们看到，每个杯里都有一个液态的笑脸西瓜，拿起杯子晃一晃，还会因方位的不同而变换表情，惟妙惟肖。猛喝一口，笑脸西瓜还会随着酒量的减少而缩小，始终在杯里冲人笑，使人馋涎狂滴，恨不得一口把它吞了。

高若天的酒瓶被黄金豆和郑志运抢去，扒掉蒙布，只见酒瓶里只有一个大笑脸西瓜。再往不同的杯子里倒，依然是每杯皆有一个笑脸西瓜。

“啊哈，真是太神了！我太喜欢了，这瓶酒我要了!”黄金豆和郑志运抢了起来。

“不要急，还有你们更喜欢的。”高若天从包里拿出另一个瓶子。

黄金豆一看，这瓶里居然有一枝液态玫瑰。

高若天把瓶盖打开，依次给每人倒了一杯。每人的杯里就多了一枝鲜艳的玫瑰花。这玫瑰与那笑脸西瓜一样，会随着酒量的减少而缩小，却始终存在。

黄金豆太喜欢玫瑰了。喝啊喝，直到喝干了，才把玫瑰吞进了肚里。

郑志运说：“啊呀不好，金豆有孕在身，不可以喝酒的!”

黄金豆吓得起身就要去卫生间呕吐。

高若天哈哈大笑：“你们喝到酒味了吗？现在只是纯净水呀，还没加酒精勾兑呢。”

黄金豆放心地坐回去，抢过高若天的包，搜索一番没有其他瓶子了，就把两个瓶子摆到一起，说：“这样搭档卖，就叫快乐玫瑰，情人节就是咱们的淘宝圣日了！”

三人一边喝，一边笑，阿左和阿右在旁边的婴儿车里也发出了笑声。引起了咖啡厅老板的好奇。

这位咖啡厅的老板名叫蔡东来，二十六岁，长得矮小细瘦像个戴眼镜的知了猴，是经管系的“高财生”、心怀创业梦想的富二代，在得知了这奇特酒水的来历以后，立即向高若天申请当地的营销权，并愿意入股酒厂。坐在那就不走了。

高若天说这事最主要得征求黄金豆的意见。他严肃地对黄金豆说：“金豆，这配方如果卖了，立即能归还你和老安投到康与健那五十万，如果要自己保留生产，就可以托起一份产业，你选择哪样呢?”

黄金豆高兴得都快笑岔气儿了，说：“当然是创一份产业喽，我们需要持续帮助有困难的人呀。”

“OK!”

大家纷纷竖起了大拇指。蔡东来也正式加入创业团队。

四人组合立即将酒厂注册完毕，就叫“嘻哈创业酒厂”。高若天将酒水配方申请了专利。然后四个人开始筹措资金，准备投产。

这期间，安列帮在小山村大展身手，用村头最好的两片地做试点。先是把村东的十八亩麦田毁掉，挖地半米，把pH值不合格的泥土挖出去，再从山林中运来肥沃的泥土，种上了红豆杉种子。然后又把村西的十亩菜地毁掉，整锅炉、架保温棚，一应保暖设施全部到位，种植了山竹。就舒畅地与村委会成员们每天酒肉，等待收获的喜悦了。

6. 你和我，他和她，神马都不是浮云

这边，酒厂四人组为酒水的投产情绪高涨，为巨大的资金需求各自奔波。

临近过年，黄金豆接到了古菲的电话。

古菲以投资者的名义，向黄金豆要银行账号。古菲说：“阿黄，当年

我破坏了你的团队，夺了你的客户，赚走不属于我的二十八万，如今我愿赞助你的酒厂二百八十万，还有我真诚的道歉与祝福。”

“你有了悔改之心，就是美丽人生的开始，我祝贺你，但是不能要你的赞助。”黄金豆对古菲中了坏印象，以为她想破译自己的银行账户盗取钱财，任古菲再怎么索要，就是不肯告诉她账号。

古菲无奈，用麻袋装着二百八十万现金，放在后备厢，驱车找到了黄金豆的临时办公室。

黄金豆在简陋的办公室核算数据，挺着肚子，婴儿车里还躺着俩孩子，像个十足的婆娘。乍一看来宾，是位柔弱纤细的女子，那模样真是沉鱼落雁闭月羞花，犹如仙女下凡，晃得她眼晕。及至对方说话，她才确信是古菲。

黄金豆对挖墙脚的事心有余悸，一见古菲到来，以为她要来偷酒水的配方呢，急忙把瓶子都藏了起来：“古大富婆，你消息挺灵通的，怎么知道我们研制出了新酒水？”

古菲羞愧地说：“阿黄，其实我一直关注着你，我这次不是来挖墙脚的，我是真的想帮你做点事，只要你愿意，我可以连人带钱，一起为你服务！”

黄金豆警惕地问：“为什么呢？你那么喜欢钱，为什么突然之间要送钱给别人？”

古菲说：“本来我以为有了钱就有了一切，如今我已明白，不择手段敛钱，才是万恶之首。”

原来古菲依靠李先生的身份野蛮敛财的事，引起了李先生的反感。去了远方以后，她变本加厉，败坏了李先生的职场声誉。李先生原本发誓为她离婚，如今数次劝告仍不悔改，对她逐渐心寒，再加上古菲为了保持身材肥美，长年吃糖，患了糖尿病，瞬间消瘦。李先生慢慢就觉得她命薄福浅，给了她一笔钱，与她掰清关系，便集中精力宠幸中年发福的结发妻去了。古菲为了抑制病情，只能吃些粗粮淡饭，始知，即便金钱再多，没有一颗大爱之心的人也守不住幸福。

黄金豆听罢她的故事，深深叹息。

古菲见黄金豆没有聘她当员工的意向，便将车厢里的钱悉数搬出，不待黄金豆推辞，就驱车离去，从此隐遁山林，皈依佛门了。

很多客户和朋友们收到酒厂四人组的入股信息，纷纷来到他们的临时办公室，了解了高若天的专利。凡是看好项目的，立即投资入股，开办费逐渐凑够了。

酒厂择吉日开业，正式投产。

黄金豆带领营销团队；郑志运负责内部管理和生产；高若天管理研发部，领衔研发新产品；蔡东来做财务总监，负责融资。

原咨询公司的所有员工也都得到了合适的岗位安排：何美妮善施电眼，在厂区门口的专卖店卖酒；丰广广斤斤计较，做车间统计；万娜娜泼辣，领导灌装车间；严有才计谋多端，一直想自立为王，就给他划出一片儿区域，让他去做市场总监；常芙蓉质检出身，让她做回老本行；巴稳稳精通财务，办事稳实，做财务出纳员；梅绯丽仔细踏实，做客服；苏茜茜细心周到，做办公室内勤。

楚熊熊在黄江玉麾下工作已经顺手，工资也遂意，却对黄金豆有报恩情结，听说黄金豆即将生育，毅然辞职，回到小城，加入了黄金豆的营销团队。

段永恒这个爱酒的大记者，也爱上了快乐玫瑰酒，他非常有远见地投资开了家酒吧，把黄小麦的画贴上墙，喜欢酒的可以喝着酒赏画，喜欢画的借机品酒，酒与画的双重收益不但繁荣了门庭，更使酒吧成为了当地文艺青年的聚散地。黄小麦的生活更加丰富多彩，人也变得更漂亮了。

7. 那就来吧，我们一起笑哈哈

春末，安列帮在小山村的工作也有了明显结果：红豆杉的根须深入地面半米后全部枯死；山竹越过了寒冷的冬天，却因为倒春寒，全部被冻死。村里的土地被银行拍卖。林业茂和书记都被罢免了村官。

全村老小把安列帮堵在打麦场上，向他讨说法。

安列帮扇动着蝉翼唇，用缓兵之计骗过了村民的第一轮围攻。担心林业茂也变反派，诱惑他说："林业茂，当镇长的事不靠谱，赚几个工资啊，还不如你跟我到城里做买卖呢，算命先生说了，我将来是亿万富翁，你就等着跟我享福吧。"

林业茂也清醒地意识到镇长梦实现不了了，正自懊丧呢，安列帮的话使他做起了城市梦。依然把安列帮当成大能人，紧紧盯住他，让他快点回城赚大钱。

安列帮甩不掉林业茂，只得趁着月黑风高之际，带上李平平和林业茂，一起逃到了城里。

各自安置了住处以后，安列帮打电话给高若天，得知黄金豆开起了酒厂。

不知为什么，他心里忽然充满了嫉妒，有种要喷血的感觉。这傻三儿急着离婚，就是想甩掉我开大工厂啊？我堂堂安列帮怎么就上了这个当呢，要是朋友们知道了，还不笑我丢了金媳妇？不行，我得把她找回来！

第二天，安列帮和林业茂来到黄金豆的酒厂，蓄谋夺位。

路上，安列帮告诉林业茂，一旦发生肉搏，一定要施展农民的力量帮助他。

林业茂无比荣耀，撸撸袖子，斗志昂扬地答应了。

此时，黄金豆即将到医院待产，和高若天、郑志运、蔡东来等上层领导在简陋的筹建处开产前最后一个会议。

安列帮觉得黄金豆的，就是他的，像主人翁一样坐到黄金豆身边，对大家说："咱们的酒厂是有前途的，我要用先进的管理理念，把咱们的酒水做成世界品牌，挤进世界五百强！"

黄金豆说："安列帮，我和你已经离婚了，这里的事与你有什么关系呀。"

安列帮尴尬地红了一下脸，看了看众人，说："爱情不在亲情在，我要和你一起扛起生活的重担，帮你抚养连体婴。"

大家都看出安列帮是想捡便宜还卖乖。黄金豆和郑志运、高若天，三人齐声说："好吧，阿左和阿右就交给你了！"

婴儿车就在旁边，阿左和阿右眨着清澈的眼睛在冲安列帮笑。

安列帮快速眨动两下小鼠眼，说："阿左和阿右是你们的，我不和你们争，我要做个有责任感的父亲，为了我即将出生的孩子，我要帮助金豆把酒水品牌打出去！"

黄金豆说："你那两下子，只会越帮越乱。"

郑志运说："安总，请您别打扰我们开会。"

蔡东来说："进入决策层需要通过民意选举，你不能毛遂自荐。"

高若天说："老安，别闹了，你那一套太空了，不实用！"

安列帮见高若天也和大家一样，心里五味杂陈，眼睛都红了："高若天、高兄弟！当年你不是很佩服我吗？你还算兄弟吗？别忘了你落难时我是怎么对你的，我在你的康与健投入那么多资金，到现在都没向你讨还是不是？如今兄弟落魄，你就眼看着兄弟流浪江湖不管不问?!"

高若天倏地红了脸，用征求的眼神看了看黄金豆和郑志运，说："管理真的用不着你，倒是计划在南方区域设个办事处，需要俩人。"

黄金豆和郑志运也对安列帮残存同情，纷纷点头同意。

安列帮见机就抓，一拍桌子，说："好！我干了！林业茂，咱俩一起去！"

不久，黄金豆在医院顺利产下一名婴儿，她给婴儿取名为阿鼎，寓为阿鼎要扯起阿左和阿右的手，共同继承慈善的重任。员工们群情激昂，不但认真工作，业余还积极帮助黄金豆照顾三个孩子，把孩子们当做了宝贝。

嘻哈创业酒厂的产销也很快走上了正轨。

一个曾经支离破碎的团队，在一份侠义情怀的感召下，快乐地工作和奉献着。

图书在版编目（CIP）数据

美女职场勤磨刀：黄金豆的江湖职场生涯/醉红颜著. -北京：作家出版社，2012.1

ISBN 978-7-5063-6196-5

Ⅰ.①美… Ⅱ.①醉… Ⅲ.①长篇小说-中国-当代
Ⅳ.①I247.5

中国版本图书馆 CIP 数据核字（2011）第 251193 号

美女职场勤磨刀——黄金豆的江湖职场生涯

作　　者： 醉红颜
责任编辑： 韩　星
装帧设计： 姚姚设计工作室
出版发行： 作家出版社
社址： 北京农展馆南里 10 号　　**邮编：** 100125
电话传真： 86-10-65930756（出版发行部）
86-10-65004079（总编室）
86-10-65015116（邮购部）
E-mail： **zuojia@zuojia.net.cn**
http://www.haozuojia.com（作家在线）
印刷： 北京汇林印务有限公司
成品尺寸： 152×230
字数： 250 千
印张： 19.5
版次： 2012 年 1 月第 1 版
印次： 2012 年 1 月第 1 次印刷
ISBN 978-7-5063-6196-5
定价： 28.00 元